陈冰 | 著

好父母胜过好学校

天津出版传媒集团
天津人民出版社

图书在版编目（CIP）数据

好父母胜过好学校 / 陈冰著 .-- 天津：天津人民出版社，2020.1（2021.9 重印）

ISBN 978-7-201-15208-0

Ⅰ. ①好… Ⅱ. ①陈… Ⅲ. ① 长篇小说－ 中国－ 当代 Ⅳ. ① I247.5

中国版本图书馆 CIP 数据核字（2019）第 193382 号

好父母胜过好学校

HAOFUMU SHENGGUO HAOXUEXIAO

出　　版　天津人民出版社
出 版 人　刘　庆
地　　址　天津市和平区西康路 35 号康岳大厦
邮政编码　300051
网　　址　http://www.tjrmcbs.com
电子邮箱　reader@tjrmcbs.com

责任编辑　张　磊

特约编辑　张逸尘　张世景
排版设计　书　情

制版印刷　合肥市星光印务有限责任公司
经　　销　新华书店
开　　本　660×960 毫米　1/16
印　　张　22.5
字　　数　300 千字
版次印次　2020 年 1 月第 1 版　2021 年 9 月第 2 次印刷
定　　价　59.80 元

目 录
CONTNENTS

引 子

小时候，我的梦很多。随着岁月的流逝，唯有教育梦在我的生命里开花。因为，在我的心中，教育梦就是我青春无悔的梦。翻开中国五千年的文明史，在教育土壤中孕育出来的四大发明，开启了人类社会的近代化进程，加快了人类的文明化步伐，一直照耀着世世代代的中国人在社会发展的征程中奋力前行；被称为东方圣人的教育家孔子，距今已经有二千五百多年历史了，但是他的教育思想仍然在全世界各个角落熠熠发光。我是一个追梦的人，能做一名传承人类先进文明、受人尊重的人民教育家，就是我人生最大的梦想。

我的“教育梦”里有“痛苦”也有“喜悦”，有过“懦弱”也有“坚强”。为了实现这个梦想，我放弃了许多欢娱的时光，在知识的海洋中奋力拼搏。尽管我在高考中没有实现我的理想，但是我在追梦的过程中尝到了奋斗的快乐，我为自己微不足道的进步而感到无比的欢欣；想当年，我不顾家人反对，毅然抛弃优越的工作机会，心甘情愿地做一名月工资只有几十元钱的教师。曾经有人问我，一个具有正规编制的国企单位职工，月工资是数百元，难道没有月工资只有几十元的农村教师工作好吗?我说干自己喜爱的工作比什么都快乐，比什么都幸福!在世俗的眼里，我是一个不可思议的人。但是，在我的心中，我是一个有梦想的人!

二十多年过去了，世人的奚落与冷眼，并没有改变我的美好初衷，我至今仍然站在三尺讲台上，无悔地从事着天底下最高尚的职业。我的数千名学生已经在祖国现代化建设中发光发热，他们不乏清华北大的博士生，这让我有着二十多年教龄的老教师感到无比自豪，感到无比幸福。当然，我所成就的教师梦和那些当代教育大家的教师梦还相形见绌，但是我绝不气馁，绝不自卑。因为，我的教育梦里，有我无悔的人生理想，有我不懈的价值追求，有我最美的精神家园。

没有梦想的人生是可怕的，没有梦想的青春是苍白的。尽管我们在实现梦想的征途上不够洒脱，不够畅通，但是我仍然要说，能够在自己美梦里放歌的人是绚丽的、是幸福的。因为，有梦的人在遇到艰难险阻的时候，就会迎难而上，就会弱化自己因太多的付出、太多的艰辛而产生的疲劳感和痛苦感，从而在心里产生一种强大的精神动力。自古一分耕耘一分收获，因此有梦的人，还会在不断的奋斗过程中，尝到成功的喜悦。我深深地知道，追梦的征程上，少不了孤独，少不了质疑和嘲笑，但是，对一个真正追梦的人来说，这就是财富，这就是快乐，这就是幸福。

马克思从中学时代就立志为全人类谋幸福，所以他能够抛弃优越的生活，为探索科学社会主义道路，以苦为乐，至死不渝。因此，我始终认为，在追梦人眼里，梦想就是心中忠贞不渝的信念，就是对真理不断探索，就是对现实不断地突破，就是对幸福生活不二的追求。即使你是聋人，你也会听到声音；即使你是盲人，你也会看到光明；即使你是肢残的人，你也会健步如飞。

我的教育梦，虽然到现在还不够绚烂，但是它在我的心中却是一首永不言败的诗，一篇朴素自然的词。因为它的根系中已经流淌着我的热血，它的枝干中已经澎湃着我的激情，它的花蕊中已经散发着我青春的芬芳，果实中已经坚强地挺起我为中华崛起而育人的梦想。我曾经多次拜读梁启超的《少年中国说》，每当我读到“今日之责任，不在他人，而全在我少年”这一句，我的教育梦就会为之震撼，为之沸腾，为之燃烧。因为，它让我懂得：每一个人只有树立远大的中国梦，并且为之不懈地努力，我们伟大的祖国才能展翅高飞，才能早日实现富强梦。只有伟大的祖国富强了，我的教育梦才会生长出更强更硬的翅膀，才能在浩瀚的天宇中自由、幸福地飞翔。

如今，不惑之年已成背影，但是，为了民族复兴的教育梦还在我的心中燃烧。我将踏着老一辈教育家的奋斗足迹，继续发扬艰苦奋斗、严谨治学、勇于拼搏的奉献精神，努力为中国教育事业的蓬勃发展做出应有的贡献。现在，我国正处于实施素质教育的关键时期，为了我国教育大繁荣，我会更加勤勉地工作，苦练基本功，多向魏书生、李镇西、李吉林等当代著名的教育家学习，从教书匠的藩篱中解脱出来，以更加饱满的激情投入到我国素质教育的洪流中，用我毕生所学的知识为早日实现伟大的中国梦献出自己微薄之力，争取早日看到“国家强盛、民族崛起”的中国复兴之景，争取早日亲身体会到超越世界列强中国人的真实感受，争取早日实现富强、民主、文明、和谐的中国梦。

筚路蓝缕启繁盛，今生只缘教育梦。我的教育梦就是用自己的毕生精力寻找更完美的教育之道，就是为伟大祖国崛起培养更多的人才！作为21世纪教育工作者，我们要把自己的梦想和实现中华民族伟大复兴的中国梦紧紧地联系在一起。只有这样，我们的青春才能更加绚烂，我们的人生才会更有价值。要知道祖国的未来就握在我们的手中，祖国的繁荣强大落在我们的双肩。相信自己，相信祖国，有梦想就会有奇迹！让我们和全国人民一道，用无悔的青春来编织最美的中国梦，用我们满腔的热血来换取明天祖国最美的荣光。

今天，我要隆重推出这部书，希望更多的教育工作者和我一道，为祖国的教育事业奉献出自己的青春和热血。我的故事，就从这年的立夏开始……

一　教育必须跳出迷信的怪圈

县城中学跳楼事件之后，引起社会高度关注，全县上上下下掀起了安全工作的热潮。最近几天所有单位都在集中整顿安全问题，万宝强所在的学校当然也不会例外。尤其校园安全会议特别多，三天时间，大大小小安全会议一共开了七八场。上级主管部门特别强调：这几天安全会议，任何人都不得缺席，如果遇到特别情况，需要请假的，必须要经过校委会研究决定，才能准假。以前，学校对万宝强的特殊照顾也只能就此搁浅，即使今天没有课，他也必须老老实实在学校里待着，不准离开校园半步，这把万宝强急得像热锅里的蚂蚁，但是，万宝强心里也非常清楚，安全问题是一切工作的前提，谁也不敢在安全工作方面存在侥幸心理，因此，他对校长"不敢批假"也很理解。

"今天是立夏，跳楼事件已经过去三天了，不知那个跳楼的孩子有没有度过危险期。"星期六中午，万宝强送饭回来，他坐在楼下走廊的椅子上，仍然忘不了孩子跳楼这件事，便迫不及待地向老同学陈羽打听这件事。

"我听那个医院的医生说，那个跳楼的孩子已经转到省城医院去了，肺部破裂，腿部多处骨折。不过，孩子的命还能够保住，至于将来这个孩子会不会留下残疾，那就很难说了……"

"真是谢天谢地，命保住就好，命保住就好，"万宝强听说跳楼的孩子命能够保住，心里感到少许安慰，“但愿这个孩子能够健康地站起来，能够过上幸福的生活。”

“万老师，你不知道啊?现在很多人都在说，这个跳楼的孩子和去年那个跳楼孩子都在同一个班级，同一个地点，你说奇怪不奇怪?”老同学陈羽很神秘地说出这些非常搞怪的现象，“真正让人感到不可思议!”

“这有什么不可思议的呢?天底下巧合的事情多着呢!”万宝强一本正经地说，“我们不必大惊小怪，这是极不正常中的正常事情，何必给这件事披上神秘外衣呢？难道你相信冥冥之中真的有一种超现实的力量在左右这件事情?”

“我相信。”陈羽非常坚定地对万宝强说，“这种神奇的力量就像磁场一样，遍及每一个角落。”

“老同学，以你高见，这世界上肯定有鬼神啰?”万宝强对陈羽有这种思想感到不可思议，“当今科学这么发达，你怎么还相信这种迷信思想呢?如果你真的相信有鬼神，那么你能告诉我鬼神是什么样子吗?”

“我认为世界上鬼神是存在的，”陈羽说，“要不世界上哪有那么多巧合的事情呢！我们不知道他们是什么样子，并不代表他们不存在，就像我们周围存在的磁场一样，我们肉眼看不到它们是什么样子。但是，毕竟它们是存在的，而且被世界上所有人公认为——这是不容置疑的事实。随着社会的不断进步，人类对自然界的认识将越来越清楚，很多不可思议的东西，都会在社会不断进化的过程中得到有力的确认。比如现在人们常说的鬼神，我们现在无法知道鬼神是什么样子。但是，我还是相信人类最终会清楚地知道他们是什么样子的！”

“老同学，你今天的高见确实让我大开眼界，原来在你眼里这鬼神就是像自然界的磁场那样无处不在的！”万宝强对老同学的迷信思想真的感到吃惊，“这磁场为什么全世界都公认它们存在是有很多道理的。我们只要在磁场里放入一个小磁针，就会真切地感受到磁场的存在。如果我们改变磁场的南北极，小磁针就会因为磁场的改变而产生转动现象。老同学，你能够用一种东西放入鬼神之间，让我确实感受到他们存在吗？”

“这有何难？”陈羽说，“除了县城中学那两个跳楼的学生发生在同一个班级外，还有很多。比如，小孩子生病，到很多医院都看不好，结果，把这个小孩子抱到巫医神汉那里，不用吃药，不用打针，只要巫医神汉念念咒语、舞舞桃花剑，就能够把附在小孩子身上的鬼神驱赶跑了，小孩子的病也就因此好了。”

“老同学，你应该知道东汉时候有一个无神论者，名字叫王充，他写了一部重要著作叫《论衡》，他指出人的神（精神）和形（形体）是互相结合的统一体，神即形也，形即神也，形存则神存，形谢则神灭……他把人的形体与精神的关系，用刀口同锋利的关系作了极为形象的比喻，形者神之质，神者形之用……神之于质，犹利之于刀，形之于用，犹刀之于利……未闻刀没而利存，岂容形亡而神在？”万宝强希望用古人的无神论思想来改变眼前老同学的鬼神观。

可是陈羽偏偏不信万宝强的那一套，仍然坚持着自己的观点：“我知道王充的《论衡》，他之所以会写成那本书，就是因为那个朝代的人思想至多超前到“那个”水准，随着世界的快速发展，人们对世界的看法，也在日新月异地改变。也就是说，那个时代科学太落后，人是不会用更为科学的方法来验证鬼神存在的，你不相信那个班级有鬼神，但是，我是绝对相信的。你就是打死我，我也不会把我家的孩子送到那个班级去读书的。”

“老同学，我今天总算服了你，你今天竟然把鬼神同科学融合在一起，这可是你的伟大创举，佩服!佩服!”万宝强对老同学所讲的歪理感到不可思议!为什么不少读过很多书的家长，还相信这一套?万宝强心想。

事实上，伴读小院里除了万宝强以外，没有不相信县城中学刚刚发生跳楼事件是鬼神造成的，这里许多伴读父母认为：那个跳楼的男孩就是被去年那个跳楼孩子的鬼魂附在身上，个人已经无法左右这件事了，一切都是去年那个跳楼孩子鬼魂造成的，确实是太不可思议了!

万宝强不迷信鬼神，但是他迷信课本，迷信自己对孩子的教育都是正确的。

他自以为在家庭教育方面是一个很有实力的人，可以通过自己所读的教育专著、所听的教育专家理论报告、自己亲身所遇到的教育实例，就可以轻松地把那些先进的教育观点和教育经验沐浴在自己孩子身上。并且还认为，这些教育精华肯定会在自己孩子身上得到卓越的教育效果，肯定会把自己年轻时候没有实现的读书目标在自己的孩子身上全部实现，肯定会让他这个做父亲的扬眉吐气，肯定会让自己的孩子成为时代的骄子，即使自己的孩子考不上清华、北大，那考取南京大学应该是没有什么问题的。

可是，他孩子的成绩一直是在本科和专科的分界线上徘徊，不要说南京大学，就是考取一个二类本科院校，也是有相当难处的。万宝强为此经常感到迷惑不解!

教育专著、专家报告都强调对孩子进行素质教育：要求孩子放学回家要适当做一些家务劳动；要求孩子适当看一些新闻、一些课外读物，从而不断提高孩子的综合素质，最终成为高素质的劳动者。可是，现实中万宝强不管怎么迷信这句话，但是他就是没有办法帮助自己的孩子实现这个目标。

一是孩子每天都要完成没完没了的家庭作业，二是教育专家谈到的“适当”，他没有办法把握这个“度”。他很想在假期让自己的孩子好好地补习一下较差的学科，可是，孩子还没有放假，孩子老师的电话就下达了孩子补课的通知；孩子好不容易熬过补课的时间，他认为这个“空闲时间” 可以实施自己的计划了，可是当他看到自己孩子因为读书时间太长而出现满脸倦容的时候，他再也不忍心去让自己的孩子读这读那了。

当孩子考试成绩下来的时候，只要了解到自己孩子考得比张三、李四家的小孩子差，一向以潇洒、看得开自居的他，也会忍不住冲着自己的孩子大声呵斥。自然，在这样的呵斥声中，他对孩子的教育理想，也会随着时间的推移，慢慢地从“珠穆朗玛峰的极顶” 降到“普通老百姓家的屋顶” 。

说也奇怪，孩子每次考试下来，不管考得怎么样，他从来没有一点自足的喜悦，即使孩子考试考得出奇的好，他也要询问一下班主任老师，了解在班级里还有没有比自己孩子考得更好的孩子。当然，询问过后，如果孩子考得确实不错，分数比张三、李四家的孩子多，他有时也会给予一定的表扬，但是表扬的词语总是那么随意，总是那么枯燥，很像是在菜锅里撒胡椒粉那样，仅仅是带味而已……

按照道理说，在孩子求学的道路上，成绩下降那是很正常的事情，可是，当这个事实冷不防降临到自己孩子头上的时候，他也往往会一反常态，对自己孩子的教训没有半点和颜悦色。有时对孩子训斥一番过后，甚至还会感到不过瘾，总觉得家庭教育没有力度，似乎只有给孩子一点颜色看看，那才叫尽到家长应尽的教育责任。

万宝强从教已经二十多年，也知道对孩子施加暴力是最为不妥的行为，可是，他在家庭教育的过程中很难丢弃这种不文明的做法。当他对孩子高声训斥的时候，只要孩子有半点辩解，他就认为这是“大不敬”，就认为孩子没有改正错误的意思。所以，他在家庭教育的过程中，一直认为自己孩子考试失败了，就应该“唯唯诺诺” “低声下气”，就应该乖乖地听父母训斥。

“考不好试，还为自己强词夺理，你不知道丢人，我还知道丢人呢!”这是万宝强教育孩子的口头禅。

把考不好试当作一件很丢人的事情，这绝不是极个别家庭的价值观，应该说，很多父母都有这样的思想。对万宝强来说，这种想法更是符合他的思维方式。因为他总认为自己是一个老师，连自己家里的孩子都管理不好、教育不好，那还能在学校里和社会上混下去吗?这分明就是在让学校和社会上的人用手指刮自己的鼻梁!这分明就是拿自己的巴掌来掴自己的脸。

尽管学校老师、社会所有人都没有这个意思，但是万宝强却不会这样想。因为他认为，良好的家庭教育对孩子的成才是起决定作用的。孩子读书成绩差，就是证明自己无能，就证明自己的家教出现严重的失误!他把这种罪责强加在自己的身上，不是说没有半点道理的，但是，孩子读书的成败荣辱和孩子自己发愤努力息息相关，我们父母的努力仅仅是处于辅助地位。因此，我认为在孩子读书方面，不管父母如何努力，都不能改变自己所处的从属地位。

在万宝强心里，孩子考试不好，就是对父母有意刁难，就是对家庭故意损伤，就是往父母亲脸上抹黑。孩子在读书方面没有取得好成绩，都是孩子故意造成的。他始终认为，有一个强健的体魄、一个聪明的大脑、一个足够优越的饮食条件，孩子考不上大学都是孩子故意造成的恶作剧!都是匪夷所思的事情!殊不知读书的成败，还受到很多因素的制约。老师的素质、学校整体环境、孩子的兴趣、孩子的个性等，都可能成为孩子健康成长的“绊脚石”或者是“助推器”。

当我们对着孩子的成绩单高声呵斥的时候，我们这些做父母的是否会看到一双渴望理解的眼睛在乞求呢?我们难道对这双乞求的眼睛就那样无动于衷吗?难道我们就忍心践踏着鲜花一样柔嫩的身心吗?

当我们对孩子第一次伤害，孩子可以充耳不闻；当我们对孩子第二次伤害，孩子照样可以对此一笑而过；但是当孩子遭受到第三次伤害的时候，即使具有一个铁石心肠的孩子也会对我们心存怨言。

情绪低落、充满忧愁、缺乏自信这都是孩子最为常见的表现形式。如果我们无数次伤害自己的孩子，却能够心安理得，难道我们就觉察不到我们这样做确实是太过分了吗？孩子的读书环境，是需要宽松、较为自由、温暖和关爱的。

要知道，我们做父母的在家庭教育中缺少正确的方法，缺少理性的认识，缺乏科学的理论指导，会使很多有美好前途的孩子丧失进取的动力，沦落为庸俗之流。我们不要迷信于所谓专家那些比较抽象的理论，要知道再科学的理论，也不可能是放之四海而皆准的真理，都要针对自己孩子的实际情况，进行适当的变通，才能成为自己孩子健康成长道路上的行动指南。任何盲目迷信、教条主义、机械主义、个人崇拜主义都是家庭教育道路上的拦路虎。

所以，我们这些做父母的在对待孩子教育方面，绝不能想当然，绝不能迷信课本。我们在教育子女的时候，应该牢记，“犯小错”应该是一个正常孩子的常态，我们绝不能随意对自己的孩子发泄愤怒。要知道，孩子不是我们家中圈养的牛羊，他们也有自己的喜怒哀乐，他们也有和父母同样的尊严。他们生气了、委屈了，他们又该向谁大发脾气呢？

当然，我们的孩子不可能向他们的父母发泄愤怒，但是孩子心里的这些愤怒又该向什么地方进行发泄呢？如果这些愤怒长期得不到发泄，积聚在自己的内心，孩子就会时刻负载着沉重的思想包袱，这样又怎么可能让他们在学习、生活上，驾轻就熟，一路高歌呢？

要知道，人的天性是追求卓越，但是制约人们追求卓越的最大敌人并非四体不勤，而是迷信所谓的科学。因此，在素质教育的舞台上，我们不要迷信传统的家庭教育方法，应该学会创新，学会在实践中不断矫正素质教育的罗盘，学会跳出素质教育的视野看素质教育，就像我们必须走出跳楼事件的迷信怪圈，才能够清醒地认识到跳楼事件存在着偶然中的必然……

因此，我们教育工作者必须改变自己的教育方式，不要再去迷信自己所谓的“金科玉律”，只有这样，我们才能避免跳楼悲剧的再次重演，让每一个学生都能够在阳光普照下茁壮成长，成为我国二十一世纪社会主义现代化建设的佼佼者。

二　更换一种思维往往更重要

转眼立夏已经过去几天了，气温也渐渐上升，这几天最高气温一直在33度以上，连最低温度也在20度左右……

“今年的夏天真有点反常，你看立夏刚过去几天，太阳光就变得格外刺眼了。下午四点多钟的时候，我走在山路上，太阳光照在皮肤上，我就有一种灼痛感，而且这种灼痛感很像我年轻时候在三伏天光着膀子到斗湖里捞猪草被烈日熏烤的感觉，也许，我的皮肤还没有从春天的环境中适应过来。”吃过午饭，万宝强手摸着被太阳晒掉一层嫩皮的胳膊对身边的杨建云说，“今年的气温，明显比去年同时期的气温高。”

“有这回事？把胳膊伸直了，让我仔细看一看。”杨建云看了看万宝强伸过来的胳膊说，“真是有点奇怪了，我每天都在山上山下走，所晒的太阳肯定比你多，可是，我的皮肤却没有一段像你这样的，这未免有点太夸张了吧？看来，能够经得住风吹雨打的还是咱们风里来雨里往的庄稼人，像你这样常坐办公室的、细皮嫩肉的“假洋鬼子”，还是经不起烈日考验的……”

“好了，我们不谈这些无聊的事情了。老婆，这个星期天真是奇怪了，我们女儿竟然不用上学了。高考还有二十多天，这可是县城中学的伟大创举呀！”万宝强知道女儿这个星期天没有上学，感到很好奇，便想通过老婆来了解女儿没有去学校的原因。

“听女儿说，学校这个星期天放假，说是学校把整个高三班级室内和室外的墙壁进行一次大粉刷，目的是去去‘跳楼’的晦气。”杨建云把从女儿嘴里得到的消息，像录音机一样一字不差地告诉了万宝强。

万宝强感到这件事很有新鲜感，同时又觉得女儿现在正在楼上看书，没有必要去打扰她，便邀请老同学陈羽一起到县城中学看看究竟……

真是不看不知道，一看吓一跳。县城中学的高三教学楼真是来个大变样，远远望去，它就像曹雪芹笔下的“大红楼”，完全超出了万宝强的想象。学校把原来室内的灰白色粉刷成银白色，把原来室外的暗灰色变成浅红色，把原来“光秃秃”的墙壁，绘上几幅古人励志成才的人物画：有西汉时期头悬梁的孙敬、战国时期锥刺股的苏秦、西汉时期凿壁偷光的匡衡、晋代时期囊萤映雪的车胤、韦编三绝的孔子、圆木做警枕的司马光，还有头戴博士帽的现代男生女生像……把古典和现代的庄重、喜庆色彩有机地融合在一起。比传说中的“怡红院”还要浪漫，极富诗情画意!也就是说，县城中学希望用这些表面的繁华来冲淡本质的亏空，其结果肯定达不到预期的效果。

“这跳楼的晦气肯定会去掉，在这种环境下读书，就是小虫也会学跳舞，就是小蛇也会学飞天，就是小羊也会学抓老鼠，就是老鼠也会学推磨，就是小鸟也会学游泳……”陈羽兴奋地对万宝强说，“总之，在这样的环境中，你不得不去从多方面增强自己的技能，你不得不去为自己的美好未来去规划最美的宏图，你不得不丢掉自己所有的坏毛病，让自己成为德才兼备的高级人才。”

“还是老同学有想象力，你能把学校的愿景描绘得那么美好，这是我无法做到的。”万宝强听了陈羽的话，感到这个世界上很多人极易被眼前的美妙景色所陶醉。可是他不想再去从眼前的景色中幻想什么，只是想尽快离开这个“热血沸腾”的地方，到自己的租房里冲一个凉水澡，好让自己的头脑冷静冷静。他看了看天空，对陈羽说，“老同学，我们回去吧，天气太闷热了，说不定今天下午还能下大暴雨呢。你看天空的白云转眼之间也变成多块的乌云了，不好说……这乌云它是不长头脑的，它是不会考虑我们有没有带雨伞的，还是趁着老天没有发怒的时候，早点回去。万一自己被雨冲成落汤鸡似的再回家，那岂不让人当马戏团里的小丑看呀！”

万宝强回到家中，他把自己在县城中学看到的一切，又向杨建云叙说了一遍……

“你是不是待在自己的学校久了，就像没有见过天似的，你真是少见多怪。你是一个老师，可不要像电视剧中的陈焕生，见到一个普通的沙发都以为是不敢坐的‘怪胎’……”杨建云对老公的惊讶感到不可思议，便带着嘲笑的口气对万宝强说，“现在，我还要告诉你一件非常有趣的事情。就在昨天，我和陈羽的老婆下山有事，路过县城另一家高中，被里面的热闹景象深深地‘陶醉’了。这是一座民办中学，董事长是一个外国人，他对中国的风水迷信很有研究。他听说县城中学有学生跳楼，认为这个晦气会传染到他的学校，于是，就在昨天，他从外地寺庙请了十几位高僧，用专车把他们接到自己的学校，让这些高僧在他们的学校做法事。除了搭台诵经外，还请高僧用佛水把学校每一个角落尽洒一遍，那场面格外壮观。只见那些高僧，个个穿着金黄色的僧袍，在方丈的引领下，一步一法地在学校里‘游荡’了一遍……更让人感到虔诚的是：那个方丈一手持钵盂，一手洒佛水，满嘴的佛语，在宛转悠扬的佛家音乐中，迈着佛家人特有的步伐，在校园中驱赶邪魔鬼神，那场面真让人叹为观止。”

“你说得当真？”万宝强对杨建云说的有点将信将疑，“这真是太不可思议了，我们是搞教育的，教育的目的就是让人崇尚科学，反对迷信，这下倒好了，学校董事长带头搞法事，岂不让外人笑掉大牙？看来这位董事长是‘醉翁之意不在酒’呀……”

“你这话有点意思，”杨建云说，“以前，我在上海打工的时候，工厂的董事长也是一个外国人。每年春节过后，就在工人上班的前一天，他都要买很多鞭炮在工厂院子里燃放，并且还要在工厂里设立香案，非常虔诚地对天地祭拜。其规模也是相当壮观。看来这种迷信活动并不是我们国家的专利，更不是中国教育的专利!我知道迷信活动害人害己，但是，这些迷信还是会给人送去心灵安慰的……”

“迷信还能有好处？”万宝强说，“老婆，你这话乍听起来有点道理，但是仔细一分析就是荒唐至极，绝无真理可言。要知道，科学永远和迷信对立，迷信也永远不能和科学搭界，如果我们把科学与迷信混淆，那就是天大的笑话！”

“依你说，迷信就是反科学。可是，我就想不通，从迷信的诞生起，到现在足有几千年了，为什么大有历久弥新之势呢？”杨建云说，“看来迷信这东西还是有许多值得称道的地方。”

“除了自我安慰以外，绝不会再有第二种价值。你是知道的!你在上海打工的那个工厂就是一个很好的佐证。想当初，你刚进入那个工厂的时候，工厂是何等的辉煌，可是，你走后五年还不是自行倒闭了吗？那个外国董事长在烧香拜佛方面每年都没少做，可是，天上的神仙、地上的精灵并没有保住他的永世之业，最终还不是落得‘树倒猢狲散’的结局吗？”万宝强说，“你要知道工厂的兴旺发达，绝不是靠神仙保佑就能实现的，它不仅仅需要科学的管理，还需要广大职工齐心协力，发扬艰苦奋斗、勇于创新、不断超越自我的大无畏精神，这样才能永立不败之地。”

写到这里，我想起世界发展历史上的一个事实：1640年，世界上第一次工业革命首先在英国爆发，可谓是世界上老牌资本主义国家，而美国 1783年才正式独立。美国独立战争以后，可谓是一穷二白，它发展到现在也只有二百三十多年的历史。当今，美国为什么会远远超过英国成为当今世界第一号经济大国呢?这里面除了美国大发战争财、赶上了工业革命的快车、积极学习欧洲的先进文化、地理优势明显、南北无强敌、汇集了世界各国的优秀科学技术以及人才之外，还有一个鲜为人知的原因——英国爆发工业革命后，创造了很多高效的生产工具，而且更新的速度也是非常快。英国人认为，他们费了好多时日才把本国工厂的机器更新一遍，他们想这种半新机器都是工业革命以后更新上去的，生产出来的产品虽然没有现在刚刚制造的机器生产出来的产品质量好、速度快，但是在工厂里还是可以“糊”十来年的。就这样，英国人把自己刚刚生产出来的新的高效机器源源不断地赊账给美国，美国人利用英国生产出来的最先进的机器，不断提高生产效率，不断为本国创造巨大生产力，从而不断提高本国的综合国力。

1840年左右，美国、德国等西方资本主义国家先后完成了第一次工业革命，英国人这才发现，自己国家上了美国、德国的大当了。自己虽然率先完成工业革命，但是却没有美国、德国工业革命完成得那么出色。当到了第二次工业革命到来的时候，美国和德国已经远远超过老牌英国了。于是英国人很是纳闷，但又禁不住笑了，是自己国家创造的巨大生产力阻碍了自己国家的发展。

其实，在素质教育的今天，屏蔽一种陈旧的教育表象要比掌握一种先进的教学模式容易得多，而掌握一门先进的教学模式又要比更换一种教育思维容易得多。由此，我认为在素质教育的舞台上，要想使自己的学校摆脱坏名声，提振学校精气神，我们必须打破旧的教育观念，必须深挖制约教育快速发展的传统教育思维，让老师和学生建立起友爱型、互助型、民主型等新型师生关系，让更多学生从被动学习转变为主动学习，这样才能从源头上解决教育难题。

因此，作为教育工作者，我们必须清醒地认识到，知识没有能力重要，但是能力又没有全新的、科学的教育观念重要。因为，一种全新的、科学教育观念往往就是国民教育制胜的法宝。

当花朵凋零之后，我们不要做无谓的“隔靴搔痒”之劳，也不要借虚假的表象来混淆视听，我们要用春风化雨之功，润物无声之法，精心呵护每一朵正在盛开的小花，让他们在祖国的大花园中尽情地享受阳光、雨露的滋润，使祖国的花朵更加明艳，更加芬芳。

三　给孩子一缕轻松的阳光

离高考还有整整二十天了，万宝强对女儿的态度更加友好了。短短的几天时间，万宝强在家庭教育方面已经完成了从“生硬”到“温顺”的转变。万宝强对女儿课外读物管理、午休时间控制、饭菜调配、回家作业等方面都大开绿灯。只要女儿做得不过分，万宝强都会对女儿百般和顺。

目的很简单，就是希望女儿能够在很短的时间内，好好地调整一下心情，使她长期疲劳的身心得到较快的放松，以一个最佳的精神状态去迎接高考。万宝强的出发点与归属点都是为孩子高考保驾护航。他的美好愿望和所有伴读家长的愿望是一致的，都是希望自己的孩子能够在高考中发挥最好的水平，以优异的成绩考取国家重点大学。

但是这种美好的愿望往往和现实情况存在着很大差距。因为父母的美好愿望往往要超出孩子实际能力所能够达到的高度。能够考上一本的孩子，父母往往要求能够考上清华北大；能够考上二本的孩子，父母往往要求能够考上一类本科；能够考上三本的孩子，父母往往要求能够考上二类本科。

总之，孩子的努力永远赶不上父母“一心向上”的愿望。大家都知道，孩子的努力是有限的，而父母对孩子的愿望却是无限的。因此，身心疲惫是面临高考孩子的通病，永不知足是伴读父母的标签。

为什么孩子和父母都笑不起来呢？当然这里的原因非常多。但是最主要的还是由于应试教育在作祟。虽然新课程改革已经触摸到应试教育的痛处，但是，由于我国应试教育观念根深蒂固，因此，新课程改革很难对我国现行的应试教育来一个全面的大颠覆。

面对如此现状，我们教育工作者应该怎么办呢?我们绝不能因为素质教育难以实施，就把它弃之如敝屣。要知道，素质教育是世界教育的主旋律，是人类教育的最高境界。它撇开了深藏在人们内心的功利主义，它可以完全上升为“丰润自我”的最佳手段。由于现在应试教育充满太多的功利思想，孩子的读书不再是完美自我的最佳通途，所以，浮躁、痛苦、焦虑、愤恨等不良习性就像血吸虫一样折磨着孩子和父母们健康的身心。

在功利主义的驱使下，孩子和父母都把高考分数定得很高，并且用自己超负荷的身心来努力实现它，结果只能让孩子和父母们的微笑心理慢慢退化。当一个人的心智完全失去微笑的基因，痛苦就像魔鬼一样很快占据了他的整个身心，让人感到处处被动，甚至是无所适从。所以，孩子和父母们是逃不出应试教育“魔咒”的。

值得欣慰的是，万宝强女儿的微笑心理没有被高考完全剥夺。但是，她对父母亲给她的较为宽松的高考环境，并不能用理解的心情去配合。万宝强越是对她放松，她越是把自己的头抬得高高的，总认为自己的父母亲绝不会在这样的关键时候为难她。所以她在读书学习的时候，总是由着自己的性子，自己宠自己，自己想干什么就干什么，很少去考虑父母能不能接受的问题。

她的“微笑”“放松”的心理已经超出正常人的度，大有纵容自己之嫌，甚至带有作践自己的味道。在睡觉方面，她是开足马力，好像要把以前失去的睡眠时间尽量在大考之前给补回来。中午放学回家，吃过饭，她就到楼上睡觉去了，万宝强和杨建云从来不敢到楼上去喊她学习。星期天更是肆无忌惮!早晨七、八点才起床，晚上九点前就睡觉了。万宝强和杨建云对女儿睡觉问题向来不去严格要求，因为他们认为睡觉也是补充体力、补充精力的重要举措，只要女儿需要，星期天可以向女儿进行全天候开放。

万宝强和杨建云最怕自己的女儿在这个时候与家庭、与同学、与老师闹情绪，以致对女儿的前途造成不良的影响。人嘛，总是希望自己以及亲人在人生的关键时候，不出现差错，取得最圆满的成功，这是人之常情！孩子要高考，万宝强认为这对自己、对孩子、对全家都是一次重大的机遇和挑战。

因此，他经常独自一人待在家里，仔细考虑眼前女儿的“利害”“得失”“轻重”问题。总是在内心暗示自己：孩子读书实在是太累了，应该让她多睡一会儿；孩子的选修课到现在为止还不能说有把握达到B级，这确实让我担忧；孩子学习无精打采，在饮食方面该如何科学地搭配；孩子现在的成绩还是上不去，对考取二类本科还没有把握；将来孩子考不上本科，又该怎么办？是读大专还是去复读？这些问题每天都在万宝强头脑里乱撞。

由于这些细小的事情每天都要在万宝强头脑里面翻来覆去地转，因此，悲观、失望、矛盾、痛苦每天都在万宝强的内心纠结。他在这个时候，真的不知道该如何去引导自己的女儿顺利地度过高考这一关。因为自己已经被这些细小的事情搅得头脑发胀、变大，根本无法从这些“乱麻”中，理出一个较为科学的方案来。

其实，万宝强心里非常清楚：一个非常优秀的学生，越是在这个关键时候，头脑越是冷静，更愿把自己的全部精力投入到高考的复习之中，努力做好高考前的冲刺准备，根本就不会再给父母添麻烦；而这个时候父母亲所要关注的事情，就是做好孩子学习的后勤工作，别让自己的孩子身体累垮了。

虽然万宝强心里清楚这些道理，可是他自己只不过是伴读父母中的“三等残废”。他凭自己的实力无法让自己的孩子成为一个出类拔萃的好学生。在孩子面前，他很多时候是做着无用功，累得腰酸背痛，不仅没有给孩子带来高效的教育，反而使孩子在教育中多走了不少弯路。万宝强为此经常感到无尽的愧疚！

因为，他总觉得自己的女儿天资是聪明的，女儿的品质是良好的，完全有能力成为一个国家的栋梁之材，仅仅是由于自己对家庭教育缺乏科学理论知识，才使自己的女儿在教育的迷雾中艰难前行。

如何才能摆脱这种艰难的处境，他也在极力寻找途径。于是，他经常到那些成绩较好的学生家长那儿了解情况。

“你家的孩子在学校成绩很好，你家孩子的智商真的很高。”万宝强经常用赞赏的口气来和那些成绩较好的学生家长闲谈。有一天他和一位姓郑的伴读母亲闲聊，“我到这儿已经两年多了，很少看到你儿子在院子里大声说话，这应该和你的严格家教有关。”

“万老师，你不要拿我们这些没有文化的农村人寻开心，”小郑说，“我们来这里带孩子读书，一切都顺其自然，我们在这里除了烧锅做饭，帮助孩子洗洗衣服，其余的事情，我们一概不问。我们从来不会在孩子面前说哪些该做哪些不该做，更不会去指导孩子学习什么……”

“离高考眼看还有二十天了，你有没有紧张感呢?”万宝强对小郑说，“在你看来，你的孩子对高考有没有紧张感呢？”

“万老师，你要问我和儿子对高考有没有紧张感，我想请问你，人有哪些现象产生才算有紧张感?”小郑说，“说实话，我根本就不知道紧张感从哪里来的。像我们这些无用的人，哪有什么紧张感哦！我要是有你那样的紧张感，我的儿子成绩肯定会比现在好!过去待在家里感觉不到识字有什么好处。自从来到县城中学带孩子读书，我就感到人要是多读些书、多识些字那该多好呀！过去，我们家姊妹八个，我只在学校读过一年书，到现在只会写自己的名字，到县城只知道厕所上的男女两个字。不过我还要感谢我的父母亲，你要知道在我们村像我这样的农村妇女，一天书没有读的人还多着呢!我长这么大，我不羡慕那些有钱人，最羡慕的就是读书人。不过，我有时也在想，现在孩子读书太受罪，好好的眼睛熬成近视不算，还要把孩子熬成神经衰弱症，甚至还有个别孩子熬成‘神经病’!像我们街道上，那个卖菜胡老板的儿子，大学没有考上，现在却成为一个‘不讲不说’的憨子，这是我最担忧的。所以，我从来就不强迫自己儿子一天到晚趴在书桌上……”

万宝强听了小郑的话，心里真有种说不出的滋味。一个近乎文盲的农村妇女，在伴读孩子过程中还能悟出这么多育人道理，这确实让他感到由衷的佩服。他对自己以前很多做法感到懊悔，因为，他感到自己以前在教育孩子的过程中，很多地方只知道督促孩子读书，在孩子身体锻炼方面还是关心太少。

这一点，不仅仅是万宝强所担忧的问题，也是我们教育工作者必须深刻反思的问题。现在很多学校只满足课间十几分钟的身体锻炼时间，“阳光体育”搞了这么多年，国家提倡学生体育锻炼每天不少于一个小时。可是现在很多学校把这些口号当成耳旁风，能够认真贯彻“阳光体育”的学校更是凤毛麟角。

现在很多孩子不是不想把书读好，关键是他们在学习时，刚刚坐下来做作业，很快就感到困意难消，一副恹恹欲睡的样子，这主要是由于大脑“营养”跟不上造成的。一个读书人，如果这个问题不能得到有效的解决，那是很难有出类拔萃成绩的。

据我多年的从教经验来看，我认为这些“疲惫”现象，主要是由于学生缺少足够的体育锻炼造成的，他们的大脑在新陈代谢方面出现了缓慢、退化等现象。我们千万不要说学生要学习，没有时间参加体育锻炼活动，这完全是一种借口。

我始终认为，没有足够的时间锻炼身体、没有合适的体育场地来锻炼身体、找不到适合自己的体育锻炼方式，这都是由于学校“高压”

造成的。因为一个有时间从事体育锻炼的人，不需要什么固定锻炼场所，床上、凳子上、走廊上、电视机前，都可以成为孩子体育锻炼的地方；也不需要单独规定时间，晚上睡觉之前、早晨起床之后、课间等都可以成为自己体育锻炼的时间；也不要什么固定的体育形式，按摩、跳绳、俯卧撑、原地跳跃、跑步等都是学生参加体育锻炼的好手段。

当然，一个优秀的学生，还必须有一个远大的理想。因为我始终认为，对一个正常的人来说，理想的高度决定着一个人生存发展的高度。正如先哲所言：不想当元帅的士兵不是好士兵。另外，一个优秀的学生，还必须有一种吃苦耐劳的品性，在实现理想的道路上能够顽强拼搏，迎难而上。不然的话，空有一副好皮囊也是没有太大价值的。

如果学生能够在学校、家庭的正确引导下，达到这样的标准，天底下还有什么难事可言呢？如何才能做到这一切呢？不妨用以下方法调试一下，当我们面对眼前很多诱惑的时候，在内心不断暗示自己：我还有更重要的事情要做！做事情绝不能半途而废！自己确定的目标就必须完成，不要让人家看不起！是人就应该活出自己的精彩来！这是我生存的第一需要！

如果我们每一个人在为理想奋斗的时候，都能够这样严格要求自己，就会距自己宏伟目标越来越近。如果你只把自己的理想当成口头禅，从不愿付诸实践，那你的理想很快就会变成空想。

其实，很多父母总是喜欢站在低处向高处仰望自己不能到达的高峰，总希望孩子一鼓作气，捷足先登，完成自己所不能完成的使命，自己却很少去考虑孩子的真正能力有多大。就拿分科而言，你表面上尊重孩子的意愿，其实最终决定的，还是你个人的意愿。因为孩子们涉世不深，在人生的重大选择方面，往往表现得很幼稚，等到自己孩子醒悟过来的时候，已经是日落西山，根本就没有回旋余地了。

因此，我们做父母的，当孩子面临人生中一些重大选择的时候，必须仔细而全面地了解孩子的真正兴趣是什么，孩子的优势在什么地方。如果光凭自己的内心感觉，光凭自己的兴趣来为自己孩子的未来定尺码，我认为这是对孩子最不负责的表现。让孩子在没有足够实力的基础上去强迫他们完成一件事，这本身就是一个相当难做的事情。

人们常说实力见证一切，这句话一点不假!我们不要总认为天底下所有的父母和老师都是绝对的聪明，其实他们在孩子教育方面也有不科学、不冷静的时候。赶鸭子上架，这是家长和老师常犯的错误。可是天底下能有多少父母、老师愿意承认自己的独裁？

相反，那些独裁的父母、老师们，他们总认为：自己所扮演的角色是相当出色，自己所做的一切都是百分之百正确的，所有的过错都是自己孩子和自己学生的，不然的话，家庭中、学校中哪能有那么多不争气的孩子呢?

孩子们在父母、老师所设计好的学习轨道上奋力前行，仍然感到举步艰难，这往往不是他们的天资不聪明，学习的热情不高涨，而是他们所扮演的角色，不是他们时时刻刻乐意做的。他们有优势，但是也需要健康的身体去完成。就像让疲惫的姚明去打球，让疲惫的潘长江去说小品，高压往往是导致人生事业失败的罪魁祸首。

你让孩子承受太多的压力，让孩子在憋足的道路上行走，走得越远，对孩子的伤害就越大。即使孩子有高出常人十倍的智商，也会在污泥池沼里失去其应有的光环。所以我们要给孩子宽松的学习环境，让孩子轻装上阵，这远比对孩子施加高压政策重要。

因为，一旦把孩子身体搞垮，就会导致孩子全盘皆输的局面。我们都不是赌场高手，绝不能拿自己孩子的未来作为赌场的筹码。也就是说，在孩子的未来前途方面，我们必须谨慎，必须在孩子的读书年代让他们养成良好的习惯，给孩子一缕轻松的阳光，在此基础上去关注孩子的学习，只有这样，我们才能把孩子的最佳智力开发出来。

四　父母能为孩子所做的最有效的事情

现在很多做父母亲的，在孩子上幼儿园的时候，懊悔自己在孩子出生前，没有做好胎教工作；在孩子上小学的时候，懊悔自己在孩子幼儿时期，没有做好兴趣培养工作；在孩子上中学的时候，懊悔自己在孩子上小学时期，没有做好对自己孩子潜在智力的开发工作。总之，他们总是懊悔自己在家庭教育方面比别人慢了一拍。他们在这个时候，很想不遗余力地帮助自己的孩子，弥补自己以前的疏忽。

可是，等到自己的孩子走进中学校门的时候，才发现自己的孩子，已经被老师紧锁在离他们很近却又很遥远的校园里。他们这才觉得自己能够触摸孩子、感受孩子成长呼吸的时间已经越来越少了！家长们往往很懒，明明是今天空闲，总是不停地编造借口，寻找自己不去看望孩子的理由。

我们也知道现在做父母的很不容易，他们被生活折腾得很累很累，很多父母才过四十头发已经花白。但是，孩子的成长是多么需要他们啊！他们心里明白吗？我在这里要对天底下所有的父母说："你们不要把关心自己的孩子，当成很烦人的累赘，要知道这些劳累比起你们追求的所谓麻将桌上的快乐要高尚得多！"

如果你们在孩子高考的前夕还不能多给孩子送去温暖、关爱，那么你们对孩子所有的美好期盼，都会随着晚风中南飞的孤雁而渐渐地失去踪影；等你们的孩子在不知不觉之中来到高考门槛的时候，你们才恍然大悟，孩子们的血脉中已经注入了不可逆转的基因；也许你们的虚荣让你们无法面对现实，你们很想做“河东狮吼”，很想做“困兽斗”，很想为你们孩子的读书做最后的一搏，可是你们的孩子已经成为一座失败的雕塑，所有成功的血脉都已经凝固。

你们应该知道临时抱佛脚是没有效果的!等到“木已成舟、生米已经煮成熟饭”的时候，即使你们对孩子付出的心血再多、付出的物质代价再多，都是毫无益处的无用功；尽管你们毫不甘心自己的孩子就这样沦落成为凡夫俗子，尽管你们对孩子的前途万般沮丧，但是，你们要知道，没有“过程”的付出，哪有“结果”的回报！

路到尽头知回首，这也许就是人的天性。因此，我们不想花费太多的口舌再去指责这些不负责任的父母们。因为，这些父母们在内心深处也是相当关爱孩子的，只不过他们那种深藏内心的“惰性”，把他们的爱心阻挡起来了。

根据我从教二十多年的经验，当父母亲沾染上“惰性”的时候，不用去调查，我敢说这些父母们对他们自己工作、学习也是一个“出色”的糊涂虫。因此，我们从这些角度来考虑，在孩子们的身上，往往很容易折射出父母们的工作热情、学习态度、对理想的追求程度。当然，这些结论也不是绝对的真理。

但是，我们还是要说，父母们的事业成就还是对自己的孩子有足够的影响力的。父母身上的一些优点很容易被孩子吸纳，同时父母身上的一些缺点也会在不知不觉的成长过程中被孩子沾染。所以，我们这些做父母的，请你不要小看自己的一言一行。要知道我们的榜样作用，对孩子们的健康成长是有很大渗透力的。

在高考前夜，对孩子的升学问题心存幻想的父母还是很多的。他们幻想自己的孩子能够在高考中超常发挥，能够考出一个相当出色的成绩，能够给自己带来意外的收获。他们有这样的心态，是正常现象，我们还是应该给予理解，毕竟他们这种对孩子美好未来永不放弃的精神是值得赞许的。可是，“巧妇难为无米之炊”“不行春风难得秋雨”这也是不争的事实，因此，我们的理解并不能改变孩子高考失败的结局。

我们都知道，对孩子的帮助所产生的效果，往往是需要一个过程的。立竿见影的事情，是非常少见的!但是，我还是坚持自己的观点，只要我们做父母的能够在帮助孩子的时候，把握正确的方向，即使时间很短，效果甚微，也必定对孩子是有好处的。这总比那些“不知悔改的”父母们要高强得多。

此时，万宝强尽管对自己女儿的高考前景不是很乐观，但是，他对女儿的高考还是充满美好期待的。他参加过高考，对高考前孩子需要什么，还是有所了解的。虽然自己所带的六年级毕业班也面临毕业考试，但是自己的内心对女儿高考前期复习问题还是非常牵挂的。要说这两头谁轻谁重，对万宝强来说真是很难回答这个问题。

因为万宝强向来对自己的工作是相当尽职的。他绝对不是那种顾小家而舍大家的人。他会在这两者之间，做好合理的调配，合理地安排时间，绝不会顾此失彼的。所以他此时的工作，每天都是超负荷的。早晨每天五点之前准时起床，中午的午休取消，晚上不到十二点不睡觉。在征得校长同意的情况下，他每天都要乘车赶到县城女儿住地，看看女儿在高考前看什么书、还需要什么零碎的物品，顺便向妻子杨建云了解一下女儿考前心态有没有大的变化。

总之，他要尽最大的努力让女儿用更多的时间去迎接高考!他要用最大的爱心让女儿顺利地参加高考；他要尽可能让女儿每天都有一个好心情。即使是遇到一些不顺心的小事，他也会在这些天保持一个高姿态，绝不会面露不快之色。

考前十几天，很多学校对学生学习方面，都开始有所放松，自由复习课的节数都在大量增加，目的是减轻学生过于紧张的学习压力，使学生保持一个良好的心态，使学生的精气神得到最有效的调整，不至于使孩子到了高考考场门口的时候，还是满身的疲惫、满脸的倦容。

当然这些做法也是很讲究的，并不是让孩子绝对自由了，也不是让孩子从紧张的学习状态过渡到完全放松的状态，而是要遵守一定法则，绝对不能让孩子有大起大落的感觉。本来要求孩子早上五点起床的，现在不能迟于五点半。本来孩子午休是二十分钟，现在不超过一小时，根据一些专家建议，午休不能超过一小时，否则就会出现头痛、头晕症状。

因此，我们做父母的绝对不能认为，让孩子午觉多睡一会儿是什么好事，专家认为读书的学生，午觉半个小时足矣！以前孩子晚上睡觉很晚，一般都是在夜里十二点以后，现在，我们做父母的当然不希望自己的孩子读书熬夜太晚，但是，我们又绝对不能让孩子吃过晚饭就睡觉，一般情况下，让孩子到十一点半左右睡觉，比以前提前半个小时，这是比较合适的睡觉时间。

万宝强是一个很注意细节的人，所以他在高考前一个月就非常关注有关教育的报纸、杂志、电视节目，尤其是教育专家对今年参加高考的学生以及他们的家长所提出的一些建议，他更是倍加关注，因为，他可以从中得到很多有益的“小秘方”。

这些“小秘方”可谓是内容丰富，涉及面很广，科学含金量较高，绝大多数是一些知名度比较高的专家针对高考、中考考生以及家长而制定的建议，具有很强的指导作用。如，有关于饮食、睡眠、如何克服考试焦虑、如何给自己“减压”、增强识记能力的小窍门、科学制定学习计划、家长如何帮助学生选资料、家长如何陪孩子读书、家长如何帮助孩子选保健药、家长迎接高考指南、学生高考指南等方面的科普知识。

这些“小秘方”往往非常受用，它可以督促万宝强做一些对女儿有益的事情，尽可能避免女儿在高考期间出现小差错。虽然万宝强所做的看上去都是一些手到擒来的事情，但是，如果让他的女儿来做，很容易让他的女儿分心，甚至还会使他的女儿产生烦躁不安的情绪。

因此，我们做父母的，在考前尽量不要让孩子干那些“有刺激”的小事情，要多帮助孩子做一些有益于孩子身心愉悦的小事情(例如：为孩子下载一些格调舒缓的歌曲)，尽可能让孩子的心绪平静一些。

根据我多年的教学经验和伴读经验来看，考前父母、老师让孩子“宁静”，方能让孩子在高考中“致远”。这虽然不是什么绝妙的真理，但是它对即将高考的学生来说，无疑是一剂安神的“良方”，它确实能够给考生带来意想不到的收获。

万宝强还根据专家的一些建议，到那些信誉比较好的超市，给女儿准备了一些文具用品。像碳素圆珠笔、小刀、圆规、三角尺、橡皮，尤其是在买橡皮的时候，他特地给女儿买了一块价值八元钱的高档橡皮，他考虑到这块橡皮不但容易把做错的内容擦去，而且不留下“不干净”的痕迹，这样很容易给高考中的女儿带来一丝愉悦，不仅如此，它还容易给阅卷老师留下好印象。

我们国家高考、中考规定，禁止带涂改液、小盘纸胶带(市场专门为学生做作业纠错准备的）进考场，一是防止作弊，二是方便机器阅卷，三是防止试卷出现破损，等等。所以选择质量较高的橡皮就显得非常重要。

需要特别提醒的是，在为孩子选择高考、中考“专用铅笔”的时候，一定要注意，一定要到大型、信誉度高的超市去买，千万不要到地摊上去买那些假冒产品，我们国家高考机器阅卷刚开始的时候，每年都有考生因为购买假 2B铅笔错误，而产生机器识别不出试卷正确答案的事情，给考生和家长带来意外伤害。

万宝强此时心里想得最多的是，只要是对孩子高考有利的事情，哪怕就是一些微不足道的小事情，他也会非常认真地对待它。在花钱多少问题上，也比平时要慷慨得多，希望自己用最周到的服务，来为女儿换取最成功的高考。

万宝强做了二十多年的老师，对阅卷老师的心理是有一定了解的。他始终认为，如果一个考生在答卷的时候，能够做到字迹工整，保持卷面整洁，就会得到阅卷老师的好感。

学生能够在老师阅卷的时候，给阅卷老师留下一个好印象，那无疑对考生的考分会产生一定的正面影响。如果这位考生能够写一手好字，答题很有条理，连标点符号都写得规规矩矩，那么这位考生每一学科的成绩往往就会比实际多得两三分。尤其在语文试卷上，这种真理就表现得更为突出。特别是教师批改考生作文的时候，也许出入的分数还不止两三分，甚至更多。这对孩子的高考、中考成绩影响却是非常明显的。

我们知道，高考试卷有五门，如果我们把五门多得的分相加起来就是一个很惊人的数字。足可以影响你的高考及第等级了!因此，我们的孩子在答考题的时候，千万要注意试卷的整洁、字体的工整、条理的清楚，甚至连标点符号都要认真书写。你们不要用任何理由轻视高考试卷上所有智力和非智力的因素!你们千万不要小看这些细节问题，这可是对你人生有直接影响的事情。

阅卷老师是通过试卷上所反映的信息来对学生能力进行评判的，因此，阅卷老师对学生试卷印象很重要!说句更确切的话，阅卷老师是通过阅卷来对学生的人生进行一次评判!其实这不是什么投机取巧，试卷上一些非智力的因素，同样反映学生人生的一些价值取向。字迹工整、卷面清楚、条理清晰，总是和一个人办事认真、追求严谨、有强烈责任心等优良品性结合在一起。一个拖泥带水的人，是很难写出一手过硬好字的。

阅卷老师这种做法，在某种意义上也是对现在我们国家素质教育比较公正的回应，是符合现代化教育要求的。一个在智力上出类拔萃的学生，如果在这些非智力因素方面搞得一塌糊涂，这样的人几乎不可能成为卓越的人才。如果让这些人做一项世界顶尖的重大工程，他们是很难取得圆满成功的。苏联一次宇宙飞船失事，不就是因为一个小数点问题吗？一个小数点足以使一次重大的“太空之旅”彻底失败。由此看来一些非智力因素，照样可以左右事态的沉浮。

万宝强是一个语文教师，他对语文教学有许多独到的见解：要想把自己的语文课上好，让学生的语文成绩得到较大的提升，教师就必须注重学生的习字练习，每天都要督促学生练字，时间在十五分钟左右。除此之外教师还必须让学生每天坚持写日记，让学生多种器官参与写日记，也就是说，学生写日记，不仅要让自己的“眼”参与写日记，还要让学生的“手”“鼻子”“脚”“头脑”“耳朵”等器官参与，坚持让学生写“有滋有味、五光十色”的日记。说起来也怪，他所教的语文课，不仅学生喜欢，而且学生的语文成绩也是相当的出色，每次月考他所任教班级学生语文成绩平均分，都要比其他同年级的语文教师所任教班级的平均分高出六七分。他的学生也是遍及世界各地，世界著名的美国哈佛大学、英国剑桥大学、香港中文大学、北京大学、清华大学都有他的得意弟子，这也是他从教这么多年最感自豪的事情。

因此，孩子在高考之前，父母亲不仅仅要关注孩子的智力因素，还要关注孩子的非智力因素。当然，这些关注都要在孩子不知不觉中进行，这样，往往还能让父母亲享受到别样的教育效果，孩子回报给父母的也可能是惊喜和奇迹。

五　迷信绝不是走出教育困境的指南针

离高考还有十五天了，小院子里的气氛比以前更显得“宁静”。伴读家长们的脚步声音就像是练过轻功似的，几乎听不到半点声响；伴读家长们的脸上就像是笼罩着雾气似的，已经看不到半点悠闲。因为他们都知道自己的孩子要做一次飞天的冲刺了，自然，这个伴读小院的每个角落都弥漫着紧张气氛。

如果你这个时候走在午禁路上，你会对眼前的事态有一种更深的了解。因为，整个午禁路的上空已经是“狼烟四起”。经过战争年代的人，也许对“狼烟四起”没有什么特殊的反应，但是，这对于出生在和平年代的人来说，确实大有一种强敌入境之感。

大凡来这个地方做伴读父母的，都是对自己孩子读书问题非常慎重的，都是对自己孩子的高考充满无限期待的，都是在自己孩子身上押宝的，所以很多伴读父母对高考的担忧远远比自己的孩子强烈得多。

有人言：书到临尾渐渐松。这句话是旁观者对读书的孩子说的。而此时的伴读父母们，却完全轻松不起来。因为很多的伴读父母都把孩子的高考当成自己家族一次脱胎换骨的“洗礼”，非常担心自己的孩子在高考中有什么闪失。即使是那些平时学习成绩很好的孩子，也不敢有半点怠慢之心。因为，这些伴读父母们心里都清楚，在高考中存在着很多不确定的因素。

这是一场赢得起输不起的战争！因为考不好而愿意去复读的孩子是

非常少的。所以，把高考作为“孤注一掷”的孩子和家长是非常普遍的。谁不想在高考中一考及第，顺利进入一所非常理想的大学去深造呢?考上好大学，就意味着可以接受一种较好的技能培养，就意味着得到一个良好的就业机会，就意味着获取丰厚的经济收入，就意味着获得很好的社会地位，就意味着可以建立一个非常幸福的家庭。

这些预期的理想生活，很快就会在不远的地方“信手拈来”。这些巨大的诱惑，使成千上万的学生、父母们殚精竭虑，“焚膏油以继晷，恒兀兀以穷年。”

自古都是：帝王打天下，必定要经过相互角逐、相互厮杀、横尸遍野过后，才能“面南而坐”；商家争市场，必定要经过相互豪夺、相互打压、相互吞并过后，才能“尘埃落定”，尽显英雄本色。君不见“沉舟侧畔千帆过”“残垣断壁，残阳如血”“南朝四百八十寺，多少楼台烟雨中”。

有人把当今的高考比喻成为“千军万马过独木桥”“一场没有硝烟的战争”。这些比喻真是太精辟了!因此，激烈、残酷、无法逃避，这就是当今高考的现实。虽然高考不是置考生与家长于火上，但是这种功利之心所产生的巨大压力，足可以让寒流退隐、酷热消亡、昼夜盈缩、生死难辨。

高考说起来也真奇怪，它能使丑小鸭变成白天鹅，使白天鹅变成丑小鸭；浪漫的变得单调，单调的变得浪漫；虚幻的变成现实，现实的变成虚幻。可以这么说，在高考的舞台上，倒下的都是无名者的“尸体”，挺起来的都是时代的“英雄”；也可以这么说，在高考的角斗场上，生命追求极致，生命追求完美，懦弱者注定要变成角斗场上的尘埃，坚强者注定要演绎角斗场上的精彩。

由于高考充满那么多的精彩，充满无尽的变数，它使很多学生、家长对高考充满无限的敬畏之心。如果光有敬畏之心，那还是不足为奇的事情，关键是现在很多人把对高考的敬畏转变成对高考的恐惧，甚至有些家长把高考当作一座神秘的大山，认为孩子能不能翻越过这座大山，这都是有一种神奇的力量在左右着，孩子的前途都是由神仙主宰的，完全靠神仙的慈悲才能度过高考的难关，孩子的努力都要看神仙的脸色才能起作用。

马克思曾经说过，这个世界为什么会有神话，就是人们在征服自然的时候，自然界过于强大，人们遇到了无法与自然抗衡的力量，于是，人们就希望有一种超自然的力量来帮助人们战胜自然，随之神话便产生了。马克思这种论述，在今天高考舞台上也是非常适用的。因为许多“高考中的神话”也在“马克思理论”的土壤中产生出来了。

高考是一道很高的槛，“普通的人”是很难逾越的。这些“普通的人”在经过苦苦挣扎过后，他们找不到战胜高考的法宝，最终绝望了。但是他们面对“绝望的高考”不愿意“束手就擒”，就幻想处在冥冥之中的神仙来助他们一臂之力，因此，占卜算卦，靠“神仙”指点江山，便成为这些“普通的人”的救命稻草。于是，占卜算卦这种古老的迷信活动，在伴读父母那里，找到了生根、发芽、开花、结果的土壤。很多平时不信鬼神的人，也会为自己孩子的高考算上一卦，心甘情愿花重金为自己的孩子祈福、消灾。

在万宝强所租的伴读小院里，有一位老大姐，小学文化，为人诚实厚道，本来是一个无神论者。可是，当她眼看自己的孩子慢慢滑入读书“谷底”时，那颗倔强的心也开始动摇起来了……

她知道自己的能力已经无法挽救孩子的命运，可是，她不甘心自己的孩子就这么“沉沦”下去，她希望有一种超人类的力量来帮助她，让自己的孩子也能够在今年的高考中一举成名。于是，她便对占卜算卦有了浓厚的兴趣。

她听别人说，如果人遇到什么不如意的事情，只要到山下那位“先知”面前花一些钱，算一卦，就能从这个“世外高人”那里得到指点迷津的良方，并且这种良方很灵验，很多孩子经过这高人指点以后，便精力充沛，学习成绩明显提高。于是，她的无神论思想根基也开始摇晃起来了，经常对那些算命打卦的地方，有一种莫名的、心驰神往的冲动。

当她看到很多伴读父母们也到县城街道上请那位“得道仙人”为他们即将参加高考的孩子占卜算卦的时候，她的无神论信仰防线就此彻底崩溃了。

就这样，她在伴读环境中由一个坚强的无神论者慢慢地蜕变成为占卜算卦的忠实信徒。于是，她“肩膀上”又多了一笔沉重的负担。她开始相信自己孩子是“文曲星”下凡，只不过是现在遇到“天狗星”挡道；而自己是一个渺小的凡人，现在只能仰仗“得道高人”为她“降魔除妖”。

现在，眼看就要高考，这位大姐知道自己儿子的学习成绩一直没有较大的起色，心里更是倍受煎熬。她心想，儿子马上高考了，那可是一点乱子不能出的事情。现在孩子成绩上不去，又不是什么明摆着的“病”!即使孩子成绩差是一种“病”，她也苦于找不到医治儿子成绩差的“良医”。于是为儿子占卜算卦，成为她“最满意”的选择。

就在高考前十三天，她来到占卜算卦人面前，把自己儿子现在的表现对那位“世外高人”一说，哪知那位“得道高人”掐指一算，说她的儿子最近有大难临头。这可把这位老大姐吓得半死，眼看着自己多年的心血就要变成黄粱一梦，她扑通一下就跪在这位“得道仙人”面前，一把就抓住了那位“得道高人”的手，不顾街道上走来走去的人，声泪俱下，央求“得道高人”为她的儿子消灾解难。

“得道高人”见她如此虔诚，就眯起小眼，伸手把这位大姐拉了起来。他趁机向这位大姐“转达”“神”的旨意，要这位老大姐给他五百元钱。他说只有花五百元钱，他才能请动“考神大仙”，为她儿子补充仙气，遇难成祥。不然的话，他也只能是爱莫能助。

老大姐听说这位“大仙”能够请动“考神大仙”，为她儿子高考鸣锣开道，解除他孩子身上的晦气，心里似乎一下子便“亮了起来”！她二话没说，从自己的内衣口袋里面掏出仅有的五百块钱，递到了“大仙”的手中。

“大仙”眯起猫眼，收下她的钱，并且嘴里在咿咿呀呀说一些老大姐听不懂的“神话”。然后这位“得道高人”让她放心地回去，保证她的儿子第三天就会神采飞扬，并且让他的儿子今年高考中考上名牌大学。老大姐听了以后，才心安理得地回到自己的伴读小院。

虽然，她平时节衣缩食，连一件上百元的衣服都舍不得买，但是为儿子占卜算卦花去五百块钱，她连一点吝啬之意都没有，心里反而非常高兴!她认为自己为儿子做了一件功德无量的大好事，仿佛看到了自己的儿子今年高考中了全县的状元，所有的亲朋好友都来恭贺的热闹场景。

从那天过后，这位老大姐像变了一个人似的，脸上洋溢着灿烂的笑容。她眼里的儿子也真像得到“得道高人”滋补一样，“顺眼”多了。她整个内心充满了感激，充满无限的信任。

我们都知道这是赤裸裸的迷信，可是这位“俗气”未退的大姐，却从中得到了“无上”的满足。因为，那位老大姐已经“找到”自己想要的东西，她那颗烦躁不安的心暂时找到可以安放的家了。由此，我想起了一句话：愚昧永远都是愚昧者的通行证!

我们在诅咒那位行骗“大仙”的同时，也会在自己的内心反省中国教育的土壤，愚昧大姐的行为值不值得同情？这五百元钱换来这位愚昧大姐的欢心能不能持久？这种得与失成不成比例？其实我们都知道这种骗术为什么会得到那么多人的相信，这主要是中国教育的土壤太贫瘠了，像愚昧大姐这样的人，在现在的农村还是非常多，绝对不是极少数的人。

由于这些人近乎文盲，对现代文明的感受能力只停留在肤浅的表象，对科学与迷信的界限根本就说不清楚。我敢断言，在现在的农村，不相信迷信的人绝对不会超过 40%，这绝不是危言耸听的推测，而是我对现在农村人有一个较为清醒的认识，这主要原因就是我们的迷信文化太厚重了。其厚重的程度，甚至还具有一定的杀伤力，它还能使一些接受过高等教育的人，也成为中国迷信的俘虏，大有“露重飞难进”的韵味。

其实，在这个世界上根本就没有什么世外神仙!可是一种愚昧的心灵，经过一次语言的麻醉以后，却能够为迷信存在寻找到最为“科学”的依据,这种迷信环境,能使科学找不到可以呼吸的氧气,它能够使“迷信小丑”成为“科学英雄”；使“科学英雄”成为“迷信小丑”，这不得不让教育工作者感到担忧。

因此，我们在惊呼大姐愚昧可悲的时候，不得不去考虑中国教育土壤的优化问题，我们可以对愚昧大姐那种对儿子的疼爱之心给予肯定，但是，我们对她的愚昧迷信行为，绝不能产生丝毫怜悯之情。因为，这些迷信行为，绝对不是伴读教育走出困境的指南针，它只能对人的灵魂起到短暂的麻醉作用，绝对不能产生持久的、积极的人生力量，今天那些短暂的“笑容”，只能是明天极大痛苦的前奏。当受骗者伤口上的麻醉失效之后，受骗者将会受到更大的迷信惩罚，除非受骗者永远地愚昧下去，没有头脑清醒的时候。

写到这里，我想起德国诗人海涅的名言：生命不可能从谎言中开出灿烂的鲜花。同样，伴读教育不可能从迷信中开出灿烂的鲜花。

六　佛祖也收费

在万宝强那个伴读小院子里，还有一位文化层次较高的，某镇党委书记的老婆，由于她穿着比较考究，脸蛋每天都像涂上鸡蛋清那样嫩，所以这里的人都称她“洋八姐”。她对算命打卦不感兴趣，但是她是一个信佛之人。她认为那些算命的大仙所言的事情，都是一些骗人的鬼把戏，到寺院去烧香拜佛，这才是最高尚的事情。

听她说以前跟自己老公到外地公费旅游的时候，每到那些佛家寺院，她和自己的老公必定要焚香敬佛，为全家平安祈福，为儿子学习祈福。

按常理说，信佛之人，都是吃素念佛，可是这个“洋八姐”平时在生活方面，根本就没有什么禁忌，每天照样吃肉。当然，她的做法大家也能理解，现在人都是讲究创新，信佛之人大可不必在饮食方面跟自己过不去。荤素自便，有利于自己的身体健康，这无可厚非!

看来她的佛性只存在于她的“肉体”!她并没有真正领悟到佛家的要义精髓。佛家人认为，肉是丧命之物，酒是乱性之物，而她不仅仅能吃肉，酒量也是海大。别看她外表纤柔，但她能一次饮八九两酒。

她所租的房子，就在万宝强租房的西边，租房面积比万宝强所租房子要大两倍。她的租房内既有客厅，又有标准的两个卧室。客厅里，一年四季，香案不拆。自从儿子进了高三以后，她每天早晚都要焚香为儿子高考祈福。这已经成为她伴读生涯中最引以为豪的事情。她的儿子成绩不错，考一个普通的一类本科不成问题。儿子的出色表现，在她看来都是“我佛慈悲”得来的。

这个县城的山上有一座佛家寺庙，离她所租的房子有四里多路。最近，她除了在租房里面烧香敬佛外，每天下午孩子上学以后，还狠心丢下三年赌场密友，徒步到寺庙，亲临如来佛像面前磕头、烧香、祷告，恳请如来大佛为儿子高考大发慈悲。因为，她知道儿子即将高考，她害怕如来佛最近人间凡事太多，顾不了那么多，把自己儿子高考一事忙丢了。

寺庙里的住持见到她对佛祖如此虔诚，每天都要抽出一点时间给她授课，为她的灵魂开通佛窍。在住持的善意点拨之下，她掏出两千元，为这个寺庙捐资善款。这个住持也因此对她以及她的儿子关爱有加，特地为她的儿子送去由他签名、带有如来佛灵光的护考符，让她的儿子挂在胸前，确保她的儿子今年高考名列全县前茅。

她为寺庙捐资两千元钱，那可是她瞒着自己的丈夫和儿子所做的善事。她也知道这两千元钱，在现在的农村中也是一笔可观的钱。她对着这两千元钱，也曾经发过呆。这也是她下了很大的决心，才舍得捐出去的。因为，她认为为了孩子再累、再苦都是应该的。花两千元给自己买一件新衣服她是绝对不愿意，但是现在花两千元为孩子高考祈福她还是乐意的，就是再让她多花点钱，她也愿意！

万宝强在内心深处从来不信迷信，但是，最近伴读小院里的家长很少不到山上寺庙去烧香拜佛的。他很好奇，为什么县城这个小寺庙有如此神奇的力量，把那么多的伴读家长的魂勾去?他很想知道这个寺庙“磁性”在哪里，也很想知道那么多伴读家长到了寺庙以后，住持又是如何开导他们的。

一个星期天，万宝强吃过早饭，他跟在那些虔诚的伴读家长后面，径自来到本县早有盛名的小寺庙。

由于万宝强第一次来到这个寺庙，他开始仔细地观察这个寺庙。这个寺庙是建筑在大山的半山腰上的，红墙碧瓦，几排古典的厢房分立左右，在寺庙的正前方，有一个近似学校宣传栏的橱窗，只不过这个橱窗上面涂满紫漆，万宝强走进一看，里面全是近一年善男信女们留下的许愿黄丝带，上面写满许愿人的姓名和许愿词。

走近寺庙大厅，万宝强发现这个大门很特殊，大门中间有一个小大门，小大门两边分别还有一个仅能供一个人跨越的偏门，大门的门槛很高，足有一尺，万宝强刚想从大门中间的小大门进去，却被一个伴读家长一把抓住。

万宝强一看，竟然是和自己同住伴读小院的姜姐，姜姐小声地在万宝强耳边说："这个寺庙很有规矩，中间大门是虚设的，如果敬香的人从中间大门进去那是会冲撞如来的。如果你冲撞如来而不去花重金消灾，佛祖是会降罪于你的。来这里敬香的人都是从左边小门进去祈福的，然后从右边小门出来消灾的。你刚才想走中间小大门进去，你真的把我吓一跳，幸亏我及时把你拉住，不然的话，真是后果不堪设想。我想，要是你冲撞了神灵，我们和你住在同一个伴读小院的人都要遭殃。真是的，你来的时候，也不和知道'行情'的姐妹说一声。今天，算你走运，不然的话，回去后建云妹也会心里不踏实的……"

"我的妈呀，原来佛祖居住的地方，还有这么多的规矩，真让人有一种不敢迈步的胆怯!看来，来这里敬香的人，事先都要到外地进修几回才能不冲撞神灵。"万宝强惊讶地说，"刚才你抓我的力量真大，我还以为遇到警察抓小偷呢，真把我吓得一身冷汗呢!现在，我的臂膀还隐隐作痛……"

万宝强跟着姜姐从左边的偏门进到寺庙大殿里，只见一尊"巨大"的现在佛屹立在大殿中央，把整个大殿衬托得格外庄严，两旁还矗立着两尊尺寸稍小的未来佛、过去佛。佛像的两侧有两根金黄色的"擎天柱”，上书：大肚能容容天下难容之事，笑口常开笑天下可笑之人。

万宝强环视大殿，这个大殿几乎都被这三尊大佛占据，大门后面有一个四米多长的柜台，里面有玉石佛像、玉石十二生肖像、多种规格的炷香，柜台旁边站着两个穿着僧袍的僧人，就像超市里面的服务员，在为善男信女们兜售玉器和炷香，其中一个僧人手持求签筒，在为一个伴读家长抛签，佛像前面跪满了伴读家长模样的人。

姜姐来到柜台前掏出十元钱，拿了一炷香，到佛像面前跪着许愿以后，又来到柜台前求了一签，她便拿着这个签来到大殿的另一侧，跟着长长的队伍，绕着佛像转。万宝强连忙从柜台旁边跑到长长的队伍后面，跟着善男信女围着佛像转……

这个圈一共有三道卡，每一个卡都有一个僧人为善男信女破解人生难题，而且破解的档次越来越高。当然需要破解的善男信女一定要出点钱，第一道卡破解费是二十元，第二道卡破解费是六十元，第三道卡破解费是二百元……不过收取的破解费，都美其名曰：慈善捐助费。

万宝强刚转不久，就被一个年龄稍大的僧人拦住：“施主，你有何事求佛祖帮助呀？”

“我没有，不过”万宝强冷不防被僧人问住了，便吞吞吐吐地对僧人说，“我是为女儿高考来求佛祖帮助的。”

“那请施主捐慈善费，”僧人说，“请你在我们的本子上写下你所捐助的数目，最低二十元，并且把钱塞到柜台旁边的捐助箱里。钱塞进去以后，我们会为你女儿祈福，为你指点迷津……”

万宝强听说“二十元”，心想：这钱不多，听听僧人怎么说，看看这些“世外高人”究竟高明在什么地方！

当他好不容易过了第一关后，他便看到了下一个“收费站”，他再也不敢去接触那些高僧了。他立即从善男信女的队伍中窜出来，直接从中间佛祖像旁边的间隙处逃出。还没等那里僧人反应过来，他已经从大殿的小大门钻出门外。当他钻出门外的时候，才想起刚才姜姐的忠告：应该从右侧偏门出来，可是……

回去路上，姜姐问万宝强："你今天是来干什么的？"

"我是来打酱油的。"万宝强随口答道，"原来佛祖也收费。"

我们暂且不去考虑佛祖有无，我们就伴读家长为孩子高考的那份虔诚之心考虑，应该可以说，这种虔诚之心不仅仅寄予着父母们无边的大爱，还寄予着父母们对子女那种殷切的期望。我向来崇尚无神论，但是我面对这些虔诚的伴读父母们实在说不出半点指责之词来。

因为，他们的大爱已经超越个人信仰的境界。我 x只能有悖我的信仰对这些虔诚的伴读父母们的迷信行为作另外一番解读：他们考虑到自己能够为孩子高考提供的帮助实在有限，力量又是实在的单薄、弱小，心中唯一所能够依赖的就是那种超自然的佛力。

据我所知，很多伴读父母认为：现在这段时间是孩子们人生中最为关键的时候，只要能够在这个阶段为孩子提供一点帮助，就会对孩子的未来产生极其深远的影响。

因此，为孩子尽可能多花钱、为孩子尽可能多出力，不惜血本是这个时期很多父母们为子女最易表现的心理倾向。我们这些做旁观的人，除了敬佩以外还能有什么想不通的呢？即使他们在这方面做得有点固执、有点幼稚、有点不可理喻、有点造次、有点过分、有点草率，有失科学依据，我们也不能对父母们这颗仁慈之心，妄自菲薄。

我是一个喜欢到外边游山玩水的人，每到一个景点，我往往会被一些奇特的现象所感动。那些所谓的状元笔、状元书、状元符都是十分"叫卖"，生意十分火爆。究其那些人卖那些物品的原因，大概说不出第二种。他们花钱不多，他们所买的是一份美好的祝福，是一份美好的心情，是一份无私的爱心。

在灵隐寺，我看到有一位五十岁左右的中年人，他把自己儿子今年要高考的情况，告诉了这个寺院里的住持。住持让他去抽签，结果他抽到了一个不祥的签。他的心情非常沉重!他跪在佛祖面前，请求住持为他指点。

住持很为难，他掏出一沓钞票，让住持为他儿子开通高中及第之道，住持开始假装佛禁难开。这位中年人更加惶恐不安，磕头如蒜，加了“筹码”后，“佛祖”才为这位中年男子“解禁”。

我不知现在寺庙里这些住持所表演的是真戏还是假戏，但是眼前这位中年人却对住持十二分的虔诚，满眼充满对神灵的敬畏。仿佛现在眼前的住持就是儿子今年高考及第的救命稻草!只见住持收下“重金”后，双手合掌，嘴里不停地念：阿弥陀佛，善哉!善哉!

接着，住持轻轻地走到这位已经“瘫软”的中年人面前，把他从地上扶起来，并且用“佛掌”按在这位中年人的头顶上，然后，也让这位中年人学起他的样子，双手合掌，默念：阿弥陀佛。

后来这位住持让中年人走进佛祖后的小厢房里。大约五分钟后，这位中年人满脸堆笑，高兴地走了出来。和他一起同来的人，赶忙上前打探究竟，中年人毫无保留地向这位同来的人说，“这里面的神仙让我捐资二千元，帮助我解了大难。我现在心里踏实了许多!虽然我花了二千元钱，但是我从现在起，可以放心地睡安稳觉了，再也不用去担心自已的儿子考不上本科了。”

我们都知道迷信都具有反科学性，但是，我们很多人却深陷其中，以求心灵的安慰。现在，不管是读书人还是没有读书的人，往往会对迷信产生一种心灵上的期盼。尤其是对那些“经验丰富”和“近乎无知”的人，他们对迷信更是情有独钟。

比如老人和孩子，他们往往是神灵的忠实崇拜者。而现在很多高考考生家长对神灵的崇拜更是一浪高过一浪。是他们灵魂麻木吗?他们中不少人还是接受过高等教育的人。我揣摩良久，认为他们是因为对现实中的孩子缺乏足够的信心。

高考的竞争太激烈了，但是他们在心里又不愿承认自己孩子的无能，又不敢去正确面对这些残酷的现实，而信奉神灵是迎合他们脆弱灵魂的一剂独特的药方。他们可以在迷信的思想中寻找到更为周全的心灵寄托。他们中也有不少人知道这是假的，但是，他们的内心深处，还是希望这些冥冥之中的神灵，能够突发奇功，给他们带来意外的惊喜。

最近，我在一家报纸上看到一则让世人笑不出来的“笑话”。一个今年就要高考考生的家长，他为了自己的孩子今年能够在高考中一举及第，他在如来佛面前已经跪了几天几夜，饭都不吃。记者去采访他，他说这样做才可以感动天上如来佛，才能感动掌管他孩子高考命运的文曲星，也只有这样，天上的神仙才能保佑他的孩子在高考中考出好成绩。

在上文已经提到，我这个人接受过无神论的教育，对迷信这种观念，根本就深恶痛绝。但是，我对这些父母的迷信行为却恨不起来。因为，我从他们的眼神里看到了一种最无私的大爱。他们所做的一切，不是为了自己，而是为了自己的孩子。他们在现实中没有太大的本领，只能祈求天上的神仙来帮助自己的孩子，并且希望天上的神仙能够让他们的孩子有一个非常美好的前途。

他们曾经在帮助孩子打造美好未来的道路上，拼命地努力过，拼命地挣扎过，但是他们总感到自己力量单薄、力不从心。他们恨不得用自己的生命来换取孩子一生的幸福……

可是，在这个世界上，孩子的命运之神偏偏不能接受这些仁慈父母们的美好愿望。因为在孩子成长的道路上，没有什么捷径可走；也没有什么神仙能够驾驭孩子的健康成长之路；孩子的前途只能掌握在他们自己的手上，唯有孩子个人的勤奋努力，才是让孩子们最终走上成功大道的最有效手段；而迷信天外神仙、迷信世外得道高人都只能是自欺欺人，是绝对没有好结果的。

因此，我衷心祝愿天底下所有的父母们，趁着孩子们未来命运还没有定型的时候，正确实施家庭教育，让他们树立正确的人生观、世界观、价值观，发扬艰苦奋斗的精神，只有这样，孩子们的明天才能大有作为。

七 不能在孩子面前乱了阵脚

越是临近高考，高考的脚步声越是太响太沉!它把县城中学附近的伴读租房敲得咚咚响。有些考生及其父母亲开始失眠了……

他们把高考看得太重要了，甚至比自己的生命还重要。可是很多考生现在的学习成绩还是在临界线上徘徊，对自己的高考没有绝对的把握。他们老是想:假如自己考不上本科怎么办?根本就没有心思去分析自己眼前学习上存在的薄弱问题。

我们知道，适度的担心、焦虑是正常的，可是一旦出现焦虑过度，那是很难从学习的“沼泽地”上爬起来的。因此，我们做父母的必须在孩子过度考试焦虑发生之前，把孩子考试焦虑的度定格在适当的标尺上，绝不能让考试焦虑影响孩子考前正常的学习、休息。

为此，我们做父母的一定要给自己树立足够的信心，必须让自己好好地冷静下来，不要因为那些外界的骚动而使自己正常的生活失去应有的水准。要知道，自己才是孩子情绪的主心骨!我们千万不能过分担心孩子考不好，请相信孩子，请多给孩子一些鼓励。绝不能给孩子树起反面榜样，也绝不能在孩子高考前自己乱了方寸。

要知道，自己仅仅是孩子高考的配角!如果我们做父母的，在这个时候不能保持冷静，没有“临危不乱”的大将风度，过分焦躁不安，那么孩子高考前压力就会大幅度增加。这对孩子的高考是极端不利的！古人常说的“宁静方能致远”就是这个道理。

同样，在这个时候，我们做孩子的也一定要使自己那颗狂热的心冷静下来，切忌焦躁不安，一定要密切配合家长、老师的关心和教育，用自信而不张扬的心态，理性地对待眼前的高考。

孩子高考前有点失眠也是情理之中的事情!我们切不要过分在意这件事情，毕竟高考是孩子第一个人生重大抉择。可是这个伴读小院里的有些考生家长，却比自己的孩子更为焦虑。其烦躁不安之状，确实能让一些正常人感到揪心。

我们应该清楚，孩子就要参加高考了，我们家长更应该保持一个良好的心态，不能在孩子面前乱了阵脚，一定要以一种镇定自若的姿态来为孩子做榜样，毕竟我们的孩子身心还不够成熟。

如果我们父母此时心态调整好了，处处以一个积极向上的心态出现在孩子面前，孩子就会在无形之中受到感染、受到鼓舞、增强自信，很快就会融化自己心中存在的担忧、恐惧、徘徊、紧张、懦弱等消极心理，同时也会很快调整好自己的心态，以一个更加坚定的心态去面对高考。

如果我们做家长的，在孩子出现不适的时候，不能送去安慰、送去冷静、送去自信，我们的孩子就会在不健康的心态中更显得六神无主，不要说孩子能够静下心来学习，就是连孩子正常的休息也会难以为继。

此时，万宝强的女儿虽然心态没有出现“太大”的波动，但是，失眠却时有发生，以前上完晚自习回家，看半个小时书，然后洗澡、刷牙过后，很快入睡。现在，睡在床上，头脑里老是想着高考的事情，尽管心里暗示自己不要胡思乱想，可是自己就是很难控制住自己的心绪……

这个时候，杨建云就会主动地为女儿做适度的按摩，让女儿尽快地放松下来，通常这种按摩一般要持续一个多小时。要知道，给女儿按摩的时候，往往都在十二点左右，正是杨建云睡意正浓的时候，有时，把杨建云按摩得心烦气躁，虽然杨建云嘴里不说什么，但是这种情绪往往会带到按摩动作之中，有时女儿会气得不让妈妈按摩……

如果失眠是万宝强女儿高考之前的烦心事，那么由失眠引起的便秘更是让她坐卧不安。她以前也有过便秘，那种便秘一般不超过两天。而在这即将参加高考时候复发的便秘，却是相当的严重，往往持续三四天。孩子三四天没有大便，这把万宝强和杨建云急得团团转，真比热锅上的蚂蚁还着急。此时，万宝强和杨建云心里都非常清楚：父母在孩子高考前期更要冷静、更要克制，绝不能在这个时候显得烦躁不安。

所以，万宝强在女儿面前，只是一脸的平静。他趁女儿上学的时候，和杨建云来到县城大医院。他们径直来到专治便秘的“专家门诊”，向那位知名专家谈了自己女儿的便秘情况，请求专家多多给予指点，帮助自己的女儿能够顺利通过高考。这位专家显得非常自信，告诉万宝强：这种便秘治疗非常简单，只要他女儿喝一点肠清茶就行了。

但是，当他把肠清茶放到自己女儿面前的时候，他犹豫了。他知道这杯肠清茶喝下肚以后，很快就会出现拉肚子现象。所以，他担心这样做岂不是太鲁莽草率了吗？他想到这里，就不敢冒这个风险。心想，如果这杯肠清茶让女儿喝了，在课堂上、考场上出现拉肚情况，岂不是害了自己的女儿！到那个时候自己又能到哪里去喊冤呢？！

想到这里，他就不敢坚持给女儿喝肠清茶了。但是，他还是用自信的语言告诉自己女儿：“这种小毛病，只要你把手心搓热，用手在腹部旋转按摩，并且坚持多喝开水、多吃些香蕉、蜂蜜就可以正常排便了，根本就不需要什么药品来帮助解决便秘问题。”

虽然万宝强的女儿听从了爸爸的建议，但是万宝强还是不放心。于是，他又和杨建云来到第二个治疗便秘的专家跟前。他重新把自己女儿面临高考而出现便秘的情况向这位专家说了一遍。这位专家经过认真研究过后，向万宝强开出一道和第一个专家不一样的秘方，让万宝强的女儿吃一些排毒养生丸。

这位专家认为肠清茶这个药不能吃，它是一种减肥茶，它是靠决明子、荷叶等中药驱除肠胃中油腻的。这种茶偏寒凉性，高考前喝的话，副作用很大，对肠胃不好，会破坏胃肠道黏膜；能使胃肠道菌群失调，出现炎症，产生溃疡等疾病，甚至还容易使孩子免疫功能下降。

因此，这位专家非常自信地认为服用肠清茶一定会耽误万宝强女儿的高考！而吃养颜排毒胶囊，它是一种补药。对女孩子来说，这不仅仅有利于排便，还有利于养颜；对高考的学生来说，这不仅仅有利于夜间睡眠，还有利于提高高考质量。

万宝强和杨建云听了这位专家的建议，很是感激。可是，他女儿服完养颜排毒胶囊过后不但不能立即消除自己的便秘，反而还让她感到有点恹恹欲睡的感觉。万宝强见状，赶忙让女儿停止服药。因为万宝强知道，现在给女儿服药，不仅仅要考虑到治女儿的“病”，而且还要考虑到女儿眼前的高考。这可不是闹着玩的！这可开不得半点玩笑的！因为这关系到他女儿的前途命运。

其实，万宝强在这个时候不应该显得如此的焦急。不管是在女儿面前还是没有女儿在面前，他都应该保持冷静的头脑，都应该在处理便秘这个问题上不动声色，让自己的心情放松下来。这样才能很自然地让自己女儿的心情放松下来。因为放松本身就对他女儿便秘治疗有一定的好处。

我们应该清楚在高考面前一点紧张都没有的学生，那是极其稀少的。因为我们知道，只要某件事对你的人生很重要，在处理这件事的时候，你就会很自然地表现出紧张，并且随着这件事重要程度的增加，你所表现的紧张程度也在不知不觉中增强。

我们都是生活在现实社会中的人，都想凭借自身的努力，在这个纷繁复杂的世界上有自己独立的舞台，并且都希望凭借自己的实力，来驾驭自己的美好未来，使自己的一生能够在和和美美的生活中潇洒自如。

因此，大多数人都会在不知不觉中关注眼前每一次能够让自己飞跃的机会。我们要知道机会这种东西，既无形也无踪，来也匆匆，去也匆匆，很容易在自己疏忽大意的瞬间，翩然地离你而去，悄然立于别人的“山头上”。

你所渴望的人生风景，也会在你失去机会的时候，风云突变，电闪雷鸣；你所渴望的幸福生活，也会在你失去太阳的日子里，悲观痛苦，笑意全无，让你品尝到被快乐抛弃的滋味。我们想一想，现在的考生每天都要接受来自学校、老师、家长、社会对他们灌输的“生死攸关的高考”信息。他们自己每天都在暗示自己：高考对自己的前途太重要了！重要的就和自己的生命一样。因此，这些考生在高考来临的时候，能不表现紧张吗？

因此克服高考前紧张、焦虑的关键，就是我们伴读家长和孩子都要具备坦然面对一切的胸怀。我们要正视现状，绝不能对眼前发生的“风吹草动”敏感多变，绝不能把自己的不快情绪向全家输出，让全家为你的不快买单。

写到这里，我想起了几年前和几个同事在饭店吃饭时候闲聊这方面的话题：当时桌上坐着一个高三学生家长，同事问他：“现在离高考还有十几天了，你和你的儿子有紧张感吗？”那个高三学生家长回答：“没有，我和儿子都感觉不到紧张。”

“你不紧张，大家都知道，但是我们街道的王主任就不同了。我看他比他的儿子还焦急、还紧张。”当时就坐在我旁边的周校长说，“我敢断言，你家儿子今年一定能考出好成绩，街道王主任的儿子一定考不出太好的成绩。”

“何以见得？”我连忙请教周校长，“你为什么会如此断言呢？你不怕街道王主任听了不高兴？”

“我才不怕呢，就是王主任坐在这里，我也照说。”周校长继续说，“我不是神仙，但是我会看相。我一看王主任每天焦急万分的样子，就知道他一定会‘殃及池鱼’的。父母在孩子高考之前，不能表现出泰然处之的大将风度，自己先乱了方阵，那还能有什么好结果？”

周校长的话，让很多人感到震惊，不少人认为他说的话太玄乎!可是，那年高考过后，那两个孩子的高考成绩正如周校长所说的那样，一个考上南京大学，另一个名落孙山。现在，我仔细推敲周校长的话，确实让我悟出一些家庭教育的道理。

现在距高考还有十三天了，考生的心理紧张程度往往会日益增强，有的孩子已经加重到难以正常睡觉的地步，他们最想在父母那里得到安慰。如果这个时候父母也表现出紧张的情绪，那么孩子的焦虑、紧张心理自然会加重，孩子就更不能把自己的考试紧张情绪从父母那里倾泻出来了。

根据我多年观察，考试紧张、焦虑最容易发生在中等生身上。因为他们的学习成绩时好时坏，最怕考不好的时候被父母埋怨和责备。再说这些学生学习往往比较勤奋，而且多数有努力争取上进的愿望，父母的期望值往往都比较高，这都容易加剧父母和孩子的焦虑心理。

因此我们家长必须时刻牢记“欲速则不达”的道理。父母要克制，要保持良好的心态，要努力营造温馨和谐的家庭氛围，要关心孩子的读书，但要尽可能少谈高考，更不能在家里营造考试的紧张气氛，绝不能再给孩子增加第二次压力，努力为孩子创造自然、平和、友好、民主的学习氛围。

考前这段时期，父母千万不要在孩子面前争吵什么，以免影响孩子集中精力。孩子有困惑向父母倾诉的时候，父母要给予更多的理解和支持。同时，父母要尽量避免到外面做客或在家里请客，要用更多的时间来陪孩子，给孩子提供良好的学习环境。

这段时间，父母对子女要有足够的信心和信赖感，以减轻孩子的压力，努力提高孩子的自信心，激发孩子向上的斗志，要相信孩子有一定的解决问题能力，没有必要事事过问，要相信孩子已按学校老师的要求，完成各项学习任务。如果有必要还可以约几个同学到户外玩一会，比如：打乒乓球、羽毛球，让大脑好好休息一下，目的是为了更好地提高学习效率。这时候，父母切忌事事过问，因为这样反而会引起孩子的反感，加重孩子的心理负担。

这时候，父母还要努力营造良好的沟通、交流环境。有的考生这个时候心理非常脆弱，一点细小事情的打击，就能使他们烦躁不已。所以父母在和孩子沟通的时候，一定切忌唠叨，要知道父母的唠叨，更会刺激这种躁动不安的情绪。因此父母要密切关注孩子情绪，随时准备帮助孩子解决实际困难。

这时候，父母不要再去为陪孩子谈心没有时间找借口，我们可以利用晚饭后或接孩子下晚自习的时间和孩子一起散散步、沟通交流一下。如果孩子不愿意说话时，父母最好不多问，等孩子情绪好的时候再沟通，总之，父母要给孩子一种信任感，以减少孩子的心理压力。

另外，这个时候，父母一定要注意控制自己的情绪，与孩子沟通时，父母的态度要温和真诚，多给予赞美和肯定，不要居高临下地用责备、质问的语气跟孩子说话，更不能采取打骂的粗暴方式，那样只能使矛盾激化，既解决不了问题，又会加深彼此的隔阂。

下面我将自己平时常用的一些常用的减压方法进行梳理，写在这里与读者共勉：你可以随身携带一个小橡皮球，遇到压力过大需要宣泄的时候就挤一挤、捏一捏，效果不错；如果你是一个比较细腻的人，自己心里有想法却又不愿意和家人、朋友交流时，那么你不妨尝试下自己为自己减压，即准备好纸和笔，以散文、诗歌、打油诗、随笔等形式，把自己的想法写出来，这样就可以随心所欲地把烦恼、压力、梦想通通写出来，可以让自己变得轻松起来。

除此之外，还可以到户外多看看绿色来稳定情绪。例如：我们可以到附近，看看花草树木：河边的小草、公园的花木……甚至还可以一边听轻音乐，一边欣赏眼前的美丽景色。这都可以让你从紧张的情绪中冷静下来。

八 健康身体往往掌控在自己手里

“医生开的养颜排毒胶囊还能不能吃呀?”杨建云知道女儿便秘还没有好转，心急如焚地对万宝强说，“孩子连续四天拉不下来大便，眼看就要高考了，我们总不能让女儿强忍大便去参加高考吧。”

“你不要这么着急好不好?”万宝强装着无事的样子，“你这着急的样子，能让一个正常的人看了之后急成心脏病!今天正好是星期天，女儿不用到学校上课，我们现在就打的，把女儿带到县城最好的大医院去看看，不就是一个便秘吗，何必摆出一副如临大敌的样子呢?”

万宝强一家三口吃过午饭，没有耽误时间，他们一起打的，很快来到县城最好大医院的内科门诊，一位非常慈祥的五十岁左右的男医生微笑着询问了万宝强女儿的便秘情况……

“闺女，真的，高考一点都不可怕，我当年就没有考上大学，现在不是照样坐在这里给你看病吗?即使高考落榜了，也不会让人走投无路的，只要你内心足够强大，性情够执着，再大的困难都不过是早晨沾在小草上的露珠，迟早都会在阳光下化为水蒸气的，高考它可能会改变你的人生轨迹，但是它绝不是人生事业成功的唯一出路。如果我们都把高考看得太重，那么高考就很可能成为神话中压垮骆驼的那根稻草。学会放松自己，便秘是一个小毛病，每天喝两杯蜂蜜水，吃点海带，晚上喝一大碗玉米稀饭，临睡时候，用手掌在腹部向左旋转一百圈，然后再向右旋转一百圈，早晨起来多蹦蹦跳跳，便秘自然会消失的。”医生非常友好地开导着万宝强的女儿，“其实，高考和你平时的考试有什么两样呢?你把它当作平时的一次小测试，你不就安之若素了吗!”

“我除了便秘以外，还有点失眠，”万宝强的女儿对这位慈祥的医生说，“我可以吃一点安眠药吗?”

“闺女，不要考虑那么多，你根本就不需要吃什么安眠药，如果你心情放松了，那么你的便秘、失眠都会随之消失。”医生耐心地开导她，“凡事退一步想，你的心胸就会更开阔一些，这样你就会浑身轻松多了。现在你就要参加高考了，不要乱吃药，你现在就可以和你爸爸妈妈一起回去了，没事的……”

“医生，是不是要给我们女儿开点药回去才好呀，”万宝强见医生没有开药，心里觉得不踏实，便对医生说，“我有点担心女儿回去以后，便秘这个毛病得不到好转。是不是可以开点冲剂给我女儿喝喝才好呢?”

“不用的，你们照我的话去做，你们女儿的便秘肯定会好的，”医生说，“你们光知道给女儿治便秘，有没有想到调整你们女儿的心情呀?其实你们的心情对孩子更重要，不要再在孩子面前装着轻松的样子，你们自己一定要在内心中真正轻松下来，给孩子足够战胜便秘的信心，这比开什么药给女儿吃都重要……”

万宝强似乎从医生那里感觉到什么，心里豁然开朗了许多。他谢过医生，便和杨建云、女儿离开了医院。

“现在，我们不用打的了，医院到我们住处只有一里多路，我们步行回去吧!”万宝强对女儿微笑着说，“多少天我们没有在一起闲聊了。我们一起回去，一起聊天，一起看看沿途的风景……我想这也是一种人生的享受!”

“好久没有和爸爸妈妈一起爬山路了，今天真是太爽了，原来山路上的空气真是太清新了!我猛地呼吸一口，就像喝了一口千年人参汤似的，顿感浑身来劲，腿上也增添了许多劲，背部的肌肉也被拉松了许多。这美妙的感觉，真让我有一种置身世外桃源的感觉!”万宝强的女儿走在山路上，心情特别地高兴。

“闺女，人就应该每天快快乐乐的，就应该轻轻松松的，我们读书，绝不能把自己关在一个小屋里，整天昏昏沉沉地趴在书桌上。你看山路上，竹浪翻滚，松涛阵阵，山花争相开放，你看那树上的玉兰花，水灵灵的，虽然它没有八月桂花那样的醉人馨香，但是它洁白如玉，怒开枝头，高高地擎立在空中，只可远观而不可以亵渎，绝非凡人所能采摘到的，它真可谓是花中一绝啊!”万宝强非常开心地指着路旁的玉兰花对女儿说。

“爸爸，其实每种山花都有它们的美妙之处，再细小的山花都是花中一绝，你看那些绽放在大树底下不知名的小红花，它们无意于春天的热热闹闹，无意于世人的万千宠爱，它们只是默默地开放，默默地生长，默默地装点着山上每一块光秃的地方，给寂寞的大山送去一丝微不足道的绿色，给路旁行人送去一缕微不足道的花香，我认为这些小山花和那些高大的花树没有什么两样，它们都有各自的生命精彩，共同为这座大山奉献着自己灿烂的一生。我想，大山之所以那么苍翠浓郁，芬芳四季，就是因为大山从不拒绝每一朵细小的花，每一棵微不足道的树。也许，大山的精彩之处就在这里。”万宝强的女儿看到这些无边秀色，感慨地对爸爸说。

“你今天怎么不说时间太重要了?你怎么舍得让女儿浪费半个小时和我们一起走山路了?”杨建云对万宝强今天徒步走山路的举动感到诧异，便问万宝强，“你不是常说，高考之前的复习时间，每小时就相当人生十年吗?是不是今天听了医生的话，你变得慷慨起来啦?”

“好了，今天我们不谈这些话题了，从现在开始到女儿考试结束，我一定不会再提‘高考’这两个字，一心一意搞好伴读后勤工作，天天让自己保持好心情，绝对不会再去‘演戏’装轻松了。”万宝强说，“今天，医生的话让我茅塞顿开啊!”

就这样，他们一家三口一路有说有笑地沿着山路快步走回了伴读小院。万宝强、杨建云以及他们的女儿完全把参加高考忘到九霄云外去了。虽然山路有点陡峭，但是，他们并不感觉累，他们的内心都有一种说不出的快乐。

对此，我建议所有的家长，为了让自己的孩子在高考之前不产生过度的紧张心理，我们一定要管理好自己的嘴巴，请不要总把高考挂在嘴边!其实孩子的心里早就知道高考重要，根本就不需要你去特别强调。要知道你每天单独强调这些词语的时候，对你们的孩子来说，将是一种不断加压的过程。我们应该清楚，在学习上，并不是说压力越大越好，而是要保持一定的度，绝不能超压。

如何检验孩子身上的学习压力是过大还是过小呢?我们做父母的如果看到自己的孩子每天都无所事事，连走路都哼着小曲，在电视面前一待就是半天的，我们在这个时候就应该考虑到给孩子增加一点学习压力了;如果我们看到自己的孩子，每天都沉迷书本，饭都不想吃、觉也睡不好，每天都神经兮兮的，在这个时候，我们做父母的就应该考虑给孩子减压了……

为了能够让自己的孩子在减压的过程中有一个很好的效果，我们做父母的应该知道自己孩子出现这种压力过大的原因。当然，导致孩子压力过大的原因可能有很多种，但是下面几种情况是比较常见的:

第一，压力过大往往与我们孩子学习能力有关，也就是说这些毛病经常出现在学习能力相对较弱或者学习效果较差的同学身上。第二，压力过大往往与孩子的抱负水平有关，即越希望自己获得好成绩就越容易产生学习压力过大现象。第三，学习压力过大往往与孩子的竞争水平有关，即越是害怕竞争，且缺少竞争经验的，就越容易产生学习压力过大现象。第四，压力过大往往与孩子考试失败的经历有关，即有几次重大考试失败经历的孩子，内心往往容易产生过大的压力。第五，学习压力过大往往与孩子的心理、生理状态有关，即心理承受能力差的孩子容易产生学习压力过大现象；当孩子身体不好或者疲劳时，也容易产生学习压力过大现象。

当我们这些家长知道了孩子出现学习压力过大的原因后，只要我们能够及时地对症下药，并且根据孩子的身心特点、孩子的学习基础及时地采取有针对性的调控方法，孩子学习压力过大的问题，就会得到有效的解决。比如：听孩子倾诉收获与烦恼，让孩子多做一些深呼吸运动，多陪孩子到户外散散步等等。

万宝强看到自己的女儿因为便秘而出现一些不良反应后，要在平时他根本就不会把它当成一回事。可是他现在眼看自己女儿就要参加高考，便再也不能不管不问了。他知道当务之急必须尽快解决女儿的便秘问题，因为女儿的便秘问题已经到了刻不容缓的地步。

此时万宝强的内心要说一点不急那绝对是假话，但是他现在从内心深处要求自己放松下来，因为自己绝对不能再给女儿添乱了。前几天两位专家给他女儿所开的中药，现在他都放在抽屉里面不想给女儿服用。这些中药如果要在平时，他早就让女儿服用了，而现在女儿处于高考前的关键时期，他是绝对不敢有半点含糊之心的，刚才他从县城最好的医院那里得到真经，他内心才稍感轻松一些。

这时候，万宝强决定按照县城最好医院医生所说的话去做，不要自己女儿服药，希望女儿通过体育锻炼、食疗把自己的便秘治好。

万宝强以前就喜欢看一些有关养生保健方面的书籍，于是，他找来自己以前看过的保健书籍，仔细地寻找能够治疗便秘的做法，并且让自己的女儿学着书中介绍的做法进行治疗。然后，他又找几个能够治疗便秘的穴位让女儿自己或者杨建云进行按摩。按摩过后，他又让女儿每天喝一杯蜂蜜水，吃两根香蕉。除此之外，他还要求女儿每天多跳一会儿。

真是奇怪，孩子很快大便竟然正常了，这是万宝强万万没有想到的事情。他也不清楚这种简单易行的方法居然会产生这么好的效果！他的高兴劲儿很难用语言来表达，因为他心里一直担忧的问题，总算成功化解了。

其实，有些养生专家早就建议，人平时应该要多关注一些养生知识，多做一些体育运动，多吃一些健康而又营养的食品，多按摩身体上的一些穴位，这样就可以达到健康生活的目的。例如：人经常两手搓热按摩自己的脸部、腹部的气海穴、腰部的肾俞穴、脚部的涌泉穴都会给自己带来很大的青春活力，增强自己的免疫功能，提高自己防御疾病的能力。对于学生来说，这样做不仅仅达到养生的目的，还能够提高自己的学习积极性，提高自己的学习原动力，提高自己的学习效率。这可是一箭双雕的好事情！

我平时也喜欢看书、写文章。如果感到疲倦了，也经常端坐在座位上做一些养生保健活动。首先使自己的腰部左右前后摇几下，再将自己的脚尖用力向前、向后延伸，并且慢慢地摇动脚跟数十次。然后再去读书、写作，我就会感到浑身有一种“使不完”的力气，自然读书、写作的效果也会明显增强。

难怪有一位养生专家认为，现在虽然医学如此发达，但是一个人的健康水平绝不是完全靠医学水平来保证的。一个人的寿命，百分之八十是由这个人的养生保健行为决定的；百分之八是由当今的医学水平来决定；还有百分之十二是由于大自然、社会一些无法抗拒的外来力量决定的。

也就是说，一个人的正常寿命，绝大部分是掌控在自己的手里，是靠自己积极地养生换取的。当然，我们明白这个道理并不是说说就行了，而是要我们长期实践才能得到的。其实保健养生的道理谁都懂，可是我们中很多人不能去长期践行这种科学的养生之道，因此，很多简单易行的养生之道成为我们普通人纸上谈兵的工具。我们单位的不少教师都知道长期跑步对自己的身体有好处，可是能够长期坚持跑步的却没有几个人!这不能不说是健康人生的难题!

其实，考前考生出现便秘那是很正常的事情。一些专家认为，这同考生考前心理负担过重、考试焦虑过度有关。再加上考前考生拼命地学习，长时间坐在书桌前，缺乏一定的体育活动，发生便秘就成了高考之前考生经常出现的毛病。

如果我们做家长的，能够正确地引导自己的孩子做一些日常简易的保健操，经常按摩自己的腹部，经常原地跳跃，经常做一些佛家养生“八段锦”，跟着电视体育频道上经常出现的瑜伽操学一学，那么自己的孩子就会大大地减少影响学习的小毛病，就会以更加充足的精力投入到学习中去，并且还能够让自己的孩子成为健康成长的很大受益者。

这不仅仅可以让自己的孩子享受健康生活的快乐，提高孩子学习的积极性，还可以使自己的孩子以优异的学习成绩塑造出最自信的自己。并且，我们做父母的也可以从中收获健康、快乐的生活。我们应该清楚，孩子在高中阶段，正是人生中最为刻苦用功的阶段，这个阶段不仅仅需要孩子有一个吃苦耐劳的好品性，还要具备一定的养生知识和学习上的技能和技巧。

也就是说，孩子要在自己的学业上取得较辉煌的成就，还需要多方面的人生素养。如果我们在孩子成长过程中能够正确地引导他们培养多方面人生素养，他们就很有可能成为祖国建设事业中出类拔萃的人才，他们就很有可能在各自的人生舞台上演绎最为精彩的华章。

要知道，教育的目的就是让孩子成为幸福生活的缔造者，就是让孩子在健康生活的引领下，创造出对社会、对自己有益的物质财富和精神财富。因此让孩子拥有健康的生活理念，让孩子经常做一些简单易行的保健运动，那是父母必须认真完成的重要事情。这区别于学校教师上课！这就要求父母必须从那些名目繁多的体育锻炼中，找出一些适合自己孩子锻炼的健身操，让孩子保健运动与繁重学习任务有机地融合在一起，最终让孩子得到身体和学习成绩的双重提高。

九　不要做高考的可怜虫

县城中学高三教学楼前面高考倒计时牌子上的数字每天都在更新，今天，它上面写着：同学们，离高考仅剩12天!其实，万宝强每次送饭给女儿都要从楼下的那一块牌子面前经过，对牌子上的数字，早已司空见惯了。可是，他今天对牌子上的数字却有了一种特殊的感觉，让他立马感到警觉起来，因为今天牌子上的“仅”字被放大了好几倍，并且被红漆刷得如同黑夜的火苗，让他感到有一股血液从自己的胸膛直往外涌。

今天不是星期天，昨天晚上女儿打电话通知他，要他今天早晨八点钟到学校的阶梯教室，陪她听一次作文教学专家讲座。本来，他不打算来，因为他认为县城中学请作文教学专家为高三学生开讲座，自己没有必要去凑这个热闹，可是女儿偏偏不让，说自己对高考作文没有把握，很希望爸爸和她一起听听专家的讲座，共同来探讨解决高考作文难题，最后，万宝强拗不过女儿，只好向学校校长请假，谎称女儿要他去开家长会。

县城中学近几年为了能够在高考中多放几颗高产“卫星”，每年都从省城知名大学请来曾经参加高考作文命题的大学教授来为高三学生开设写作讲座。这一次，县城中学聘请了省师范大学一位资历较深、曾经三次参加全国高考作文命题的丁教授，他这次开设讲座的题目是《提高考生高考作文质量四大法宝》。

丁教授把这四大法宝总结提炼为“一事引路，一情推进，一理激励，一典提升”的实施模式与推进策略，通俗、易懂、简单、易行，让高三教师和高三学生眼前为之一亮，引起了较为强烈的反响。

将近两个半小时的讲座，丁教授紧紧围绕“为什么要重视高考写作教学，怎样开展高考写作教学，如何通过高考写作赢得高考，促进人生的发展”这一主线来展开，深入浅出地阐述了高考作文对决胜高考和促进人生发展的作用，除此之外，他还结合自己多年参加高考作文命题的经历和自己多年从事作文教学的经验，向与会人员做深刻剖析，广大师生一个个都像三岁小孩听大人训话似的，听得非常专注认真，从中受益匪浅。

晚上，女儿回家后，万宝强把自己从丁教授那里听到的与自己想到的，和女儿进行了较为深刻的交流。

“今天，丁教授的讲座非常精彩，他对历年高考作文大致走向研究得非常透彻：都是以关注社会、热爱生活、放飞心灵、彰显个性为指导思想，让考生多去观察生活，多去阅读社会，用真情习作、辩证思考，着力搭建、捕捉精彩，点蹿自如，深挖拓展的高考作文框架，最终实现眼前应试与长远发展的双赢和生存写作与生命写作的双赢目的。”万宝强非常认真地向女儿说出了自己对丁教授讲座的整体看法。

“爸爸，今天丁教授所讲的内容有点深，但是，有一点让我‘茅塞顿开’。他告诉我们，学校每年考生作文得不到高分的重要原因，就是我们学校语文教师常常忽视高中学生记叙文的写作。”万宝强的女儿激动地对爸爸说，“其实，这也不能怪我们学校高三的语文老师，因为我们现在的学生每天所接触的社会太少，感悟的真实事情也就那么几件事，对社会、对生活缺乏足够的了解。所以，我想这也是制约农村高中学生写不出感人至深高分作文的‘重要瓶颈’……”

“你们的语文老师每周上几节作文课呢？”万宝强说，“你对什么样的作文感兴趣?”

“我们通常每周上一节，有时几周不上作文课，”万宝强女儿说，“说实在话，高三学生喜欢写作的学生很少，平时很少写记叙文，老师教我们如何写议论文的方法比较多。例如：如何先摆出论点，再如何围绕论点摆出论据，最后如何辩证思考，得出相对应的论证结果。爸，根据我的了解，我们高三学生，不只是高三学生，喜欢写议论文的学生比较多，喜欢写记叙文的学生比较少。”

“哦，这难怪你们学校每年语文平均分那么差了，这都是有原因的。世界上没种这个‘因’，哪能产生那个‘果’？据我了解，你们县城中学最近几年高考语文成绩相当低。文科200分的语文试卷，文科学生语文平均分都在95分左右；理科160分语文试卷，理科学生语文成绩都在80分左右。要知道，你们县城中学可是本县最好的高中呀，这种语文成绩未免有点太让人失望了。”万宝强说，“我还听说，你们学校前年理科状元的语文成绩仅仅考了108分，这可是一件发人深省的事情啊!如果你们的高三语文老师，再不去想一个较为实际的整改措施，这势必会对你们学校的高考升学率产生一定的消极影响。”

“爸爸，你怎么知道我们学校语文老师没有去想好方法呢?”万宝强的女儿说，“你今天来听的专家讲座就是我们学校高三语文教师想的一个好主意。听老师说，去年就是因为我们学校在临考前，聘请省城特级语文教师来为我们学校高三学生开设一节专家作文讲座，我们学校才有两个文科学生考取北京大学的，这可是我们学校有史以来最好的成绩!”

“能有这么神奇吗?这我还是第一次听说，”万宝强惊讶地说，“原来专家讲座真的太重要了!太重要了!看来，你们学校请来的不是专家，而是神仙!”

我们都知道高考不仅仅是在检验高三学生，同时也在检验着高三的教师以及这个高三学生所在的学校。高三学生考好了，考生自己受益，考生就可以有机会到更好的大学去深造，学到更好的技能和本领；高三学生考好了，老师也从中受益，老师不仅仅获得更高的荣誉，还可以得到更多的金钱奖励和更好的旅游机会；高三学生考好了，学校也会从中受益，学校不仅仅可以得到更多的荣誉，还能够提高学校的知名度。

这样一来，学校好名声在外，四面八方的生源就会蜂拥而至；学校的财源就会滚滚而来。相反，如果这个学校高考考砸了，不管这个学校宣传机构多么健全，宣传的手段是多么的高明，都很难挽回丢失的“大好江山”。

所以高考对于学校而言，可以这么说，兴也高考，败也高考。因为周围所有的读书学生以及这些读书学生的家长两眼都在盯着这些学校每年高考升学率、重点大学录取的人数、清华、北大有没有“光头”。

由于考生的目的、老师的目的、学校的目的乃至这个地方教育主管部门的目的都是高度一致，所以就全国而言，每年不惜代价从外地聘请高考专家到学校开设讲座的学校，绝不是极个别现象，甚至还有些学校专门帮助考生“公开”作弊。

如果说学校聘请专家对学生开设讲座是对学生的关心，还是值得肯定的，但是，如果学校帮助学生作弊那就是匪夷所思了。

每年高考期间，不管国家高考主管部门、监督部门查处的力度是多么强大，都不能完全制止这种恶劣的现象发生。要知道能够称上高考作弊者的，他们的作弊技巧往往是特别的高明，作弊的手段也往往是特别的隐蔽，很难让人抓到把柄。

有的考生是把高考答案写在橡皮中间那圈非常狭窄的包装纸里面。橡皮的前面、橡皮后面、橡皮左侧面、橡皮右侧面、橡皮上面、橡皮下面是什么题答案，这些问题都事先约好。当然，作弊者的答案不能超出橡皮上那块狭窄的“遮羞布”。

随着时代的发展，国家对高考作弊监督越来越严格，这些作弊者不管多么聪明，还是存在一定的风险，也会被那些严厉、公正的监考老师发现。但是，那些以作弊为“赌注”的考生，总是千方百计地寻找应对策略，很有点像孙悟空和二郎神之间的“对决”。

随着高科技的不断发展，信息化产业越来越发达，这不仅仅能够促进我国经济建设的快速发展，还能够加快“高考作弊”现代化的进程。那些利用现代高科技的作弊者，监考老师是很难抓到把柄的。

他们往往把作弊的工具放到自己身体上比较“隐蔽”的地方。据说有些作弊者把现代化作弊工具放在自己的嘴里，放到自己的耳朵里，甚至放到自己的“皮夹”里。这样外面的答案就会通过微弱的信号传到作弊者那里。这种现代化作弊手段往往是非常“神秘”的，一般情况，作弊者是很难被抓到的。况且监考老师大多数是聪明的“糊涂者”，只要你做得比较隐蔽，不让周围的考生感觉到你是在作弊，不让外面的巡视员看到你作弊，他们也不会做出“非常”举动的。

如果是老师从中作弊，他们可以借故考生举手提问的时候，把正确答案用手指点给考生，或者用轻微的声音告诉考生，当然还可以纵容全考场的考生作弊，自己在门口充当望风者。

如果是学校想从中作弊，他们在高考前夕，都要反复研究学生作弊方案，甚至还要搞几次作弊大演练，包括老师们私下做优秀考生思想工作，让他们在高考中对本校学生高抬贵手，手下留情。也许你会问，在考场上考生怎样识别本校学生呢?你是太有点“小儿科”了!其实这个问题，我们的学校往往比你想得更周全，他们会事先通知本校考生一律穿校服。这种低级问题，处于高智商的老师们怎能想不到?

不管高考的作弊者方法是多么的巧妙，他们的手段是多么的高明，他们所应用的科技是多么的先进，每年都会有高考作弊者被当场抓获的。真可谓“魔高一尺道高一丈”!我记得有一年，有一位高人，为了捉住高考作弊者，他事先把摄像头放到考场的天花板上，把整个考场作弊者作弊过程统统地拍摄下来；还有的记者，装扮成考生家长，混在考生队伍中，把考生走出考场时候如何作弊的话用录音录制下来，来对作弊的学校给予猛烈的一击。

我们都知道全国有几个“著名”的高考作弊之乡(我不说，大家都知道，《零距离》《焦点访谈》都曾经做过专门报道)。他们在高考中，作弊的风气是由来已久的。不管上面对这个地方如何进行整治，所收到的效果都是微乎其微的。有一年，这个地方突然来了一个包青天，这对这个地方触动不小，但是那些“高考作弊工具”经销商们还是瞄准了这个地方。

他们把考试作弊的接收器做得非常小，而且所用的科技含量又是相当的高。考生接收的答案不是用“明声音”显现的,而是一种很微弱的“信号”,作用在考生的耳膜上,告知考生答案。这里的“监考老师”(实际上是高考作弊的同案犯）往往先用藏在手掌心里面的微型摄像机把高考的题目传送到考场外面，然后通过外面的“枪手”，把高考题目的答案做好，再把答案发送给带有考试作弊工具的考生，从而高效地完成作弊任务。

高考是一个非常严肃、非常公正、非常公平的事情。如果有些人把它当作有钱人、达官显贵、“商家”投机的绿色通道，那么高考还有什么价值？

为什么我国教育制度在多方面进行修改，为什么还继续保留高考，就是因为高考在众多选拔人才方面，还存在它特有的严肃性、公平性、公正性。

如果我们国家高考的大门一旦敞开，那么那些优质的高校资源就会立即被那些有钱有势的纨绔子弟所垄断，那受害最大最深的就是无权无势的、老百姓家的孩子。这样与国、与家都是相当不利的！因此我们国家必须千方百计地把严高考关，使全国的优秀人才脱颖而出。让那些优秀的人才得到更好的深造机会!让那些优秀人才去接受更好的教育，学到更大的本领，掌握更高的科学技术，为祖国服务，为人民服务。把那些不学无术的人，挡在高校的门外，促使他们丢掉懒散、愚蠢的幻想，好好读书，掌握真知识，掌握真本领，做一个对社会有用的人。

万宝强有一个亲戚家的小孩，和万宝强女儿年龄相仿，今年也参加高考。万宝强的这个亲戚是外省的，亲戚家的小孩是在外地一所五星级的国家重点高中读书。这个小孩小名叫阿巧，她早在一个月之前就告诉万宝强的女儿，她的学校非常重视考前考生作弊辅导。她的大哥就在这所高中任教。她的大哥暗地对她说，他们所在的学校领导特地为高考作弊开了四次会议。不仅仅商讨学生作弊方案，还商讨学生作弊流程以及作弊中注意事项，确保学生集体作弊不出问题!所以参加会议的老师都心知肚明，要充分发挥学生和老师的作弊“智慧”，着力打造一批能够巧妙作弊的“人才”。除了我上面所讲的橡皮“效能”以外，这个学校还要求同学们充分发挥作弊创新能力。譬如：在借橡皮的时候，巧妙地偷看身边“高手”的考题答案；在考试最后一分钟，利用老师喊话、学生起立的混乱时候，抓紧作弊(当然只能发挥长颈鹿功能，不能太过分）！

万宝强是一个很正派的教育工作者。他告诫自己的女儿不要做如此龌龊的事情，考上名牌大学虽然是所有考生的最大愿望，但是靠不正当的手段来获取，这乃是读书人最大的耻辱。即使是靠这种卑鄙的手段考取全国重点大学，也不是什么光荣的事情。如果靠这种手段走进大学的校门，不管自己将来走到哪里，干什么工作，这种人间耻辱那是永远都无法从自己的灵魂中消除的。与其让自己一辈子背着这个千斤耻辱，又何必现在去做如此龌龊的作弊呢？

他再三说明，让自己的女儿头脑清醒，不要做高考的可怜虫。即使今年考不上大学，也不能去做作弊的事情。做人要堂堂正正，千万不要作茧自缚，不要让骂名玷污了你一身的正气。要知道所有的荣耀都要靠自己的不懈努力、都要用自己真实的本领、通过正当的手段来获取。人生在世，绝不能靠欺世来获取所谓的荣华富贵。这才是做人的尊严所在!这才是国民教育真谛所在！

十　请坚守心目中最后的象牙塔

由于高考是中国最圣洁的“品牌”，它的公正性、公平性已经得到中国人民的广泛认可。有人说它是中国人唯一能够始终坚守的最后壁垒，也有人说它是人们心目中最后的象牙塔。这话乍听起来有点别扭，但是，当我们认真思考中国各行各业“业绩”的时候，就会发现这句话含金量确实很高，这也许就是中国千家万户一直非常重视高考的缘由吧!

也就是因为高考是中国人唯一能够始终坚守的最后壁垒，也就因为它是人们心目中最后的象牙塔，它才让很多投机分子动了心机，因为这些投机分子看到了自己铤而走险的真正价值：如果成功了，就可以从中换取一生的“荣华富贵”；如果失败了，最多受到“开除”的处分，绝不会伤筋动骨，只要自己“洗洗澡、染染发”，就可以万事大吉，就可以涛声依旧、谈笑自若了。

由于我们国家对高考作弊者一直是“从轻发落”，这就更让那些作弊者感到自己违法犯罪的代价太低，牺牲很少的利益，却可以从中获得很大的利益，从而导致我国高考近几年经常出现一些不和谐的杂音，并且大有越燃越烈的趋势，这不能不让中国教育工作者对中国的高考未来产生几丝忧虑。

随着高考的时间越来越近，在万宝强伴读的那个小院里，那些对高考失望较重的考生和家长们，渐渐在内心产生一种极其微妙的“感情”，这种微妙的“感情”往往不需要太多的语言表白，它就可以通过他们的血液和气色直接表现在当事人的脸上，很容易让周围的空气凝结成为暗灰色，从而也很容易让呼吸到这些空气的人，从内心产生一种浑身无力、恹恹欲睡的不快情绪。

“不知道我们家的孩子今年能被安排在县城哪所中学去考试?”一天中午，孩子还没有从学校回来，住在二楼的贾阿姨便和万宝强聊了起来，“如果我们家的孩子能够被安排在县城胡来中学就好了，这样就会在高考中比平时多考不少分。”

“你说这话是什么意思?”万宝强吃惊地说，“难道考生所在的考点不一样，也能影响孩子高考的正常发挥?”

“万老师，这里面学问可大啦!”贾阿姨说，“听我妹妹说，每年县城中学的主考点，监考老师特别严，而胡来中学的考点，情况就大不一样了，不但老师监考松，有时还……还……”

“有时还……还什么?”万宝强着急地说，“你就不要在我面前卖关子了，这里又没有新闻记者，你有什么话尽管说，没事的。”

“万老师，那我就直说了。”贾阿姨神秘地说，“我听说，去年胡来中学考点的考生，出了考场个个都笑容满面的。因为啊，胡来中学的监考老师看到考生在看前后考生的试卷，他们装着没有看见，根本就不制止，只是站在教室门口，装着无所谓的样子。他们两眼不看班级的考生，而是紧盯着考场外的从省市来的高考巡视员。

“能有这等好事?你可不能捕风捉影啊，”万宝强认真地对贾阿姨说，“你说这些话，一定要选准对象，可不能对陌生人说，要知道你说的话，涉及有些人的‘饭碗’问题，那可不是普通的小事。因为，我们国家向来对高考非常慎重，每年都要花大量的人力物力来为高考保驾护航，确保高考能够在公平公正的情况下顺利进行!如果，胡来中学考点能这样放任监考，那就是严重的失职行为，甚至可以说是严重的违法乱纪行为。难道这些监考老师就不怕有学生去告监考老师的状?你要知道，一旦有人举报，那就要出大事了。”

“万老师，我看你也是胆小怕事的人。这年头胆子大的降龙伏虎，胆子小的人连秋后的苍蝇都逮不到。”贾阿姨说，“不瞒你说，我的侄儿也是南方某一个县城中学的高三老师，他对高考中监考情况非常熟悉。他曾经对我说，一般情况下，县城主考场，也就是像我们县的县城中学，那里的监考都非常严格，主要是因为，一般省市巡视员都驻扎在那里，其他的分考点省市巡视员往往到那里转悠一下就走了。”

“现在，这种情况是绝对不可能再发生了，”万宝强说，“今年高考所有考场都安装了摄像头，考生在考场的所有动作都会被监视，即使考场没有监考教师，考生作弊情况都会一览无余，所以我们家长千万不要把孩子的高考寄托在这种蠢事上，要知道‘莫伸手，伸手必被捉’的道理。今天我也请你不要在孩子面前谈论这些事情，以免让你家的孩子对高考作弊存在幻想。你要知道，孩子一旦对高考作弊存在幻想，这很容易扰乱孩子对高考的正常发挥，甚至会造成孩子对高考产生无形的焦虑心理，危害相当严重，其后果不堪设想。”

贾阿姨听后无奈地摇摇头……

在万宝强眼里，高考作弊，最终受伤的总是自己!我们试想一下，一个妄想靠走捷径而登上通天宝座的人，他绝不会在平时发奋努力的，总会心存侥幸心理。因此眼前的吃苦，他总是绕而避之，生怕自己在苦海里游不到头，就葬身苦海;他总希望东风一吹，就会满眼、满树都是黄金、白银;他总希望只要自己伸手向天一招，立即就会从天上掉下一个林妹妹。

于是，他整天生活在幻想之中!他所有的心计都用在如何去攻克作弊的堡垒。书中的知识对他都没有足够的吸引力。他总是幻想着:只要走到考场，那些高考“高手”就会把最完美的答案，立即无声无息地送到自己的耳朵里，所以那种洋洋自得的心理促使他不再去认认真真复习高考知识。当然，他的学习成绩自然会越来越差，这对他的远景发展是极端不利的。

我们再退一步想，那些凭借高超作弊手段侥幸考入大学的考生们，由于他们对知识的渴求程度比较低，平时专门想去搞一些投机取巧的伎俩，不把学到真本领当成一回事，所以对他们而言，在一所好的大学读书与在一所普通的学校读书，根本就没有什么两样!

要知道，现在的人才市场所需要的是那些具有真知识、真本领、真能力的人才，那是靠作弊所不能企及的。所以那些自认为聪明的作弊者，最终还是落得被人唾弃的命运。如果我们从这方面考虑，我们学生还是实实在在做人为好!我们不要把自己的最美好的前途，寄托在虚无缥缈的幻想当中。

要知道，我国的高考目前还是相对比较公平、公正的，能够在高考中作弊成功的，那毕竟是极少数人。况且我们国家每年都在加大打击高考作弊力度，这样能够在考场上作弊成功的人，就更加少了。再说，你所用的“高科技”手段作弊，也有“马失前蹄”的时候!也就是说，你个人再“神”，也不会“神”过我们整个国家的智慧以及我们整个国家的意志和决心，真所谓是魔高一尺道高一丈。我们国家绝不会纵容这些违法乱纪行为!

因此，我们每一个考生一定要在学习的过程中，脚踏实地地去努力，用自己丰富的学识去迎接高考。这样，他们才有可能成为一个真正的国家栋梁之材。

眼看就要高考了，万宝强亲戚家的小孩曹阿巧，每天都在打电话怂恿万宝强女儿作弊，要求万宝强为他女儿准备作弊工具、研究作弊方法，打听一下有没有比较熟悉的高考监考员，并且还要万宝强和那些有可能成为今年高考监考老师的人打招呼，希望那些被打过招呼的监考老师能够在女儿考试的时候，为女儿“开绿灯”。希望那些被“关照”过的监考员在发现他女儿有哪儿“做错的地方”，能够给一些“友情”的提醒，或者是直接告诉他女儿试题答案。

万宝强的女儿是一个涉世不深的学生，对曹阿巧的怂恿也有一点心动。因为她也知道这次高考毕竟是她人生中相当关键的一次大考。她想，在高考的时候，如果能够有一位得道的“高人”给她指点，那该是一件多么“幸运”的事情呀！哪怕是一点微小的帮助——一道小小的数学填空题，也是医治自己“高考痼疾”的“灵丹妙药”。

因为，她非常清楚，高考中一个数学填空题就是四分，要知道在高考中多得四分，那是一个什么样的概念呀？尤其对像她这样中等成绩的学生，更是一根难得的救命稻草，这很有可能成为她进入全国重点高校的“生死符”。这样的“捷径”确实对她太具有诱惑力了。

但是，她是一个教师家的孩子，从小就在爸爸的教诲下严格要求自己。不管是在小学阶段，还是在中学阶段，她在历次考试当中，都不会去作弊。对高考作弊行为也是第一次听说！所以在这个时候，阿巧让她为作弊做准备，她心里很是矛盾。

她虽然知道高考的每一分对她来说都是相当重要的，但是她心里明白高考作弊，那可是自己一生的耻辱。因为她知道，高考毕竟是国家的一级考试，国家对高考非常重视，我们每一个考生都必须尊重国家的法律，维护高考的尊严，诺守诚信，才能成为对国家有用的人才，才能实现自己一生的美好理想。

我们知道，对于没有做贼习惯的人来说，要他在大庭广众之下去做贼，他在心理上是很难承受那种巨大压力的。他的头脑里对作弊的顾忌肯定很大！要知道高考的时候，一个人心里是不能分神的，对于那些似是而非的题目，更要全神贯注。如果这个考生头脑里面老是想到作弊，那么这个考生在考场上是很难静下心来的。本来是通过自己冷静思考能够做对的题目，在那种复杂的心情下，也会“鸡飞蛋打”的。

鉴于此，万宝强的女儿便把自己的这种想法告诉阿巧。可是阿巧听到万宝强女儿所说的话后，感到万宝强的女儿实在是太嫩了！她认为，现在全国很多地方高考都有作弊的行为，只不过“主考大人”高抬贵手，没有认认真真把这些作弊的行为公布于众。尤其是那些具有浓厚作弊文化的考点，高考作弊现象更是屡见不鲜。

她的哥哥还告诉她，现在高考作弊已经不再是什么神秘的事情了。国家政策颁布非常严厉，可是到下面执行的时候，往往会大打折扣。因为，从县局领导到下面的监考老师，他们的心情都是一样的。他们都是希望本地的考生都能够考出优异成绩，为家乡教育“增光添彩”。

当然，具有浓厚作弊文化的本地高考“主考大人”，他们也会三番五次地“严明”高考纪律。他们也会一遍一遍向考生宣读“考生须知”的，但是他们在宣读的时候，心里还是希望能够出现另一种“景观”的。甚至极个别监考老师，他们心里害怕学生不作弊，但是他们又担心学生作弊过火了，越过了界限，让他们担当不起那种责任，让他们无法向主管部门交差。

他们都“热爱”家乡的学生；他们都希望自己的家乡能够多出一点人才；他们都希望这些本地考生面带笑容地离开考场；他们都希望自己的学校，今年又能够多放几颗“高产卫星”。也许阿巧“中毒”太深，她再三向万宝强的女儿讲明作弊的安全性、重要性，但是，万宝强女儿还是对高考作弊不感兴趣。阿巧希望万宝强女儿能够牢记她的忠告，不要一错再错，不要等到名落孙山的时候再去后悔。

阿巧为了充分调动万宝强女儿作弊的“积极性”，她列举了很多靠作弊而考取全国重点大学学生的名单。她还说，在高三时候，这些靠作弊考取大学的学生都成绩平平。他们都是在高考作弊中一举成名的。

这还不够，她还想进一步说服万宝强女儿，让万宝强女儿能够按照她的计划，勇敢地走下去，于是她认真地告诉万宝强女儿一个鲜为人知的秘密："在去年的高考中，我的哥哥(他去年任教高一，是校长儿子高考考场的监考老师）利用监考之便，为校长的儿子圆了全国重点大学梦。事后校长为了感激我的哥哥,破格提升我的哥哥为学校的副校长。而这位校长的儿子，平时的学习成绩，连普通的三本都考不上。可是他就依仗自己的老爸是学校校长，高考监考老师是本校老师，就大行呼风唤雨之功。所以，我一直以为在高考中作弊，那是一件非常轻松的事情。"

万宝强的女儿在阿巧的细心开导下，还是下不了决心。她决定把这件事情告诉自己的爸爸。万宝强听了女儿的讲述以后，感到非常惊讶。因为在万宝强心里，高考历来备受全国人民的关注，向来在考风考纪方面都是非常纯正严明的，高考的纯洁性绝不会像阿巧说得那样龌龊，这一点，他是非常清楚的。

但是，万宝强也在反思：为什么高考到了阿巧的嘴里会变得如此龌龊不堪呢?难道这个高考世界真会有两重天吗?如果高考真的像阿巧描述得那样充满灰色，那么这个备受全国关注、敬仰的高考还有存在的价值吗?

万宝强认为：不管我国制定高考的法律有多科学，也不管执行高考法律的机关有多严明，社会上总会有些违法乱纪的事情发生，这是很正常的事情。但是，我们决不能因此放松对高考的严格管控。因为，高考是一块神圣的热土，是人们心目中最圣洁的、也是最后的象牙塔，它绝不会发展到阿巧所说的那样地步。此时，万宝强内心非常清楚，如果高考真的发展到无法管控的程度，那中国人民心目中的"神像"就没有了。这样，中国人还能找到安身立命的地方吗?

"不要对高考存在任何投机取巧的想法，高考形同做人，成绩再差，绝不能失去做人的根本，高考考不好那是一时的事情，而高考作弊，那是人一辈子的污点，那是跳进黄河都洗不干净的!”万宝强再三叮嘱自己的女儿。

由于万宝强的细心开导，女儿最终彻底打消了高考作弊的念头……

因此，我在此强烈呼吁，请坚守心目中最后的象牙塔吧！

十一　莫伸手,伸手必被捉

以前，万宝强所知道的高考作弊是从报纸杂志、电视网络上看到的，或者是道听途说的。至于眼前阿巧所在的学校，为什么会存在如此“厚重”的高考作弊文化，着实有点让万宝强感到吃惊。

万宝强认为，目前我国的高考还是相当严明的，所说作弊现象也是极个别的。不管这个人权力多大、职位多高，他都不可能在高考这个问题上，公开越雷池半步，去为自己孩子的高考打开方便之门。毕竟现在是人民当家做主的时代，谁也不敢在高考上，公开兴风作浪。

万宝强想到这里，立即给阿巧的哥哥打去电话，对他说：“不要在高考作弊方面动脑筋，要知道，作为正常人难以启齿的高考作弊，绝不能再做。要知道，常在河边溜哪有不湿脚的!如果你现在能够‘放下屠刀’，我想你这么年轻，‘立地成佛’还是有可能的。不要到了头撞上南山了，再去回头，那可能已经来不及了。”

阿巧的哥哥听了万宝强的话，这个爱幻想的老师在幻想之余也深深地感到了自己身上的责任。本来想通过一些考场“游戏”使自己妹妹坐收渔翁之利的他，头脑也逐渐开始冷静下来。

冷静过后，这位很想在自己事业上大有作为的年轻副校长，开始有点后怕了。认为自己以前的行为太感情用事了。幸亏以前做事十分谨慎，在高考作弊方面考虑较周密，再加上不少人在背后支持他。所以他在去年帮助校长儿子作弊的过程中，感到得心应手。我们都清楚高考，这毕竟是国家选拔人才的考试，如果我们国家连这样的考试都搞得乌烟瘴气，考生还有什么信心可言？还有什么努力的方向？如果这样下去，农村的教育将情何以堪！

现在从近几年的高考来看，农村的教育大有“每况愈下”的感觉。以前，从农村中考取清华、北大的学生，占所录取的比例还是令农村考生无比兴奋的，可是现在偌大的一个县城，近百万人口，连一个清华、北大都很难考取，这不能不让农村教育寒心!那些重点的本科院校在农村所招的学生所占的比例也在大幅度地减少。

难道农村的学生就是天生的愚笨、驽钝吗？我本人认为，农村学生的头脑并不比城市学生的蠢笨，他们所努力的程度也不比城市的学生差，可是现在出现这样的变化，这里面肯定大有文章。但是，我敢说城市孩子的高考，并不是靠作弊取胜的！

那出现这种反常现象的症结在哪里呢?这不得不让人想到教育均衡问题，应该可以这么说，现在城市孩子在教育资源方面的优势要比农村高得多。不要说现在我国教育资源已经均衡了，其实城乡还存在很大差距的!我们不要自我欺骗!

如果单从高考命题获取信息量的角度去考虑，城市学校所了解的高考信息要比农村学校多得多。他们中不少教师是曾经参加或者是曾经间接参加高考命题的教师，这种区位优势、资源优势都是农村高中无法望其项背的。这是不争的事实!

为什么我会这么说呢?因为有些省城高中学校，就有教师参加过高考命题。你不要说现在参加高考命题的人，绝大多数是从省城高等师范大学中抽取的专家和教授。你要知道，这些专家、教授离城市的学校很近，他们的教育思想很容易辐射到他们中间，近水楼台先得月嘛!这个道理谁都知道。记得多年前，高考语文阅读试卷出现了一道有关计算机原理方面的阅读题，当时很多农村学校考生傻眼了，因为他们对计算机原理缺乏了解；最近，某省高考语文试卷出现有关在高速公路上交通违章的话题作文，有些农村考生就犯难了，因为，他们从来就没有到过高速公路，更不要说在高速公路上开车违章了。

如果我们国家均衡教育不能得到高效实施，在高考方面信息再把关不严、高考作弊现象再不能有效禁止，那么我们农村中学的考生还能够考取多少本科呢？难道我们国家的公民教育真的希望农村中学的考生在高考方面再雪上加霜吗？

现在想想，阿巧的哥哥浑身都直打哆嗦。头脑里不住地在责问自己，为什么当时竟然糊涂到那种“任人摆布”的地步？假如东窗事发，谁还去可怜自己这种微不足道的糊涂虫？他想到这里，对帮助妹妹阿巧作弊的胆量一下子降到零度。

他非常后悔自己对妹妹灌输那么多作弊的思想，觉得真对不起自己的妹妹。好在自己没有把高考作弊的具体做法提前告诉自己的妹妹！只不过是在最近才在妹妹跟前说一些鼓励妹妹到考场勇敢作弊的话。现在听万宝强这么一说，才知道作弊并不是自己家“小葱拌豆腐”的事情，想怎么做就怎么做。

可是事到如今，他已经和妹妹身边的那几位“好学生”讲好了——只要他们在考试的时候，把自己的考试卷稍微向桌子旁边挪动一点，或者把他们做好的选择题答案写在一块事先准备好的橡皮包装纸下面，并且有意把橡皮弄到地上，让阿巧在考试的时候，假装在地上捡橡皮，顺便把答案拿过来。这几位考生都是本校相当优秀的学生，而且都是阿巧哥哥的学生，所以阿巧哥哥交代的事情，他们都“乐意”去做，大有那种英雄救美的气魄。

经过万宝强的“点拨”，阿巧的哥哥迫于良心发现，考虑再三，他又把那几位热心的、优秀的学生找到自己的办公室，把自己最近心里的一些变化和想法告诉那几位优秀学生，让他们不要再去想帮助阿巧作弊这件事了。

而这几位学生听了阿巧哥哥的话以后，都知道这位“敬爱”的老师已经对以前所说的作弊事情打退堂鼓了。他们都禁不住松了一口气。其实，他们也知道，帮助别人作弊也是一种违法违纪的事情，对自己的高考也是相当不利的。

可是当哥哥把这个决定告诉他妹妹阿巧的时候，阿巧对哥哥这种“出尔反尔”的做法非常生气。事到如今已经没有第二条退路了！她只好在内心默认了“这件事”。但是，阿巧毕竟曾经在作弊方面有过打算，现在不去做了，心里总有一种难以“下咽”的失落感。她想到以前没有用心看书的损失，心里未免暗暗地恨起自己的哥哥来。她责怪自己的哥哥把已经箭在弦上的事情搅黄了。

阿巧经过几天的内心斗争，她总认为这样有点吃亏了。她觉得自己高考旁边的那几个考生都是非常优秀的，如果自己今年高考占不到他们半点便宜，真是太有点资源浪费了。所以，她很快就跑到自己的哥哥面前，央求哥哥再去给这些学生做思想工作，让他们在高考的时候，对她给予照顾，结果遭到哥哥严厉训斥。

他再三叮嘱自己妹妹：“你一定要好好完成试卷，千万不要把希望完全寄托在这几位考生身上，要知道这几位考生都是非常优秀的，对他们而言，作弊是一件非常痛苦而又冒险的事情，我不能为了你而成为千古罪人，我也不能为了你再知法犯法。”

妹妹听了哥哥一顿训斥后，她心里才“安静”了许多。她这才无可奈何地离开哥哥的办公室，回到自己的房间，认真地看起书来。

万宝强回想起二十多年的从教生涯，他监考过一些国家级的大考，也碰到过各式各样的作弊者。有些考生把“书中知识要点”写在手心里；有些女生把认为能考到的“答案”写在自己的大腿上；有些优秀生把答案写到纸条上，然后，他们故意把纸条丢在地上，让那些想作弊的考生去捡；有些考生被他当场抓获，但是这些被抓的考生为了消灭证据，竟然当着他的面把纸条吞进肚里，弄得万宝强非常尴尬。万宝强非常清楚，这类非常重要的大考，如果一个监考老师没有抓到足够的证据，你是不敢轻易去抓考生的。因为，每一个监考老师都知道，连法院都不敢去接这类无证据的案子。

说到这些，我们国家应该如何去杜绝高考作弊事件发生呢?我认为现在每一个高考考场都安装非常高清的、全方位的电子摄像设备，这是非常明智的选择!这样，考生整个考试过程以及整个高考现场监考老师的行为都会完整地记录下来，就再也不会出现监考教师因为找不到考生作弊证据而犯愁了。这对所有考生及所有监考老师都会有很大的威慑作用，同时也对严肃整个社会考风考纪都起到不可替代的重要作用。

况且，现在在考场安装几个摄像头，那也是非常方便而又不算什么浪费的事情。这样做，我敢说我国高考的作弊率绝对会大大地降低。当然我们国家也要在高科技作弊的防范上，采取更加有力的措施，把高考作弊的歪风抹灭在还没有成形的时候。

写到此，我想到最近中央新闻联播节目中的一个案例，一个高考作弊团伙被警方成功抓获，山东济南18名大学生跨省当高考“枪手”被抓。这桩新闻是这样的：

据有关人士透露，就在高考前夕，有这么一帮人就开始活动了，从各个高校内招募枪手，秘密转移到外地替考，没料到，刚准备动身就被警方给抓获了，近二十名大学生，有序地坐在教室内，看到警察的到来，大家都慌了神，还没动手，这秘密竟然泄露了，原来，这些“枪手”中已经有警方打入的内线。

民警将18名大学生带回派出所，除此之外，组织学生当枪手的嫌疑人王某也被民警当场控制。嫌疑人说：“他们只让我把人集合起来，说好时间地点，他们来接人就可以了。”民警说，他们在网上巡查时看到王某发布招募枪手信息，“得到消息是 6月 5号在济南某高校集合统一乘车，到达河南某地，准备帮别人高考舞弊。”

真是法网恢恢，疏而不漏，这十八名枪手自认为天衣无缝，却不曾想到，自己没有进考场的时候，就已经成为众矢之的，刚进考场，就成为瓮中之鳖，这不能不让以后的作弊者胆战心惊。

据国家反高考作弊的有关教育专家称：现代高科技作弊已经成为高考作弊的“首选”，这种作弊大致分为两种情形，一种情形是很难被监考老师识别的无线器材，考生带入考场，试卷发下来之后，通过信号将试题发到外边去，外边有接收器，再组织枪手把试题答案做出，然后再通过无线设备传到考场里；另一种情形是：伪造考生的准考证，事先准备指模，高考开考后由枪手冒充考生进入考场，而这些所谓的枪手都是刚刚步入大学校园的学生。

其实，这两种作弊手段，都具有很高的“科技”含金量，往往涉及的人面比较广，都有严格的分工，隐蔽性较强。如果有人问这两种作弊手段中哪一个更具危害性，那么，反高考作弊专家就会告诉你后者隐蔽性更强，对我们国家规范性高考具有很强的挑战心理，其危害性更强。

对此，我们教育主管部门，必须对“高考作弊行为”有一个较为清醒的认识，我们必须认真研究这些作弊者的操作流程，制定切实可行的反作弊措施，这样，我们才能确保每年高考健康、有序、高效地运行下去。

下面，我来介绍一个枪手的反思经历，让我们读者了解一下，这会有助于全民参与反高考作弊行动，更有助于提高我国高考的公平性、公正性。

小林(化名) 第一次做枪手。他的目的只有一个——获得上万元的报酬来贴补他现在的学校生活，改变自己在同学心目中“吝啬”形象。他现在已经是北京一所大学里大一的学生了，小林平时会做一些兼职，赚取零花钱和生活补贴。去年年底，有同学联系上小林，告诉他有一个收入可观的“兼职”。几番接触下来，小林才知道他将替一位高三的文科学生参加高考。通过这个同学，一位所谓的联络人与小林取得了联系。

在中间人的怂恿下，小林成了高考替考队伍中的候补队员。他参加了三次考前测验，以证明自己是否拥有拿到那1万元替考定金的资格。而如果最后高考成绩达到一本线，他最多可以拿到5万元的报酬。

“如果不行的话，提前就通知你了，如果有事情的话就不让你们去了。”在小林提供给北青报记者的录音中，姓陈男子试图打消小林的疑虑，并说这些“都是内部的事情”。

录音显示，在涉及安全问题的时候，陈姓男子的声音明显变小，“有个家长是教育局高招办的，一切都安排好了，所以不会出现任何问题。”

“等你们定下来以后再采集信息。”按照陈姓男子告知小林的说法，所有的信息都是被替考学生的，小林等人只需要到场考试。

尽管如此，小林最终还是明智地选择放弃!

在这里奉劝所有想作弊的家长和所有想作弊的考生，莫伸手，伸手必被捉。这是真理！

高考呼吁公平公正!社会各行各业都呼吁公平公正!这是现代文明社会相当重要的标志。当然，在高考这条道路上，还有很多的问题值得我们国人反思。高考作弊行为为什么屡禁不止?高考作弊行为为什么还会有高考组织者参加?还有，现在的自主招生中为什么会滋生腐败分子?一考定终身的格局什么时候才能有效突破?高考怎样才能真正成为我们青少年学生健康成长的助推器！

为此，我们国家教育主管部门应该在高考方面多多弱化它的功利作用，多去借鉴国外的一些“优良做法”，让高考作弊现象只是我们遥远记忆之中的尘埃。让我们所有的高考考生、所有的监考老师、所有的本地教育领导们都能够理性地规范高考行为，让人类高尚的灵魂在不断自我完善的过程中得到更为全面的净化；让追求人类高深的、优秀文明成为世界上所有人最自觉的行为。我深信，这种人类最理性、最美好的追求，肯定会在人类不断超越自我的过程中得到进一步的彰显。

十二　别人为地给自己套上预制的枷锁

随着高考日子的临近，伴读小院里的空气也变得日益稀薄起来，那些高三学生的家长往往会因为孩子的学习成绩上不去，感到万分地着急。特别是那些用尽多种补救措施仍然看不到“地上小草开花”的家长，心里更不是滋味。

他们知道，十天过后，这座“陌生”的小城就要把自己不情愿看到的结果“强加”到他们的头上。他们感到自己所付出的和将要得到的东西相差太远，多年的美好理想，即将成为一纵即逝的肥皂泡，他们有太多的不舍。但是，这无奈的天，这无奈的地，这无奈的幸运之神，它们从不眷顾这些“可怜”的、唉声叹气的人，似乎冥冥之中的上帝也像是在有意与他们作对似的，让他们的肝火上升、让他们脾气大增、让他们的毛发直竖，让他们看不到人生的希望、让他们感觉不到一丝快乐的气氛，甚至让他们的说话也往往带起刺来……这时候，他们心里很痛苦，哪怕有一点细小的矛盾，也容易与别人闹得不可开交。

“我家的洗脸盆弄哪里去了？”小魏儿子中午上学的时候，准备洗脸，一看外面洗脸盆架上的洗脸盆没有了，就很着急地问妈妈，“我们家的洗脸盆每天都在外面的盆架上，今天怎么会不翼而飞呢？”

小魏听到儿子的声音赶忙从屋里出来，帮助儿子找洗脸盆，她从厨房找到卫生间，又从卫生间找到厨房，接着又从厨房找到自己的卧室，反正自己家里有可能放洗脸盆的地方都被她找遍了，就是不见洗脸盆的踪影。心想，自己家的洗脸盆每天都放在自家门口的盆架上，向来没有移到过第二个地方，今天突然没了，这未免有点太蹊跷了。

儿子一时找不到洗脸盆就拿起洗脸毛巾走到不远处的手压小井跟前，把毛巾直接按在手压小井的出水处，打水洗脸了。洗完脸，小魏的儿子顾不得和妈妈打招呼就急匆匆地上学去了。

儿子上学走后，小魏觉得这件事还没有完，便继续寻找洗脸盆，她东一头西一头，急得满头大汗，把住房翻个“底朝天”，也没有把洗脸盆找出来。这时候，她的肝火直往上蹿，一气之下把家里的东西扔得满地都是。并且满嘴的胡话：“今天真是遇到鬼了，我真不相信好好的洗脸盆能长腿跑了，找到了，我定把它碎尸万段，看它以后还敢不敢欺负老娘了!”

“咦，这不是我家的洗脸盆吗?”小魏在家里实在找不到洗脸盆，就到外面透透气，不经意间，发现邻居家门外洗脸盆架上的洗脸盆和自己家的洗脸盆一模一样，一样的新旧、一样的花纹、一样的颜色，她拿起邻居家的洗脸盆仔细一看，惊讶地说，“我家的洗脸盆怎么会跑到这里来的呢?肯定是小顾儿子洗脸时候拿错了。”说着，她便把小顾家门外的洗脸盆拿到自己家的盆架上。

小顾听到外面小魏的声音，慢慢地从自己房间里面走出来，两眼环视了家门前的洗脸盆架，看到自己家的洗脸盆已经到了小魏家的盆架上，心里便感到不自在，但是，小顾这个人“城府”很深，听到什么话、遇到什么事情，不上脾气，往往泰然处之，脸上从来就看不出着急上火的样子。这次遇到这件小事情，当然也不例外，她只是笑眯眯地露出两排洁白的糯米牙，慢悠悠地来到小魏家外面的洗脸盆架旁边，想把自己家的洗脸盆拿回去。

“啊哟，小魏呀，我们家的洗脸盆怎么到了你家的洗脸盆架上呢，我要拿回去了。”小顾一边望着小魏，一边去拿洗脸盆，“这可是我家的洗脸盆呀，我家的洗脸盆每天都在门口的洗脸盆架上，这又不是一天两天的事情啦。”

小魏一看自己刚刚拿过来的洗脸盆又被小顾拿过去，心里也很不是滋味……

“小顾，那洗脸盆是我家的，我家的洗脸盆底部有一个被火烧过的痕迹，我刚才看过了。”小魏红着脸说，“如果你不信，你可以把洗脸盆拿起来看一看你就知道了……”

“是吗？”小顾一边说，一边慢悠悠地把洗脸盆拿过来，正面看看、反面看看，“没……有，怎么我就看不出……被火烧过的痕迹呢？分明是你看花了眼睛，不然的话，怎能说出这种话来呢？”

“你再仔细看一下，”小魏认真地说，“洗脸盆上被火烧过的痕迹不在反面，就在正面的底部，根本就不用翻过来看，只要你仔细看看就知道了。”

“嗯，确实有。”小顾两眼有点近视，她把洗脸盆拿到离自己鼻子不到一尺的地方，认真地看了看，发现洗脸盆底部确实有一个被火烧过、黄豆粒那么大的小痕迹。这痕迹似乎是人无意间把烟头扔进去后，烟头没有“后力”，自动熄灭后留下的小痕迹，“小魏，虽然这洗脸盆上有被火烧过的痕迹，但是，我们小院子里会抽烟的人多着呢，无意间把烟头扔进我家的洗脸盆，也未必不可能呀，再说，我家的洗脸盆放在这里有三个多月了，我们小院子里的人哪个不知道呀？你家的洗脸盆仅仅是今天才不见的，你不能把我家的洗脸盆当成你家的洗脸盆吧，也许你家的洗脸盆放到别的地方了，你再好好找一找，别着急，洗脸盆又不是一根针，它不会找不到的，暂时，我把洗脸盆放到我家的洗脸盆架上……”

“这不用你吩咐，我家的屋里屋外都找遍了，绝对没有，你家洗脸盆架上的洗脸盆就是我家的，肯定错不了！自己家里的东西，天天见面，就是烧成灰我也认得!”小魏看到自己的洗脸盆被小顾拿去，心里立即着急起来，“不管你怎么说，今天你不能把我家的洗脸盆拿到你家洗脸盆架上，现在，不是我应该到屋里好好找洗脸盆，而是你应该到自己屋里好好去找。如果你也找不着，那我们再坐下来谈谈，现在，你家里一下都不找，就想把我家的洗脸盆拿去，那是绝对不可能的事情!”

“我有什么好找的呀，”小顾仍然慢悠悠地说，“你家的洗脸盆有记号，我家的洗脸盆没有记号，但是，那个记号并不是人有意刻上去的，而是人无意弄上去的，我以为这个记号不能作为是你家洗脸盆的凭证。”

“依你说，我是在耍赖，要你家洗脸盆了?”小魏这几天因为儿子的成绩上不去，心情本来就不好，遇到这个小问题，更是气不打一处来，说起话来，很快就没有了准星盘，“小顾，今天你一定要把话说清楚了，不然的话，我跟你没完。”

“哎哟喂，何必发这么大的火啊，不就是一个塑料脸盆吗?多大的事情呀!”小顾仍然保持那不高不低的嗓门、不快不慢的语速说，“三五块钱的东西，小意思，你要拿去也行，就算我今天赌场运气不好，多输三块五块呗。”

“小顾，你这话说得太难听了。”小魏一听这话火气更大了，“谁也不稀罕这三五块，谁也不在乎这个洗脸盆，但是，这个洗脸盆是我家的，谁也赖不去。”

“小魏，你今天不要较真，”小顾说，“如果你今天较真，今天，这个洗脸盆你就不能这么随便拿去，等你把话说清楚之后，你再拿过去……”

“我今天偏偏就不信这个邪。”小魏怒气冲冲地说，“我看哪个今天敢来阻止我拿自己家的洗脸盆!”

小顾一看小魏这么凶，只能眼看自己家的洗脸盆被小魏抢走，但是，她觉得自己今天太委屈，心想，这洗脸盆明明是自己家的，还要在这里受小魏这么多气话，自己今天实在太没面子了。

想到这里，她装着无所谓的样子，仍然慢悠悠地说，“小魏，我家的洗脸盆你尽管拿去好了，不过，我仍然要告诉你，你今天从我家洗脸盆架上拿去的洗脸盆确实是我家的，我今天不为难你，就算我今天把自己家的洗脸盆送给你好了，这下你该心满意足了吧？”

小魏听到这些不咸不淡、不酸不痛的话，心里更是火冒三丈，她一不做二不休，冲到厨房拿起一把菜刀，径自冲到自家的洗脸盆旁边，拿起塑料洗脸盆，一阵狂砍，把那个相互争抢的洗脸盆剁成几十个小碎块，然后，拿起这些小碎片，一块一块地向小院中央狂扔，并且嘴里不住乱喊乱叫：“你不在乎这个洗脸盆，我也不在乎，我今天把它剁成肉泥，谁也休想得到这个洗脸盆！别以为我是一个贪图小便宜、不讲道理的人，小顾，我今天警告你，以后不要在我面前装高姿态，你的高姿态在我面前不值钱。你除了儿子学习成绩比我儿子好，其他的哪一样都不比我好。”

小顾一看这情形，吓得赶紧跑进屋里，把门拴好，生怕小魏追到她屋里来揍她，吓得她半天也不敢出自己的房门。要是今天没有遇到这件事情，小顾早就跑到别的伴读小院里打麻将去了……

他们的精彩表演让这里的伴读家长大饱眼福，由于这件事情太小，大家都站在自己家的房门口或者窗户旁边看热闹，但是，当小魏从家里拿起一把菜刀出来的时候，把万宝强也吓了一大跳，他以为小魏是来砍小顾的。万宝强顾不得多想，第一时间冲到了楼下……

当他冲到楼下，一看小魏正用菜刀拼命地砍那个“惹是生非”的塑料洗脸盆来解恨，心里的一块石头才放了下来……

“什么事情呀？”万宝强镇定过后，才去问正在楼下厨房洗碗筷的妻子杨建云，“刚才，小魏和小顾两个人大吵一架。我看半天也不知道她们为什么吵架。但是，刚才小魏的举动，差点把我吓出心脏病。我到现在胸口还在扑通扑通地乱跳。你说这些人吃饱饭撑得没事做，非要磨两句牙才能心安。真是的，平时那么好的一对姐妹，哪家有好吃的都要为对方的儿子留一份，哪家有好看的衣服都要相互鉴赏一下，今天，竟然能够为这件芝麻粒大的小事情吵翻了脸，真是太不可思议了！如果人能够为一件像样的事情吵起来那还值得，她们仅仅为三五块钱的塑料洗脸盆吵成这样，这真是天大的笑话！这真是匪夷所思！”

“你话可不能这样说呀，”杨建云说，“这件小事已经不是三五块钱的事情了。它已经上升到一个人的尊严问题了。依她们的个性，如果是纯粹三五块钱的事情，那么，我敢说这两个人是绝对不会大动干戈的。小时候，我听奶奶说，过去有一个人为了一支烟，竟然动起杀人念头，把人杀了！你要知道，这世界很多小事情，由于处理不当，惹出大祸的多着呢！”

“有这等事情？说来听听，”万宝强说，“这世界真有点太疯狂了吧！”

“这不叫世界太疯狂，而是有些人心胸太狭窄，遇到问题不冷静，做事太冲动。”杨建云说，“他好心给大伙烟抽，当时有好几个人在一起，他给人烟的时候，没有太在意周围有多少人。结果，其他人都抽到了他给的烟，唯独一个站在他身后的那个人没有接到他给的烟。说来也巧，偏偏这个站在身后的人是一个小心眼的人，心胸太狭窄了。这个小心眼的人认为：给人烟的这个人是故意让他出丑，是故意同他过不去。在那么多朋友面前多没有面子呀！结果回家后越想越生气，越想越感到自己太窝囊了。所以一气之下，他从家里厨房里面拿出菜刀，二话没说，乘人不备，把那个给人烟的人砍了……”

“这个人真是太荒唐了，太卑鄙了。”万宝强非常生气地说，“幸亏刚才小魏的儿子和小顾的儿子都上学走了，要是这两个孩子都在家，看到他们自己妈妈的所作所为，他们又该从他们妈妈那里学到很多东西呢！如果这种坏习惯传到他们的孩子身上，那么，不知将来还会影响到多少人呢！现在，有些做家长的一味地蛮横，从来不注意个人的言谈举止，到处使性子，似乎这个世界所有的人都是有意与他们过不去，心眼小得真比针眼还小，这种人真是妄做家长，只配一辈子打光棍，更不配有孩子，免得孩子跟他们学坏。”

“话可不能说得这么绝对，”杨建云说，“其实，人在生活中总会遇到这样那样不顺心的事情，这是非常正常的一件事情。但是，我们遇到事情，一定不要冲动，一定要学会理解，一定要学会冷静，不要认为别人是故意与你作对的，不要以为别人处处在刁难你，要相信这个世界好人是多的，要相信周围的人都是与你友善的，古人说，冲动是魔鬼，确实是很有道理的。”

“你说的话有道理。”万宝强说，“不过，我要说，这世界上很多过错往往不是单方面的原因，而是双方的过错，如果有一方能够保持‘高风亮节’‘头脑冷静’，那么很多小过错、小纠纷就不会轻易发生。‘一个巴掌拍不响’‘知理不怪人，怪人不知理’这些古训都在告诉我们做人的道理。”

直到晚上孩子放晚学回家，小顾才敢把房门打开。她当着小院子那么多乘凉人的面，顾不得自己的面子，竟然提着裤子旁若无人地向小院北门的厕所飞奔而去，让小院子那么多伴读家长哭笑不得……

其实，这个世界不是不美好，而是我们的眼睛灰尘太多、心灵污染太重、肩上负荷太沉，让我们心态发生了较大程度的扭曲，让我们人生航标偏离了常态化的轨道，让我们高尚的美德、宽广的胸怀跌落到陡峭的悬崖边上。人为地给自己套上预制的枷锁，人为地给自己挖掘可恶的陷阱。如果我们的心胸再坦荡一些，灵魂再高尚一些，居家不闹，就职不叫，处外不狂，到那时，我们得到的将是更加美好的友谊和未来。

十三　初次体会“备战”的艰辛

今天离高考还有整整一个星期了，伴读小院的家长们对孩子的关照已经从“学习成绩”的层面转移到为孩子高考“备战”层面了，他们不敢有半点怠慢之心，就像准备给孩子办结婚喜事一样，算计孩子高考期间可能遇到的所有问题。

他们不仅要考虑孩子高考期间吃什么、喝什么最好，还要考虑孩子考试期间的接送车辆问题，因为全县高考的考点一共设置四个，这就意味着县城很多学生将被送到其他考点去参加高考。

如果参加高考的是女孩子，那么她的父母还要考虑孩子的例假是不是和高考重合，重合了，伴读父母还要到县城医院去讨教解决这些“难题”的措施。总之，这期间伴读父母要为孩子准备的东西实在太多，有些父母怕自己健忘，耽误孩子的高考，纯粹把自己近期要做的事情写在本子上，然后按照事情的轻重缓急来落实。

我们知道，孩子高考期间吃什么、喝什么，这些问题都好解决，但是，有些问题准备起来就有点困难……

给孩子找接送车辆，就不是一件简单的活。

真是不巧，万宝强女儿的高考考场不在县城中学，而是在县城北边的第二中学，离这里较远，大约有七里多路。万宝强心想：让孩子坐公交车去赶考确实有点不方便；让孩子骑电动车去高考，不仅耽误时间，而且很不安全；若自己骑电动车带孩子去考场，那不仅仅是麻烦的问题，那么陡的山路，骑电动车就无法把孩子带回伴读小院，而自己偏偏又不会骑摩托车。

最近，万宝强头脑天天在思考这些问题，因为，他要为女儿顺利参加高考做好万无一失的准备。

这是五月的最后一个周末，虽然气温比不上三伏天那么炎热，但是，那阳光照射在人们的身上，已经不再是柔和的感觉，而是让人们“享受”一种炙热的滋味。

万宝强吃过早饭，就到山下的街道上，为女儿解决高考期间接送车辆问题了。他望着街道上川流不息的出租车，心想：在这里给女儿预定一辆出租车那应该不是一件很难做到的事情。

可是，当他准备招手叫出租车的时候，才发现这街道上的出租车空车很少。见鬼了，以前在路边叫一辆出租车，不要五分钟就会有出租车上前搭讪，现在离高考还有一个星期呢，怎么大街上就开始热闹起来了呢？毕竟现在的生活条件比以前好了，舍得花钱坐出租车的人也多了起来。

有了，万宝强终于看到有一辆崭新的出租车正朝他等车的地方飞驰过来。

“你准备到哪里去？”万宝强对着迎面过来的出租车招手，出租车缓缓地停在他的面前，司机按下车窗，问万宝强。

“师傅，对不起，我想，”万宝强快步走到出租车跟前，非常谨慎地说，“我现在不想打的，是想……”

“神经病！”出租车司机一听说不打的，根本就不听万宝强细讲，油门一踩，从驾驶室飞出一句让万宝强非常脸红的话，骂得万宝强丈二和尚摸不着头脑，让他在原地愣了大半天。他认为今天这个出租车司机肯定和自己的老婆斗嘴，把气撒到他的头上了，他根本就没有意识到自己刚才讲话有问题。

“我为女儿预定出租车，怎么会变成神经病呢?我哪里出了问题呢?这个年轻人，真是的，素质太低了。我没有招惹他，而是送钱给他，让他发财，他还骂我是神经病，这世道真是无药可治!”他在自言自语。

十分钟过后，万宝强心情才平静下来，仔细回想一下刚才自己所说的话，明白了。现在人生活节奏太快了，很多事情，需要开门见山，需要直来直往，不需要那么多的解释……于是，他心里暗示自己：遇到下一辆出租车的时候，一定不讲废话，一定直接跟他谈预定出租车的事情……

“师傅，我准备在高考期间租你车用三天，要多少钱?”万宝强好不容易又等到一辆空出租车，他赶忙上前拦下这辆红色的出租车，出租车还没有停稳，他就和出租车司机搭话。

“你要在高考期间租我车子用?三天?”司机有点惊讶地问。

“是的。”万宝强赶忙答道。

“三天，一千块钱，一个子儿不能少……”司机看了看万宝强，“怎么样?不行的话，我还要跑生意。这几天生意好，我可没有时间和你在这里比耐心。”

“一千块钱?”万宝强一听一千块钱，吓了一大跳，以为自己听错了，赶紧追问司机，“你是不是说错了?”

“你也不去打听打听行情?我向你要一千块钱还是一个保守数字。”司机不慌不忙地对万宝强说，“我看你像从来没有见过天似的，一千块钱就把你吓成这个样子!大叔，我劝你在这里好好想想，别再到处乱跑，等你把价钱想好了，再和人家谈价钱。再见!”

“真是头脑进水了，白痴一个!接送孩子高考，三天要一千块钱!你真以为我们这些伴读家长都是二百五?你真是认错人了，你以为我们这些伴读家长手里的钱都是天上掉下来的吗?你想宰客，算你今天看错了对象！跑错了‘庙门’！”万宝强听了司机的话，气得差点发疯，“为什么这个出租车司机心这么黑呢？”

“一千块钱，这相当于我半个月的工资。不找了!回去后看看有没有其他办法。要不，回去再问问伴读小院里面还有没有和自己女儿同路的，如果有的话，几家合租一辆出租车也行，这样就可以节省一点开支，这未必不是一件好事情。”万宝强走在回去的路上，心里想。

回到伴读小院，杨建云看到万宝强垂头丧气的样子，就知道老公没有找到出租车，上前安慰道：“遇事不要着急，不就是找一辆出租车，只要我们舍得花钱，这偌大的县城还能找不到一辆出租车？吃过午饭，孩子上学后，我和你一起去找！”

“你舍得花钱？”万宝强听了妻子的话，更加不高兴，“你真是一个好大方的人，仿佛这个世界没有人知道你大方，现在，我问你，高考三天，租一辆出租车要多少钱？”

“那还要多少钱？”杨建云说，“三天一共十趟，五个来回，每趟二十元钱，十趟不就是二百元，给他三百块钱就已经是撑破天了！”

“你说得倒轻巧，你知道有一个出租车司机向我要价多少吗？”万宝强不紧不慢地对杨建云说，“那个司机说，高考期间租车，三天要价一千块钱，而且是一个子儿都不能少，你说这像人说的话吗？”

“三天，一千块!”杨建云说，“肯定是那个司机把你的意思弄错了，误会了，请你把刚才对司机说的话向我重复一遍。”

“我就是说，师傅，我准备在高考期间租你车用，三天，要多少钱？”万宝强认认真真地说，“老婆，我可是一字不漏，‘原封不动’把话说给你听的。”

“噢，我明白了，原来司机认为你要租车三整天，而不是我们所说的十趟，五个来回。”杨建云说，“老公，你要知道租三天和我们所要的‘十趟、五个来回’是有很大区别的，不过，你要租车三天，他向你要价一千块钱，这确实有点贵了，但是，我曾经听我侄儿讲过，春节期间，租一辆出租车，租费每天就是一千元，我们租车是高考期间，贵一点也很正常……”

“出租车每天租金要一千元，这可是我第一次听说。”万宝强惊讶地说，“春节期间出租车租金这么贵，你说出租车春节期间每天要挣多少钱？”

“噢，这个，我的侄儿以前开过出租车，他说春节期间，每天一辆出租车可以净挣两千多元，只不过，开车人必须夫妻俩换着开……人肯定要辛苦些！”

“每天能净挣二千多元？那每天要拉多少客人？一趟车起步价不就是七块钱，两千多块，你算算要拉多少趟？三百多趟……就算你日夜不停开，十分钟一趟，二十四小时，最多能拉一百四十多趟，这个账三岁小孩子都能算。”万宝强不以为然地说，“老婆，你可不能再把我当成二百五啊！”

“老公，我们都是农村人，对城市春节期间乘坐出租车的价位一点不懂。”杨建云说，“不过，我的侄儿告诉我，春节期间乘坐出租车，可不是按照国家平时出租车价格来算的，全部都是采用当面议价，平时七块钱能拉到的地方，春节期间都在二十元与三十元之间。”

“你是说，现在出租车司机可以哄抬车价，难道地方政府就不管这些事情吗？”万宝强说，“你要知道，哄抬车价那可是违法行为，如果乘客举报的话，那么这个出租车司机是要受到罚款处理的。”

“这些你不用替出租车司机担心，他们可比我们想得周到。”杨建云说，“你要知道春节期间，到处都是回家过节的打工仔，他们归心似箭，就像我们现在给孩子找高考接送车辆的心情一样，难得这么‘大方’一回，哪个愿意和这些出租车司机讨价还价呀！难道你忘了，我们去年春节期间到县城溜达，打的到县北头万润发超市，仅仅五里车程，那个出租车司机向我们要二十元，我记得你当时还跟司机理论了几分钟呢，你该不会忘吧!”

“真是的，你要不提醒我，我绝对不会想起这件事。”万宝强说，“既然这是‘大势所趋’，那我们就应该顺应历史潮流，破费就破费一点吧。我们总不能让女儿一个人骑电动车去参加高考吧! 老婆，该花的钱，我们绝不做‘小抠门’！”

“这就对了，钱是人挣的，如果人光知道挣钱不知道花钱，那么我们还要那么多钱干什么呢?”杨建云非常大方地说，“不过，这件事你现在不用着急，我用手机问问我的侄儿，他在县城的朋友多，也许他能够为我们解决这个难题呢。”

很快，杨建云和侄儿打通了手机，她的侄儿也很快联系到一个朋友。约好晚上七点半到山下苏果超市门口谈来回线路以及具体价格。万宝强听到这些话，心里才稍微踏实了一些，但是，这件事情还没有最后敲定，他是没有心情去做其他事情的。

下午的太阳拖着长长的影子，老是不愿躲到对面的山后面，万宝强坐在楼下的椅子上，不时望着手机上的时间，同别人聊天也常常心不在焉、答非所问，人家见他无心聊天，也都借故做自己的事情去了。

好不容易熬到晚上六点半钟，他再也等不及了，便同杨建云一道下山，到预定地点去了。

虽然是晚上六点半，但是太阳还在西面的高山上悬挂，迟迟不愿落到山底下，它的余热还不减中午的威风，整个山路上还是热浪滚滚，似乎它要让这里忙碌的人们流下最后一滴臭汗，才能算是过足它炎热的瘾。

此刻，午禁路上看不出半点安静，那些匆忙的脚步声仿佛都在告诉这里的人们，他们是在为自己孩子高考做精心准备的。

万宝强和杨建云正走在路上，匆匆地往山下赶。他们希望预租出租车的事情早点定下来，然后腾开手脚，再去为女儿高考准备其他事项。

由于心急，二里山路，万宝强十二分钟就走完了，到了苏果超市门口，他拨通内侄的电话，告诉内侄，说自己已经赶到约定地点，要内侄通知朋友不要忘记约定的时间……

“你女儿考场在哪里？”出租车司机很守时，一到预定地点就问万宝强，“你租房在哪儿？”

“考场在县第二中学。”万宝强说，“租房就在午禁路旁边，离这里有二里山路，我们租房离县第二中学有七里路，你只负责孩子考试接送，三天，五场考试，你要多少钱？”

“你们租房是不是就在半山腰的小寺庙旁边？”司机仔细地问，“那边的山路太窄，弯道又多，很难走。今天，要不是杨哥打电话给我，我是不会接这个生意的。”

“感谢!感谢!”万宝强像机关枪一样答道，“不过，租房虽然在半山腰地方，但是现在都是水泥路，不算太难走；虽然山路弯道较多，但是你可以把车子开慢一些。听说，高考时候，县城公路都是实行交通管制的，路上除了送考车以外，其他车辆都要绕道行驶的……所以，午禁路上行人和其他车辆肯定少……我想路上肯定安全的。”

出租车司机一看万宝强非常憨厚，又加上这次生意是自己朋友介绍的，所以他不好意思拒绝万宝强，便非常爽快地答应了这件事。

“我们出租车最讲究安全，这你是知道的。”出租车司机说，“但是，你们也应该清楚，我们是生意人，不仅考虑安全，还要考虑多挣钱。那条路我以前走过，路面确实太窄，车难行驶，所以，丑话说在前面，我在价钱方面要多收你们一点……”

“师傅，价钱好说……哈哈……”万宝强一听这个司机愿意帮助自己接送孩子，他赶忙说，“依你看，三天要多少钱？”

“万老师，看在你是我朋友姑父的份上，就三百吧!”司机似乎有点无奈，极不情愿地竖起三根手指头，“要是第二个主，我肯定要价五百，你自己心里明白，我这个价绝对的低廉……那山路又窄又陡，危险得很，如果是一个不熟悉山道的师傅，你就是给他五百元，他也不会给你家孩子送接高考的。这不比平时拉客，没有生意，价格再贱一点也会有人拉这笔生意……你现在应该知道，我们出租车司机每年就等高考、春节那几天多挣点钱。如果生意都像平时那样清淡，那我早就不干这份又苦又累的工作了。”

“师傅，我知道你是我内侄的朋友，我也知道县城高考期间的出租车行情，所以价格我也不和你讨价还价了。”万宝强说，“事情就这么定了，你的手机号码给我们留一下，到时候，我们再联系。不过，师傅你一定要准时来接送哦，这可是孩子一辈子的大事，绝不能有半点差错，早晨，你一定要在八点之前到我们小院门口哦！”

“这你尽管放心，干我们这一行，从来就非常看重诚信。”司机非常肯定地说。

事情谈好后，天已经黑了，万宝强夫妻只能摸黑路了，但是他们心里特别高兴，因为搅得他们多少天睡不着觉的事情终于解决了。

十四　破解例假对高考影响的密码

早在一个月前，县城中学的高三班主任就在班级里面提醒班级的女生：为了使高考顺利进行，请那些在例假到来的时候有出血量大的、肚子疼得厉害的、浑身难受无力的、头脑发晕的女生，算好自己的例假具体时间，如果自己的例假时间预期在高考那三天，那么就请你母亲把你带到医院去，征求一下医生的意见，给你们开一点药，最好使你们的例假时间避开高考那三天。

万宝强女儿听到这个消息后，感觉自己来例假的时候，没有上述明显症状，便没有在意这件事情。也没有把这么“重要”的事情告诉杨建云，杨建云当然也不会清楚这里面还存在人生“拐点”。因为，这毕竟是最近几年农村人才能听到的新鲜事。

最近，杨建云听说伴读小院里面的两个高三女生，都是因为自己的例假时间和高考时间重复，在服用一种激素药物来延迟自己的例假日期。

“现在，人真是神啊!什么都想改变，女的能够变成男的，男的也能变为女的，更让人费解的是，男人也能生孩子……唉，这世界真是无奇不有!这究竟是好事还是坏事，谁也很难弄明白。”杨建云知道这个情况后，禁不住慨叹起来，慨叹之余，她仍感到这件事很新鲜，认为这件事对女儿很重要，于是，她便主动和女儿谈起这件事情。

“妈妈，我的例假时间确实和高考那三天重复，但是，我的例假很正常，不需要特殊处理，请妈妈放心。”女儿很自信地说，“不过，我还是要感谢妈妈的关照……”

“女儿，高考可是人生的一件大事，我们都不能想当然，更不能跟着感觉走。根据你例假的实际情况，今天你一定要向班主任请半天假，我陪你到医院去看看。如果医生说没有事，我们立刻就回来；如果医生说有事，让你服药，那么我们就要毫不含糊地服药，一切听医生安排。你看怎么样？”杨建云非常严肃地对女儿说，“听说三年前，这个小院里面有一个女孩子就是因为自己例假发生在高考期间，当时小肚子疼得非常厉害，在考试桌子上无法动笔答题，最后被迫中断高考，你说例假这件事情，我们能随随便便当儿戏吗？据说，那个女孩子平时学习成绩很好，考一个二本是没问题的，结果什么也没有考上，只能背起包裹到苏南打工去了。”

女儿听妈妈这么一说，本来坚信自己无事的她，胆子也开始变小起来了。再也不敢在妈妈面前说自己例假很正常，自己能坚持住了。

“妈妈，你可不能吓唬我啊，我本来胆子就小，现在，我也不敢冒那么大的风险了。不过我们班级不少女生都在医生的建议下服用一种激素药物，来延迟自己的例假。据说效果挺不错的。”万宝强女儿说，“既然我们学校有那么多女生服用药物来控制例假时间，而且效果很好，因此我也想通过人工方法来延迟自己的例假时间。现在，我就向班主任请一个小时的假，我们立刻去医院咨询一下医生……”

“在县城医院里面，我有两个学生在当医生，而且其中有一个叫张德成的学生是县城医院外科副主任，找他疏通一下妇科医生，兴许能够为我们提供一些方便。”万宝强听说杨建云要带女儿到县医院咨询例假情况，便自告奋勇地要陪她们去医院，并且对她们说了很多陪去的理由。

为了节约时间，他们打的到了县城医院门口，万宝强很快到挂号处办理了门诊手续，然后带着杨建云和女儿直奔妇科门诊……

到了妇科门诊门口一看，傻眼了，妇科门诊门口已经站了很多人。而且，大多数是高三的学生以及陪伴这些高三学生的母亲。万宝强不用问，就知道这些人是来干什么的……

万宝强本打算请自己的学生帮助，让自己女儿提前就诊，但是，当他看到这种情况后，他便不再忍心做这种有伤师德的事情。

万宝强把挂号单递给站在门口负责叫号的医生，叫号医生把他的挂号单压在最后，并且非常迅速地在他的挂号单上写下39号。他非常清楚这就是所谓的排队号。

"医生，我的女儿是县城中学高三学生，眼看就要参加高考，请医生多多照顾，能不能让我的女儿先就诊呢?她没有病，时间不会长，仅仅是咨询一个问题。"万宝强看到那个叫号医生满脸的仁慈，便随口说出很多理由，希望眼前这位仁慈的叫号医生能够开恩，让他女儿提前'看病'。"

"不要说了，我知道你女儿是高三学生，并且知道你女儿是县城中学的高三学生，但是，我们县城医院的规矩你是知道的，"这位仁慈的叫号医生竟然当着那么多人的面，教训起万宝强来。"赶快到走廊的木椅上坐坐，不然的话，去迟了，连椅子都没有的坐了。那个时候，你们不仅要在这里等就诊，还要在这里练腿功。"

"我的妈呀，这要等到什么时候才能轮到我的闺女呀!"万宝强看到这么多人，本想和医生拉近乎，自报家门，说自己两个学生都在你们医院工作，而且是你们医院的领导，认为这位医生不看僧面看佛面，肯定会网开一面，照顾他。可是，当他听了这位仁慈医生那么多挖苦的话后，感到很不爽，就像自己无意间吃了一个大苍蝇，便再也不敢有其他非分之想。他没有办法，只好对老婆说:"杨建云，你去问问医生，估计什么时候轮到我们，如果我们在这里等得时间太长的话，我们真还要另想办法呢!”

“你们不要着急，很快的，这里不少是高三学生。他们和你们目的是一样的，都是来咨询延迟例假相关情况的，简单、很快，两三分钟就能看完一个人。”坐在里面就诊桌子旁边的、那位姓高的主治医生告诉万宝强和杨建云说，“既然来了，你就要耐心地等，我估计不要一个小时就能轮到你们了。你们现在到走廊的椅子上坐坐，轮到你们的时候，我们科室里的医生会到外面报号通知你们的。”

“爸爸，干脆你们现在把我送到学校上课，等我上完上午课以后，等下午医生上班的时候，我再来就诊，你们看这样行吗?”万宝强女儿非常着急地说，“这样就不会耽误我的上课时间了，再说，我仅仅向班主任请一个小时的假。从现在就诊人数来看，我向班主任请假一个小时，那是绝对不行的。如果你们不送我到校上课，那么我现在必须立即用手机通知班主任，再向班主任请半个小时的假，你们看怎么样?”

“不急，闺女。”杨建云安慰自己的女儿，“现在，我们绝不能遇到困难就打退堂鼓，我们必须冷静，让你爸好好想想办法，也许他的两个学生就能够帮助我们解决难题呢。”

万宝强看到女儿着急的样子，心里很难受，便再也不顾自己老师的身份了。他掏出自己的手机，很快拨通了那个叫张德成学生的手机:“喂，张德成吗?我是万老师，你现在忙吗?我现在就在你们医院妇科门诊，想请你帮助一下……”

“噢，万老师啊，对我不用客气，您有什么事情尽管吩咐。”万宝强的学生在手机里面非常客气地说，“我能够为老师做点事情，那是应该的，只要我能够做到的，一定会全力以赴，全力以赴的……”

“德成啊，事情是这样的，我女儿今年高三，马上就要参加高考了，想到妇科门诊那里咨询一下医生关于延迟例假相关情况的。如果需要服药的话，那么现在一刻都不能耽误时间了，时间比较紧，因为服药迟了，就起不到预期效果了。”万宝强对着手机说，“因此，我想请你开一个后门，和你的同事商量一下能不能让我们提前就诊一下，只需要两三分钟时间，仅仅是咨询一下情况，拿一点药，别的没有什么事情。”

“万老师，我知道了，不过这件事真的很难办。你应该知道的，现在病人就是医院的上帝，如果我们不把上帝侍候好了，上帝发怒了，那我们医院还能够生存吗?”万宝强的学生显得很为难，但是，他又不好意思断然拒绝万老师，只好又客气地说，“万老师，这样你看行不行?你们就在原地，我马上到你们那里看看情况再说，好不好?”

很快，万宝强的学生来到妇科门诊那里，他一看这里这么多人，而且是这么多学生来就诊，也感到很意外。

“万老师，今天这种情况，我确实有点帮不上忙，不过，我可以告诉你，我的大学同学老婆就是本医院妇科医生，今天她不当班，在家休息，我可以请她帮助你们，你们可以用我的免费电话直接向她咨询情况……”

“这怎么能行呢?”万宝强对此过意不去，只能客气地对眼前自己的学生说。

“没事的，万老师，您就不要在学生面前客气，我同学的老婆为人很好，她会乐意帮助你们的。”

“喂，小许啊，你现在忙吗?我想请你帮一下忙……”万宝强的学生一边通话，一边用手示意万宝强不要说话。

“现在，我正忙呢!什么事情?我现在正在乡下老家，我亲戚家有人生病，我现在确实走不开，对不住，不好意思……”

“哦，你正在给亲戚看病啊!不在家，没事的，那我就不麻烦你了。”

“你对我不要客气，有什么事情，只要我能够做到的，我会尽自己最大的努力去帮助你的。”

“谢谢!这样吧，我看你很忙，那我就不打扰你了。再见!”万宝强听说老同学的老婆在老家有事，就挂了手机。

万宝强的学生也是一个非常热心的人，请教同学老婆失败后，也不再顾及自己是医院领导的身份，推开妇产科主任办公室的门。随后，万宝强的学生便离开了万宝强到自己办公的地方了。

很快，万宝强的女儿就被另外一个妇科医生喊去就诊了……

“根据你反映的情况，我也不好给你下结论，你服药还是不服药这都要你们自己拿主张。因为，女孩子来例假那是一件非常正常的事情，现在，你们想通过药物来改变一个人正常的身体机能，这本身就是一种伤害。但是，现在很多高三女生家长以及女生本人，想通过服药来延迟例假时间，避开高考那三天时间，这本身也不是一件坏事。”医生如是说。

“医生，你能不能给我们说得更具体一些呢?”万宝强女儿很认真地对医生说，“我很想了解怎么使用药物?服药有哪些好处?还有哪些坏处?”

“推迟月经你可以使用孕激素，常用的方法是口服甲羟孕酮，在月经即将来潮的前3~4天(已经来潮，哪怕是一点也不适宜)，每天服用2~3次，每次服用2~3片(一天的剂量一般控制在12毫克)，连续服用即可，在服用期间月经是不会来潮的。等高考结束后，你只要停止服用该药物，3天后你的例假就正常了。由于你是短期服用孕激素，它不会给你带来伤害，也没有大的副作用。”医生根据万宝强女儿的疑问，一一作了解答。

“既然没有什么副作用，那就服用吧，免得考试期间经常上厕所，太麻烦了。”万宝强女儿说。

药从医院拿回来后，杨建云立即吩咐女儿服用这种孕激素。可是，等到万宝强女儿上完晚自习回家后，她告诉妈妈，说服用这种激素药后，感到头晕、胃部也不舒服、老是有一种想呕吐的感觉。万宝强和杨建云听到女儿的诉苦后，立即阻止女儿再服用那刚买回家的激素药……

从此，万宝强、杨建云以及他们的女儿再也不敢去赶这时髦了，因为，他们已经尝到了无事生非的厉害了。

为了让更多的伴读家长和女生了解事情的真相，最近，我到学校、家庭、医院妇科门诊、大药房作了一些相关的调查，目的是让后来的伴读家长对女孩子例假问题有一个比较清醒的认识，坚决不要做赶时髦的傻事。如果你的女儿在例假期间，确实存在出血量大、肚子疼得厉害、浑身难受无力、头脑发晕的症状，那么你再去考虑如何延迟女儿正常例假时间，确保高考能够顺利进行。

一位大药房工作人员说：每年高考前后避孕药的销量就会增加两三成，大都是那些女考生来买的。这些女生在读高三，买药的目的就是控制月经，以免高考期间受影响。

一位妇科医生告诉我：有些高三女学生听别人说服用药物能够避免在考试的时候来月经，纷纷到药店购买避孕药。结果还没有到来月经的时间，月经提前来了。还有些女生服用过后出现头晕、恶心、呕吐等症状。我每年都要接待很多这样的女学生。这些女学生等出现症状的时候，才感到问题的严重性。因此，我认为女学生盲目到大药房买这些激素药物是绝对不可取的，往往会带来很多的麻烦。因为使用这种药物来调整月经周期是违背自然规律的、不恰当的，对人的肝脏、内分泌系统都有不同程度的伤害，不值得提倡。

一位往届高三女学生还告诉那位妇科医生：她们那一届高三女同学几乎都在吃避孕药，这些学生大多是道听途说，根本没有咨询医生，往往是大家都这么服用就跟着服用，其中不少女生服用后产生诸多不良影响。

其实，完全没有必要如此紧张。月经是女性的生理特征，是正常的生理表现。如果高三女学生月经没有明显的异常，也没有出现痛经、月经量过多、严重的贫血等影响学习成绩发挥的疾病，就没有必要进行月经周期的调整，更没有必要服用避孕药物。

到目前为止，没有医学证据显示月经期有影响女性智力发挥、体力支持、生理状态的负面效应。相反，如果在月经之前服用避孕药物，常常容易使女生产生心理、生理方面的不利因素。我们知道，一些避孕药物常常使人有恶心、呕吐等不良反应，这种反应会给服用者带来精神与心理方面的影响反而不利于学习成绩的发挥。

十五　别让吉祥数字捆住我们的手脚

今天是阳历六月六号，明天不仅仅是我们中华民族传统节日——端午节，而且是我们中国老百姓非常关注的高考日子，中国一年一度的高考，明天就要开始了。它的被关注度，绝不亚于世界上四年一次的世界杯足球赛。它之所以成为人们心目中的伊甸园，主要是因为它关系到中国千百万老百姓家庭中孩子的美好未来，而且它还是目前中国人公认的公平度、信誉度、公正度最高的一件事。

这一天凌晨三点三十六分，万宝强就已经睡不着觉了，他也想把女儿高考这件事淡化、去功利化，但是他的肉体和灵魂都已经在这件事中浸泡了太久，就像一块白布放进染缸里面太久一样，这已经不是你不想关注的问题，而是你无法挣脱的问题。他躺在床上，两眼望着床前的窗户，黑咕隆咚的，一点光亮都没有……闷热的空气，让他感到浑身的不爽。此时，他内心焦躁极了，每隔半个小时左右，都要看一看手机上面的时间，他在焦急地等待天亮。

他心想：女儿明天就要参加高考了，女儿现在究竟还缺少什么呢？按照传统的习俗，明天是端午节，我还要不要给女儿准备一些糯米粽子呢？粽子必须要的，因为“粽子”有“中”的谐音。因此，我必须给女儿准备一些上好的粽子，预祝女儿在高考中考中头名状元。我看鸡蛋就算了，因为，我们农村人认为考试之前不能吃鸡蛋，吃了鸡蛋以后不吉利——孩子考试会考一个“大鹅蛋”，我才不想让女儿明天考一个大

“0”呢!至于大蒜那是必须的，是绝对不能少的。因为“大蒜”这个词很吉利，“大蒜”就是“打算”的意思，它有对美好未来新打算的意思，这就意味着孩子明天考试，处处算得准!处处算得准，那就预示孩子高考一定会旗开得胜，这是我们农村老百姓心里都清楚的“道理”。今天如果我要给女儿准备粽子，那么我现在就必须向校长请假，到老家的鱼塘埂上采一些新鲜的芦苇叶，否则，女儿明天吃粽子就一定是痴心妄想了。另外老家的菜园中还有自己亲手种的大蒜，好大好大的大蒜头，不仅口感好，而且非常环保，没有用过任何化学肥料，是绿色纯天然食品，孩子吃了，有利于脑部血液循环，增强记忆力。古人说，巧妇难为无米之炊，同样道理，巧妇难为无芦苇叶之糯米粽，巧妇难为无大蒜的端午节。

想到这里，万宝强再也不愿躺在床上睡睁眼觉了。于是，他一骨碌从床上坐起来，看一看床头柜上的手机，手机上数字表明，现在才四点四十四分钟，一排全是四字，他心想：这是多么吉祥的数字，意味着“事事如意，吉星高照”，真是老天让我赶快去做采芦苇这件事。于是，他不顾天还没有亮透，就急急忙忙下楼，拿起一个大的空米袋和准备包扎芦苇叶的细线，骑上自家的电动车，便朝老家驶去……

这时，虽然天还没有大亮，但是路上的行人已经很多了。他骑在电动车上，把电力开得大大的，他恨自己骑的电动车不是摩托车，假如自己骑的是摩托车，就可以加大油门立马赶到老家的鱼塘埂上面，快速采一些芦苇叶回来，然后把芦苇叶送到县城租房，让夫人杨建云早点忙去。但是，他又不敢把电力拉到最大位置，因为他电动车开最大速度的时候，指针会停留在40的数字上，他认为这个数字不吉利，它有“死您”的意思;因此，他让速度指针指在28的数字上，并且他还会不时用眼睛的余光看着指针所指的数字，因为，在他心目中，“28”这个数字有发发发的意思。再说，自己以前和别人玩过赌博纸牌，“2”和“8”两个数字在一起就是一个最大的“赢钱点数 28”，多吉利呀!

他车子继续向前。他脑海里的思绪也在不停地向前“狂奔”：我今天该向校长请假几天呢?今天、明天、后天、大后天，应该请假四天。他在自己的心中默念着时间，仿佛自己现在还是一个三四岁的孩子。若不在心中默算几遍，那他是无法报出“四天”这个正确答案的。自从为女儿伴读以来，他的记忆力明显下降，刚才看过的朋友的手机号码，转眼就忘得一干二净。他恨自己衰老得这么快，同时也恨自己在朋友间应酬上，不顾自己酒量，为了朋友之间的面子，经常喝得头晕乎乎的，以致现在记忆力还不如三岁小孩子。不对，只需要请两天假，因为高考三天有两天是双休日，根本就不需要请假。

现在已经到了夏天，但是今天早晨的气温却不高，只有十七八度，并且还刮着三级左右的风，风刮在行人的脸上是凉飕飕的。路上很多行人穿着厚衣服，仿佛这不是夏天，而是让人感到有点凉意的秋天。万宝强丝毫没有感到冷意，风吹在万宝强脸上，很像有一种带有体温的纱巾在慢慢地轻抚着他，住在这里的人很少会有他这种感觉。但熟悉他的人都知道，他是一个“热身体”的人，正常体温也会比别人高半度。

当年“非典”时候，学校给他测量体温，人家一看他体温是三十七点五度，学校不少老师和他开玩笑，要把他作为疑似“非典”病例对上级汇报，他一下子急了起来，赶忙把体温测量仪器抢过来说：“你们把人体正常体温定错了，人的正常体温应该是在三十七点五度!三十七度那是冷血动物的体温。”弄得大伙儿狂笑不止……

电动车虽然很慢，但是再慢也比人步行快得多。他的老家离街道不远，只有七里多路，很快，他来到老家的鱼塘埂上，顾不得芦苇叶上湿漉漉的水珠，就一头钻进芦苇丛中采起芦苇叶来……

哇，老家的芦苇叶真大、真多，芦苇叶不仅仅是色泽亮丽，而且柔润度很高，即使在包粽子之前不用开水浸泡，它们也不会轻易地裂开或者断开，这绝非别处芦苇叶所具有的良好质地……

“还是自己老家的芦苇叶好啊，这淮河岸边的芦苇叶就是和外地的芦苇叶不一样!”他一边打芦苇叶，一边在内心夸起自己老家的芦苇叶了。

人们常说，走千走万，赶不上淮河两岸，确实是名不虚传。想到此，他竟然在心底产生一种对老家特殊的钟爱之情。想当年，一心读书，千方百计“跳农门”，到现在，才明白自己年轻时代千方百计要跳的农门，也是一块“洞天”之地，也有让人流连忘返的“胜景”。

一片、两片、三片……二十八片，当他口中数到“二十八片”的时候，他就会把这一把芦苇叶用一根事先带来的细线扎紧，放进空米袋里。

一把、两把、三把……二十八把，当他嘴里说到“二十八把”的时候，他便把口袋头扎紧，把大半袋又肥又大的芦苇叶从芦苇地里面拖出来，真沉! 足有三十斤，他小心翼翼地把口袋放到电动车踏板上面……

“我的妈呀，我采这么多芦苇叶干什么，我又不想卖芦苇叶，但是，十八把芦苇叶又少了，那我只能采二十八把!”如果你要问他，你为什么要采二十八把呢?他也会直言不讳地告诉你，“我这个人对‘八’字从骨子眼里就有一种特殊的喜欢，没有办法!‘八’字就是我人生的吉祥数字，你是不能改变我这个喜好的，就像你是无法改变一个基督教徒对耶稣的崇拜一样的……”

学校校长知道万宝强的女儿明天参加高考，对万宝强关爱女儿的心情非常理解，校长不用万宝强开口就把他这几天的课调好了。如果你问校长这是为什么，他会告诉你：这还要我多说吗，现在全国都一样，哪个领导不关心自己单位的职工?现在家庭孩子少，这点关心还是应该的，这就是人们常说的人性化管理、人性化关心嘛!我作为一校之长，不能为职工排忧解难，尤其是不能为学校老师家孩子高考开绿灯，那我还是一位合格的校长吗?关于这一点我绝不会为难任何老师，一定会一如既往地为大家服务好。

家长把孩子高考当作孩子结婚的事情来办，单位领导为职工家的孩子高考大开绿灯，这已经成为中国教育一道独特的风景线，而且这道风景线得到全社会的广泛认可，可是这道风景线在外国人眼里很另类，很不可思议。中国人对此很诧异，也很委屈：为什么国外人会如此不懂道理呢?甚至还会有人歇斯底里地对外国人说："傻帽，中国老百姓家的孩子要想成为国家栋梁之材，最捷径的路就是要通过高考，不然的话，很多农村家的优秀孩子只能'只辱于奴隶人之手，骈死于槽枥之间'了。"

家长为孩子准备高考相关事宜，绝不敢有半点差错，这是万宝强的心声，同时也是伴读小院里所有伴读父母的共同心声。因为，他们不惜血本专职来县城带孩子读书，就是希望自己的孩子一举成名天下闻……

既然家长把孩子参加高考当作孩子结婚事情来办理，那今天理所当然就是传统人讲的"催妆"了。

今天是女儿"催妆"的日子，我究竟还需要给女儿准备什么?千万不能出差错啊!这个问题，在万宝强头脑里面不知想了多少遍。可是，想了千遍，他也不感到厌倦，因为在他心中，让女儿顺利通过高考，那是他无上的荣幸，同时也是他无上的使命。他知道关注孩子成长，这也是父母必须努力做的事情。

"这是为女儿明天考试庆贺的，预祝女儿明天能够旗开得胜，马到成功!"上午八点十分，他到了县城伴读小院，把芦苇叶和大蒜一股脑放到杨建云面前，认真地说。

"你瞧，我们来这里带孩子读书，真的像与世隔绝似的，我只知道明天女儿就要参加高考，早已把端午节忘得一干二净了。"杨建云看到这些东西惊讶地说。

其实，万宝强内心非常清楚，女儿明天就要参加高考了，他来县城并不能给女儿多大的帮助。因为自己该做的事情基本做好，不该做的事情自己做了就是“赘肉”，只要远远地看着女儿在高考的过程中不出什么意外就行了。

当他把这种想法告诉妻子杨建云的时候，却遭到了杨建云的反对：“女儿在高考期间，如果遇到一些不顺心的事情，你作为孩子的爸爸，如果能够主动、及时地和女儿进行沟通，消除女儿高考上的心理负担，那么女儿就能够在高考时候没有其他私心杂念，以一个更加饱满、更加自信的状态，全身心地投入到高考当中，这难道是坏事吗?因此，女儿参加高考之前，你来到女儿身边陪伴，绝不是可有可无的事情。”

万宝强听了杨建云的话，觉得很有道理，便不再坚持自己的观点。

“最近，我在杂志上看到不少教育专家的文章，他们认为孩子高考之前心态很重要，尽可能避免一些刺激性的事情，让孩子放松心情。我们父母所要做的事情就是做好后勤工作，考虑到天气炎热，可以帮助孩子买一些水果、矿泉水之类的东西，给孩子提供一些简单的、便捷的服务。”万宝强对杨建云说。

“不错，我们现在就去为女儿准备这些东西，免得女儿为矿泉水之类的事情分心。”杨建云说，“我们再好好想想，还有什么事情要办理。”

“想起来了，昨天晚上女儿打电话要我给她买一块电子表，说是高考期间用的，今天下午一定要买到位。”万宝强忙其他事情，差点把这件关键的事情忘了。

“我不知道你整天忙什么，这么重要的事情你都能忘!”杨建云有点生气地说，“我们赶快走吧!下午学校放假，我们早点买来手表，免得女儿回来后见不到手表生气。”

有人说，越是你注重做的事情，越容易在这方面出错。这不是真理，但是万宝强却把这句话奉为真理。

万宝强和杨建云为了让女儿高兴，他们来到县城一家高级手表店，给女儿买了一块价值九十八元、金光闪闪的电子表。当他们把这块表拿到女儿面前的时候，女儿气得直跺脚，他们这才知道，现在的高考是不容许带有铁器的物品进考场的。因此，他们没有办法，只好到原来买手表的店里，同老板商量半天才把那块电子表退掉。

后来，他们又到街道上一个小杂货店里，给女儿买了一块标价为六十六元钱的塑料电子表。

其实，万宝强以前来过这个商店，知道这里的商品标价都是一些虚价。这一块塑料电子表不值六十六元钱，充其量只值二十元钱。只因为这块塑料电子表所标的钱数非常中万宝强的意，六六大顺，这是万宝强目前心里最需要的、最吉祥的数字!他不希望在这个时候，给女儿带去任何不顺心的事情，况且明天女儿就要高考，时间比较紧，所以，他在买这块塑料电子表的时候，根本就没有和老板讨价还价，非常乐意地把六十六元钱付给了老板。

这位老板乐得屁颠屁颠的，满脸堆笑地把那块电子表装上电池，非常郑重地送到万宝强的手里。并且连声说："欢迎下次再来!下次再来!" 这位老板以为今天遇到什么财神爷了!因为他知道能够来这个小店的，不同他讨价还价的那是非常罕见的。他根本就不知道今天的买主心里藏着那么高深的玄机。

写到这里我想起《小二黑结婚》中一个关于二诸葛忌讳"不宜栽种"的小故事，由于二诸葛迷信皇历，该播种的时候，不去播种，结果错过了最佳的播种日子，最后成为别人嘴里的笑柄。

其实，在日常生活中，像二诸葛这样的还是大有人在的：有一位孕妇，她和老公非常相信生辰决定命运，笃信"8" 就是"发"，结果孩子还没有足月，他们就选择了剖腹生产，现在孩子已经有七周岁了，但是体重和身高只有四五岁孩子的水平，真是让人可悲可叹！

因此，在今天的家庭教育中，我们不要迷信那些所谓的吉祥数字，不能让那些所谓的吉祥数字捆住我们的双脚，不能让太多的禁忌成为我们的精神枷锁，要知道它们仅仅是数字而已，绝对和人生的幸福、快乐无缘。如果我们在生活中不能逃出这吉祥数字的怪圈，那么它捆住的绝不止我们的手脚，还会捆住孩子的美好未来。

十六　简简单单往往就是最美的答案

当万宝强和杨建云带着那块塑料电子表回到伴读小院的时候，他们已经累得锅都不想烧，饭都不想吃了。要知道那条山路两个来回足有二十里，再加上万宝强和杨建云心里还惦记着要烧锅做午饭、下午包粽子等很多事情，所以他们走得十分急促，确实把他们累得够呛。

此时，万宝强拿出手机看看时间，手机上的数字告诉他，已经是十二点二十了，他和杨建云顾不上劳累，对眼前的琐事进行了合理的分工，万宝强负责烧菜，杨建云负责煮饭、整理芦苇叶、烧水浸泡芦苇叶、泡糯米、淘红枣、泡葡萄干。

很快饭煮好、菜烧好、包粽子的前期准备工作做好了，杨建云小心翼翼来到二楼，见女儿正在看书，并且桌上还有一些香蕉皮，心里感到有点愧疚，便来到女儿跟前小声地说，“闺女，不要看书了，到楼下吃饭吧。”

女儿见妈妈满脸的倦色，也不好再说什么。

“好吧。”女儿说，“妈妈，吃过饭，你们不要再东奔西跑了，到楼上好好休息一下，厨房那里也很安静，我一个人可以在那里看看书……”

“闺女，你现在不要考虑我们的事情，现在最主要的是你能够休息好，调整好心态，我们现在精神好着呢，根本就不需要你担心。”杨建云见女儿没有因为刚才手表的事生气，心里便踏实了许多。

万宝强在吃饭桌上掏出他刚买来的塑料电子表，递给女儿，顺便问道："女儿，还有什么需要买的？"

"现在考前所需要的东西已经备齐。"女儿随口答道，"你们现在真的不用再操心了。要知道，你们操心多了，不仅仅自己挨累，连我都会跟着受累，知道不？"

"好吧，吃饭过后，各扫自家门前雪。"万宝强笑着说，"你上楼做你自己喜欢做的事情，我们不干涉你，你妈准备包粽子，我呢？不会包粽子，吃过饭到街上溜达溜达，顺便给你买一些饮料。哦，对了，你平时喜欢喝什么牌的饮料？"

"爸爸，老师对我们说，明天考试的时候，不要喝太多的饮料，考虑到明天气温高，所以老师建议我们少带一些饮料，不需要过甜过酸的饮料，以清淡为好。"女儿一边吃饭一边对爸爸说，"三天时间五小瓶就够了，买多了，你们就要帮助我喝了。"

"闺女，除了饮料以外，你再想想，还需要我买什么？刚才你妈还吩咐我，要尽可能准备一些好喝、好吃的东西，我们挣钱的目的就是要培养你。"万宝强听了女儿的话，仍然还有些不放心，"明天，我是没有空给你买这买那的，今天我就是专门为你买考前零碎东西的，不然的话，我是不会来这么早的，你可要想仔细一些啊。"

"爸爸，我真的什么也不需要买了。"女儿有点生气地说。

"好了，你吃过饭可以上楼了。"万宝强说，"买东西的事情是我和你妈的事情。"

女儿走后，万宝强对杨建云说："既然女儿不需要再买别的东西了，我认为我一个人去超市买些饮料回来就行了，用不着一起去超市了，况且，你下午要做的事情还多着呢！"

可是杨建云不这么想，她认为自己的女儿太年轻，在这样的大考面前是很难考虑周全的，但是我们可不能犯傻，应该把女儿高考期间应该用到的东西都准备好，这才能称上合格的父母亲。再说，为女儿多买些高考“必需品”那是应该的！

在杨建云的头脑里，高考之前给女儿准备东西，就像给女儿准备嫁妆，现在什么都不给女儿准备，女儿明天照样可以去考试，只要女儿带着准考证、身份证、一支黑色水笔就行了。只不过，现在老百姓富裕起来了，农村家庭经济条件都好了，自己现在手头零花钱还是有的，为女儿买一些高档补脑营养品那是绝对正常的。她还曾经私下对万宝强说过，电视上的运动员每到进行大型比赛的时候，都要吃一些大补品，这样才能赛出好成绩。因此，这个时候，她认为需要给女儿买的东西还很多，女儿不让买，原因是女儿不会在意这些小细节罢了!

在杨建云的精心点拨下，万宝强仿佛一下子明白了许多事情，便对杨建云说:“以你说，我们还需要给女儿买些什么呢?该不会再让我买一大袋东西回来吧?”

“你打算再买什么呢?”杨建云不回答他的问题而是转向问他，“你不会头脑发热，再去大药房买补药吧?女儿考试前需要的东西，苏果超市、万润发超市都有，女儿现在需要的是营养品，而不是补药。这样吧，我还是和你一起去买吧，你一个人去买我真的有点不放心。等东西买回来后，我们再一起包粽子也不迟。你现在把糯米、葡萄干从水中捞出来，把水空干，我收拾一下碗筷就走……”

“今天给女儿买东西应该很有学问的。”走在路上，杨建云对万宝强说，“我们今天去买东西，一定要速战速决，不要优柔寡断，因为我们回来后真的还有不少事情要做。”

“为孩子高考之前准备一些吃的、喝的，我可是行家里手，每一样东西我都会考虑它的安全、营养、作用等方面的，绝不会随随便便，我手里拥有四张文凭，就可以见证这一切，这你是知道的。”万宝强有点得意地说，“把零食饮料买回来后，我会告诉女儿这些东西的妙用，让女儿知道这些东西都是成功高考的“宝贝”，别的考生家长是不会考虑如此周密的！”

“做事低调一点好不好，请你不要把那些零食神话好不好。”杨建云说，“我们做事不要背包袱!如果别人听到你说的话，会笑话我们的。”

万宝强听了妻子的话，心里独自着急起来：“我讲的话可是事实啊!有些父母给孩子买东西就是不懂科学，那是很容易吃亏的。”

“你懂科学，不也是吃了很多亏吗?”杨建云说，“你要知道，你的科学标准仅仅是依据物品上面的说明书，你有没有想过，如果当你的依据出现了错误，那你的科学还站稳脚跟吗?如果你能够从这方面出发，你和那些‘无知’的父母还有区别吗?说句不客气的话，那些你眼中的‘无知’父母也有比你强多少倍的时候。因为你的错误，往往对孩子危害会更大。”

由于万宝强今天做的事情太多，太疲劳，没有走多远，身上已经是虚汗淋淋了。但是，他走在山路上，一边抹汗，一边安慰自己：人再苦再累不就是为儿女吗!只要我女儿明天能够考出好成绩，这点疲劳又算啥呢?如果今年女儿能够考取北大、南大的，就是现在让我上刀山我也愿意呀!

他们很快来到一家正宗的大型超市，超市生意也因高考的到来而变得异常火爆，里面的人要比平时多好几倍。

首先，他们来到饮料专区，万宝强想：明天女儿要考语文，女儿要在考场“熬”三个小时，买什么饮料比较合适呢?当然，这种饮料必须能够起到解渴，而且有助于大脑思维，绝对不能够对高考有负面作用……

其实万宝强对饮料的“绿色”性能还是知之甚少。但是，他对女儿明天顺利参加高考的责任心，要求他必须在饮料选购方面做到万无一失。否则后果真的不堪设想!

万宝强很快在熙熙攘攘的购物大军中发现了一对和他们一样痴迷的伴读父母亲，他们正在给自己的孩子买黑牛饮料。万宝强曾经听女儿谈起过这种饮料。她说在月考前喝一杯黑牛饮料，考试的时候精力十分充沛，一点也不发困，并且答题的时候头脑也是特别的清醒！但是，万宝强知道这黑牛饮料里面含有一定量的咖啡因，是一种带有刺激性、兴奋性的饮料，他不敢买，因为以前他在高考中吃过这样的亏!

当时，他在高考的前一天晚上喝了几口维磷补汁，结果一夜都没有睡觉。第二天正赶上考数学!那一年的高考数学卷本身有点难，由于自己夜里没有睡好觉，所以做起题目来更是“稀里糊涂”，一遇到较难的题目就感到异常的紧张。结果是自己平时能够很快做出的题目非要花很长时间才能做出来，并且对做出的答案还是十二分的不放心。而那些较难的题目，平时通过自己细心努力还是能够做出的题目，那天也像是鬼迷了心窍，不管自己怎么努力都是没有办法做出来。考试中，由于他心情一直处于紧张状态，生怕时间不够用，所以不住地看放在桌上的手表。那种焦急、烦躁、恐慌的心情是万宝强平时都没有遇到的。

万宝强在高三的时候，数学成绩一直在全班遥遥领先，他的数学“基础”也是非常地扎实，那时数学试卷满分是一百分，平时在全市会考中，他所考的数学成绩往往都在八十五分以上，绝对没有碰到过这种“滑铁卢”现象。

那一年，他高考数学仅考了六十八分!而那一年他的高考总分离大专录取分数线只差一分。要知道，那个年代考上大专就是跳龙门!对一个农村的学生来说，那是非常不容易的事情。那种感觉要比现在学生考上一本还要爽。

因为，那个时候考上大专，你就可以把农村户口转成城市户口，并且大学毕业以后，你的工作也是国家包分配的。所以，他现在仍然对这些带有咖啡因的饮料有一种“杯弓蛇影”的胆怯。万宝强认为这种饮料不能多买，每位考生最多只能买两小罐黑牛饮料，并且分多次饮用，最忌晚上喝。

万宝强是一个非常热心的人。他知道眼前的这对伴读父母亲也是在为孩子买营养品的。为什么万宝强会这么肯定呢?说实话，万宝强对这些痴心父母早有心有灵犀一点通的感觉，他能够从眼前买东西的人流中非常准确判断出谁是伴读父母。

在万宝强的心中，这些伴读父母的身上往往会散发着非常独特的慈爱信息；这些伴读的父母眼中往往会在不知不觉当中流露出那种独特的“自豪”的神情。万宝强不是神仙，他的命中率却能够在百分之九十以上。

万宝强走上前一打听，果然是一对为孩子明天高考买营养品的伴读父母。万宝强看到他们的购物篮里有十几瓶黑牛饮料，便走上前去非常谨慎地对他们说：“你们在孩子高考期间是不能让孩子喝这么多黑牛饮料的，要知道这些黑牛饮料里含有不少提神的咖啡因，喝下去以后很容易让孩子兴奋，睡不好觉。在考试前，也不能喝太多，至多能够喝几口。它虽然具有提神作用，但是，在孩子遇到难题的时候，很容易产生焦躁不安、恐惧、紧张等不良情绪，这对孩子的高考是相当不利的，我当年就是吃了这样大亏的人，到现在我都心有余悸。”

眼前的这对伴读父母听了万宝强的话，上下打量万宝强一下，看看万宝强是不是一个带有神经质的人。这对伴读父母经过细致打量后，发现万宝强不像是一个招摇撞骗的、多管闲事的人，更不像是骗取他们钱财的小混混。

因此，这对伴读父母便向万宝强坦白地讲出自己给孩子买营养品的难处：我们看到和自己同院子的伴读父母，大包小包地买营养品给孩子吃，我们知道明天是孩子“拿魂(高考)”的日子，十几年的心血，就要看明天考试的成绩，所以觉得应该让自己的孩子好好地补充一下营养。今年夏天天气这么炎热，明天孩子在考场要考三个小时，口渴是在所难免的!因此我们就准备给孩子买一些带有健脑提神的饮料，让孩子带进考场里喝。我们总不能让孩子忍着口渴去高考吧!

万宝强知道他们的苦衷后，觉得他们比自己还“聪明”。他们就知道疼自己的孩子，根本就不想去科学地关心自己的孩子。我万宝强的做法虽然不是那么太科学，但不至于像他们这样近乎“愚蠢”。

他认为自己是一个教师，从自己的职业道德这个角度考虑，应该把自己所了解的“科学” 的做法告诉他们，避免让他们的孩子重蹈自己当年高考的覆辙。所以，万宝强不假思索地把自己所担心的问题告诉这对素不相识的伴读父母。他们听了万宝强的忠告以后，很快改变了做法，对万宝强的真诚表示十分的感谢。

后来，万宝强就在那家超市，又用同样的方法，告诫了三对前来购买营养品和饮料的伴读父母亲。万宝强告诉他们不要在大考的时候热衷于那些刺激性很强的饮料。在万宝强的建议下，他们都改买一些比较温和点的饮料，有几位家长害怕自己的孩子在考场喝那些刺激性比较强的饮料改买了纯天然的矿泉水。

其实，万宝强并不是“高考” 行家，他自己也不知道所说的话科技含量有多高，但是，他相信自己的头脑要比那些没有多高学问的、从农村中来的普通伴读父母要聪明一些、理智一些，毕竟自己已经是从教二十多年的老教师了，事实上，他所做的一切，还是有一定道理的。

我们应该知道，每年高考都有不少考生因为缺乏科学合理的指导，误饮了一些不适合考生喝的饮料而导致考试失常的情况，这绝不是极个别的现象!针对这种现象，我们学校必须对考生讲授一些安全、科学的饮食知识，这是非常有必要的。

近年来，我国一些教育专家研究认为：学生在考试的时候可以向大脑补充一些糖分，这样可以减少考试的失误，有利于考生在考试的时候充分发挥自己应有的水平。但是，我们家长和孩子不要在这方面小题大做，要知道简简单单往往就是最美的答案。只要考生在临考之前，嘴里含一个糖块就行了，根本就不需要买什么高档饮料。

可是，就是这些简简单单的考试常识，绝大多数的考生和家长却不知道。因此，我们作为教育工作者，必须强化这方面的宣传工作，多写写这方面的宣传报道，避免发生一些类似于万宝强当年高考的悲剧，让更多考生发挥出最佳水平，考出自己最理想的成绩，不留遗憾。

十七　高考呼唤理性关爱

根据万宝强的观察，在县城那些伴读的父母中，有很多慈爱有余而理性关爱不足的人，包括自己在内。他们都是带着一颗火热的爱心来到这个地方，心中所想的就是尽量为孩子搭建一个便利的、舒适的学习环境，至于如何科学关爱孩子往往缺乏理性思考！

他们中极少数人去看一些教育专家的著作，以致他们的很多行为带上盲目的痕迹。今天，万宝强根据自己当年参加高考时候所遇到的麻烦，知道了一点关于考生考前不能喝“咖啡因含量高的饮料”的知识，使今天遇到他的伴读父母们得到更改主意的机会，使这些伴读父母家的孩子避免了一些可能发生的“麻烦”，甚至可以说“挽回”了几个孩子的高考命运。

应该说，这些遇到万宝强的伴读父母们是非常幸运的。他们能够及时改变自己的无知!想当年，如果万宝强自己能够遇到一个好心人，能够在万宝强的耳边提醒一下，就很有可能改变他一生的命运。

我们不能说一句科学合理的话对每一个人都能够起很大作用。但是，它对于一个像当年万宝强那样“无知”的人来说，却能够把一个人一生的命运改写。因此我们绝对不能低估一句科学的话在“无知”人群中所产生的消极作用。

其实，高考中因为孩子和家长的不当行为导致的悲剧是很多的。饮料能够使考生高考失败；一个小小的疏忽也能够导致考生方寸大乱。根据高考专家分析，每年高考中，平时成绩很好的孩子，因为各种各样的原因导致高考失败的现象是屡见不鲜的，大约在5%左右。这对考生、家庭、社会所产生的负面影响是不容忽视的。其中痛不欲生的、号啕大哭的、离家出走的、一蹶不振的大有人在。

明天就要高考了，万宝强在县城苏果超市里意外地遇到了多年没有见面的老同学孙子锦。

“高中毕业后就没有见到你，一晃二十多年过去了，这么多年在哪里发财呀？”万宝强高兴地说，“你买这么多的牛奶饮料给谁喝啊？”

“我高中毕业后没有考上大学，在家干了几年代课教师，三十多块钱一个月，实在不能养家，于是，我便和老婆一起到无锡打工，孩子就丢给老爸、老妈。儿子读初中的时候太调皮，我便让老婆回来，在县城里租一间房子，专门带孩子读书。儿子明天就要参加高考，我特地向老板请了一个星期的假，平时没有时间陪儿子读书，现在到了最关键时刻，不能再说没有时间了。以前答应过儿子，高考期间，我什么事都丢下，专陪儿子考试。想想也是的，如果高考期间再不陪陪儿子，将来就没有机会陪儿子读书了。”孙子锦非常爽快地说道，“儿子明天就要高考了，考试时间太长，怕他考试的时候口渴，所以我就为儿子买一些牛奶饮料。”

“这位是？我猜得不错的话应该是小弟妹，对不对？”万宝强望着孙子锦身边从没有谋面的女人说。

“哦，我忘记介绍了，这位不是你的小弟妹，而是你的嫂子！”孙子锦连忙更正万宝强的话。

“孙子锦，你在学校的时候岁数小，机灵鬼，同学都喊你什么？孙悟空？忘啦？”万宝强不相信，“你能比我大吗？你属什么呀？”

“我属猪的，今年我四十二岁了，你属什么的？”万宝强说，“你看我已经长白发了，你能有我大吗？”

“我说的呢，我确实比你大，我属老鼠的，今年四十三岁了。”孙子锦说，“不过，你们这些当老师的，平时动脑筋多，四十多岁长点白发也很正常。”

“老婆，快过来一下!”万宝强对着一直在专心致志买东西的杨建云喊，“快过来见见我的好兄弟，还有嫂夫人。”

“哦，原来是小薛啊!”杨建云走上前一看，原来眼前的嫂夫人和自己相识，她就住在离自己小院不远的地方，下山买菜的时候经常遇到，还在一起闲聊过几次呢。

“下一次再遇到我的时候，应该喊我嫂子了，真是的，原来我家先生和你家先生是同学，我从来就没有听老公谈起你们。”小薛笑着说。

“你要知道，老同学老家和我不是一个乡镇的，加上老同学常年在外打工，同学交往的时候也不知道手机号码，这年头没有手机联系起来难啊!”万宝强说，“不过，我去年在同学聚会的时候曾经打听过你，说你到外面打工有十多年了，很少回来，所以就没有多问，今天真是太巧了。今晚我请你们到酒馆里面聚一聚，好好地叙一叙。”

“好兄弟，我也想和你们聚一聚，但是，我们不要忘了明天可是孩子高考的日子，什么事情都没有这个重要。以后在一起的日子长呢，喝酒的事情改日再说，等孩子考完试以后，我们就成为自由人了，我们就可以甩开膀子，坐在酒桌前面喝个痛快，你说是不是?”孙子锦无可奈何地说，“现在，我们一切必须以孩子高考为重，可不能因小失大呀。去年，我家邻居的孩子就是因为父母不在身边，耽误了高考。”

“有这等事情?”万宝强有点不解地问，“孩子参加高考，父母不在身边的情况多着呢，怎么会耽误高考呢?”

“这个孩子前年在县城中学读高三，成绩不错，结果高考前一个晚上天气较热，本来晚上八点多钟洗过澡的他又看了两个多小时的书，临睡的时候，觉得身上汗湿湿的，就用冷水擦了全身，想‘冷静’一下身体，好入睡。原本认为自己以前有过用冷水擦身体的习惯，自己年轻，不会生病的。半夜醒来，他竟然发起高烧来，他的爸爸妈妈赶忙把他送到医院，挂完点滴后，高烧是退了，但是经过一夜折腾，第二天考试的时候，他太疲劳，结果高考考得不太理想，只达到国家二类本科分数线。”孙子锦非常认真地对万宝强说。

“达到二本分数线了，这已经很不错了啊，填报志愿，走呗!”万宝强不解地说，“为什么还要选择复读呢?是不是自己的志愿填得太高，没有被二本院校录取呀?”

“你要知道这个孩子心很大，根本就没有把国家二类本科院校放在眼里,志愿他压根就没有填,直接到县城中学复读去了。”孙子锦说,“再说这个县城中学，听说他来本校复读，学校更是喜出望外，认为这样的孩子肯定来年为本校争光，为任课教师带来很多好处，就这样，这个孩子一分钱学费都没有交，直接被县城中学免费收为复读生。”

“真是好大的英雄气魄，国家二类本科院校都不想走，难道他真的想考取南大、北大不成!”万宝强说，“既然孩子有这么大的野心，那孩子肯定学习基础非常好，不然的话，他是绝对不会有这个胆量的。”

“你说对了!”孙子锦说，“这个孩子我了解，当年初中升高中的时候，他就是周围乡亲们眼中的小神童，以全县前五十名的好成绩被县城中学录取为免费生，到了高中，孩子学习成绩还是县城中学的尖子生，一直被学校视为冲击南大、北大的好苗子。”

“这样的孩子，为什么还会失误呢?”万宝强好奇地问，“难道他去年高考又是考试之前生病不成!”

“这次不是生病，而是遇到比生病更为可怕的事情。”

“赶快说给我们听听，也让我们长长见识!免得我们孩子今年高考重蹈覆辙。”万宝强着急地说。

事情是这样的：这个学生成绩相当出色，去年他即使考不上清华北大，考一个南大、东大还是不成问题的。可是，就是这样的一个非常优秀的学生，却出现了一个让所有人都感到棘手的、致命的意外事情。

高考期间，由于他的父母对孩子寄予厚望，害怕孩子住在学校集体宿舍里人多嘴杂、乱哄哄的，不利于孩子复习功课和晚上休息，所以这位考生被父母亲安排在离考点不到二百米远的大姨妈家居住。

第一天考过语文，相安无事，孩子心情很好，据说，他的语文考得非常出色。考过语文以后，下午不考试，孩子就在他大姨家的楼上复习，孩子的大姨妈对他更是疼爱有加，高考期间，为了不影响孩子的学习、休息，全家都临时搬到楼下居住了，而且是一日三餐、包括水果之类的零食，都是由他大姨妈直接送到二楼的，真是把他当成亲生儿子来照顾的。

到高考第二天上午考英语的时候，他还是按照昨天考语文的开考时间从家里走到考点，他做梦也没有想到，那年高考规定英语的开考时间比昨天考语文的时间提前了四十五分钟，这是历年都没有出现的先例，也就是说，考生在考英语的时候，必须比昨天考语文提前四十五分钟到考场，接受英语考试。这个信息，在高考前几天，班主任老师就已经向全班同学强调过了，班主任以为他是一个复读生，已经有参加高考的经验，这个小儿科的事情，就没有向他特别强调。

其实，在他模糊的记忆中也知道高考第二天考英语要提前四十五分钟，只不过自已对这件事没有引起足够的重视，再加上这个特殊的信息他也没有告诉大姨妈，而他的大姨妈也没有在意这件事。结果才导致了让他懊悔一生的悲剧。

他走出大姨妈家的门，看到考点的周边异常的安静，还以为自己来得太早了呢!他拿出塑料电子表看看，心里想离开考时间还有十几分钟呢!可是，当他走近考点大门的时候，他一下吓出一身冷汗，这个时候才恍然大悟，知道自己今天考试来迟了，英语考试早已开考了。他自以为今天提前十五分钟来学校，但他做梦都没有想到自己今天考英语竟然迟到整整半个小时!

他赶紧狂奔向自己的考场，他知道自己今天已经闯了大祸，而且这个大祸的罪魁祸首不是别人，正是自己。当他清楚了这个后果的时候，他知道自己现在已经毫无退路可言。

他来到考场门前，监考老师告诉他，刚才学校广播已经通知所有考场，现在已经杜绝考生进入考场考试。

我国高考规定，凡是迟到半个小时的考生一律不准进入考场。当他知道自己已经被拒绝进入考场的时候，眼泪就像山洪暴发一样狂涌而下，扑通一声跪倒在监考老师面前，监考老师赶忙把他扶起，并且立即向考点主任汇报情况。

考点主任立马赶到现场，考点主任怕这件事妨碍考生正常答题，想把他带到考点办公室，可是这位考生跪在地上就是不起来，央求考点主任准许他进入考场考试。可是，那位考点主任告诉他，自己也没有让迟到半个小时的考生进入考场考试的权利。

他一听考点主任都没有让他进入考场考试的权利，一下子就晕倒在地，考点执勤人员赶忙上前把他抱住，掐孩子人中，当他清醒过来以后便是号啕大哭，其哭声让人听了甚感凄惨。执勤人员想去阻拦他，他像发疯的野牛一样一头撞向考场的墙壁，幸亏被执勤人员拉住，但是，他两只手不住地捶打墙壁，双手鲜血直流，让执勤人员很难靠近他，多少人上前去劝说都不行。

很快，他的班主任、大姨妈、父母都赶到现场，央求考点主任网开一面，救救孩子。可是这位考点主任就是不答应。因为，他不能知法犯法，他非常清楚，这是国家最高级别的考试，任何人都不能违背国家高考规定，自己可不能拿国家的法律当儿戏。

后来，这位考生的班主任打电话给本县的县委书记，央求县委书记为这位尖子生说情，这位县委书记听了班主任的请求后，知道这个考生“冤情”太大，他赶忙利用县委书记的名义打电话给这位考生所在的考点主任，希望他看在县委书记的面子上，放他一马。

可是这位考点主任非常抱歉地告诉县委书记：这是铁的法律!谁也不能更改!这已经不是同情不同情的问题了，而是关系到整个考点所有考生高考成绩的大事情了，谁也无权来干涉这件事……这件事一旦疯传出去，我个人被开除公职是小，最可怕的是，还要连累县委书记您的声誉。如果上面追究下来，我们考点所有的考生的考试成绩都有可能被当作零分处理。到那时，就不是一个孩子的损失问题了，而是关系到我们全县今年部分考生的命运问题了。

一位非常出色的考生就这样在自己小小的疏忽当中，失去了一次人生难得的大好机遇。听说这位考生离开考场以后，在家人和亲朋好友的劝说下放弃了轻生的念头，父母劝他在县城中学再复习一年，希望他通过高考来实现自己的伟大宏愿，考取清华大学或者是北京大学，让他人生的损失降到最低点，但是这个孩子个性太强，再也不愿去县城中学复读了，谁也说服不了他……

这个现实太残酷了!他只能在鲜血淋漓的教训中默默地接受。就在那个夏天，他毅然背起打工背包，到上海去打工了。他不愿自己再去承受高考的压力了……

有人说，这个学费太昂贵了，昂贵的几乎与自己的生命等值；昂贵得几乎与自己的美好前程等值，谁也不愿交这么昂贵的学费，谁也交不起这么昂贵的学费，但是，每年高考中，都有像这位考生那样，极不情愿地喝下自酿的苦酒，成为世人眼里可怜的牺牲品。

古人言：一步不慎满盘皆输。但凡对孩子人生非常重要的事情，我们必须时刻保持清醒的头脑。对孩子所言、对孩子所做，必须保持高度的谨慎之心，要知道孩子成功往往就在理性关爱之处。

这件事情已经过去了，但是这个后果是谁引起的呢?是孩子的大意?是老师的疏忽?是大姨妈的关爱不够?还是我们父母没有尽到自己应该尽到的责任?我在这里不想去责怪任何一方，因为这个后果，绝不是一个人的疏忽，我们的老师、我们的家长、我们的学校、我们的社会都有不可推卸的责任，高考呼唤理性关爱，高考呼唤真爱的回归，要知道很多看似无法变通的规定，一旦浸泡上理性的琼浆，往往就可能成为缔造幸福的乐园、摆脱痛苦的灵丹。

十八　水桶盛水多少取决于短板高度

去年县城中学那个考生，因为迟到半小时而被禁止参加高考的英语考试，当时这件事情在全县上上下下引起轩然大波，许多家长、老师、学生为之拍脑叹惋，叹惋之余，也在思考中国的高考究竟在哪些地方还需要改革?中国的基础教育育人方向又应该向哪些方面调整?我国广大教育工作者以及孩子的家长都在积极地寻找答案。

为什么我国教育总是在千方百计地挖掘孩子的智力潜能?为什么我国教育不能千方百计地挖掘孩子们的非智力潜能呢?原因是我们一部分教育工作者急功近利思想太严重了，在关注孩子们健康成长的时候，忽视了水桶盛水多少取决于短板高度的哲理性思考。因此，我现在有必要在此为孩子们非智力因素的培养摇旗呐喊，希望我国广大教育工作者能够通过我的呐喊，改变一下教育观念，为我国社会主义现代化教育事业吹进一股清新的空气。

去年，那位县城中学的考生因为非智力因素的影响而没有在高考中正常发挥。头一年，即便被高烧折腾了一夜，但是他当年的高考成绩还能够达到国家二类本科分数线的，这确实是一件很了不起的事情。因此，我们有理由相信，这位考生的智力水平已经超出常人，甚至比正常人水平要高出两三倍，但是有一点我们必须承认他的非智力水平低于正常人，甚至要比正常人水平低下好几倍。如果用结果来衡量一个人的整体水平，那么那位考生整体水平只能是低于正常人水平，甚至是远远低于正常人水平。

由此，我想起中国哲学中所讲的短板效应，一个水桶能够装多少水，不是取决于水桶最高那块木板的高度，也不是取决于最高木板与最低木板的平均高度，而是取决于水桶最低的那块木板高度。

这个结论很残酷也很现实，我们没有必要为之叹惋，正如我们没有必要为那位考生叹惋一样，你不要说我这个人近乎野蛮，没有人情味。因为，在这个竞争激烈的社会中，有很多东西并不是靠别人的同情和叹惋来赢取先机的，而是靠自已综合素质和综合实力来决定得失的，如果你在素质中有短板，那么你就会在激烈的竞争中被淘汰出局。别人再多的眼泪都是零，因为在这个日趋完善的社会制度面前，眼泪真的不值钱!

“哎呀，这个孩子的命就不好，前年考试之前发高烧，你看去年这孩子高考又偏偏把考试时间记错了。”从超市回到伴读小院的万宝强，在午禁路上和伴读父母谈起这件事，目的是让住在附近小院的伴读家长们对这件事有所警惕，不要发生类似的事情，可是住在万宝强租房斜东面的那位年事较高的伴读老妈妈不以为然，非常神秘地对万宝强说，“我敢说，即使家长再给这个孩子几次高考机会，他也不可能取得高考成功的。如果有人不相信我的话，我敢和他打赌。”

“就是这么回事，我那个村里也有这样的孩子，平时在学校成绩都是数一数二的，可是一到中考、高考，不是头疼就是肚子疼，要不就是把准考证弄丢了，反正，他不会在考试中正常发挥。”一直保持沉默的小钱听到那位伴读老妈妈的话后，突然来了精神，兴致勃勃地对大家说，“这种事情就是奇怪着呢!”

“有人说，这种事情信就有不信则无。”刚洗完碗筷的小朱也赶来凑热闹，“小时候，我也不相信这些事情，可是当我见过很多这类事情以后，我才发现这类事情并不是人们所说的那么简单，而是真的有一种看不见、摸不着的东西在左右这类事情……”

“你讲话就是喜欢欲言又止，遮遮掩掩的。你说这种看不见、摸不着的东西是什么?”在厨房包完粽子的杨建云也走出厨房来到午禁路，由于平时和小朱比较要好，便带着调侃的味道笑着对小朱说。

“我不是想遮遮掩掩的，而是我不好意思对大家说出这句让你们扫兴的话。因为，我现在太相信那种看不见、摸不着的东西了，这种看不见、摸不着的东西就是冥冥之中的神!”小朱激动地说，“到现在为止，我已经亲身领教过好几件这类事情了，不管你们信不信，反正我是信了。”

“你不是曾经在别人面前说你是从来都不相信神的吗?为什么现在又相信神了呢?”杨建云追问道，“既然你现在相信神了，你又何必到这里带孩子读书呢?干脆把孩子放在家里算了，反正孩子的命运掌握在神手里，你又何必在这里陪我们这些人受罪呢?”

“在这个世界上，有很多东西真的很蹊跷，你要是不信吧，偏偏有些事情真是我们用现在科学技术都无法说清楚的。为什么平时遇到那么多的考试，这些考生都不会出现什么意外事情，偏偏都是在中考、高考等关键时候发生呢，什么头疼、腚疼的……都一一赶来了，反正不是大卵泡，就是小肠气，让人防不胜防，而且是那么的巧合!那么的不可思议!你说这奇怪不奇怪?”

“我的外甥，平时成绩好着呢!初三时候，每次学校组织的考试，都是全校第一名，结果在中考的时候，浑身发高烧，差一点没有被县城中学计划内录取。到了县城中学，他从普通班很快‘跳’到‘火箭班’了，而且他在‘火箭班’学习成绩也是非常出色的，经常考到全校前三名，全家人都估计这下好了，应该不会再发生中考那样‘倒霉’的事情了，可是，到高考的时候，老毛病又犯了，又是浑身发高烧，竟然在考场上打点滴，那一年他所在的‘火箭班’就他一个人没有考上一类本科，而且他所在‘火箭班’的其他学生都考上全国重点一类本科院校，最低的也是苏州大学。我的外甥最后勉强被二类本科院校录取了，你说这件事奇怪不奇怪?现在啊，我对这神真是深信不疑了。”

万宝强见大家你一言我一语争个不停，就拿出老师的架势对身旁的伴读父母说:“你们声音都要小一点，我们虽然在午禁路上说话，但是，我们也不能把声音传到小院里。我们的孩子明天就要参加高考了，什么神呀鬼呀的，这全是骗人的，这都是我们家长、老师平时对孩子这方面知识教育得太少，才导致这类悲剧的发生。如果你们一味地相信神在左右我们的孩子，那么我们就会容易错过对孩子这方面知识的教育。这样的悲剧不仅不会得到有效的控制，反而会产生越演越烈的态势。因此，我请大家一定要多关注这些非智力因素的培养，绝不能让这样的悲剧在我们这些人中间发生……”

写到这里，我想起一件事:好几年前，我被县教育局抽去给中考学生监考，我看到一位带队的女教师在考生进考场的时候，给她所带的每一个初三学生发一块巧克力糖块和一个自己亲手编织的手环。当时，这件事对我触动很大，我认为这个老师确实很了不起，她不仅仅知道巧克力的妙用，而且还可以通过这种小小的举措温暖考生的心，让考生感受到被爱的甜蜜和温馨，体现出一种比母爱更伟大的师爱。这无疑对在场老师和考生都是一次灵魂的大洗礼!

虽然巧克力和手环对考生并不能直接产生多大的作用，但是这种老师对学生的关爱之情，却能在中考中发挥奇特的效果，它不仅让这些考生心情舒畅，而且还会使那些学生产生一种积极的感恩心态，这无疑对考生的心理产生良好的影响。多年过后，这些考生们即便忘记当年的考试成绩，但是这位老师对他们的那种伟大的关爱之情，一定能够永远地扎根在同学们的心里，成为一种历久弥新的师情见证。这种关爱之情所产生的正能量，绝不是我们几句话就能说完的。

我们都知道，一块巧克力和一个手环不值多少钱，但是由这块巧克力和手环所产生的精神价值却是很难用金钱的多少去衡量的。凭我多年的从教经验来看，它至少可以挽救一部分学生的灵魂。因为，我后来用过这种方法在我所教的学生中做过试验，赠送巧克力和手环的班级和没有赠送的班级，学生在考试的心态上存在较大的差别，赠送过巧克力和手环班级的学生考试心态普遍优于没有赠送巧克力和手环班级的学生考试的心态，他们的心态大多数显得较为平和，所以他们中考取得的成绩也略胜一筹。

我不知道那些巧克力和手环对学生的智商有没有积极的影响，但是，这里面的奇特之功还是显而易见的。同学们，请相信我!因为，有一年，我们班级的几位同学考完试亲口对我说：这种效果很不错!以前大型考试的时候还很紧张，可是，当自己嘴里含一块巧克力、手上套着老师赠送的手环时，紧张的心情自然而然地减少了许多，做起试题来感到一种少有的轻松感，真正有一种说不出的妙法。

我听了之后，认真地思索了一下：我的学生所说的有点夸大巧克力和手环的作用，但是巧克力和手环对他们那年的中考还是起到较大的作用。那年中考，我班的学生竟然有七名被县城中学计划内录取，三年过后，我的学生在高考中相互赠送，结果在高考中他们没有出现较大的失误!更让我感到特别欣慰的是，我班级七名被县城中学计划内录取的学生，全部以优异的成绩考取国家重点本科院校，其中有一位叫王薇的女同学还以优异的成绩考取了北京大学医学部，成为我学生中第二位考取北京大学的学生。

我们不说巧克力和手环在其他方面有什么重大“成绩”，但是有一点，那就是高考中没有“出格”的失误，就是最大的成功。

因此，参加高考的学生，必须时时注意一些小细节，最大限度地减少失误率。如果你能做到这一点，我想你就应该感到无比欣慰。根据高考专家研究，高考中没有不失误的，只要考生能够正常地发挥，就是最大的成功。

有时我在想，父母的善心爱心是众口皆碑的。但是，这些最伟大的关爱也会因为自己的无知，使自己的孩子承受一些不应该发生的、失败的痛苦。因此，我们这些做父母的，在平时对孩子教育的时候，必须十二分的慎重，在关爱孩子成长的过程中，一定要注意培养孩子非智力因素。

这看似很简单的家庭教育，真正把它做好却是一件很不容易的事情；很多看似很“真理”的做法，有时却成为摧残自己孩子健康成长的毒汁，这就对我们做父母的提出更高的要求。在同自己孩子沟通的时候，千万不要不懂装懂，切不可主观臆断；遇到棘手的问题，一定要多请教内行，多请教专家，多去看一看一些教育大家写出来的有关青少年健康成长的专著，不断地提高自己家庭教育的能力，最大限度地为孩子提供准确无误的帮助。

如果我们这些做父母的花精力、花钱财却不能把高效的关爱落到实处，不能更好地把教育孩子的好技巧、好方法落到孩子最需要帮助的地方，那么，我们这些做父母所损失的将不仅仅是精力和财力，甚至有时孩子的前程、幸福也会在我们不够科学的教育中白白地断送。

如果我们这些做父母的能够准确无误地为孩子提供“最科学”的帮助，那么我们的孩子就会在我们所提供的知识、情感、温暖、物质的环境中，找到自己健康成长的阶梯，找到自己奋力前行的动力，就会很快乐地学习、很幸福地生活、很灿烂地成长。我们从中所得到的绝不是付出的阵痛，而从中获取的将是无限的快乐和无限的幸福。

也许我们的腰包变得空瘪了，身上的肌肉变得松弛了，脸上的皱纹变得细密了，头上的黑发也变得斑白了，但是，不管我们走到哪里，心里却是始终充满无限的宽慰，我们会始终觉得自己每一次的昂贵付出都是值得的，都是理所当然的。即使我们自己的生活再苦、我们的面容再憔悴，我们都会无怨无悔。

其实，父母在培养孩子方面，最感委屈、最感痛心的，就是我们的高付出没有在孩子身上得到有效的回报。这是为什么呢?原因是我们对孩子的智力因素关注太多，而忽视了非智力因素的培养，使孩子在素质教育中出现了短板，这不能不说是家庭教育的失策。要知道在这个世界上，不行春风哪来秋雨呢?

既然我们知道非智力因素对孩子的成长有很大的作用，那我们的教育工作者和家长，又该如何去培养孩子的非智力因素呢?

一个完整意义上的现代家庭，在培养孩子的非智力素质时，必须把重点放在培养孩子情感、意志、兴趣、习惯、志向等方面。让他们胸怀大志，拥有坚定良好的人生信仰，拥有健康向上的唯美情趣，并且让他们积极参与多种社会实践活动，使他们养成良好的生活习惯，增强多种抗击打的能力，坚决反对家庭“包办主义”，让孩子在耐挫中得到锻炼，让孩子在困难中丰盈自己的能力，不断提高孩子的综合素养。

我国翻译学家傅雷先生堪称是教育孩子的楷模，他特别注重与孩子的思想交流，教孩子仪表、修养、礼节及做人的道理，与孩子交朋友，孩子一直受到他的教诲和指导，使孩子形成多种适应社会发展的能力，他的优秀育儿方法很值得广大教育工作者学习。

随着社会的不断发展，现代科技日新月异，知识信息快速增长，这就要求我们必须与时俱进，不断更新观念，加强学习，更好地了解孩子的所思、所想、所求。在培养孩子的过程中，我们一定要把培养孩子的智力因素和培养孩子的非智力因素放在同一个起跑线上，绝不能顾此失彼。

许多研究表明，现实中很多“差生”，他们“差”的原因，往往不在于他们的智力水平低下，而主要是因为他们的非智力水平差。因此，我们教育工作者必须拿出关羽“刮毒疗毒”的勇气，对孩子的学习动机、兴趣、意志、情感、性格等进行普遍教育，培养他们的非智力因素，让孩子们都能够在阳光雨露下健康成长。

十九　春天的狼也会进村的

万宝强好不容易把女儿明天考试所需要的学习用品和饮料都准备就绪。那时，已经是下午两点多钟了。他回到租房里，又冷静地细想一下自己的准备工作有没有遗漏的地方。橡皮、小刀、塑料电子表、三角尺、圆规、量角器、塑料尺、考试用的垫写板、学校发的专门用来高考的 2B铅笔、“专用”饮料，甚至女儿的身份证、准考证、户口簿他都为女儿收拾得有条有理。

万宝强把这些物品足足细对了三遍，确保万无一失以后，他才到厨房里的躺椅上满足地“迷糊”了一会儿。因为明天女儿要高考了，心里老是装着这件事，所以“迷糊”的时间只有二十来分钟，并且“迷糊”的“深沉”度也不高，一直处于半睡半醒状态，醒来后，一看手机，已经是两点四十五了，他知足地到外面伸了个大大的懒腰。这个懒腰要是在乡镇街道上自己盖的住房里，他撑懒腰的吼声一定可以震得窗户玻璃沙沙响，可是，今天他在这伴读小院里无法做到那样潇洒的举动，只能把牙齿咬得紧紧的，两个拳头攥得吱吱响，两个臂膀上肌肉绷得实实的，努力把自己要爆发的声音憋在自己的肚里，不让它发出来，以免影响女儿以及这个小院子里孩子的学习或者休息。

这种强制压抑自己的做法，他在伴读之前很少用到，只是偶尔在公共场合才用到，目的是为了不让自己肚里的空气从自己的肛门里挤出来，影响大家的正常呼吸和正常视听，即使自己放屁的声音很好听，很像大海里面远航军舰的汽笛声——因为，他的老婆杨建云曾经当着众人的面夸过他，只不过，那种克制自己的力度要远远小于现在撑懒腰强制压抑自己的力度。他记不清老婆什么时候夸过他，但他却常以此自诩，人家说他脸皮比长城墙根还要厚，他也不生气。你若逼急了他，他会得意地对你说“屁是六郎神，不放闷死人”，真让你哭笑不得。

因为明天就要高考，县城中学上午上完两节课以后才宣布放假，此时，女儿正在楼上的房间里面看书。万宝强心想，此时最好让女儿知道明天考试的具体地方，但是他又不想此时去打扰女儿。他拿出女儿的准考证看了看，知道女儿明天考试的地方就在县城的第二中学，但是，他心里不踏实。他拿出手机，又和预约的出租车司机通了一次电话，再一次谈妥明天到这里的时间，这时，他才知足地对着空气笑了笑。

可是，这种知足心理并没有持续十分钟，他心里又开始冒出一个使他不十二分放心的事情。他认为一个即将参加高考的学生不知道自己所在的具体考场那是一件极为不妥的事情!明天女儿会不会因为一时找不到考场犯愁呢?新环境学校里有没有进考场前可以安静看书的地方?厕所离女儿的考场是近还是远，会不会影响女儿考试前上厕所的情绪呢?自己以前参加过高考，这些问题都是十分重要的事情。

本来这件事万宝强可以不去过问。因为他知道，凡是国家重大考试，主考部门都要在考点大门旁贴出考场坐标图、厕所指示图、路线指示图、考试须知、家长须知，不会让考生、家长迷路的，但是他还是认为自己和女儿明天去认考场、认座位时间有点急促，毕竟自己和女儿对新环境不太熟悉，因此，他决定自己有必要把这件事做得再认真一些，以防不测事件发生。

可是这种想法没有在他头脑“站稳”十分钟，他心里又开始出现这样的忧愁，他认为做事情太认真不仅仅容易把自己搞得太“狼狈”，也容易把女儿整得太疲惫，甚至还能够把做事情的氛围搞得太紧张。

为此，他在楼下走廊上徘徊着，冷静细想了半个小时，心里还是很纠结，觉得这件事还是不对劲。于是他在楼下的走廊里做起这道很难的选择题：是带女儿去看考场还是不带女儿去看考场？

此时，他内心很矛盾，认为这道选择题太不容易选了：选带女儿去看考场、看座位，女儿明天就要考试，现在正在复习，这么宝贵的时间失去了太可惜!选不带女儿去看考场，他又担心明天考点人多，带着女儿寻找考场很拥挤，万一有什么"三长两短"的，岂不是要了自己的老命!

于是，他在楼下走廊里神经质似的自言自语道：绝不能让孩子在临考时候背上一个找考场的思想包袱!哪怕让女儿在临考之前头脑放松一分钟都是好事情!绝不能在女儿临考前加剧紧张气氛!哪怕上帝让我现在去背"太行、王屋"二山，我也心甘情愿。这是家长必须做到的牺牲。如果你要嫌苦嫌累，那么你就不配做家长，你为孩子吃苦受累天经地义，没有什么好说的。

"真是笨死了，真是太糊涂了，怎么一着急就忘记东南西北了呢？"他似乎忽然弄清楚了一个天大的难题，敲了一下自己的头脑，对自己说："只要自己知道考场在哪里，就等于女儿知道考场在哪里。此时，根本就没必要带女儿去看考场、看座位!何必让女儿这个时候为考场定位问题分心呢!"

万宝强经过认认真真、反反复复地斟酌过后，决定自己现在不去麻烦自己的女儿，认为自己的女儿现在正在复习，准备明天语文考试，多复习一下考点知识是很有必要的，多复习一会儿，也许明天就会多考几分。听一些专家说，考前一天复习效果最好，最容易看到考试要考的题目。要是女儿今天下午能够看到一道和明天语文考试相一致的题目，那不是天大的喜事吗？他努力地想。

于是他决定自己先到考场看一看，把女儿明天的具体考场弄清楚……

万宝强本是初中教师，他手里有南京师范大学本科毕业证、初中语文教师资格证，曾经在中学任教过英语和语文，女儿上小学二年级的时候，他为了照顾自己的女儿，又特地考了一张小学语文教师证，随即转到小学任教了，不曾想自己现在竟然扎根在乡镇小学了，因为他在小学受到了重用，让他一直担任小学教务主任。

他曾经多次参加中考带队工作，并且还参加过几次中考监考。所以在为女儿确认考场这件事上就显得非常老练，根本就不需要别人指点。但是，就是这样一件容易的事情，也让万宝强犯了一次最低级的错误。

这个学校教学楼比较多，而且又是坐落在山顶上，因此，这个学校教学楼布局显得有点乱，加上这些教学楼不在一个平面上，一共分四个层面，也就是说，这个学校的教学楼落差较大，最底层面教学楼和最高层面教学楼落差在二十米左右。

他看了看考场分布图，认为女儿的考场是在这个学校最高层面的教学楼上。他拾级而上，足足爬了二十多个台阶，来到他想象中的女儿高考所在的那排教学楼下面，而这排教学楼一共有三幢，他根据自己记忆中的印象，又穿过一个很宽敞的楼下走廊，来到中间一幢教学楼下面，朝楼上的楼名看去……

“咦，奇怪，这个教学楼的名字怎么不是崇文楼呢?”万宝强惊讶起来，“难道我犯了低级错误?真是太搞笑了!难道一个老师连考场平面分布图都看不懂吗?真是滑天下之大稽了!”他看了楼名后才知道这个楼不是自己女儿高考所在的教学楼。

他赶忙跌跌撞撞又从原路返回到考场分布图面前，细细一看才知道，今天这个考场平面分布图不是按照传统的上北下南设计的，而是根据教学楼东西走向特点，上西下东来设计的。尽管这个设计图所标的方向坐标非常明确，但是万宝强还是根据老习惯把女儿的考场所在的教学楼看错了。

“哦，原来如此!我为什么会犯这么低级的错误呢?为什么不去看一下平面图旁边的方向标志呢?为什么老是认为考场平面分布图一定就是上北下南呢?”万宝强看到平面图旁边方向标志的时候，不住地在内心责备自己。真是思维定式害死人呀!

“我的妈呀，今天幸亏自己提前来给女儿看考场，今天来得真是太对了!要是明天早晨遇到这种情况，岂不把女儿急死了!如果女儿在考试之前跑错了考场，那么她的考试情绪一定会受到影响，这势必对女儿的整个高考产生可怕的负面影响。”他拍着自己的脑门庆幸地对自己说，“今天来得太好了!”

这次没有看错了，他根据平面图的指示，很快就找准了女儿所在的考场，并且拿出自己事先准备好的笔和纸，写下女儿高考考场的具体位置(包括具体的班级，以及所处的楼名楼层)。尽管这个地方以前来过一次，但是万宝强仍然不敢怠慢，直到他通过窗户把女儿的座位看得一清二楚的时候，心中的一块石头才算落到地面上。

那天带孩子来认考场的父母亲非常多。真是非常巧，万宝强在这个地方竟然遇到本村一个多年不见的、在外县机关单位当官的远房表哥，他今天也是专门帮孩子确认考场的。万宝强把刚才闹的笑话说给他的表哥听，哪知他的表哥听后哈哈大笑。

“你是老师，怎么也会犯这种错误呢?”万宝强表哥大笑着说，“本来，我估计这种低级错误都是一些不学无术的人犯的呢，不承想这个平面图也能把文曲星给难住了，真是太出人意料了，刚才我估计天底下就我一个人是蠢材，东南西北不分，不承想，我的后面还有一个垫背的。”

“你知道自己所犯错误的原因了吗?”万宝强问表哥，“说给我听听……”

“都是思维定式惹的祸，以前我也经过多次国家级大考，平面图设计都是上北下南，可是今天的平面图就是与众不同，就是标新立异，这对我们有这方面生活经验的人来说，很容易受伤。”万宝强表哥苦笑着说，“这个地方落差太大，几十个石阶一爬就让我满头大汗，气喘吁吁的了。”

由于万宝强和表哥都考虑到孩子明天高考，都没有再逗留，就各自回去了。根据万宝强的观察，来此处逗留的父母和孩子非常少。特别是那些孩子，知道自己考试所在的地方后，都很快回去了，他们都知道考试在即，都希望自己早点回到住处，把明天所要考的语文重要的知识点再细看一遍。古人言：临阵磨枪，不快也光。所以这些认真的孩子是绝对不会随便把临考之前这一段宝贵的时间浪费掉的。

“老兄，明天儿子高考了，还有雅兴带孩子散步？你们不紧张吗？”万宝强走在回租房的山路上，遇到伴读小院里面叶师傅正带着优等生儿子沿着林荫山路一边听音乐一边闲聊，便与他们搭讪道。

“这有什么紧张的呢？我儿子从来就没有把高考当成高考，仅仅是平时一次小练习。”叶师傅微笑着说。

面对这样的大考，真正能够轻松地放下心来，带着自己孩子很悠闲地到户外小树林里面散步的家长真是太少了！他们对孩子的高考早已胸有成竹，他们选择这种方式来迎接高考，就是希望自己的孩子在高考之前能够非常轻松地进入角色。万宝强心想。

“钱师傅，明天儿子就要考试了，还有雅兴在这里打牌啊？”万宝强在路边的小店里遇到附近伴读小院里的钱师傅，有点惊讶地问。

“我的儿子差生一个，我现在就等儿子高考结束走人。我来的时候，看到儿子正在电扇底下睡大觉呢！差生一个！我懒得理他！”钱师傅轻蔑地说。

“孩子睡觉是好事呀！”

“呸，我敢说喜欢睡觉的孩子都是没出息的孩子！”钱师傅面带怒色地说。

多少优秀的孩子都被家长这种思维定式“扼杀”了。自己又何尝不是思维定式的“刽子手”呢?自己知道孩子对高考没有绝对的把握，因此选择静静地守在孩子的身边，为孩子考前作精心陪护，绝不敢让孩子浪费半点时间，而自己的女儿也只能顺从地躲在房间里，为高考作最后的冲刺。万宝强愧疚地想。

他走在山路上，头脑很复杂。自从女儿高三以来，就一直没有让他安稳地睡过觉。他到现在仍然是一头雾水，对女儿的高考更是云里雾里。对女儿能够考上本科院校没有足够的把握!女儿的选修课成绩能否达标，这让他担心;女儿的语数外成绩能否达到本科录取分数线，这也让他担心。但是，到了这个关键时候，他没有退路可走，只能是陪着女儿奋力一搏，不管明天的结果如何!

他知道女儿高考最理想的成绩就是达到二本分数线，因为，万宝强通过女儿最后几次“联考”成绩发现，女儿学习成绩明显比以前有所进步。每次考试成绩也是在二本分数线徘徊。特别是最后一次市统测，语数外总成绩已经突破三百三十分大关。

所以，这使一直处在“灰暗”之中的万宝强看到了一线曙光。但是万宝强认为，这曙光来得太晚了，让他根本笑不起来。他脸上稍微出现的一丝欣喜之情，也很快被浓厚的担忧之情所湮没。因为他心里清楚这迟来的欢喜必定显得太仓促了，必定是女儿高三以来仅有的好成绩。

回到住所，已经是下午四点多钟了。他想睡觉，但是睡不着。他知道明天考语文，而自己教了二十多年语文，特别是几年来还在报纸杂志上发表了数百篇文章，所以他心里老是认为自己在语文方面还存在一定功底的。因此，很想参与到女儿的语文复习当中。

“我很想给女儿语文复习提点建议。”万宝强对妻子说，“但是我又害怕自己把一些错误的观点带给女儿，抓不住高考语文的重点，浪费了女儿宝贵的考前复习时间。”

“你总算变得聪明起来了!你不要认为自己是语文老师，哪个年级的语文都能教。你很多旧的教育观念真的要改改，你若不改这种思维定式，那很容易伤害我们的女儿。”杨建云语重心长地说。

“对了，我想起来了……鲁迅……祥林嫂……阿毛……春天的狼也会进村的!思维定式真害人啊!”万宝强恍然大悟道。

二十　莫让作弊成为时尚

女儿明天高考了，万宝强内心却像装着一团火，有一种说不出的焦虑感，他总觉得女儿还是一个孩子，自己必须把女儿高考之前的准备工作做得天衣无缝才行，除此之外，他还担心女儿高考复习会因为没有得到他的指点而把重要的知识点遗漏掉。

他在厨房里面踱着方步，杨建云建议他到走廊的凳子上坐一坐，不要去打扰自己的女儿，但是，他贼心不死，很想把自己最拿手的写作技巧告诉女儿。虽然这个所谓的写作技巧已经在女儿的耳边长成老茧，但是他对此仍然很自信，认为这是女儿明天语文高考制胜的法宝。

现在，他大有手持灵丹妙药不能给病人服用的感觉，并且，他还觉得这灵丹妙药如果今晚不用，明天就会完全失去药效。正在万宝强进退两难之际，他的内侄儿打来电话，说要来这个伴读小院看望他，他很兴奋，因为他知道自己的内侄儿是本县小有名气的高中语文教师，现在一所四星级高中任教。他认为如果女儿在这个时候能够得到他内侄儿的指点，肯定会在明天的高考之中受益匪浅。

万宝强把自己所在的位置告诉了内侄儿，没过多久，他的内侄儿便出现在伴读小院里。见面后，他们没有寒暄，直接在楼下的厨房里交谈起来。

“今天怎么有空到这里来呢?你是不是带队的?”

“我不是带队的，而是来监考的。现在没有什么事，顺便来这里散散心……”

“咦，这就奇怪了，我们国家不是明文规定有直系亲属参加高考的教师不准参加高考监考吗?难道你不知道国家高考回避制度吗?”

“什么回避制度?仅仅是限制有子女参加高考的教师!对于限制有直系亲属参加高考的教师不准参加高考监考这一规定仅仅是说说而已! 如果你不上报，谁又能知道你有直系亲属参加高考呢?”

“难道你就不怕别人举报吗?你要知道，如果有人举报你没有遵守回避制度，你就很可能丢掉饭碗的啊，这可不是闹着玩的!我认为你现在最好向领导说明情况，不然的话，很容易出大事!”

“姑父，这你也当真?即使是真的，我也不怕，因为我是私立学校的老师，任用权力都在学校董事长手里。”

万宝强想想内侄儿的话还是有点道理的，便有点无奈地摇摇头说:“看来世上很多事情真的不是自己想象中那么复杂。”

“姑父，你们这个时代的人很多观念要与时俱进，你应该知道现在不少地方高考作弊已经成为家常便饭，甚至不少教师参与其中，这已经不是什么新闻了。”

提到高考作弊，万宝强忽然眼前闪现一个镜头。他想到不久前外省亲戚家小孩阿巧打给他女儿的电话。于是他便一五一十地把阿巧嘴里的高考作弊情况向自己的内侄儿说了一遍。他希望能够从自己内侄儿嘴里了解现在高考考风的真实情况。

“这很有可能是真的，因为我国高考作弊已经进入了高科技时代，而且这种作弊工具科技含量很高，有一定的市场……”万宝强的内侄儿说，“姑父，现在有些地方已经不把高考作弊当作什么可耻的事情了，而是把它作为衡量一个考生以及家长有没有能力的标准了!”

“你不要把高考说得这么恐怖好不好，如果高考真的像你所说的那样，那岂不是我国教育的一大悲哀嘛! ”

“我也知道这是教育的悲哀，我也不希望这些都是真的，可是现实就是这么残酷。尽管我们国家查处力度很大，每年都要惩治不少高考作弊的人，可是这么多年下来，高考作弊还不是‘涛声依旧’吗？这可不是我随便瞎说的啊！”

其实，万宝强心里也清楚这个惨淡的事实，不少人冒险参与高考作弊，就是因为高考这里面功利性太大，而且这种犯罪风险极低，爱赌博的人都知道高考作弊是回报率极高的商业投资：如果你通过作弊考取大学，几年过后你就是一名地地道道的大学生，你就是人们眼中的文曲星，你就可以轻松拥有一份很不错的工作。如果被抓到了，也不会伤筋动骨，这确实是一桩好买卖。

万宝强曾经羡慕那些“世人皆醉，唯我独醒”的英雄豪杰。可是事实告诉他，人世间那些靠实力打拼出来的真正英雄，往往会因为在这个物欲横飞的世界上不会“转弯”而受到一些不公正的待遇，这是不争事实！尤其是当他们“捉襟见肘”的悲惨命运成为万宝强眼里一道风景的时候，这更会让万宝强感到尘世间的险恶。面对今天的高考作弊屡禁不止的局面，万宝强更为处于边缘境地的真正英雄鸣不平……

“现在高考，国家教育主管部门每年都铆足了劲，下足了功夫，制定了很多密不透风、滴水不漏的监管制度。可是当这些近乎完美的策略一层一层地传达到具体考场的时候，往往就失去了当初的严厉。”万宝强内侄儿激动地说。

“这可能是你的一家之言！”万宝强说。

“姑父，对高考我绝不敢信口雌黄，现在不少人对高考产生怀疑，本来中央对高考要求非常严厉，可是到了地方，严厉的等级就开始衰减了，甚至有些地方高考中还会混进‘日伪’帮办来协同作弊呢！”万宝强内侄儿继续发表高论。

“你可不能瞎说呀，你这是在歪曲事实！”万宝强对内侄儿的话不以为然。

“怕什么，我说的都是实话，我又没有杀人放火。”万宝强内侄儿不屑一顾地说，“现在，村骗乡、乡骗县、一直骗到国务院，这也是事实存在的现象!”

万宝强听了内侄儿的话，心里有一种说不出的苦痛，他只能对着内侄儿轻轻地摇摇头……

“姑父，现在的高考表面上还是非常严格的，谁也不敢明目张胆地在高考这个战场上耍花样，但是，只要考生能够在作弊方面非常谨慎，不露声色，巧妙地运用鬼谷子的‘阴阳’战术，考场的监考老师还是较为‘开明’的。如果你作弊时候胆大妄为成为众矢之的，我们的监考老师就会由一头温顺的小山羊演变成一只秉公执法的独角兽了。”万宝强内侄儿继续高谈阔论。

“这是为什么呢?”

“因为这些监考老师总希望自己学校的学生能够在高考中取得辉煌的成绩；总希望自己的学校能够因为高考成功而在社会上取得更好的口碑。”万宝强内侄儿说，“再说，如果监考老师在考场上过于严厉，那么回家路上就很可能遇到麻烦。这种‘倒霉’事情在全国并不少见。”

“依你说，考生在考场上作弊就没有人敢管了，那还要你们这些监考老师干什么呢?”

“当然有用啦，你要知道，监考老师对绝大多数考生还是起到威慑作用的。如果你的作弊行为已经暴露在光天化日之下，已经威胁到他‘饭碗’的时候，他也就会毫不留情地为你挖掘地狱之墓了。”

“现在监考老师这么‘照顾’考生，这里面究竟有多大学问呢?”

“现在的高中学校，从领导到普通老师都非常‘宠爱’自己学校的学生，都希望自己学校的学生能够在高考中名列孙山之上。因为这样，学校的主管领导就多了一份辉煌的业绩，多上一个荣升的台阶；所任教的教师就多了一份额外的奖金、多了一份炫耀的资本。另外，这些考生的家长也多了一份父为子贵、母以女荣的荣耀；那些考取名牌大学的考生更是高考最大的受益者。就连本校那些高一、高二的教师也会因为学校地位的提升而获得意外收获。”万宝强内侄儿说。

“天啊，利益链这么长啊！”万宝强惊讶地说。

“是的，在这特殊的战场上，监考老师和考生、家长都是站在统一战线上的，他们同甘共苦、休戚与共，甚至有人恨不能用枪手代替和自己利益息息相关的考生，让他们都能够考取清华大学……”

“这么圣洁的高考，为什么到你嘴里就有铜臭味呢？”

“姑父，这绝不是我个人成见，我仅仅说一些真话而已，我敢说在这种功利教育大环境中，不沾染铜臭之气真的很难。至少我本人到现在还没有逃出功利教育的樊篱。或者说，我们绝大多数人还没有达到这种物我两忘的纯教育境界。”

万宝强听了内侄儿的话，已经从惊讶上升到惶恐了。因为在他眼里，高考乃是最威严、最圣洁的殿堂，绝不是藏污纳垢的龌龊之地。他向来对高考顶礼膜拜！总觉得这个圣洁的地方，乃是天底下所有读书人万目景仰的地方，总认为别人所说的关于现在高考的流言蜚语都是对高考的亵渎，都是对今天高考的诽谤。

可是今天内侄儿对他所说的话，却像一把铁锤重重地击打在他的心坎上。他觉得有一种从来没有过的窒息感，令他难以呼吸。因为别人的话，他可以不听；别人的“亵渎”，他可以置之不理。但是他一向为人忠厚、一向以诚信为生命的内侄儿(自己的得意门生）所说的话，那是绝对要相信的。

万宝强此刻想的最多的，就是现在的高考对自己的女儿不公平。他知道现在农村的孩子要想在这个社会有一个好的未来，往往需要跳上本科院校这个跳板。因为高考往往被认为是现在普通老百姓家孩子健康成长的快车道。如果高考这座殿堂轰然倒塌，那老百姓家孩子的出路又将何去何从呢？

我们知道，在这竞争激烈的社会里，如果都让那些不学无术的蠢才成为整个社会的“中流砥柱”，那么我们整个社会大厦又怎会有稳如泰山的可能呢？韩非子早在两千多年前就强调要让那些对社会有突出贡献的人、对社会进步能够起到中流砥柱作用的人，获得众人羡慕的社会地位，获得令人眼红的金银珠宝，获得前呼后拥的随从；同时要让那些社会上无能的人、社会上没有太大价值的普通人，去追随前者，去羡慕前者，去敬仰前者。只有这样才能激发强烈的竞争意识，才能快速推动社会的进步。

我们试想一下，如果我们这个世界都让无能的人来主宰，让世界上所有的奇珍异宝、所有的高官厚禄都被那些不务正业的纨绔子弟拥有，那么，我想这个世界的末日就离我们不远了。这个结论绝对不是预言，而是千真万确的真理。

“我不相信今天的高考会有如此灰暗的色彩！”万宝强把自己的拳头攥得吱吱响。这是社会固有的“惯性”？还是社会上个别人存心作乱的“闹剧”？万宝强对着天空大声责问。但是，话又说回来，导致今天“惨淡高考”现状的，绝不是一天两天所能够形成的气候。要知道，在这个世界上，功利存在的地方，就必定存在“作奸犯科”的小人。正如马克思在《资本论》中所说的那样，利益总是和违法犯罪的概率成正比，当利益能够左右人一生命运的时候，世界上所有的法律都可能会因此而失去它应有的威慑作用。

小小的万宝强又能对这个根深蒂固的社会弊端怎么样呢？我敢说，功利高考存在之日，作弊现象就不会自行退出历史舞台。万宝强也知道这种高考作弊现象绝对是少数，绝对成不了大气候。但是今天，能够让人在高考中嗅出较浓的作弊气味，这确实让万宝强感到委屈。因为，这对他向来以作弊为耻的女儿来说就是不公平。尽管这不公平的含量比较低，但是这气息会像细菌一样肆虐受害者的心。

我们试想一想，如果让作弊成为所有考生心系向往的事情，还要让学校的领导、老师参与到这件不光彩的事情当中，那高考应该有的神圣光环就会变成阴森可怕的黑洞，它所产生的负面影响，肯定是非同小可的。

应该可以说，高考作弊它不仅仅能在高考直接受害者心里产生愤恨，而且还能够使整个社会产生信任危机。同样那些因高考作弊而考取的大学生也会对高考产生一种少有的麻木，他们的进取心也肯定会大打折扣。

这种强烈的负面效应，如果不能得到高效的制止，它会像瘟疫那样让更多的人对我们高考现状产生恐惧，进而对这个社会产生不满。这还不够，它还能成为制约我国政治、经济、文化快速发展的毒瘤。

如果一个人能够不劳而获，他还愿意花那么大的精力和财力去索取吗?如果每一个人都想不劳而获，那这个社会的财富又有谁去创造呢?长此以往，这个国家还能够存在吗?如果存在都成为困难，那进步又从何说起呢?

面对高考有些人狡辩，作弊就是在寻找捷径，可是诺贝尔奖向来拒绝走这样的“捷径”，向来喜欢脚踏实地、艰苦奋斗、勇于创新的强者，更拒绝那些弄虚作假、浮而不实的人。到目前为止，我国还没有人能够在自然科学领域获得诺贝尔奖，这不能不说是一个泱泱大国的悲哀!中国有着上下五千年的文明，文化的底蕴可谓是博大精深，自然科学的兴起更是源远流长。为什么那么灿烂的文明，经过一代又一代人的星火传承，在今天会变得如此沮丧和狼狈呢?

有人说，在美国，创新遍地开花；在中国，山寨流光溢彩。虽然这些话有点过激，但是作为中国人，难道不应该从中好好反思吗?

要知道在世界古代发展史上，我国在十四世纪之前，一直遥遥领先于世界，西方使臣来我们中国都要对中国君主顶礼膜拜。到了明清时候，我们巍巍中华为什么会一落千丈?当我们聚焦明清文化的时候，不难发现巍巍中华落后西方的痼疾所在，这同落后的、弄虚作假的腐朽制度有关!

当我们从历史的废墟中依稀辨清落后根源的时候，我们为什么不能好好反省历史的过错呢?为什么还要重复昨天的故事?为什么还要在神圣的高考殿堂上弄虚作假，妄想靠作弊摄取功名呢?写到这里，我不禁想起，苏洵在《六国论》中对六国覆灭的判词：六国灭亡，非兵不利、战不善，而弊在贿秦。如果我们知道六国灭亡的道理，而不能深刻反省六国灭亡的教训，则必重蹈六国灭亡覆辙矣?由此，我又想起杜牧《阿房宫赋》中对秦国灭亡的判词：秦人无暇自哀而后人哀之，后人哀之而不鉴之，亦使后人复哀后人也!因此，我要大声疾呼：莫让作弊成为时尚!

二十一　高考作弊也能折射出诺贝尔奖端倪

“高考作弊屡禁不止是中国教育的一个难题，但是它还不是制约中国教育的瓶颈问题。”万宝强认真地说。

“这话是什么意思?”万宝强内侄儿问，“那制约中国教育的瓶颈问题会是什么呢?”

“那当然是素质教育啰，改革开放已经三十多年了，我国发生了翻天覆地的变化，这个举世瞩目的成就路人皆知!但是在这样一个世界文化水乳交融的今天，有着良好遗传基因的十三亿中国人，为什么还不能培养出一个自然学科的诺贝尔获奖者呢?你不要说我这个人说话太尖刻，我们国家所有人都应该好好地反思一下中国的教育问题了!”万宝强若有所思地说。

“像我们这些农村教师，对中国的教育知之甚少，平时又不喜欢钻研中国、外国教育理论知识，还能够反思什么呢?”

“不对，天下兴亡匹夫有责，这个道理我还是懂的。”万宝强果断地说，“中国的高考制度一定要作全方位的剖析、反省，并且要作颠覆性的改革! 因为它已经把我们国家的教育引向一个深度荒芜的沙漠了! 我们教育的目的是让学生健康成长的!是为学生一生幸福奠基的! 可是，我们现在的教育功利性太强，不要说很难培养诺贝尔获奖者，就是培养一个正常健康的人都成问题。”

“我知道这话很有道理，但是有道理的教育在中国不一定行得通!”万宝强内侄儿说。

“这也许就是中国教育的痼疾所在，你看现在:不少正常的孩子到学校里面读几年书，出来后就变成一个深度近视的人!不少成绩优秀的高中生到大学里面‘镀金几年’，出来后就变成了一个很难适应社会的人(你不要说我夸大其词，如果你们愿意去到大学生就业市场进行调研，就会找到比我更有说服力的答案)!它不仅仅违背了大自然的生存法则，还违背了人类的教育规律。”

“我国教育是有点问题，但是，中国教育的赫赫功绩也是有目共睹的，中国教育的主流还是很成功的。”万宝强的内侄儿说。

“这个我也知道，我国教育应该为现代化建设培养数以亿万有文化、有技术、有纪律的劳动者，应该为这个多彩的世界造就千千万万创新性人才，可是我们现在不少大学生一离开了校园，就变成一个个没有下过水的“旱鸭子”，无法适应“深水游泳”的生活。他们把人生中最宝贵的十几年青春年华，全部用在‘脸谱’似的书本学习上，不能把他们所学的知识和现实生活有机地结合起来。你说这样的教育又怎么能高效适应现代社会的需要呢?”

“你说得有道理，但是，培养人才需要时间，我们总不能急于求成吧!”万宝强内侄儿说。

“我没有急于求成，我们高谈素质教育多年了，可是我们培养出的人才，为什么一到就业市场就‘打嗝’呢?为什么清华北大毕业出来的大学生还会‘高就’屠宰市场呢?是专业配置出了问题呢，还是我国教育体制本身出了问题?难道我们教育工作者只是一个只知走路不知看天的‘过路人’?难道我国高素质的人才就必须经过‘西天取经’过后才能‘破茧成蝶’吗?新课改到现在快二十年了，可是改革的效果又在什么地方呢?我们到处听到的都是取得了一定的成绩;我们到处都听到赞美课改的声音。可是，当我们静下来深思的时候，为什么老感觉有一双无形的手在戳着我们的脊梁骨!我们纵观历史上所有的成功改革，哪有十几年还是涛声依旧的?哪有十几年我们的课堂还是重复昨天故事的?”万宝强说这些话的时候，身体有点发抖。

“教育问题本身就是一个循序渐进的工程，你认为教育改革就那么容易成功吗?”万宝强的内侄儿仍然非常认真地对眼前的姑父说。

“当然不容易!如果容易的话，中国的爱因斯坦还不随处可见啊!但是，只要我们广大教育工作者都能够致力于素质教育，都能够致力于创新人才的培养，让学生尽可能和社会融合成一体，多走进车间、多走进社区、多走进田头、多走进机关单位，多聘请一些政府机关、企业等实战经验丰富的‘领军人物’走进课堂，不要再去幻想那些没有尝过葡萄酸味的人去培养栽植葡萄树的专家，不要再去幻想用高分直接攻克诺贝尔奖，要知道瓦特改良蒸汽机，是在反复实践的基础上完成的。如果我们教育理念正确了，我们教育改革的方向对了、培养人的方式方法对路了，那么我们的努力就有了实战意义了。”万宝强非常有把握地说，“这样，我们的教育才有可能早日走上成功之路;这样，我国教育才能在较短时间内培养出一批诺贝尔奖获得者。”

“我们不要对中国的教育太自信。我听说中国教育培养诺贝尔奖获得者很难，但是，中国山寨版‘科学家’根本就不需要培养，大多数是无师自通，据有关新闻媒体报道，美国 F4手机上市不到一个星期，中国就有山寨版 F4上市了，就像有些人发明现代化高考作弊设备一样，根本就不需要到国外去深造，他们的自主创新能力绝对是一流。”万宝强的内侄儿说。

“这就说明中国人头脑很聪明，中国山寨版‘科学家’更是棋高一着!绝非国外人所能赶超的，当然这里面也有很深的民族文化在里面，欧洲人喜欢‘闯字当头’，而中国人非常关注现实、关注当下，很多人对太遥远的事情不愿投入太多的精力，如果一天就能够达到的目标，很少人愿意在第二天去达到，我们知道诺贝尔奖绝不是‘小菜一碟’，而是很遥远的‘马拉松’，需要有些人‘殚精竭虑’奋斗几十年，甚至需要有些人倾注毕生心血也未必成功。这种傻事，中国人往往对此不屑一顾的。因此，中国教育很难培养出诺贝尔获奖者。”万宝强说。

“你说得有点牵强附会，但是，你认为中国人喜欢走捷径，这一点我还是比较认同的。”

“这就对了，中国人很喜欢走捷径。其实，高考作弊也是中国人喜欢走捷径的具体体现。”万宝强说。

“你喜欢走捷径吗？”

“喜欢，但是，我不喜欢高考作弊。我不喜欢做违法的事情。”万宝强说。

“如果你高考作弊进展得很顺利，就像你正常呼吸空气一样简单，同违法行为毫无‘瓜葛’，你还愿意高考作弊吗？”

“天底下哪有这等好事!你把高考作弊当作和人正常呼吸空气一样，我是绝对不相信的，不过，我今天倒想听听监考老师是如何实施高考作弊的。”

“这有何难! 只要考生假装有问题，监考老师就会走到考生面前，非常容易地把正确答案信息传递给考生。”

“难道监考教师就不知道这是违法行为吗?如果有考生举报监考教师怎么办？”

“不会的，我参加过多次高考监考，我也曾经多次对自已的亲戚朋友家的孩子关照过，都没有出现什么意外。当然我们在给考生传递答案信息的时候，一定要小心，一般是告诉考生填空题的答案，而且不要用嘴说，只要你用手指头轻轻一点就行了。要知道现在考生的头脑平时“接受”知识比较迟钝，可是，一到高考的时候，作弊神经就会表现得特别的灵活，真正是‘心有灵犀一点通’！”

“那对于计算题你们监考老师如何作弊呢?”万宝强像一个懵懂无知的三岁小孩，对这些高考作弊还是相当陌生。因为自己虽然教了二十几年的书，对这些带有一定高技术含量的作弊还是很少听说。

“那还有什么困难呢?只要监考老师上一趟厕所，把自己想要告诉的答案写在一块橡皮上，然后用橡皮上面的商标纸给它遮住，这种做法相当的安全。”万宝强一听又是用橡皮来作弊。这可是他第二次听说的事情，看来天底下高招多有相合之处!

“那我现在对女儿的高考该怎么办呢?”万宝强假装“妥协”的样子，想继续了解高考场所中所隐藏的高深作弊文化。因为他感到自己的女儿参加这样的高考是极不公平的。但是，他又想不到可以解决的办法，只好对眼前的内侄儿发出这样的疑问，想看看眼前的内侄儿能有什么高明的方法，并且以此来看一看自己女儿在今天的高考中所受伤害的程度。

“除了作弊，还能有什么方法申冤呢! ”万宝强的内侄儿不假思索地说。

“不能，我教了二十多年的书，对考试作弊向来是深恶痛绝的，我的孩子断然不会做出这样荒唐的事情来。我从小就对他们说过，如果哪一天我听到有人在我的耳边说你们考试作弊了，我会立即把这件事情调查清楚，一旦情况属实，你们就把自己的书包背回家，从此就可以在读书方面解脱了，从此就可以没有读书的烦恼了!如果你现在要求我女儿在高考中作弊，你就是把刀架在她的脖子上她也不会做出这种龌龊的事情。因为她已经知道爸爸、妈妈、老师辛辛苦苦培养她的真正目的，就是要她将来好好地做人，就是要她能够有尊严地在这个世界上生活! 而高考作弊，本身就是令人不齿的事情，已经有悖于我们教育工作者教育孩子的初衷，任何一个有良知的考生是绝对干不出这种让人一生耻辱的事情的。更何况我的女儿一直受到诚信文化熏陶呢!”

“那我就无能为力了。因为，我想不出更好的办法，让我的表妹考出更加满意的分数。”

“不对!你完全可以做得到!”

“那我应该怎么做呢?请姑父给我指点指点，我当尽心尽力去做这件事情。只要能够对表妹有帮助的，我绝对不会三心二意的。”万宝强的内侄儿显得很着急。以为自己的姑父能想出比高考作弊更能让自己女儿考好成绩的方法，所以，叫自己的姑父赶快说出高招来。

“我没有什么高招，但是，我要告诉你，从此以后，你绝对不要参与高考的作弊了。因为，你让那些没有知识的蠢材通过作弊手段，轻松进入高校大门，而把那些有一定实力的人才拒绝在高校大门之外，你这是对我国高考的亵渎!你这是对人民犯罪!你的良心是要受到人民谴责的!你还年轻，以后做事情一定要三思而后行，一定要对得起自己的良心，一定要遵守国家的法律，绝不能感情用事。因为，一旦事情败露，你会葬送自己美好前途的。到那时，你后悔的眼泪也是不能把美好前途换回的。你今年唯一能够帮助你表妹的，就是要严格遵守监考纪律。在你力所能及的范围内，绝不容许有任何考生作弊。让每一个考生都能够考出自己的真实成绩。假如你今年监考能够这样做了，这就是对你表妹最好的帮助!”

万宝强送走了自己的内侄儿。他站在伴读小院的门口，仰望着这个并不十分湛蓝的天空，心里感慨良多，并且不住地追问自己：中国的高考究竟怎么了?它和我们中国几千年的封建科举制度究竟有多大差别?它在塑造中国国民灵魂方面究竟能够起多大的作用?它在培养造就人才方面究竟能够为社会做出多大的贡献?这里面需要改革的地方究竟有多少?

为什么社会评价老师的好坏总是要看学生的升学率多高和考入名校学生的人数多少?学生升学率高了、考入名校的学生人数多了，为什么社会上大多数人都会说这样的老师就是高明的老师?这个学校就是名牌的学校?万宝强对此常持怀疑态度。

往者不可谏，来者犹可追，这是个旧词，和中国五千年文明一样遥远，可是，现实生活中的泛功利化教育依然笼罩神州大地。为什么要评论一个孩子是否成功，首先得看这个孩子高考有没有取得好成绩?为什么中国人把高考考不到高分的孩子一律视为不优秀的孩子呢？

再说，近几年，为什么会有那么多人热捧省市县文科、理科状元呢?就是因为这些状元们会给某些公司或者单位带来滚滚财源，动辄上百万，上千万，甚至上亿……只要是深谙“金银”之道的人，他们在这种求金若渴的纷扰中，又怎会甘心把学生拉到社会纵深处，让他们远离课本知识，远离高考分数，专心致志为提高实践能力而奋发努力呢?试想一下，这样的教育体制又怎么能培养出诺贝尔获奖者呢？

有人说，中国的教育是死板的教育，机械的教育，当前的教育形式是在为教育而教育。这话乍听起来很刺耳，但是，当我们静下心来思考的时候，我们就会发现，这话是有道理的。现在学生自己独立思考的时间很少，所学的大多限于死记硬背，学生有很强的跟从意识，鲜有创新意识，中国的教育注重漫天铺地的学习，不注重学生独特创新能力的发展。当然，中国的教育不是没有优点，但它确实是耽误了许多能读书的人，更耽误了许多不善读书却有独特创新能力的人。

不用质疑，我国现行教育中功利性很强的评价体系，无疑为现行的高考作弊“培植”了最优良的土壤，高考作弊也能折射出诺贝尔奖端倪。当我们明白了这个道理，我们还会为作弊成功的学生高兴吗?不能，因为我们绝不能让高考成为滋生弄虚作假的温床，绝不能让高考成为“残疾人”相互取笑的乐园。对此，我们必须加强诚信教育，必须加大对高考作弊行为的处罚力度，必须牢记素质教育，努力培养自主、合作、探究、创新型的人才，让我国教育大树上能够开出素质教育之花，结出累累硕果。

到那时，我们国家就会在自然科学和社会科学方面实现巨大的历史性飞跃，我们不要说突破自然科学诺贝尔奖“零”的记录，就是整体超越西方发达国家也是有可能实现的事情。到那时，我们也会让世界科技杠杆、经济杠杆全部倾向中国。我们也会因为幸福指数高于西方发达国家而欢呼雀跃，我们教育工作者就再也不会为恢复高考近四十年没有培养出一个自然科学诺贝尔奖获得者而感到惭愧！

二十二 教育孩子需要激情，更需要智慧

万宝强是一个闲不住的人。送走了内侄儿，他那颗充满激情的心又开始火热起来了。

“在女儿即将参加高考的关键时候，只有为女儿做点什么，才能对得起女儿。”他自言自语。

说实在话，面对女儿参加高考，他比女儿还要着急、烦躁、紧张。

万宝强觉得考前必须和自己女儿一起复习，一起讨论问题(除非是他对那门课程不懂，否则他都要亲自去过问)，只有这样才能提高女儿高考复习效果，才能使女儿有把握考上国家重点大学，否则，女儿所学的知识肯定不科学、不全面、不牢靠。

因为他一直认为自己除了写作水平高以外，对政治、历史、外语方面也是有一定功底的。他以前在中学任教过语文、政治、历史、外语，是一个“多面手”教师。他常以此自诩!再加上他业余时间喜欢写作，撰写过不少教学论文，并且多篇论文发表在国家级的教育教学杂志上。所以，女儿临近高考，他那颗骄傲而又充满激情的心，又怎会轻易地放弃对女儿考前辅导的机会呢？

他想:明天女儿上午考语文。当然不能把自己最拿手的“辅导”机会丢掉。

“你为什么这么固执呢?”杨建云看到万宝强这样痛苦，很不解地对他说。

“一个人的智慧总是有限的，三个臭皮匠顶上一个诸葛亮，我虽然没有教过高中语文，但是，我在语文方面的实力还是有目共睹的。我是一名南京师范大学中文系本科毕业生，在初中教过五年语文，在全国多家报纸杂志上发表千余篇文章，多次在省、市、县教育主管部门组织的教师作文大赛中获得一等奖，所以，我的教学观点肯定会对女儿有所帮助的。”

“好了，你不要在我面前自夸了。我不勉强你，免得你日后对我说懊悔。”杨建云有点不耐烦地说，“不过，你进去辅导女儿可以，但是你一定要适可而止。”

杨建云拗不过老公，只好退到厨房烧饭去了。

此时，万宝强不再犹豫了，便急匆匆地来到女儿的房间。

他看到女儿正在忙于复习，学得正起劲，他满腔的激情一下子泄了不少。因为他想到自己毕竟不是高中语文教师，所以他只好在女儿书桌较远的小凳子上坐下来，仔细想想目前状况下还有没有能够帮助女儿学习的机会。

他环视了满地堆放的资料，很快便有了主意，决定把女儿高三以来几次市统测语文试卷从资料堆里面翻出来，希望自己的女儿能够用最短的时间把以前做错的题目及对应的答案认真看一遍，不至于在明天的考试中再犯类似的错误。

他非常认真地翻看着试卷，觉得那些试卷上做错的题目非常多，于是，他只好把女儿每次考试卷上做错的、较为典型的题目，仔细地用笔和小剪刀把它们整理在一个崭新的笔记本上，并且把女儿每次所要订正的答案用红笔标出来。

他在整理试卷的时候发现，语文老师除了在课堂上给学生解答错题外，还把该次试卷的所有答案都打印在一张纸上，并且分发给全班学生。所以，万宝强在给女儿整理错题集的时候，感到轻松。

他从试卷中散发的霉味来看，知道女儿对以前考过的试卷是很少回过头来复习的。万宝强根据读书和教书的经验，认为一个非常优秀的学生应该为自己装订一本纠错集，他会在每次考试前把错题集上面较为典型的题目仔细地看一遍，并且认真思考自己下一次考试应该注意的地方(据说，这些学生都会从中得到很大的收获)。

其实，他以前不止一次地同自己的女儿谈过此事，但是他女儿始终认为试卷上面的错题，老师都已经在课堂上订正过，自己都会了，根本就不需要再去做那重复而繁重的无用功。女儿曾经在爸爸的“追逼”下做过短期的纠错集。后来由于他女儿在纠错方面缺乏足够的耐心，便没有把这件事坚持下来。我们都知道，做一个纠错集并不是十分艰难的事情，只要学生能够及时地做这件事情，不要对这件事抱着无所谓的态度，这件事就不会荒废下去。

由于他女儿在高三参加的正规考试次数比较多(市统测试卷有四份，每次月考试卷有十份，加上和其他县市举行的联考试卷两份)，所以万宝强觉得找试卷、整理纠错答案所需要的工作量很大，做好这件事还是很累的，毕竟他不是二十来岁的小伙子。

万宝强为了给自己打气，不住地在安慰自己：做好这个纠错集，这是给女儿最好的礼物,女儿一定会从这个纠错集中获得一定的收益……不要说这个收益有多高，只要能够为女儿明天的高考多考几分，就是最大的功劳!自己现在所受的这点苦累又算什么呢?如果说能够通过自己的劳累，把自己女儿顺利地送到理想的大学，就是让自己十天十夜做这份工作，自己也绝不会产生退缩的念头。

他非常在乎女儿的高考成绩，非常在乎女儿所考高校的档次。说白了他就是非常在乎自己女儿今后的人生前途!

其实，我们都知道帮助孩子纠错，这本身是一件好事，这样的工作如果提前一两个月，效果应该比现在好。可以这么说，现在做这件事就好像大姑娘临上轿再去扎耳朵眼一样，确实有点迟了。但是，万宝强认为这是一件好事，只有好处没有坏处，而且绝不会浪费女儿学习时间的。

说实话，万宝强给女儿整理纠错集确实是一个行家。他把女儿试卷上做错的题目进行严格的归档、分类，并且把那些答案的关键词都用彩笔另外标出，这不仅仅可以减少女儿看纠错集的时间，还可以更好地把握纠错集上的侧重点，这对他女儿增强识记能力、提高复习效果是很有帮助的。

由于试卷答案都是事先由学校老师准备好的，万宝强只要把女儿做错的题目答案小心地剪贴在错题集里即可。

万宝强经过两个多小时的辛苦劳动，终于在吃晚饭之前，把这件看起来非常烦琐的事情做好了。他如释重负!心想凭借这个纠错集，至少能够给女儿明天考语文增加几分的好处，当然，这几分绝不是平时考试的几分，而是关系到女儿命运前途的几分，它的价值足可以抵得上白银千两。

想到这里，万宝强为自己能够在这样的紧要关头与自己女儿一起攻克横在高考前面的难关，心里感到一阵难得的窃喜。他想到自己当年高考的情景：爸爸妈妈对儿子所学的知识一无所知，不能用所学的知识为儿子分担忧愁，只能用力不从心的眼神来给他加油，真是可怜可叹，甚至觉得自己父母有点可悲了。

想到此，他心里不由觉得自己比父母高大了许多：自己虽然不能给女儿的复习带来多大的好处，但是能够为女儿在高考前分担一份辛苦，他感到万分自豪，毕竟自己是新社会中长大的人，毕竟自己是接受过高等教育的教师，毕竟自己是农村中为数不多的小知识分子。

他转而一想：自己的爸爸妈妈能够在那个“温饱不保”的年代让自己上学读书，真是太不容易了，这已经证明他们是那个时代的佼佼者，是那个时代的大英雄，而多少和自己年龄相仿的小伙伴，因为家里经济困难或者父母眼光短浅，无缘到学校去读书，只能在那个宝贵的读书年代，过早地走向农村那贫瘠的二亩地，去接受面朝黄土背朝天的命运，这足以证明自己是那个时代的幸运者。确实如此，能够像自己这么幸运读书的孩子，在当时的农村真可谓是凤毛麟角。

由此看来，看问题不能停留在事情的表面上，一定要对这件事情进行多方面思考，较全面地分析这件事情所产生的时间、地点、人物、社会背景，然后再给这件事情下结论，这样就会得出非常公正的答案：应该感谢父母，是他们在那个特殊的年代节衣缩食，让我在那个贫穷的年代读完小学、中学、大学。他们原本可以在自己的一生中享受到比同龄人更为富足的物质生活，可是他们为了自己儿子的美好未来，他们心甘情愿过着比同龄人更为艰难的生活。这种精神确实是难能可贵的，因为他们的眼光要比那个时代的同龄人看得更远。

有时，我也在想，孩子能否成才同自己父母的教育方式、教育眼光是有很大关系的。教育方式简单、目光短浅、胸无大志的父母是很难培养出一个非常优秀孩子的。现在农村中不少目光短浅的父母，他们认为孩子读书是无用的，孩子多读书就是多糟蹋父母的血汗钱，不少孩子初中没有毕业就被父母带到苏南打工了，这种愚昧的做法绝不是个别情况。如果你深入到经济欠发达的农村中学，你就会发现，半路辍学打工的学生数大得惊人。

在 2003年暑假期间，为了写一篇《如何有效控制农村学生辍学打工》的教育论文，我曾经对五所乡镇中学做过辍学学生数量调查，结果，我惊讶地发现，在同一所中学中，初一入学的学生到了初三毕业时人数减少一半的学校竟然有四所，减少四分之一的学校竟然高达百分之百。其中一所中学初一入学人数为576人，到了初三毕业人数只有283人，三年之间，学生跟父母或者亲戚到外地打工的人数竟然高达 290人以上，这确实让我大吃一惊。

我在调查中还发现，不少父母认为现在孩子辍学打工能够挣到比种地更多的钱，读不读书已经无所谓，所以他们孩子初中还没有毕业就被带到外地打工去了。有人劝他们应该让孩子继续读书，可是他们却振振有词："多读几年书有啥用处呢？就是大学毕业了，还不是照样和我们一样在外面打工吗？和我们一起打工的、同住一个宿舍的大学生，他们的工资比我们还少，你说现在读书还有什么用？"

他们从来不去想一想同样是打工的，不同知识层次的人在劳动过程中所创造出的价值往往是不一样的。有一位教育专家曾经花费多年时间对不同素质的劳动者做过调查研究，得出了一个非常有价值的结论：如果把一个文盲人在世界上劳动效率当作基数一，那么一个小学毕业生就可以把工作效率提高15%，一个初中毕业生就可以把工作效率提高30%，一个高中毕业生就可以把工作效率提高80%，而一个懂得专业知识的大专生却能够把工作效率提高300%，一个业务精通的本科生又能够把工作效率提高800%，一个具有创新能力的研究生又能够把工作效率提高1500%；而对于一位科学家来说，又能够把工作效率提高上万倍。难怪当年美国人对钱学森评价语出惊人，钱学森的价值要比装备精良的五个师的兵力还要大。

只可惜现在农村中能知道这样道理的父母不是很多，把培养孩子读书当成自己一项事业来做的父母更是少数。不过近几年农村中父母重视孩子读书的人在大幅度增加，但是，这种态势却被大学生就业率偏低浇了一盆冷水，但愿这冷水很快热起来，能够让农村更多的父母看到希望，看到读书孩子美好的明天，不再为大学毕业的孩子找不到工作而心灰意冷。

在我想象的世界里，让孩子完成学业，让孩子接受高等教育，这是做父母一项不可缺失的责任，这是一项比家庭挣钱还要重要的事业，可是现实很残酷，我们的美好愿望往往也会因为寒流的侵入而变得日益“萎缩”起来，从现在大学生就业情况来看，从大学生工作待遇和辍学学生的工作待遇相比，并没有真正点燃农村父母心中那团重视孩子读书的火。

我真不知道什么时候我们农村中所有父母的思想觉悟才能够提高起来!但愿，随着我国教育改革的不断深入，我们大学生就业率、就业待遇能够日益好转起来，让更多的农村父母看到培养孩子的希望。如果真的到了那一天，我们农村教育的发展将会有较大的起色，我们农村生活变得甜美起来也应该是指日可待的事情了!但是，有一点我们做父母的还必须明白，我们关心孩子、教育孩子，仅仅靠我们心中那点热情还是远远不够的。

今天，我们就拿万宝强给女儿整理纠错集这件事来说，我们应该清楚万宝强现在所整理的纠错集对他女儿高考所起的作用肯定是非常有限的。如果他能够在女儿刚进高中的时候，就教女儿如何整理纠错集，那所起的效果肯定与现在不一样。所以我认为做父母的，如果有什么好的建议、好的方法，一定要早些告诉自己的孩子，并且要督促自己的孩子很快把好的建议、好的方法落实到具体的行动中。绝对不能像万宝强这样眼看自己女儿高考了，再去“心血来潮”。

要知道教育孩子不仅需要激情，更需要教育智慧。如果万宝强在三年前就教会女儿做这件事，他女儿的学习成绩肯定比现在要好得多。到这个时候再去帮助女儿，着实让人感到啼笑皆非。以前他的妻子杨建云早已提醒过他，不要天天忙着自己的事情，应该抽出一些时间帮助女儿纠正“做错的试题”，及时了解女儿学习的优缺点，再“对症下药”。可是万宝强总是用自己工作太忙为理由搪塞自己的妻子。其实我们都知道时间这个东西就像海绵里面的水，只要挤总是有的。这分明就是万宝强为不去帮助女儿而找的借口!

由此，我想到我们应该怎样做父母，我们在教育孩子这条道路上，不要总是强调自己工作太忙，没有时间照顾孩子生活，没有时间帮助孩子解决学习难题，没有时间帮助孩子疏导心理障碍。其实孩子的教育问题就是我们平时生活的重要组成部分，就是我们人生事业有所成就的重要标志，绝不是我们可做可不做的等闲小事。其实，教育孩子它不仅仅关系到孩子的一生幸福，它还关系到我们整个中华民族的伟大复兴。如果，我们每一个家长都能够把教育孩子的责任上升到这个高度，那么我们就不会为教育孩子推三阻四，更不会为自己教育孩子制造更多不可原谅的借口了！

二十三　为你的帮助道歉

吃过晚饭，当万宝强把经过自己认真整理的纠错集放在自己女儿书桌上的时候，女儿感到非常惊讶。

“今天爸爸真是太神了!你把我一直想整理但是苦于没有时间去做的事情，居然这么轻松地做出来了。谢谢爸爸!谢谢爸爸!”万宝强的女儿惊喜而又略显为难地说，“可是，明天就要高考了，而我要看的内容还有很多，况且我手里语文老师特别强调要看的内容要比纠错集重要得多，不过爸爸放心，在明天语文开考一个小时前，我一定会把这本纠错集看一遍，绝不辜负爸爸对我的殷切希望。”

其实，万宝强非常希望自己在今晚陪女儿一起探讨高考作文写作技巧，一起讨论语文纠错集上面的题目，一起分析语文老师布置要看的重要知识点。可是自己女儿说晚上还有更重要的复习内容，所以他不敢强迫自己女儿来和他一起探讨纠错集上面的问题，只好在女儿的旁边，对女儿所复习的内容，不时地提出一些自己的看法。

而万宝强女儿对爸爸提出的问题也感到有它合理的地方，所以她没有对爸爸这种近似“帮倒忙”的做法表示反感，也就默许爸爸来和自己一起复习语文。但是她也不知道爸爸所说的知识点对明天的高考有没有作用，只是觉得爸爸说得也有他的道理。

反正明天就要考试了，就是爸爸讲得再好，自己明天的高考也不会有本质的转机；就是讲得再差，也不会撼动她明天高考的结局，万宝强女儿心想。

在万宝强看来，尽管自己对现在的高考知识点不太熟悉，但是他认为至少可以帮助女儿消除紧张的心理，可以让她打起精神来看完眼前自己认为非常重要的复习资料。

因为万宝强认为有人在一起探讨学习，总比一个人在那里学起来有精神。当然他不是教育专家，只是希望自己能够为临考前的女儿培植良好的精气神，为女儿助助威、鼓鼓气。

万宝强这种廉价的奉献，在我们看来未免有点多余了。我们试想一下，孩子明天就要高考了，你的努力也许就是餐桌上"过期的黄花菜"，不仅仅不能给女儿带来好的营养，还可能引起腹胀、呕吐。到了这个时候，只要有心想读书的孩子，他们都会认真地把握这个时机的，根本就不需要别人在那里为他们鼓气，除非你是一个对高考万事通的人，否则，都没有必要给孩子"补课"。

孩子学习这种事情，根本就是孩子自己的事情，我们父母只能在一旁给孩子创造良好学习环境或者正确地做好引导工作。我们做父母的必须明确：孩子能不能在读书方面有所造诣，起关键作用的往往不是引导者的事情，而是靠我们孩子自己。一个能够主动学习、积极进取的孩子，哪能在这个关键时候让别人用"微效"的语言来打发时光？让别人用廉价的"鼓动"去感化呢？

今天，万宝强对女儿进行考前辅导，表面上传授知识，但这实质是万宝强对女儿高考不信任！除此之外，旁观者还能从万宝强的身上得到什么信息呢？

自古强扭的瓜不甜，其实这个道理，百分之九十九的家长知道。可是，一旦设身处地来引导自己孩子学习的时候，他们却很难做好这件事。有时我也在想，现在的父母究竟怎么了，为什么对孩子不信任？为什么要把孩子应该做的事情抢去做？

我们应该清楚，一味地帮助孩子，不让孩子在实践当中接受失败与成功的洗礼，孩子还能够自立起来吗?我们父母只能为孩子创造学习环境，绝不能代替孩子做这做那，要知道孩子的健康成长不仅仅需要一帆风顺的环境，也需要逆境对孩子的锤炼，如果我们父母让孩子在风平浪静的环境中待久了，再坚强的孩子也会慢慢弱化。

其实，学校中不少不认真学习的孩子并不是天生的愚钝，而是在顺境中待久了，不愿在艰苦的学习环境中摸爬滚打，一遇到学习上的小困难就想着别人给他提供帮助，一遇到学习上的小挫折就感到坐立不安，根本就不想迎头赶上，不想通过努力来改变“萎靡不振”的现状，心甘情愿做学习上的可怜虫。时间一长，读书不再是他人生的奋斗目标，学习成为他头疼的烦心事，于是，在学校混日子成为他们人生的必然选择。谁又能承想，这后果也会同我们父母教育不当挂起钩来呢?

当孩子的学习成绩离父母的理想渐行渐远的时候，不少父母拿起“灵丹妙药”想让自己的孩子“起死回生”,只可惜,那种“起死回生”的“灵丹妙药”很难在现实社会中找到。我们应该知道学习就如同逆水行舟，不进则退，当读书成为孩子心理负担的时候，当学习成为孩子逃避“瘟疫”借口的时候，我们再去强迫孩子读书，这还能起多大作用呢?

要知道，孩子在学校里一旦养成坏习惯后，我们父母在教育孩子方面就要付出更多精力了，就好像一张白纸，当人在上面乱涂乱画过后，你若想用橡皮把上面乱涂乱画的痕迹去掉，恢复当初的原貌——整齐、干净、光鲜，你必须陪着十二分的小心，你必须付出常人难以想象的代价，即使如此，也很难达到预想的效果。

有不少学生养成坏习惯后，明媚春光不再是学习读书的好时光，而是成为他们相互取闹、专干同读书不相干傻事的好机会，甚至还会有学生不计后果地往“邪路”上跑。这个时候，如果得不到老师、家长苦口婆心、循循善诱的教育，他们很有可能走上违法犯罪的道路。

还有不少学生对读书失去信心以后，宁愿在外面接受“足蒸暑土气，背灼炎天光”环境对他们的“拷打”，也不愿到“其乐融融”的校园环境中接受老师、家长对他们的教育滋养。他们的精神世界日益浮躁，对读书、高考根本就不当回事，就连爱因斯坦这样的绝世科学家也会成为他们眼中不足挂齿的小人物，他们这种不分青红皂白的混世价值观，已经“毒”入膏肓，这对望子成龙、望女成凤的家长来说，无疑是一种灾难性的伤害。

这时候，不少孩子的父母恨不得丢下自己的工作，每天看着自己的孩子，硬揪着孩子的耳朵，强迫自己的孩子认认真真地学好文化知识。只可惜自己的孩子根本就不知道父母心里那份焦急，更不知道自己肩上所承担的家庭和社会的责任。

他们有时候还振振有词地对自己的父母说，读那么多的书有何用！人生在世吃喝玩乐才是正道。隔壁的李叔叔，初中还没有毕业，现在自己办一个加工厂，每个月照样挣五六万元，比现在中学的老师工资还要高十几倍。你们不要再用老眼光来看今天的读书！读书虽然有用，可是现在读不好书的人，照样可以比读好书的人生活好！

当我们认真审视孩子这些“歪理”的时候，我们也应该想一想，读书是要付出血汗的，谁不想不用付出就能得到更大的收获呢?从这一点考虑，我们孩子还是不傻的！

本来是父母想教训一下自己的孩子，可是现在倒过来了，变成孩子教训起自己的父母来了。而且这些孩子说得有根有据，绝不是捕风捉影的事情，这着实让父母感到自己教育能力的脆弱。

而这些中毒太深的孩子觉得自己能够心甘情愿坐在教室里“受罪”，这已经给足父母“脸面”了。我们试想一下，在这种“浑浑噩噩”的环境中，要孩子们拿出九牛二虎的力气来读书，那确实是一件非常不现实的事情。因为在这种环境中熏陶出来的孩子，他们的眼光是短浅的，他们的胸怀是狭隘的，他们的理想是卑微的。他们总是希望通过“阴暗”付出，获得最大的“邪道”回报。如果你在这种情形下，不去开足智慧马力，反思过去，仍然希望用简单的“体力”教育，那到头来，你用刻骨铭心的真爱“呼唤”出来的孩子，只能是社会阴暗角落里面的小混混；你用满眼泪滴“浇灌”出来的孩子，只能是一株无香有毒的、专干敲诈父母血汗的“黄丝藤”！

如果这个社会让没有学识、没有技能的人没有“舒服日子”过，没有好工作干，那么这个社会拼命读书的人、拼命学技能的人肯定会非常多。可是，在这个现实社会中，往往很难遵循这样的用人之道，没有学识、没有技能的人也能够在社会上找到一份很体面的工作，而且这样的人在这个社会上还不是个别的。试想一下，在这种机制催生下，谁愿意拼命来争取物质财富，来供养那些专门来吸他们血汗的人呢？

因此，在这样的社会环境下，谁还愿意用自己百分之百的努力来换取只要百分之一的努力就能够得到的利益呢？况且这个社会不缺吃、不愁穿，谁还愿意“熬得人比黄花瘦”“赚得英雄尽白头”来换取廉价的荣誉和地位呢？

古人言：在这个人的社会上，凡有巨大成就的人，大体是那些不得志而孤愤的人。可是现在的社会环境已经让绝大多数人衣食无忧，这无疑降低了发愤读书人内心中存在的激情。因此，我们的社会应该好好地反思一下，绝不能让那些对社会的发展产生巨大作用的人，过着比较“拮据”的生活，应该让他们过上“相当富裕”的生活，应该让他们有着“相当高贵”的社会地位，应该让全社会都来羡慕那些有文化有技能的读书人，而且还要让“没有学识、没有技能的人”和“有学识、有技能的人”拉开较大的差距，这样才能使全社会所有的人都来尊重读书人，都来尊重有技能的人。

只有这样，才能在全社会形成良好的读书育人环境!让那些对读书三心二意，不学无术的人永远处于社会的最底层。不仅如此，还要这些“不学无术”之人对读书人心存羡慕之情、尊重之情、敬仰之情，促使这些“不学无术”之人在自己内心产生一种“奋起直追”的激情，促使这种社会到处呈现出一种“你追我赶”的努力氛围。我们想一想，在这样的一个国度，民族的昌盛、社会的繁荣、国家的兴旺，肯定是指日可待。处于这样社会的人哪有不幸福的道理呢?

而现在的社会普遍存在这样的现象：父母对孩子读书的祈盼要远远高于孩子对读书的祈盼。我们只能用这样一句话来说明——子非鱼安知鱼之苦?要知道这个世界，自己才是命运的真正主宰者，别人只能是你人生道路上的“装饰物”，包括自己的老师和父母!也就是说，你事业的成功关键靠自己的勤奋努力。

写到这里，我想起几天前朋友给我讲过的小故事：他到外地做学术研究，周末到当地著名教授家里做客。一进屋，问候之后，他看到教授5岁的儿子正在客厅里玩拼图游戏。朋友带去了许多送给孩子的礼物，小男孩非常有礼貌地微笑道谢。这孩子身后有几幅已经拼好的地图，教授见状便拿了一幅较难的拼图让儿子拼，儿子拼了一会儿，遇到了困难，急着要爸爸帮助，爸爸没有答应，孩子急得哭了起来，朋友见状，赶忙上前帮助，很快，这个较难的拼图被教授儿子拼好了，朋友抚摸着教授儿子的头，并且当着教授的面夸奖了教授 5岁的儿子。

教授等儿子走后，严肃地对朋友说：你伤害了我儿子的自尊，你要向他道歉。

朋友大惊，说：我一番好意，帮助他，哄他不哭，还送了他礼物，伤害你儿子又从何谈起呢?

教授说：因为我儿子遇到他自己能够克服的困难而你却帮助了他!刚才他所完成的拼图并不是他的功劳，这都是你的功劳，他在一旁仅仅是充当助手的作用，根本就没有动一点脑筋，那幅拼图的完成基本上与他无关。你夸奖了他，孩子很小，不会分辨，他就会认为这就是他的本领。如果一旦认为这种难做的事情是可以通过别人努力轻松完成的，他将来一遇到难事就会不想通过自己的努力而获得成功，这就成为孩子成长过程中的误区，长期下去很容易养成依赖别人、不愿攻坚克难、贪图享乐的坏习惯，而且，你未经他的同意，就抚摸他的头，这使他以为一个陌生人随意抚摸他的身体而可以不经他的同意，这也是一种不良的引导。不过你不要这样沮丧，你还有机会可以弥补的：你可以夸奖他的微笑和礼貌，因为这是他自己努力的结果。

“后来呢？”我问。

“后来我很正式地向教授的小儿子道歉，同时表扬了他的微笑和礼貌。”朋友说。

朋友讲得这件事对我触动很大，因为这使我想起了中国一句古老的谚语：功名出旧家。从孩子出生那一天起，不管父母在主观上是否有教育的愿望，自己的一言一行都会对孩子产生耳濡目染的影响，它会一丝丝地渗透到孩子的心田。很多教育世家的孩子，他们一走向社会，就会得到社会的广泛认可，这不是没有道理，而是有一定渊源的。

因此，我们在素质教育的今天，要尊重孩子的努力，要尊重孩子努力的成果，要让孩子知道只有通过自己的努力而获得的成功才是值得夸奖的。“信手拈来”“小儿科”的事情，是不应该得到夸奖的，要多为孩子培养敢于向困难挑战的勇气。即使我们想要帮助孩子，也要多从解决困难方法的角度去指导孩子。

要知道孩子的健康成长是需要孩子发奋努力的，是需要孩子不断增强挑战困难勇气的，绝不是什么事都要依靠父母或者别人做好的。要让孩子在困难中学会征服的本领，要让孩子在困难中接受挫折的教育，要让孩子在战胜困难中找到成功的快乐。这本身就是一种耐挫教育！这种耐挫教育是很值得我们广大教育工作者去认真研究探讨的。

一滴水可以折射太阳的光辉，一只贝壳可以深藏洪荒变迁奥秘，教育无小事，事事皆教育。作为教育工作者必须明白这些道理，并且始终如一地践行之，只有这样，我国的素质教育才能逐步从浮躁走向稳重，由稚嫩迈向成熟。

二十四　请姓高的包粽子

吃过晚饭以后，杨建云收拾好桌凳、洗好碗筷，便独自一人在厨房里面准备包粽子。

她把老公弄来的芦苇叶从塑料口袋里面掏出来，放进较大的塑料盆里。

“我的妈呀!多漂亮的芦苇叶，又大又嫩又绿又有弹性，还是老家滩地长的芦苇叶好，比起超市里面买的芦苇叶强十倍，超市的芦苇叶既小又黄又老又焦又易断裂，稍不注意，芦苇叶就断裂成几瓣。老公虽然是一个穷教书的，但是做起事来还是挺认真的。这种芦苇叶不是到滩地是很难采摘到的，而且都是那些高芦苇上面靠近稍尖的那些叶子，真是太美了!”杨建云一边用剪刀整理芦苇叶一边欣赏老公的“杰作”。

剪理完毕，她用电磁炉烧水，然后，她把老公从老家带来的糯米放进瓷盆里，淘了两次，便用冷水浸泡，接着杨建云又拿来从超市买来的葡萄干、蜜枣，放进冷水里洗了三次。

十分钟过后，杨建云把烧好的开水倒进盛有芦苇叶的塑料盆里，直到开水淹没芦苇叶，让芦苇叶完全浸没在开水里，并且用筷子和长柄的竹铲子把芦苇叶翻了身，目的是让芦苇叶完全被水浸泡，这样在包粽子的时候，芦苇叶就更有弹性，更不容易断裂。

接着，她把淘好的葡萄干、蜜枣放进捞出来的糯米里，拌匀葡萄干。又等了十分钟，杨建云把浸泡好的芦苇叶捞出来，又用冷水清洗了两遍，然后又找来扎粽子的棉线和剪割棉线的小剪刀，这样，包粽子的前期工作就算准备完毕了。

正常情况下，一个糯米粽子里放半个蜜枣就可以了，由于女儿明天高考，杨建云没有把蜜枣切成两半，直接把一个整蜜枣放进一个粽子里面。并且每包一个粽子她都要说"早中""早中"，仿佛自己不说一遍，狠心的上帝就会在冥冥之中不眷顾自己的女儿。

半个小时过去了，包粽子工作已经完成大半了，小钱见杨建云的厨房还是灯火通明，便推门进来，一看杨建云正在包粽子，便惊讶地对杨建云说："你女儿明天高考，你怎么能自己在家包粽子呢？你又不姓高！我和小张、小李、小王、小麻都请三楼姓高的大妈包的，你现在赶紧停下来，赶快到三楼把高大妈请下来，帮助你包粽子！"

"你怎么不早点对我说呢，现在都快晚上八点半了，高大妈忙了一天了，我恐怕请不动她。"杨建云从小钱的嘴里，似乎感觉到包粽子的学问了，转过头来对小钱说，"你现在和我一起去请高大妈，好不好？"

"好吧，为了你宝贝女儿明天高考'高中'，也为了我们的姊妹之情，我今天就陪你去请高大妈。"小钱高兴地答应了杨建云的请求。

高大妈是一个心地善良的"菩萨"，只要有人请她做事情，就是忙得再累，她也不会拒绝别人的，甚至是放下自己手里的活，来尽心尽力地帮助别人。

"高大妈，你今年五十几了？"高大妈包粽子的时候，杨建云问。

"我啊？五十几岁？"高大妈笑着说，"我这一辈子不会再过五十几了，我今年已经六十一岁了，孙子今年秋天就读初一了，我在这里带孙子读书已经有三年了。"

"看不出来，你每天都乐呵呵的，我一直以为你只有五十几岁呢。"站在旁边的小钱说，"人都说仁者寿，这话真的一点不假，你看，你经常帮助别人，一点都不感到烦恼，快乐得很，难怪你有这么好的身体!”

“我别的事情没有帮助人家多少，就是每年高考前夕，被别人请去包粽子的事情真的不少，我真的记不清有多少年了。”高大妈高兴地说，“现在，已经习惯了，以前家里孩子多，杂七杂八事情也多，孩子爹不理解，我给别人包粽子，就要请别人帮助我干家务事，也得罪不少人啊!现在好了，孩子都成家立业了，儿子在外地打工，每月能挣好几千块钱呢，我带孙子读书，日子过得挺好的。”

“你这么大岁数，我还请你帮忙，真有点对不住你。”当知道高大妈已经有六十多岁时，杨建云心里真有点过意不去。

“对我你就不要客气啦，谁叫我这个人姓高呢?”高大妈乐呵呵地说，“再说，给人家包粽子，本身就是一件很轻巧的事情，边包粽子边聊天，真是挺有趣的。今天，给人家包的粽子真不少，连你家算在内，一共有十家了，比往年多了四五家呢!你要知道现在人家请我包粽子都是象征性的，最多也就包三十来个的。只要包粽子的准备工作做得好，一家十分钟就能解决问题。”

“高大妈，你包粽子速度真快，一分钟能包三个，真的太了不起了!”小钱看到高大妈包的粽子既快又好，非常羡慕地说。

杨建云把高大妈包的粽子放在另外一个瓷盆里面，过了一下数，只有十二个，她觉得有点少了，便笑着对高大妈说:“有点少了，我还想请你再包六个。”

“行啊，那你赶快再泡糯米，洗葡萄干，洗蜜枣。”高大妈说。

就这样，杨建云请高大妈包了十八个粽子，非常小心地放进高压锅里面煮了起来。

“你就不要客气，等你家女儿‘高中’，拿到大学录取通知书以后，不要忘记给我送喜糖就行了。”临走时，高大妈笑嘻嘻地说。杨建云再三挽留，要她坐一会儿，等粽子好了带些回去，她就是不愿意。

过了一个多小时，万宝强悄悄地从楼上溜到厨房里，看到一个瓷盆里有煮好的粽子，就乐呵呵地伸手拿一个，刚准备吃，却被杨建云一下子抢过去，用手轻轻地打了一下万宝强的手，说："不要嘴馋，这是刚才楼上高大妈包的粽子，是准备给闺女吃的，你要吃的粽子还在高压锅里呢。再过半小时后才能吃到，赶快回楼上去，免得你看到粽子就流口水。"

万宝强抓抓后脑勺，正准备诉苦，一听说这是请楼上高大妈包的粽子，知道了妻子的良苦用心，也就不好再说什么。因为，他知道这粽子已经不再是传统意义上的粽子了，也不再是可以充饥的食物了，而是一种深深寄托一个母亲对女儿拳拳爱心的吉祥物了，而是母亲对孩子充满殷切期望的象征了。那其中的拳拳之爱，已经超出人的界线，甚至超出了任何一种可以比拟的东西。

其实，我们父母不管为孩子做什么，就是希望自己的孩子将来有出息，也不管为了孩子付出多少，受多大委屈，就是希望获得孩子成功过后的那份喜悦。至于要孩子将来报答什么，很少有父母去考虑。

我们知道，在这个世界上，父母都希望孩子早日获得成功，考取名牌大学，将来拥有一个舒心的工作，一个幸福安稳的小家庭。请不要凭此就说明父母要求孩子读好书，仅仅是为了顾全自己在社会上的面子，要知道，父母这样对孩子的百般付出，是出自于人间最无私的大爱。

父母不可能永远陪伴在孩子身边，总有一天会驾鹤西去。孩子自身的素质、自身适应社会的能力，将决定着孩子一生的幸福安康。如果我们都能够从这一点考虑，就会知道父母把孩子能否考上好的大学当着自己毕生奋斗目标的真正原因了，就会对父母良苦用心——请姓高的人包粽子，感到难能可贵了。

如果我们的孩子能够理解父母的这番苦心，他们就会对父母的拳拳之爱心存感恩了。因为父母对孩子的教育所有动机都是立足在孩子的人生幸福上，他们都是以孩子的幸福为幸福，以孩子的痛苦为痛苦，甚至不惜用有悖科学的做法，来为孩子一生的幸福祈福。

当我们静下心来的时候，尽管有人说通往成功高考的道路有千条，但是我们非常清楚，一个没有深厚文化底蕴的人，一个不愿勤奋努力的人，要想获得高考成功那是非常罕见的。也就是说，在这个世界上没有简简单单就能获取成功的。人一旦远离自身的努力，就会失去了成功的载体了。当然纯粹靠运气的人也有取得成功的时候，但是他们所获取的成功都是极其短暂的，他们根本就不可能成为名副其实的成功者。

现在社会上不少父母对孩子“没有出息”感到没面子，走到人面前总感到自己比别人矮几分，我对此常怀同情之心。因为，人都希望自己的后代能够比自己强，都能够在这个社会上有一个比较宽广的舞台，都能够生活得更加美好。我认为这是一个进步社会应有的氛围！

当我面对一个对孩子是否优秀都无动于衷的父母，我是不会产生美好印象的。因为，我始终认为，这个社会需要健康向上的舆论导向，是需要比较健全的审美价值观的。只有这样，我们的社会才能不断地从低级迈向高级，我们的人类才能不断地从简单的进步走向更大的繁荣。因此，我对伴读家长请姓高的包粽子，不仅没有鄙视的心理，反而百倍敬重他们。

应该可以这么说，上至中央领导，下至黎民百姓，他们对孩子的期盼都是一样的。都是希望自己的孩子在迈向社会门槛的时候，能够到一个非常优秀的育人环境中，去接受最好教育资源的熏陶，去学到走向社会的真本领，让自己孩子胸有成竹地面对社会，去接受社会的洗礼，去接受社会各方面对他们的挑战，使孩子在社会的大舞台上能够更好地表现自己，去展示他们的聪明智慧，去更好地实现他们的人生价值。可是，现实中孩子的素质不可能都是出类拔萃的，要实现的目标往往和现实存在一定的差距。这时做父母的总希望借助一种神奇的力量，来帮助孩子实现。虽然这种做法有点幼稚可笑，但是我们决不能横加指责。

有人说这是天底下所有痴心父母的共识；也有人说这是天底下父母最能体现不知天高地厚的地方。但是，我一直认为这也是天底下父母最能够感天动地的情结所在。因为不少优秀的父母，他们心甘情愿做孩子成长的阶梯，用自己一腔热血为自己孩子打拼最美的江山！难道这些难能可贵的精神不值得赞美吗？

也许有人说，父母为自己孩子拼命奋斗，仍然是为了实现自己人生所谓的价值，把自己今生中无法实现的理想转嫁给自己的孩子；也许有人还会说，父母的体能、智慧、机遇等因素都是日落西山，现在只能把孩子当作自己的青春复制品，把自己无法兑现的儿时理想转嫁到孩子身上，让它有一个无悔的结局。但是，我还是要说父母对孩子的付出是高尚的，是值得孩子永远尊重的。

有时，我在想，人生中要实现的理想很多，但是，我们苦于自己的心智不够健全，我们的体能不够强大，我们的激情不够威猛。当我们回望蓝天的时候，我们已经感到烈日偏西，英雄迟暮。所以在这个时候，我们丢下自身奋斗的大旗，精心培养孩子，这不仅没有错，反而是一种非常明智的选择，即使做法有点俗气，但是理应受到人们的尊重。

可是，有些父母对孩子寄予的希望太高，“拜神”做法太过分，就是让爱因斯坦转世也难以企及。所以他们只能在那些很难实现的幻想中纠结、烦恼、痛苦、荒废下去。他们在要求孩子实现理想的时候，明知孩子的能力有限，还是希望通过各种非理性的手段，让孩子背着沉重的十字架，在实现理想的征程上艰难跋涉，用血汗浇灌“野草”，用艰辛书写“孤独”，用奋斗诠释“困惑”，用泪眼对视“失败”，最后只能让天地悲鸣，让日月哭泣。这种做法，我是绝对不赞成的。

也有不少父母认为孩子的潜能是巨大的，可以释放整个太阳的能量，所以他们老是用光速的眼睛来审视自己孩子学习上的进步。每当孩子出现失误的时候，抱怨、冷嘲、热讽、叹气就像唱戏的鼓点接踵而至，让自己的孩子整天提心吊胆、难以心静。在这种情况下，我认为他们就是把全天下所有的“神仙”都请来帮助孩子，也是无济于事的。

我们试想一下，即使自己的孩子是一个智慧聪颖的天才，也会被这些狂热的父母搞成白痴。古人言：欲速则不达。要知道一个急于求成的人，往往会把自己美好的心境颠簸得支离破碎，很难把握好孩子健康成长的脉络，很容易使自己的孩子在浮躁不安的环境中，慢慢地失去通向成功的智慧。

我们现实中不少父母在对自己孩子实施教育的时候，方法呆板，眼光短浅，做事幼稚，甚至有些父母明知道孩子不可能达到那样的目标，还是一根筋地让孩子去努力，让孩子无选择地往苦海里面跳，最终导致自己的孩子在错误的引导中，失去了另辟蹊径的最佳机会，使孩子大好的时光荒废在没有效益的学习中。悲哀！可叹！我敢说，这种很让人揪心的闹剧在社会教育的大舞台上每时每刻都在上演。可是又有谁能够把这样的悲哀画上绝世的句号呢？

面对高考，父母究竟该怎样做才能正确无误呢？这是所有父母都在关心的问题。报纸上、杂志上、电视上，到处都能够听到引导考生父母的做法，可是，他们却很少在意这些问题。即使在意了，他们也很难把那些专家的科学方法当成可以为孩子助一臂之力的灵丹妙药。

究其原因，就是我们这些考生父母根本没有认清这些科学方法的真实价值。总认为这些无非是白纸黑字，只要自己稍微调整即可，根本就不可能用“谨慎入微”“善于变通”的方法来认真对待这件事。我们都知道，同一件事，马虎和认真所产生的效果肯定有很大区别。

万宝强现在是一个正在全力以赴帮助孩子高考的人，而我是一个已经从中过来的人，当然他没有我对这些问题思考的多，所以我建议考生的父母一定要注意孩子高考期间的休息，合理地安排好孩子的作息时间；一定要注意高考期间的饮食，多留意一下登载在报纸杂志上面的考生食谱，在饮食上一定要卫生、清淡、营养，肉食不能多食。如果想要食用肉食的话，我建议家长让孩子吃点鸽子肉，据中国中医世家和不少“过来”的家长说，鸽肉易于消化，具有滋补益气的功能，对头晕神疲、增强记忆力是有很好的作用。当然，我说的话是有一定科学依据的，大家不妨试试，因为它绝对没有坏处。但是，世上没有包治百病的灵丹妙药!

至于在“造神”方面：我建议家长不要刻意追求!要知道，只有科学的做法才能使汗水变成珍珠。

二十五　请属马的人送考生

“小顾，你今天为什么起得这么早？”早上四点半左右，杨建云见小顾急匆匆地下山，便好奇地问。

“到山下请表弟来送孩子考试，顺便买些糖糕回来，去迟了买不到！”小顾微笑着对杨建云说，“听人说，请属马的人送考生，让考生吃糖糕，这样考生才会遇到好运，才能马到成功、步步高升的。”

“你昨晚不也是请高大妈包粽子了吗，干吗还要买糖糕呢？”杨建云有些不解地说，“已经‘高中’了，还要来一个步步高升，看来给孩子准备高考，这里面的学问可真大呀！”

“这你又不懂了，参加高考的孩子光有粽子吃是不行的……‘高中’了，必须还要配上糖糕才好，这样，才能确保你家孩子‘高中’后能够步步高升。”小顾仍然微笑着说，“其实，之前我也不懂，昨天我在前排伴读小院里，有一个姓姜的阿姨告诉我的，听说这样做非常灵验呢，孩子平时高三月考成绩能考到二百五十分的，在正规高考中准会突破三百分的。”

“有这么神奇吗？”杨建云惊讶地问，“这恐怕是人的心理作用，天底下哪有这等好事？”

“那还能有假啊！”小顾非常认真地说，“其实，世界上很多事情就是奇怪得很，如果你不信这些吧，好运就不会光顾你，你家孩子平时能考到一本的，可是一到高考的时候，你家的孩子肯定不在状态，总会让你家孩子的高考成绩离一类本科分数线少一分；平时能够考上二类本科的孩子，偏偏也会让你家的孩子高考成绩达不到二类本科分数线，而且，所差的分数就是一两分；如果你信吧，那还真灵验！我听姜阿姨说，去年那个小院老曹的儿子，平时成绩特别差，结果他妈临考时候给他买些糖糕吃，结果高考分数一出来，把小院里的伴读家长都惊讶得说不出话来，竟然高考总分比省二类本科分数线还高十五分，你说这奇怪不奇怪！”

“这种情况我也听说了不少，不少家长说，自己的孩子平时成绩非常棒，结果一到考试，不是头疼就是肚疼，总让家长胆战心惊的。为了图个吉利，为了女儿步步高升，我也跟你一起去买些糖糕！”杨建云听小顾讲买糖糕有这么多学问，连忙说，“你在小院门口等我一下，我到楼上换双鞋子就下来。”

就这样，她们急匆匆地来到街道上，定神一看，买糖糕的地方真是太热闹了！今天买糖糕的人特别多，而且糖糕的价格也比平时翻了近两倍，以前一元钱一个的糖糕，今天竟然涨到三元八角一个了；平时随到随买的情况也不存在了，顾客要买现做的糖糕必须要到后面排队。

“你看这些买糖糕的人，都是清一色的考生家长，真是太有趣了！”杨建云在排队的时候小声对小顾说。

“这还用想啊，那些平时喜欢吃糖糕的人，今天是绝对不会来凑这个热闹的。”小顾说，“他们是绝对不会做这些傻事的，平时他们能够吃四个糖糕的钱，今天只能吃到一个。要是你，你愿意出这样的冤枉钱吗？”

“为什么这些做生意的人会这么聪明呢？为什么一到高考时候，就要把这个糖糕价格卖到这么高，这不是哄抬物价又是什么呢？”杨建云有点生气地说。

“孩子读书已经到这个时候了，多少冤枉钱都花了，就是再贵一点，你还会去计较那几块钱吗？”小顾认真地说，“其实，我们这些考生父母，哪一个不知道这些卖糖糕的人是在宰客，只不过大家今天都想图一个好心情，不愿和这些卖糖糕的人计较罢了。”

“你准备买几个糖糕啊？”杨建云轻声地问小顾。

“买八个，让我儿子在今天的考场上发、发、发！”小顾伸出一个大拇指和一个食指，向杨建云示意。

“我的吗呀，你一下子买这么多呀！”杨建云惊讶地说，“我不想买那么多，只买六个，希望我的女儿在高考中六六大顺！”

排队十分钟后，他们才好不容易买了想要的糖糕……

走在回去的山路上，小顾旁边多了一个表弟，杨建云好奇地问小顾：“这种习俗，不知是从什么时候开始有的，我从小在淮河边长大，对这种习俗早已听说，只不过我家老公对这些近乎迷信的东西不是太在意。”

“其实，这不叫迷信，也不叫信仰……就是因为其中有一定的寓意——‘马到成功’‘高中’。请属马的送考，就是家长对孩子寄予美好愿望，希望孩子能够在高考中‘马到成功’；考生吃糖糕，就是家长预祝孩子在高考中堂堂正正地‘高中’，不落孙山之后。”小顾按照个人的想法对杨建云说。

“小顾，我们为了孩子高考是不是‘信’得太多了？我担心，我们‘信’的东西太多，‘敬’的神也太多，万一我们对其中哪路神仙敬奉不周、虔诚之心不足，把那些能够保佑我们孩子高考成功的神仙得罪了，岂不是挨累不讨好么！”

“呸、呸、呸……”小顾一听这话，赶忙阻止杨建云说下去，并且连声朝着杨建云叫嚷道，“我的大菩萨呀，你知道今天是什么日子吧，这可是孩子大考的日子，我们今天可不能乱说胡话，更不能说一些不吉利的话，要是真的得罪了高考大神，我们的孩子岂不因我们这张破嘴耽误一生前途嘛!你现在赶快闭上你的臭嘴巴。”

杨建云听了小顾的警告，她就像得罪了上帝一样，不敢再说半句对神灵大不敬的话，因为，她内心已经开始对所谓的高考大神产生敬畏了，不敢再说不吉利的话，真的害怕自己说错了话，导致自己女儿上午考砸了。

就这样，杨建云走了二里山路，再也不敢像下山时候那样和小顾有说有笑了。她的内心确实有点害怕、紧张，只能不住地在内心祷告：今天是女儿大考的日子，请各路考试大神帮助我那可怜的女儿吧!我今天也是为敬奉神灵才到街道买糖糕的，希望高考大神对我女儿格外开恩，让我女儿旗开得胜，马到成功。并且有意退到小顾的后面，用自己的小手对着自己的嘴巴扇了两巴掌。

其实，和杨建云租在同一个小院子的考生父母，表面上都装着很轻松，他们的内心还是蛮紧张的，只要遇到一点难做的事情，他们往往就显得坐卧不安。

本来这些考生都在同一个县城中学上学，现在由于孩子的考场不同，他们的父母都要根据自己孩子考场的远近来考虑车辆接送问题。考场在原来县城中学的考生，他们的父母心里稍微平和一些，如果那些考生考场离租房有七八里路的，他们的父母脸上就很难挂上笑容了。

第一他们要考虑为孩子高考租接送车辆的问题，第二要考虑孩子路上交通安全问题，第三还要考虑孩子去考场的时间问题。这些看上去都是一些小事，可是这些小事对已经处于比较紧张状态的考生家长来说，还是增加了不少心理负担。

他们对孩子临考前每一件事情都要认认真真地考虑，反反复复地斟酌，确保自己的孩子能够顺顺利利地进入考场。他们心想：这些小事是来不得半点马虎的，只要自己稍微一个“粗心”，就会导致满盘皆输的结局。所以，他们现在所做的每一件事都是格外地细心，最怕有什么意外事情发生。

住在万宝强楼下的考生俞红，她的考场在县城第三中学，这个考场离他们租房足有十里路，而且在万宝强这个伴读小院中就她一人在这个考点，加上她是一个外县人，在这里举目无亲，她的父母在前一个星期就急得像热锅上的蚂蚁一般。他们认为：让孩子坐公交车太麻烦，挤上挤下的，而且时间没有保证；让孩子坐出租车，又怕高考期间需要打的的考生太多而找不到出租车。

后来，俞红的父母经过再三考虑，还是从外地老家亲戚那里找来一辆小轿车，并且找一个属马的小伙子来开车，专门为俞红出入考场服务。这个代价，我们做父母的不能不认为是一笔不小的“开支”。虽然高考只有三天时间，但是俞红为此多花费的路费钱少则一千元，多则两千元。这不仅仅浪费了家庭的钱财，还给自己的亲戚朋友带来麻烦。这实在是奢侈之举！

其实，我们知道这种奢侈做法大可不必!因为，只要做父母的能够心静如水，不要把高考当作天大的事情，不要有过分急躁的心理，就是孩子赶赴再远一点的考场，也会找到一辆出租车的。因为现在高考期间，为考生服务的出租车非常多，只要你的孩子向马路边上一站，出租车的司机就会很快把车子开过来，把你的孩子送到要去的考点，并且绝对不会出错。

因为现在国家、社会都非常重视高考，考试前一个小时，整个县城街道就禁止其他车辆通行，只容许出租车司机通行，极大地方便了考生。除此之外，路边还有很多警察来为考生服务。如果有考生出现意外，这些警察都会像自己的亲人一样来帮助考生，确保每一个考生都能够得到最便捷的服务。

由于万宝强对女儿考试接送问题早有打算，所以他们没有俞红父母的那份烦恼，但是，烦恼这东西绝不是大山里的稀世珍宝，也许别人的一个眼神、别人的一个叹息过后，它就会像大闹天空中的孙悟空立马从石头缝里面蹦出来……

早上七点刚过，住在伴读小院的、离考场路程较远的考生就开始准备出发了……

“喂，杨建云，人家今天都是请属马的人送考的，你家今天是请谁送考的?”平时一直喜欢说话的小王向杨建云打招呼。

“你全是马后炮，现在孩子准备上车了，你还对我说这些干吗，你这是存心让我为难啊!”杨建云满脸无奈地说，“老公，人家都请属马的人送孩子参加高考，我们怎么想不到这些呢?你是个大男人，为什么也这么粗心呢?你看，这个时候，让我上哪里去找属马的人呢?”

“你不要再嫌我太粗心，说实在话，我已经够细心的了，只不过我们这些家长对孩子的高考太慎重，想的问题太多，做的事情太妙，很难让一个正常的考生家长应付得了。”万宝强虽然内心有点不悦，但还是笑嘻嘻地对杨建云说，“小王这个人做事太热心，为孩子高考想的妙点子也很多。今天她这个主意挺好的，蛮吉祥的，请属马的人送孩子参加高考寓意很深，就是预祝孩子参加高考马到成功，不错、不错，有道理。”

“现在可不是你赞赏别人的时候，孩子就要去考场了，别人都这样做了，刚才，和我一起下山的小顾也请了，我们总得想个办法才好。”杨建云非常着急地说，“对了，我的弟弟是属马的，是不是打一个电话问问他现在在哪里?”

“不用打电话，你弟弟肯定在老家街道上的修理部里，你不要遇到着急事情就糊涂了，你弟弟是街道上的电焊工，平时很少出门，你想，这个时候，他不在修理部还能在哪儿呢?”万宝强认真地说。

“那我们就赶快打电话叫他到我们这里来，送我们女儿去考场。”杨建云有点语无伦次地说。

“你就不要再操那个闲心了，你现在就是用飞机请他来，他都来不及了。你赶快去准备烧午饭吧。”万宝强认真地说，“再说，我的名字起得就很好，万、宝、强就是在一万个宝贝孩子中最强大，你想，我去送女儿参加高考，不比属马的人差，岂不更吉利。”

“你去送女儿那是应该的，肯定大吉大利。”杨建云说，“但是，我总觉得还是少了点什么，要是有一个属马的人送女儿去参加高考岂不是更加完美吗？老公，你再仔细想想，我们还有没有其他办法补救一下。”

“哦，对了，我们为什么就这么笨呢，我想起来了，我们楼上窗台上不是有一个我们从老家带来的陶瓷飞马雕塑吗？你把那尊陶瓷飞马雕塑拿下来，放进女儿的书包里，和糖糕、粽子放在一起，那不是更为吉利吗！”万宝强拍了一下自己的脑门，似乎像发现新大陆一样，高兴地对杨建云说。

“对了，我也想起来了。”杨建云听了万宝强的话，也立马兴奋起来，连声说，“我们没有请到属马的人为女儿送考，但是，我们有一个宝光四射的陶瓷宝马，陪着女儿进考场，也是大吉大利，也是马到成功。”

一阵楼上楼下忙碌之后，小院里才出现了短暂的安静……

写到这里，我想起前几天刚听到的一个小故事：一位小学老师给学生们出了一道关于过沟的问题，春游时遇到一条水沟，不宽，看不清深度。一里远的地方有一座小桥横亘在沟上。老师的问题是：怎样以最快的速度到达沟的对岸。

同学们有的选择奋力一跳，有的选择挽起裤腿趟过去，有的说找一根木棍撑过去，还有的要找一块木板搭在沟上面走过去。而只有一名学生的回答与众不同：他选择的是拼命从起点跑向那座桥，从桥上绕过去，再跑到对岸。

同学们笑他痴傻，取笑他。老师却没有急于说明答案的对错，他问这个绕桥而过的孩子为什么这样选择。孩子说：跳，用力不够可能掉进沟里，也可能落到沟边的软土上面滑进沟里；挽起裤腿趟那不知深浅的水，让人害怕；用木棍撑过去，一怕木棍短撑不起来跌入沟里，二怕撑起的木棍忽然折断；而在荒野中，是很难找到搭沟的木板的。因此，我选择拼命地跑到桥边，从桥上绕过去，这样可能会累一点，时间会长一些，但是过沟心里有底、踏实。绝对不会有其他同学过沟时候的那种忐忑不安、甚至有一种侥幸的心理。

其实，在素质教育的今天，很多家长都想走捷径，总是千方百计、绞尽脑汁为自己孩子寻找这样那样的“跳板”，更希望在冥冥之中有一种神奇的力量来帮助自己的孩子，走上成功和幸福的道路，甚至有些家长自甘做《皇帝新装》里的皇帝，明明知道身上没有衣服，就是不愿承认自己是愚蠢的，就是相信骗子的做法是“完美的”，其结果只能是贻笑大方，成为世人饭后闲聊的谈资，成为人们眼中“不可多得”的糊涂虫。因此，我们做事不要太过分，不要把自己想得太聪明，与其绞尽脑汁寻找自欺欺人的捷径，还不如脚踏实地做点属于自己的事。

二十六　心疼别人就是心疼自己

“小张，你家孩子手里拿的是什么保健品呀?这些保健品都是具有一定兴奋作用的，考生考试之前是不能用这些保健品的。”万宝强看到伴读小院里小张的儿子手里拿着四勒浆，便立马警觉起来，并且着急地说，“你赶快把孩子手中的四勒浆换下来……”

“这是为什么呀?”小张微笑着说，“我以前看到有些孩子喝过这种保健品的，没有听说有什么不良反应呀!”

“小张，这种保健品不太好，不是所有人喝这种保健品都适宜，有些人喝了会产生很大的副作用，甚至有时还会导致孩子无法参加考试。你不要把这事当儿戏，我说的话可是真心话。”万宝强见小张将信将疑，便认真地对小张说，“你现在不要问为什么?等孩子高考结束后，我再慢慢向你说明白，到那时，你自然知道其中的厉害。”

“不行，你现在必须向我说清楚，不然的话，我是不会听你的。”小张以为万宝强在和她开玩笑，仍然乐呵呵地说，“`今天可不是愚人节，我以前经常被人忽悠，现在啊，我已经不再是以前的小张了，而是一位久经沙场的穆桂英了。哈……哈……哈……”

“常言说，好话不说第二遍，好人不做第二次。”万宝强对小张满不在乎的样子更是着急，便认真地说，“如果我说第一遍，你可以不听，如果我说到第二遍，你还可以不听，这完全是你的自由，不过我得警告你，你将来可不要为此后悔啊……”

小张见万宝强说话的态度非常严肃，她赶忙收敛笑容，也很认真地对万宝强说："万老师，我相信你说的话是真的，但是，我今天仍然希望你把话说清楚，你平时是知道我这个人性格的，别人有话不说会急得发疯，而我这个人有问题弄不清楚，我会憋死的。万老师，今天你就大发慈悲吧，快点把话说清楚，孩子再有一个小时就要向考场出发了。你要知道，我们现在都是等不起时间的人。"

"小张，我今天说的话可是认真的。不过，我要告诉你，我要说的话绝不是三言两语就能够表达清楚的。我现在真的没有时间跟你解释，要说，也得两个小时过后。"万宝强还是一本正经地说，"我的话已经说到第二遍了，你仍然不听，我自己也觉得没意思……何必呢？做女人固执点还是挺好的，反正你是不会把孩子的高考当作一回事的，我真的拿你没办法。"

"好吧，我的万老师，你今天不要用激将法了，我已经明白你的意思了，我现在就把我儿子手里的四勒浆换下来，换一种和你女儿手里一样的饮料，这总该可以了吧。"小张似乎有点生气地说，"不然的话，我看今天你心情是不会好的。"

万宝强看到小张把儿子手中的四勒浆换下来，觉得小张回心转意了。他拿出手机看了看时间，才七点十五分，便轻松地对小张说："现在，时间还有一点，我就把高考孩子不能在考试之前喝四勒浆的原因告诉你，免得你今天老是围着这个问题转，让你开心不起来。"

"既然万老师能赏这个脸，我真的很感谢你。"小张说，"不过，你在没说之前，我得向你提一个请求，我知道你们这些老师向来以认真著称，我想请你长话短说，毕竟今天是孩子的大考之日，我们可不能为弄清一件事情而把正经事耽误了。"

"好吧，我会把握时间的，只要把事情说清楚，让你明白其中原因就行。两个月前，我看到女儿学习很吃力，学习成绩老是提高不了，内心很是着急，便特地为女儿买一些提精神、补脑子的营养品，包括安神补脑汁、海豹油、黑牛之类的饮料。”

“我的妈呀，这些保健品可都是上乘大补品，你真是太厉害了，你怎么不把天上的龙肉弄给女儿吃呢？”

“要有，我真的还是舍得的，刚开始，女儿吃了这些营养品很见效，女儿的考试成绩有了较大幅度的提高。可是用了这些饮料十来天之后，精神就开始明显下降了。即使增强其他营养，女儿也感到很疲劳，回到租房就很想睡觉。我见此情形，赶忙让女儿停止吃这些营养品。”

“是不是这种保健品有耐药性呀？你赶快给孩子换保健品。”

“不错，我也想到了要给女儿换保健品。就在女儿停止吃那些营养品的第二天，我听小院子里一位学习成绩比较好的高三学生说，四勒浆抗疲劳的效果非常好，我便立刻为女儿买来四勒浆，刚吃这种补品的时候，我听女儿说，这种四勒浆提神效果不错，挺‘刺激’人的，很容易让人兴奋。可是，当女儿吃到第二盒的时候，却出现了一个意想不到的事情，女儿在参加月考的时候，竟然出现异常紧张的情况。据女儿反映：她在考试的时候，大脑突然一下子一片空白，什么知识都记不起来，并且伴有头痛等症状，等大脑清醒过后，她仍然感到浑身不适，她那一场考试考得非常差。”

“天哪，这保健品还能出现这种‘恶劣’情况，真是太不可思议了，那后来呢？”

“那天，女儿一到家就非常生气地把这种情况说给我听。我也被这突如其来的‘事故’蒙住了。这究竟是怎么回事呢？喝四勒浆出现这种反常的情况我还是头一次听说，以前在我的耳朵里听到的都是四勒浆的优点。为什么这种营养品到了自己女儿的嘴里就变成了毒药了呢？我把女儿吃过的四勒浆盒子拿过来，仔细地看了看上面的商标、防伪标志，看看有没有可疑的地方。”

“你发现问题了吗？”小张紧张地问。

“没有。但是，我内心不住问自己：难道自己的女儿撒谎吗？难道自己的女儿夸大其词吗？难道四勒浆真有女儿所说的那样可怕吗？为什么很多考生喝了以后都没有出现女儿所反映的现象呢？是不是女儿在喝法上存在问题呢？是不是这种四勒浆已经过期了？我的头脑里面到处都是疑问。我不相信这是真的，可是眼前女儿确实遇到了不良的反应。这究竟该怎么办？我不放心地把四勒浆盒子里的说明书又认真地看了两遍：在用量上，一次一瓶，每天两次，女儿并没有用过量；在产品的有效期上，也没有问题。”

“那问题究竟出在哪里呢？”小张问。

“我也不知道……我立即用手机拨了印在四勒浆盒子上面的防伪电话号码，想了解一下四勒浆的真实情况。当我听到电话回答是空号的时候，立刻起了疑心，难道这四勒浆是假冒伪劣产品？不然的话，又怎么打不通盒子上面的防伪电话呢？多少疑问立即涌上我的心头。”

“万老师，你搞错了，现在很多维权号码要使用座机才能拨通。”小张补充说。

“这，我后来才知道。我是一位教过政治的老师，对保护消费者合法权益方面头脑很敏感。关于如何维权我也是烂熟于心的，就中小学生维权渠道，我一口气能说十几条。那天，我自己遇到了维权的真问题，虽然我不是叶公好龙中的‘叶公’，但是我还是感到有点棘手，毕竟自己是一个近似于纸上谈兵的赵括，在维权方面从来就没有‘真枪实弹’的经验。”

“那你想忍气吞声了事吗？”小张问。

“不！那天，我感到有点屁股抵墙（就是没有退路）的滋味。想逃避，这又不是我做人的风格。所以我横下一条心，决定要向卖四勒浆的大药房讨回公道。我顾不上吃午饭，立即下山，直奔那个卖四勒浆的大药房而去，很快，我找到了那天卖药的营业员，把自己女儿喝过四勒浆以后在考试过程中出现的问题一五一十地向营业员反映了一遍。”

“你向营业员反映有什么用?你应该直接找大药房总经理。”

“你说的话有道理，但是，找人总得有先后吧。那个营业员听了我的话，非常‘吃惊’!她说自己从事这么多年的卖药工作，还是第一次遇到这种情况。起先她还想在我面前狡辩，几句话一说，她发现眼前的我不是一般的消费者，而是一个不容她回避，而又非常固执的人。所以她本想经过自己巧嘴一番就能把我征服、忽悠过去的想法，赶忙转换成另外一个‘频道’了。”

“你不是固执的人，你这是在维权!我最讨厌那些狐假虎威的人!”小张激动地说。

“对!我是在维权，我是一个非常讲道理的人。这位营业员了解我不是一个善罢甘休的人后，她只好拨通了本药房总经理的手机，那个总经理立马从大厅旁边的小办公室走过来。了解情况后，他不敢怠慢，因为他了解假药的危害性，更知道顾客就是上帝的重要性。他不知道眼前这个消费者是何许人也，更不清楚自己这个大药房所购的四勒浆是真是假，因为这个年头，他也佩服中国某些人的造假水平。”

“依你说，这个总经理还是一位很厚道的人，看来你的维权有希望。”小张兴奋地说，“中国人至今没有在自然学科获得诺贝尔奖，但是中国某些人在‘复制’尖端产品的时候，其神功‘举世瞩目’，路人皆知，今天才上市的走俏商品，甚至明天市场就会有它的假冒伪劣产品。中国某些人真是绝顶的‘聪明’!”

“你们就知道中国人有些人造假技术高，你可知道为什么会出现这种恶劣情况吗?”万宝强说，“我们都知道，中国贵州的茅台酒价格一直很高，‘低档次’的茅台酒每瓶也要一千多元。这就为中国某些造假高手带来巨大的利润空间，同时也为那些甘愿‘赌命’的不法分子找到更为‘合理’的借口。现在，我国在酒类打假活动中惩罚力度非常大，但是制假、贩假茅台酒的事件总是屡禁不止。据说我国某些人制造假茅台酒的技术非常高，如果你不是专业的打假人员，你是很难辨别真伪的。”

“这都是金钱‘惹的祸’。钱是好东西，但是人总不应该为了钱干伤天害理的事情吧!”小张继续说。

“如果世界上的人都像你这样知法守法，那天下肯定就太平了，那我还会站在这里和他们谈自己的维权之事吗?”万宝强说，“我知道这个大药房经理绝不是吃素的，他的大药房也曾经因贩假而被当地主管药物销售部门查处过，所以，他那天遇到我来大药房维权，心里很不安，他很快从口袋里面掏出一支香烟递给我，自己也点燃了香烟。我知道他当时不是很想抽烟，而是想利用吸烟机会思考解决问题的办法。”

“这位经理真是太聪明了!”

“是的，他对我很友好，不敢有半点冒犯之意。他问我现在有什么要求。我告诉这位经理，我来的目的就是想弄清楚自己女儿所喝的四勒浆是真是假?对人的身体有没有太大的危害?不是来找大药房麻烦的。”万宝强说，“那位经理听了我的讲述，心里一下子轻松起来。因为，他以前就碰到一个找麻烦的人，那个孩子喝四勒浆的副作用比我女儿的要大，喝了以后异常兴奋，整夜睡不着觉，白天听课头脑轰轰响，就是后来停止服药，那个孩子好几天才恢复正常。可是，那个孩子的家长不是善菩萨，很厉害，大药房的经理为此伤透了脑筋，花了不少钱财才勉强摆平这件事情。”

“应该让他们知道厉害，对这种事情我们绝不能心慈手软!”小张说这话的时候显得很激动。

“小张，我们是维权，并不是想得到什么‘意外收获’。”万宝强说，“当我知道女儿出现的不良反应并无大碍，是可以慢慢修复过来的时候，也就没有找大药房麻烦，但是我建议大药房的总经理不要经销这种保健品，因为这种保健品的安全性还是存在一定问题的。”

“总经理会听你的建议吗?”小张说，“你不是自找难看吗?这同与虎谋皮有什么两样呢?”

“你确实厉害,你看穿了很多不法商人的内心世界。”万宝强说，“当时，这位经理经过‘反复考虑’，迫于我的强烈要求，还是把四勒浆下架了。但是，没过几天，总经理还是禁不住高额利润的诱惑，又把四勒浆重新上架了。我问其中原因，他振振有词地对我说，你家孩子吃了有问题，他家孩子吃了有问题，但是，毕竟这些问题不是‘伤筋动骨’的问题，只要停用几天就恢复正常了，再说还有人家孩子吃了这种保健品‘平安无事’。我卖保健品，有人买能赚钱就是我们的服务宗旨。我当时被他气得差点要吐血……”

“后来该没有出现与你家孩子相同症状的孩子吧!”小张问。

“如果就是两三例‘恶性’事件，那我今天就不会这么着急要你换下四勒浆了。”万宝强说，“就在十天之前，我到附近医院买一些感冒药，顺便到大药房转一下，看到这个总经理又碰到了一起服用四勒浆引起的‘恶性’事件……”

“这回绝对不能轻饶他!老虎不发怒，以为你是病猫呢!”小张说，“不要再说了，等以后再说吧，送考时间到了，我已经知道这种保健品的厉害了!今天真的谢谢你，你的提醒对我和儿子都有很大的帮助。”

“这是应该的，谁叫我是老师呢!”万宝强说，“因为，我对这种保健品的功用比你熟悉。如果当孩子疲劳的时候，服用一次无大碍，但是，今天是孩子高考的日子，孩子本身就有点紧张，你再用这种兴奋的保健品，说不定就会出问题!我希望你儿子高考能够顺顺利利!”

写到这里，我想起有一个名叫马丁的德国新教神父留下来的一首悔恨诗：初起他们追杀共产主义者，我不是共产主义者，我不说话；接着他们追杀犹太人，我不是犹太人，我不说话；此后他们追杀工会成员，我不是工会成员，我继续不说话；再后来他们追杀天主教徒，我不是天主教徒，我还是不说话；最后，他们奔我而来，再也没有人为我说话了。”

其实，在人生的漫漫长河中，肯定会遇到许许多多的“无知”，但我们应该知道，在前进的道路上，搬开别人脚下的绊脚石，有时恰恰是在为自己铺路。心疼别人，有时就是心疼我们自己。

二十七　真相常常与我们只隔一层膜

“后来大药房总经理拨通了该地区推销商的手机号码，那位推销商听了以后很惊讶!他说他在其他地方推销这种保健品，从来没有遇到类似的事情，而在这个地方，推销这种保健品还不到一年，就遇到四五例副作用很大的消费者，这让他感到很棘手!”到了考试地点，孩子考场找定后，万宝强又和小张聊了起来。

“推销商是如何处理这件事情的?”小张问，“出了这么多问题，他为什么还不愿意把这保健品清理下架呢?”

“你要知道，现在保健品推销商不到‘万不得已’情况下是不甘心就此退出这个战场的。因为，他们为了在这个地方打下‘江山’、获得上市的机会，往往要在这个地方倾注很多的精力和财力。据熟知药物营销的业内人士说，现在药物营销这里猫腻很大。当年这可是风靡一时的产品，号称从中华鳖体内提取了大量营养物质，配合传统中草药，能够益智健脑，补肾强身。当时的长跑名教练马俊仁公开宣传，他的弟子是喝了鳖精才能屡获金牌。于是，这个‘王八提取物’便风靡起来。后经曝光，哪里有什么鳖，全是合成的糖水。如果不曝光，还不知有多少人迷信它的神奇效应呢!”万宝强生气地说，“现在不少不法商贩首先考虑的是自己能不能赚钱，至于消费者的合法权益问题，他们根本就没有认真想过。”

“为什么我们国家主管部门不加大督查力度呢?”小张不解地问，“为什么不少假冒伪劣保健品流入市场得不到有效制止呢?”

“你这个问题很复杂!”万宝强痛心地说,“这里的原因非常多,具有关熟知保健品生产的人士讲,不少生产厂家大耍阴谋诡计,同样的保健品也有优劣之分,它们在外表上几乎看不出两样,国家药监部门来检查的时候,他们送去优质的,确保高效通过,等药监部门走后,他们就把优劣商品混在一起,每盒里面放入一些伪劣产品,甚至每盒里面全部都是伪劣产品,当然,他们在组装保健品的时候,还有很大的随机性。真是胆大妄为,置消费者生命健康于不顾,其嚣张程度并不比当年的希特勒差。”

“难怪,这些保健品有人喝了无事,有些人喝了就‘犯病’。”小张如梦初醒地说。

“这些不法厂家,他们打着国家安监部门优质产品的旗号,在保健品市场肆无忌惮。”万宝强说,“而不少经销商很难知道保健品的真相,他们认为自己所推销的保健品都是经过国家安监部门认可的,都是受到法律保护的,因此,他们在销售市场也是有恃无恐,胆大妄为。如果不出现几例恶劣事件,他们是很难知道事情真相的。”

“我永远都想不通,这些保健品都是给人吃的,而健脑保健品大多数是给孩子吃的,为什么那些不法商人要把罪恶魔爪伸向可怜的孩子,要知道这些孩子可是祖国的未来,民族的希望啊!”小张非常感慨地说,“难道他们的良心真的被狗吃了吗?”

“我的张妈妈、张太太,如果全世界所有人的心都有你这么善良、这么纯洁,那世界还有弄虚作假、尔虞我诈、钩心斗角、贪赃枉法、坑蒙拐骗、狼烟四起的事情发生吗?”万宝强无可奈何地说,“你应该清楚,世界上不少不法商人,他们所从事的商业活动,首先考虑的就是盈利,至于消费者的安全问题,他们往往睁一只眼、闭一只眼,只要不是立即给人毒死,就是有太大的副作用,他们也会背着良心,继续他的商业之旅，真是可恨、可恶!”

“你说的不假!”小张若有所悟地说，“雪白的猪蹄，那是用稀硫酸洗的;喷香的火腿肠那是病死猪肉做的;那些臭气熏天的地沟油也能够成为提炼色拉油的原料;百年老店上海冠生园食品企业，竟然也做起坑害消费者的勾当;品牌三鹿奶粉也能含有危害人体的三聚氰胺;还有麦当劳福喜事件，人心真是太险恶了!”

“这难道是危言耸听吗?不!这就是天下攘攘皆为利来，天下熙熙皆为利往的真实写照。可恨!可叹!可悲!”万宝强补充说，“我们眼睛看到的、耳朵听到的、心里想到的未必都是事情的真相。”

“后来这件事结局怎么样?”小张问。

“这位四勒浆的推销商虽然在心里很胆怯、很惊讶，但是在表面上还是善于保持特有的矜持，大有临危不乱的大将风度。”万宝强学着推销商的样子说，“这是不可能的，我卖了这么多年的四勒浆根本没有出过任何差错。上次那一件事情，我敢断定绝不是四勒浆的问题，而是你纵容了那个别有用心的家伙。现在好了，由于你的仁慈、怜悯心太强，使那些因为头痛发烧感冒的孩子有了充足的借口，明明是有病出现的症状，偏偏用四勒浆的借口来戏弄我们。请你一定要收起你的怜悯之心，要知道我们的制药厂是经过国家药监部门审批过的，是符合上市标准的，是绝对不存在任何问题的，即使是现在出现一些不良反应，那也是正常的。”

“世界上还有这么无耻的人!”小张无奈地说，“如果是一家孩子出现这种症状，那倒有可能，现在出现多起类似的事情，这推销商还能说出这等没良心的话，真该入地狱才对。”

“只要过一段时间，这些不良反应也就会自动消失……请你转告那个消费者，叫他大可放心地让孩子使用，绝对不会再出现类似的不良反应。我们这些保健品是参加七大洲八大洋保险公司保险的产品，就是出现一些问题，七大洲八大洋保险公司会为我们公司承担任何损失的。我的经理先生，你何必这么胆小怕事呢?要知道你的胆小怕事会给你的信誉带来损害的，同时也会给你的经济效益带来损失的。你应该清楚我们不是慈善机构，你应该清楚自己是一个商人，是一个需要获取经济效益的商人，绝不能被眼前那些虚假的表象所蒙蔽。”万宝强喝了一口矿泉水，继续学着推销商的口气说，“当然，我们也要认真地处理好我们与消费者之间的关系，我相信你说服顾客的本领，只要你认真地动一动脑筋，你一定会圆满地解决问题的。”

“难道这件事又这么稀里糊涂地了事了吗?”小张不解地问。

“那又能怎么样呢?这种保健品又没有使我女儿留下残疾。一天后，我女儿就恢复正常了。再说，不到‘万不得已’的情况下，我是不会到有关部门去维护自己合法权益的，打官司耗时费力。”万宝强沮丧地说，“当然推销商向大药房经理说的话不可能让我听到的。不然的话，我认为精彩的好戏也许会上演好一段时间的。好在我是一个做事不喜欢过分认真的人，在得到总经理的一点小补偿后，也就没有继续追究下去。”

“又是一个不愿把真相揭穿的人!”小张感慨地说，“关键时候掉链子。一点小惠就把嘴巴封住了。看来，这个世界真的很难太平!”

让孩子健康地成长，让孩子服用的保健品真相大白天下就真的那么难吗?

我曾经就学生使用大脑保健品做过小小的调查。50户伴读家庭中，用过大脑保健品的有 32户，其中反映很好的有 6户，反映还可以的有10户，反映“随大流”、不知好坏的有 10户，直接反映不能用的有 6户。虽然说这个数字带有片面性，但是，我还是从中得到一些比较客观的结论：这种保健品一定要因人而异，用户一定要知道这些保健品是不能长期服用的，用户一定要明白这些保健品往往是带有兴奋神经功能的，对假冒伪劣产品一定要斗争到底!

如果我们的孩子真的要服用这些保健品，一定要到“大医院”去询问医生，多听一听专家的建议。因为，这些带有刺激性的保健品往往不是任何孩子都能够服用的，它的效果往往取决于这个孩子的体质。

我也曾经走访过地方名医，他们也建议少吃一些大脑保健品。他们认为这样有利于孩子大脑的正常发育，有利于孩子学习的正常进行，有利于孩子学习情绪保持常态化。原因就是正常的人在正常的生活条件下，大脑摄取营养的时候，基本上满足正常的消耗，根本就不需要补充额外的营养。

就是学生在学习的时候感到疲惫，那也是较为正常的现象，我们做父母的大可不必紧张。要知道年轻人恢复体能的能力是非常惊人的。有人说年轻人不管疲惫到什么程度，只要一觉醒来，浑身就有使不完的力量。

医生还建议处于血气正在形成中的读书人，应该把自己的主要精力放在学习上，不要胡思乱想。尤其在对色情的迷恋上，千万不要涉足。因为，现在的年轻人，由于从小娇生惯养，对读书这些比较辛苦的事情缺乏足够的兴趣，再加上自己没有足够的自控力，这些孩子很容易迷恋那些若即若离的色情游戏，那可是害人游戏!一旦陷入其中，孩子肯定每天都会感到身心疲惫、精神萎靡、头昏目眩，甚至还会使孩子每天都感到在漩涡里面挣扎：学习关系到自己的前途，情感关系到自己的快乐，身体又使人感到力不从心……孩子很想从保健品中寻找补救的良方。可是，现在上市的保健品是绝对不能满足因为“泛情”而造成的身体亏空的。

有一位对孩子健康成长方面很有高见的名医告诉我：对于现在孩子的学习，我们家长不要担心自己的孩子不够聪明，只要你的孩子没有先天性的智力障碍，就可以顺利地完成现在的读书任务。因为现在的孩子绝大多数都过着衣食无忧的生活，现在再差的学校食堂伙食，也比“文革”时期条件好，根本就不需要考虑孩子的营养问题，食堂的饭是绝对能够满足孩子长身体需要的。我们的家长千万不要在这方面去多动脑筋!因为我们在这方面动脑筋很容易使我们的孩子养成一种挑肥拣瘦的坏习惯，很容易使自己的孩子沾染上好吃懒做的坏毛病。我们的家长一定要把自己的孩子当作正常的人来看待，千万不要把自己的孩子当作“小皇帝”“小公主”。

我也曾经为此走访一些资历较深的教育专家，他们对孩子的教育都有很多独到的见解。他们普遍认为:一个正常的孩子只要在读书方面始终如一，没有其他不良的嗜好，在读书方面肯定会有很大成功的。如果我们家长违背孩子正常的生长规律，刻意提高学生的生活待遇，这样时间一长，他们就会真的变成要人伺候的“小皇帝”“小公主”了……要知道“小皇帝”“小公主”那可不是好伺候的主……他们一旦养尊处优惯了，他们的进取心理就会逐渐被贪图享乐这个蛀虫蚕食干净。到头来我们会尝到自己种下的苦果，我们的孩子也会变成娇生惯养的牺牲品。

所以我们的老师、家长，一定要注意孩子思想状态的变化，一定要及时地了解孩子的心理动态，密切关注孩子的思想变化。这样要比直接关注孩子的身体要高明得多!要高效得多!现在的孩子，导致身体上的虚弱，绝大多数不是吃饭营养跟不上，而是许多孩子有不良的嗜好(特别是那些挑食、迷恋黄色网站、吃不健康零食的坏习惯)，它们对青少年的危害确实要算是罪魁祸首了。

因此，一个正常的孩子不管是中考还是高考，它们根本就不需要什么大脑保健品的，即使需要也是微量的。我们的家长千万要注意孩子的思想变化，注意孩子的心态变化。一个心态不健康的孩子，你就是给他买全世界最好的大脑保健品，也是徒劳无益的。

我记得庄子曾经在《庄子·田子方》中这样说过:“夫哀莫大于心

死，而人死亦次之。”也就是说，一个人要想取得事业的成功，必须胸怀大志，没有雄心壮志的人只能自生自灭，那是任何努力都无法企及的。

现在不少孩子家长，他们对孩子的关心往往很盲目、很浮躁、急于求成，认为现在的孩子学习太辛苦了、动脑筋太多，因此他们就盲目地对孩子下结论：孩子脑筋不够用了，大脑肯定缺少足够的营养，不给孩子买一些保健品那绝对是不行的!如果这个时候，不去给孩子买保健品就是对孩子不够关心!并且普遍认为只要给孩子买一些大脑保健品，孩子的学习成绩就会得到大幅度提升。其实，他们根本就不懂得什么叫真正的关心!根本就不知道导致孩子不能健康成长的真相!

要知道这些大脑保健品也是药物呀!常言说得好，是药三分毒! 更有甚者，还有不少父母，在给孩子买保健品的时候非贵不买，认为只有价格高的保健品才是营养丰富的。殊不知药物的贵贱不在于价格的高低，而在于它是否能够对症。只要是对症的药物，即使价格非常低贱，它也是相当高效的。

更有甚者，有些亲戚朋友到家有学生的家里作客，总想带一些大脑保健品给孩子用，总认为这些保健品没有副作用，孩子多吃一些也无大碍。其实这些想法是幼稚的，是近乎愚蠢的。一个正常的人是不能吃保健品的! 因为，这些保健品会打乱正常人的生理功能，是对人的健康有害的。要知道一个非常健康的身体是绝对不能靠保健品来打造和维持的。

前些日子，由于我县实施省教育现代化创建工作，我们学校配置了大量的白板。学校老师无不为之欣喜。但是，我校第一次培训“白板教学”的时候，不管培训老师如何调试，白板就是昏黄不清。后来喊微机老师来修理，结果微机老师又修了一个多小时，白板仍然不见起色。微机老师急得满头大汗。

老师们义愤填膺地说，这白板质量真是太差了。坐我旁边的老师说："你看白板靠边那儿有点不对劲啊！"我走上讲台，在白板靠边的地方一抠，结果揭下了一张薄薄的透明膜。原来培训老师是在保护新白板的塑料膜上进行调试和教学！难怪微机老师修理了两个小时也没有把白板修理好。

人总是说"眼见为实"，可是我们几十位教师眼睁睁愣没看出来。原来我们的猜测、判断、结论都错了，事实的真相离我们只差半毫米，只隔了薄薄的一层膜。其实，在素质教育和家庭教育的今天，我们产生很多的误会、偏见、谬论和愚昧往往就是我们对事物缺乏科学的认识而造成的，其实我们和事实的真相之间常常隔着薄薄的一层膜。

二十八 求人不如求自己

有人说，在现行的江苏高考中，成也数学，败也数学，这话是很有道理的。因为，语文是工具书，考生天天在用，自然好生和差生的语文成绩相差不大，得高分难，得低分也难；英语对苏北考生而言，向来就是弱势科目，普通考生想拿高分实在太难，普通考生只能考在九十分左右，对高考成绩影响不是很大；而数学不同，好生和差生可以相差百十分！

上午，万宝强女儿从考场出来的时候，很高兴，显得非常轻松。万宝强认为，语文这门课，考生考好考坏出了考场也往往很难知道自己能考多少分，因为，语文考试，考生在考试的时候往往有话可写，很少有不能做的题目，所以，万宝强对女儿的心情没有太在意！

关键是今天下午的数学考试！如果女儿也能像上午考语文那样，非常轻松地走出考场，那今年的高考应该是成功了！万宝强心想。

由于下午女儿考数学，万宝强对她很不放心。他便通过自己内侄儿弄来一张高考带考证，小心翼翼地挂在身上，考点工作人员以为他是送考教师，他便一路领着女儿，千叮咛万嘱咐，一直把女儿送到考场门口。

说来太巧，就在考前十五分钟，他遇到了一件百年难遇的事情。他万万没有想到女儿考场的两位监考老师都是自己的熟人。一位是自己的亲外甥，另一位是自己的得意门生。

原来万宝强的外甥今年在僻远的乡镇高中任教，并且任教高二数学，今年他有幸被县教育局派遣来做二中考点监考教师。万宝强外甥知道高考是一件非常严肃的事情，所以他事先也没有把今天来监考的事情告诉自己的亲舅舅。他也不想让自己的表妹在这个重要的时刻分心。不曾想，高考第一天下午在考场的门口不期而遇，而且巧合得“一塌糊涂”！

他们在这里不好打招呼，只能用眼睛、脸色、手势说话……

我不是圣人，也不知道圣人这个时候能够想些什么。反正此时的万宝强和他的外甥都在不知不觉中想到了一件很难办到的事情。这事情就是如何为万宝强女儿在这样的关键大考中提供更多的方便。尽管万宝强和他外甥都是非常优秀的教师，都是对教育事业非常忠诚的教师。但是，此刻他们的内心也有一种强烈的自私欲望在驱使着他们。

万宝强有点情不自禁，他第一个想法就是如何让女儿在高考中得到“有益”的帮助。当然这种想法肯定不现实!因为他非常清楚，我国的高考制度对监考老师“帮助”考生的行为，处罚得非常严厉。但是……

面对这样一个千载难逢的机遇，万宝强和他的外甥心里都很矛盾。万宝强的外甥此刻心里非常清楚，如果自己为表妹提供高考答案，弄不好自己辛辛苦苦争取的教师工作也会作为惨痛的代价而葬送。对于高考作弊他向来深恶痛绝。可是今天面对这样的大考，面对血浓于水的亲情，面对这样千载难逢的机遇，还是让万宝强的外甥感到很为难。

如果在考试刚开始的时候，利用检查考生填写准考证号、座位号的机会，为表妹提供一点有价值的“信息”，还是不会引起别人怀疑的；如果在考试要结束的时候，再利用核实考生准考证号的时候，用手指暗示一些简单数学填空题答案，也不会引起别人怀疑的，万宝强外甥心想。

尽管万宝强外甥对高考作弊做法想得很充分，但是他还是存在一些胆怯的心理。因为他内心非常清楚，这种做法能够做到万无一失还是存在很大难度的。

自己虽然是监考老师，但是外面还有巡视员。更何况教室内还有几十双眼睛呢!再说他从来没有这方面的贼心，更没有这方面的经验，这是自己第一次做这样的事情，很容易出现意外，一旦出现意外，那是非常可怕的!往往会把人打入十八层地狱!万宝强的外甥内心在激烈地斗争。最终，他还是比较理智地选择了“坚强”。

尽管万宝强以前对诚信高考信誓旦旦，尽管对自己所从事的教育工作忠贞不贰。但是，遇到这种特殊情况还是“变节”了，此刻，他在极力争取自己外甥和自己的得意门生在高考中给自己女儿提供必要的帮助，顺利地考取理想的大学。哪怕用自己的美好前途、用自己辛苦争取来的工作去做代价，他也会心甘情愿的。

因为他知道自己女儿的成绩不太好，没有把握考取二本以上的大学。但是他也非常清楚，即使女儿考不到二本规定的分数线，也不会相差太多，总分最多不会少十分。十分在整个高考过程中，那是一个微不足道的分数。数学前面的两个填空题、英语试卷上的几个选择题、语文试卷上几个选择题。没有太多复杂的程序，只要监考老师一个小小的暗示，哪怕监考老师小手指轻轻地一点，大事就可以瞬间搞定。只可惜，能够圆满完成这项工作的人却非常稀少。

而眼前自己这个亲外甥有圆满完成这项工作的可能，为何不让他这方面做一次小小的努力呢?他很快把自己这种“聪明”的想法用手势传递给自己的外甥。他的外甥不住地摇头，希望舅舅不要在这方面动脑筋。

万宝强外甥心里非常清楚，自己是一个老师，绝不能丢掉老师的尊严。况且自己经常教育学生不要弄虚作假，不要违法乱纪，要刻苦学习，用自己优异的成绩迎接高考，自己可不能出尔反尔，自己可不能失信于学生。更何况即使自己努力做了，也不一定能达到预期的效果，这等于是在玩火自焚……何必让自己背上欺世的骂名!何必让自己做飞蛾扑火的行为呢!

但是万宝强此刻的心情是非常执着的。他认为眼前的外甥就是自己女儿高考顺利过关的救命稻草。他不愿丢掉这个千年难遇的大好机会。于是，他用央求的眼神告诉自己的外甥在考试过程中多寻找帮助的机会、多创造能够提供帮助的机会。

万宝强的外甥被舅舅的“眼神”看得没有办法，只好硬着头皮答应自己舅舅的无理要求。他用眼神示意自己的舅舅不要在这里逗留了，赶快到学校外面去。

万宝强的外甥向来对自己舅舅很尊重，但是，针对这件“掉脑袋”的事情还是不敢涉足。他只能用眼神来忽悠自己的舅舅，只能在表面上答应自己舅舅的要求。因此，他在舅舅离开考场的时候冲舅舅点了点头，示意舅舅放心，让舅舅认为他一定会帮助表妹的，一定会把帮助表妹高考这件事当成圣旨一样来完成。

其实万宝强的外甥内心早已拿定主意，绝不能在高考中做违法乱纪的行为，这既是在帮助自己，也是在帮助自己的舅舅和表妹。因为，这种“掉脑袋”的事情即使得逞了，也会让受益者终生背上欺世的骂名，终生都会受到良心的谴责。

其实这个时候，万宝强已经被眼前的“机遇”冲昏了头脑。他的正常理智已经被削弱了很多。他认为自己碰到这样的一个机会，实在是上天赐给女儿的最宝贵的礼物!如果随随便便把它丢弃，这实在是太可惜了。他想打电话给自己的外甥，但是他又不敢，因为，此时的外甥已经不是平时的外甥，他有重任在身，周围有无数双眼睛在紧盯着他……绝对不能任由自己性子做事，他要寻求万全之计……

我们都知道，要在高考中作弊，等于老虎嘴里拔牙，哪里有万全之计呢?他既不想让外甥为此事为难，又不想丢掉这么好的“帮助”机会，这件事确实让万宝强心烦意乱。

明知山有虎，偏向虎山行，此时的万宝强根本就不愿去考虑这种机会实现的可能性。因为女儿就是自己的天，就是自己的地，只要是对自己女儿高考有利的事情，他就会不假思索地去为之努力。哪怕这种机会有百分之一的希望，他也会认认真真、百分之百地去做这件事情。

对于做这件事情的后果，他现在已经不太在意了。他此刻的思维已经完全被一种莫大的魔力所支配，他已经到了自己不能控制自己的地步了。他确实太在意自己女儿的高考了!真心希望女儿能够在她表哥的帮助下轻松考上理想大学!

他走出学校大门，内心还在激动不已，认为自己女儿今天一定能够在贵人的帮助下取得圆满成功的。他早已忘记自己曾经面对国旗许下为人师表的诺言，他早已忘记遵纪守法的人生信条，他早已忘记诚实守信的为人准则。

难怪我国高考制度中明文规定，不准考生近亲做监考老师，这确实是很有道理的!

可是这种高考监考制度在执行的过程中，往往在资格审查环节做得很马虎。这也是我们教育工作者应该好好反思的地方。

有人说，现在高考是中国最后的象牙塔，也是中国人一直努力维护的象牙塔，它不仅仅以公平公正著称，更重要的是体现了人们内心那种唯美的追求。但是，当我们今天看到一位二十多年教龄的教师在育儿道路上的不齿表现时，我们应该明白坚守这座圣洁的象牙塔是多么的艰巨，是多么的不容易啊!

但是，我们作为堂堂正正的教育工作者，必须有一个清醒的认识，我们的国家，绝对是一个日趋完美的国家。一些社会渣滓，他们所上演的角色，总有一天会被世人轰出历史的舞台。只有诚实守信的、脚踏实地的、遵纪守法的人才会在社会上永远立于不败之地，最终成为真正的英雄而被世人称道。

如果这件事的主人公不是万宝强而是你，你会怎样对待这件事情呢?我们平时都是遵纪守法之人，但是，当我们遇到关系到子女前途问题的时候，为什么我们的一些正常思维，正常的世界观、人生观、价值观往往就会被打乱?我们的理智为什么往往就会瞬间“钝化”?我们崇高的理想大厦为什么轰然倒塌?我们为什么就会做出有悖于社会道德的事情呢?

这也许就是我们父母在家庭教育方面出现的最致命弱点!我们太爱自己的孩子了!让我们在爱孩子的过程中迷乱了心智，让我们在爱孩子中失去了做人的尊严!但是，我要说，这种爱绝不是真正的爱，绝不是健康的爱，如果我们不能彻底根除这种溺爱，那么，我们的这种溺爱就很可能转变成地狱之吻。

被舅舅再三叮嘱的外甥为什么会对舅舅忽悠起来?这也许就是我们教育工作者一种本能反应。假如你是万宝强的外甥，你又会如何选择呢?我们暂且不去讨论这件事的难易度，仅仅从社会的危害度去考量这件事!我们还会暗暗地佩服万宝强外甥的善意吗?

我们作为旁观者，对万宝强这样的剧变感到万分可笑。难怪有人这样说:一个再聪明的父母，一个再优秀的父母，在对待自己孩子的事情上，往往会表现出智力低下，尤其是在对待孩子的前途方面表现尤为极端。金钱、地位、自己的前途，甚至是自己的生命，都可以作为成就自己孩子的代价。

我们知道像万宝强这样的父亲，在对待孩子的问题上，甘愿冒天下之大不韪的，在我们今天这个社会里，绝非是个别人。最可恨的是，我们的孩子，在对待自己的前途方面，他们很少用一颗负责任的心，去理解父母的甘苦，去珍惜自己的读书机会。他们有时甘愿冒天下之大不踺，把自己父母那颗仁慈善良的爱心当作可以任意亵渎的皮球来踢。难怪对世事洞明的曹雪芹，在阅尽人间辛酸的时候慨叹：痴心父母古来多，孝顺儿孙谁见了！

我们的孩子呀，你们为什么不能用自己的良心对待父母的付出呢？要知道我们的父母绝对不会怪罪自己孩子智力低下，能力缺乏。如果你们有能力去改变自己的命运、有能力去征服眼前的困难、有能力得到你们所追求的美好，你们就不应该怕苦怕难，知难而退；就不应该在自己的前途方面表现得唯唯诺诺；就不应该一味地贪图眼前的舒适，把自己的大好前程荒废在碌碌无为的岁月里。

你们就应该发扬艰苦奋斗的精神，用自己顽强的毅力去克服自己能够克服的困难。这本身就是对自己父母的最大报答！要知道，你们强大了，你们快乐了，你们幸福了，你们的父母还会四处求人吗？

不久前，我在一本书中看到了一个关于佛教方面的故事：一名虔诚的佛教徒遇到了难事，便去寺庙求拜观音。走进寺庙里，才发现观音像前也有一个人在拜，那个人长得和观音一模一样。

“你是观音吗？”佛教徒非常虔诚地问。

“是。”那人应声答道。

“那你为什么还拜自己呢？”佛教徒很是不解。

“因为我也遇到了难事。”观音笑道，“可我知道，求人不如求自己。”

其实，在家庭教育和素质教育中，我们会时常遇到这样那样的压力和恐惧。对于有勇气的人来说，他们会把这些压力和恐惧当作是人生中的一种考验，想方设法克服并且逾越它；而对于那些懦弱胆怯的人来说，却会感到一种无法抗拒的威胁。他们想到的不是自己克服困难，而是期望借助别人的力量走出困境。这只能说明他们生命的懦弱！

我们试想一想，如果一个人把自己的命运维系在别人的手里，那么他的人生还有什么意义呢?因此，我认为，只有在那些进退维谷的困境中，能够保持清醒头脑、能够不改变自己美好初衷、能够拼命抓住生命的“树枝”，敢于向挫折命运抗争的人才是这个世界上真正的英雄!凡人之所以为凡人，就是因为这些凡人遇事喜欢求人!世上没有什么救世主，命运只能掌握在自己的手中!如果人人都有凡事求自己的那份坚强和自信，也许这个世界上人人都会成为自己的观音。

二十九　凡事不能太在意

万宝强下午送女儿进考场的时候，意外得知外甥、得意门生监考女儿数学，让他产生了许多不切实际的幻想。并且小声告诉女儿大胆考试，不要紧张。女儿似乎明白了爸爸的意思。

“女儿在考数学的时候，一定会得到‘无微不至’的关怀，这一点应该是无需质疑的。女儿如果数学能够考到一百四十多分，那么今年女儿就一定能考上一本，说不定真的考上南京大学呢！即使考不上南京大学，苏州大学应该是没问题的。”万宝强坐在山上一块光滑的石头上小声地自言自语，“女儿上午语文肯定考得不差，二百分的试卷，一百四十分应该没问题。”

女儿能够在这个时候遇到贵人，真是天赐良机!万宝强越想越高兴，心里难免产生窃喜。窃喜之余，女儿上午回家后那种怡然自得的镜头不知不觉又呈现在万宝强的眼前。

“今年的语文高考试卷和平时训练题的深度、广度差不多，没有什么不适应的地方，整个试卷做起来很顺手，不少题目都是以前做过的题目，仅仅是让考生回答问题的视野更开阔一些，没有遇到不顺手的题目，一切发挥正常。”女儿吃饭的时候，小声地对妈妈说，“让我有点意想不到的是，试卷前面的五个选择题竟然都对。之前，我在每次高三月考中，从来没有出现过。我认为这次考试总体上比平时月考语文成绩要好一点。”

万宝强和杨建云听到自己女儿如此的话语，自然心里很舒畅。但是，由于这是高考期间，所以他们没有渲染这种喜悦的气氛。只是要女儿到楼上的房间里好好休息一下，准备下午数学考试。

“你上午考得不错，爸爸妈妈为你高兴。”万宝强平静而小声地对女儿说，“下午还有更重要的数学等你考，现在你到楼上休息一个小时，到时间我喊你。”

因为万宝强女儿对上午的语文考试感到较为满意，所以她吃过午饭便心情舒畅地上二楼休息、复习去了。

女儿那种乖巧懂事的样子着实让万宝强和杨建云感到由衷的欣慰。他们觉得女儿真的长大了。

“要是我们女儿刚进高三的时候，都能够像今天这样好心情，不要说考上一个普通的二本，就是考上国家重点的一类本科，也是十拿九稳的事情。”万宝强看着女儿上楼的背影，小声地对杨建云说，“以前那么多不愉快的事情也是绝对不会发生的，我们现在也绝不会为女儿考不上二本而深深担忧了。”

“赶快把厨房的门关上，说话声音再小一点，你的大嗓门哪天能改掉!”杨建云说，“你不要说那么多废话好不好?我到现在都弄不明白，为什么女儿以前对自己前途就那样糊里糊涂?为什么不去认认真真地思考自己的学习问题，专门歪着脖子跟我们去争吵那些无关紧要的事情?火箭班虽然好，但是已经成为泡影，又何必做那么多无谓的牺牲呢?她为什么不明白强扭的瓜不甜的道理呢?她为什么对不能改变的事实还会产生那种不撞南山心不甘的思想呢?”

“弄到那种地步，这是谁都不愿看到的事情。我现在想想自己真的感到很内疚。如果通过找关系，把女儿弄到火箭班，也不会让女儿受那么多窝囊气，也不会让女儿的学习成绩出现那么大的退步。”万宝强有点懊悔，但是很快为自己狡辩道，“我是一个老师，内因决定外因的道理我还是略知一二的。女儿学习成绩倒退到考取二类本科都没有把握的地步，她本人是有很大责任的。如果女儿能够有一种较为随和的心态，把自己没有被学校领导选进火箭班的那种烦恼心情，转化成为内在的、愈挫愈勇的精神动力，自然就会避免那些不应该发生的事情。”

“不要说了。你永远都认为自己是对的，你永远都不会认错的……你总是认为导致女儿成绩大滑坡的主要原因不是你，而是我们的女儿……你这种永不认错的毛病，真不知道什么时候能改掉。”杨建云有点生气地说，“看来，你是走火入魔了。”

“我怎么会走火入魔呢?自古内因决定外因，这个道理你比我清楚。”万宝强笑道，“那些时候，女儿应该积极地配合自己的父母，敢于直面那些很难改变的事实，应该拿出足够的勇气去迎接挑战，应该勇敢地承担起艰巨的高考重任，应该勇敢地担负起新环境所赋予她的新使命，绝不能一味地沉迷于那种小小的挫折之中，把自己应该得到的幸福白白地葬送掉。我到现在也不明白，女儿为什么会那么固执!竟然把自己的美好前途当儿戏，这实在是太可惜了!”

“你为什么不能设身处地从女儿的角度考虑实际问题呢?我们暂且撇开任课教师素质问题，就从县城中学班级的拥挤情况考虑:一个是三十人组成的班级，一个是八十二人组成的班级。我问你，你乐意上哪个班级?”杨建云愤愤不平地说，“你不要饱肚不知饿肚饥、坐着讲话不嫌腰疼。有更好的条件，女儿凭什么不能争取啊!”

“可以争取，但是不能固执!”万宝强笑道，“当知道事情已经到了无法逆转的时候，应该学会放手才对，要知道把不能实现的事情抓得越紧，往往对自己伤害越大。”

“你应该清楚，我们女儿也是学习文科的，自然明白内因决定外因的道理。”杨建云说，“在找人帮助女儿调班这件事上，你应该清楚，你就是解决问题的内因，所以女儿有理由认为自己高三成绩大滑坡的主要原因不是自己的无知，而是爸爸没有做到一个爸爸应该尽的义务，不能在自己女儿遇到挫折的时候去认真地思考解决问题的策略，而是一味地偷懒，一味地不作为。你要知道，当时连我都认为：只要你愿意抽出点时间，就能够瞬间挽救困局，因此我认为以前的‘杰作’就是你的功劳。”

“我可没有那么大本事！”万宝强赶忙解释道，“这完全是你们误会我了！我仅仅是想表达自己愿意和女儿一道来解决问题的诚意，我对自己能不能得到同学、亲戚的帮助没有足够的信心，你们应该能够理解我的苦衷。”

“你不是经常在女儿和我面前炫耀你有多大本事吗？”杨建云没好气地说，“你曾经跟女儿说过，你有几个同学、亲戚是当官的，只要你去找这些同学、亲戚帮忙，这点小事根本就是小菜一碟，你要知道，你在女儿面前就是天、就是靠山，你说的话，女儿肯定会较真的，这个道理你比我清楚。既然你在女儿和我面前已经把‘空气’放出去，为什么就像无雨的空雷，光听到噼里啪啦地响而见不到实际的雨点呢？”

“你光知道请人帮助做事，你知道现在请人帮助做事可不是磨磨嘴皮就行的，即使是同学、亲戚也不行！以前买包烟、买点水果，百十元钱就能够搞定，现在，屁大点小事，不花三五百块钱，你根本就过不了关。”万宝强继续说，“你忘了，去年，我去办街道房子房产证，什么手续都齐备，就是办不了，我到镇城建所跑了六趟，到所长家里三四趟，就是没有效果，而那个所长就是我同学的侄女婿，同学打招呼也没有用，结果还不是买了一箱价值五百多元的双沟酒，才把房产证拿到手。还有我妹妹家孩子考上大学，到村支书那里写个证明，不花五十块烟钱，就是盖不了章，现在办事，往往认钱不认人，遇到这种情况真是太多了！”

“我不想听你这么多废话，如果你不想办事，想找借口还能找不到吗?”杨建云针锋相对地说,“现在做事,我们不是怕花钱,关键是我们不愿迈开那个脚步,我不是心理专家,但是我能够猜中你的心事。凭你良心说,我的话有没有说中你的心头病?不要在我面前耍嘴皮,你的花花肠子我还能不懂吗!说白了就是你懒字当头!”

“你以为去找人做事是一件很体面的事情吗?尤其是做这种证明自己孩子无能的事情,更会让做爸爸的下不了手,张不开嘴,迈不了腿。”万宝强万分无奈地说,“谁都有自尊,谁都要顾及三寸半的脸,这种进退两难的心境,你不能不理解。我曾经多次在深夜思考这个问题。我在深夜下定的决心,往往在第二天准备付诸实施的时候,就被强烈的自尊心拦住了。你说,这种煎熬痛苦不痛苦?当然,这种痛苦只有亲身经历才能体验其中真滋味!”

“你光知道自己痛苦,我问你有没有考虑到女儿那个时候的痛苦呢?”杨建云无奈地说,“我到现在还是搞不懂,你为什么眼看自己女儿的成绩直线下降,就是不愿放下自己的臭架子,到同学和亲戚那里去说说,请他们帮助女儿一把呢?说得更直接一点,就是你当时不了解女儿内心痛苦的程度,就是你对女儿的学习没有足够的责任心。应该可以这么说,导致女儿成绩直线下滑的最大‘功臣’就是你!你知道吗?”

“好了,你不要再责备我了!”万宝强挣扎地说,“自古吉人自有天相!女儿上午语文考得很好,很能说明这个问题。”

面对这样的爸爸、这样的妈妈,我们作为旁观者还有什么好说的呢?公说公有理,婆说婆有理,没有一个能从自身的角度去考虑解决问题的策略,总想在狡辩中为自己的责任开脱,这绝不是家庭教育的正道!我们应该清楚,孩子学习成绩的提高,其关键在于孩子的勤奋努力,别人都是外因。

作为孩子应该理解父母的操劳、理解父母的难处、体谅父母的一些小失误。要知道父母对子女的教育往往是百分之百善意的,都是为了子女健康成长的，他们的出发点都是想帮助子女朝着理想目标迈进。

如果我们做子女的发现父母有言过其实的毛病、有偷懒不负责的倾向，就应该向父母提出善意的建议，要求他们努力改掉，但绝不能对父母抱有对抗的情绪，应该设身处地为父母想一想，他们绝不是圣人，也只不过是普通的凡人，他们炫耀自己的虚假能力，实际上就是想在你们面前隐藏自己的真实无能，你们一定要学会辨清真假，绝不可一味当真；面对那些无法克服的困难，你们一定要学会冷静思考，学会转换角度去考虑问题，积极寻找解决问题的突破口，绝不能一味地用苛求的眼光去看自己的父母。父母对你们遇到的问题往往不是不管不问，而是努力地寻找有效的解决方法，如果他们没有去做，肯定会有自己的难处；有时在你们面前放大话，往往是一种万般无奈的借口。我们做子女的应该学会宽容，力避和父母发生无休无止的争吵，要知道争吵的唯一结果只能是两败俱伤。

作为父母亲也绝不能在孩子面前大放厥词，使自己孩子心绪难静，自己能够做到的事情才能对自己的孩子承诺，而不能做到的事情千万不能说，要知道，在孩子的眼里，父母就是圣人，圣人的嘴里是无戏言的。

如果我们做父母的，不能严守这个法则，我们的孩子就会把他们眼里的圣人逐渐淡化。就会把他们对你们的尊重慢慢地演变成为对你们的愤懑，进而你们就会演变成孩子眼里不受尊重、欣赏的“零余人(郁达夫语)”。

我们应该清楚，一旦我们做父母的在孩子心目中的地位发生了质变，那么我们在孩子面前说话的分量就会大打折扣。到那时，我们做父母的再去和孩子沟通，肯定会引起一些不愉快的冲突。

所以，我们做父母的，在头脑里面一定要有平等、尊重的意识，孩子也是一个活生生的人，也是需要父母尊重的人，他们也有和我们一样健全的人格，我们平时说话做事的时候，一定要放下自己的架子，一定要和孩子坦诚相见，绝不能耍家长的牌子。要知道家长制的观点，在现代文明社会早已失去了它存在的市场。

我们做父母的，在孩子面前做错了事情，也是常见的，因为我们做父母都不是天外神仙，都是普普通通的凡人，如果我们做父母的做错了事情不能主动地和自己的孩子沟通，不能主动地承认自己的错误，总是想在自己的孩子面前摆出做父母的威严，其结果只能是适得其反，时间一长，我们就会失去做父母的威严，必然会导致亲情的淡化、疏远，这是绝对不利于孩子健康成长的。

我国著名教育家季羡林曾经说过，连孩子都不愿与之交流的父母亲，绝不是称职的好父母。我认为这句话应该成为天底下所有父母的警示语。

写到这里，我想起一个小故事：著名画家张大千先生是一个长着大胡子的人，浓密的胡须铺垂近腹。据说有一个人见到他顿生好奇，问："张先生，睡觉时，您的胡子是放在被子外面还是搁在被子里的呢？"张大千先生一愣："这……我也不清楚。是啊，我怎么没有在意这个问题呢？这样吧，我明天再告诉你。"晚上就寝，张大千先生将胡子搁在被子外面好像不大对劲；收进被子里面又觉得不自然。折腾了半宿，都不妥当。这一下他自己也犯起愁来，以前这可不是问题呀，现在怎么成了一件头疼的事情呢？

张大千先生的烦恼源于平常熟视无睹的小事引起了他的关注。在家庭教育和素质教育的今天，我们为什么会有那么多这样那样的烦恼，很多家长、老师总是抱怨孩子不听话，自己教育孩子实在太累了。我认为，这是在教育孩子的时候，很多父母、老师人为地在自己身上加压造成的，我们凡事太在意了，太在意孩子高考分数了，太在意街坊邻居、同事的评头论足了，太在意孩子一次意外小挫折了，太在意孩子身上的一点缺陷了，太在意孩子将来的前途了。要知道，我们都是凡人，烦心事、挫折、痛苦就像身上的污垢，去了还会来的。孩子遇到一点挫折、痛苦、烦心事都是生活的常态，要知道受挫也能够教育孩子，也会让他们产生“抗体”。人生总会有烦心事，睁开两眼历历在目，闭上双眸空无一物，倘若凡事都太在意了，又怎能不让人负重前行呢？

三十　走出自己喜欢的路

万宝强坐在一棵树下，还在为今天遇到贵人感到高兴。

“真是命中有时终须有，命中无时莫强求。”他暗自慨叹道。向来不相信宿命论的万宝强也开始对自己的信仰动摇起来。这幸运来得太容易了！可是，命运偏偏喜欢作弄人……

为了把这次数学考好，万宝强对女儿考试前的准备工作很认真、很充分，凡是他能够想到的都努力做到。整个中午，他显得很疲劳。但他不敢打盹，更不敢到床上睡一会儿。因为，他认为这个时候坚持一分钟胜于平时一个小时，坚持一个中午等于给女儿一辈子的幸福。

“今天下午气温太高，我只给你准备小半瓶黑牛饮料，仅仅是几口而已，因为这黑牛饮料是一种有较强兴奋作用的饮料，在考试的时候是绝对不能多喝的。”女儿准备上车的时候，万宝强特别关照此事，再三嘱咐她对黑牛饮料要慎重饮用。

“好的，这种饮料我以前用过。”女儿轻声地对爸爸说，“爸爸放心，我会小心饮用的。”

“知道就好，这是高考，不是平时，你可要特别谨慎为好。”万宝强谨小慎微地说，“如果考试时候感到有点疲劳，你就喝一口饮料，让自己提提神。如果没有疲劳的感觉就不要喝。这饮料就相当提神剂，喝多了很有可能让你太兴奋，很难静下心来做题目，请务必注意！”

万宝强的再三叮嘱，自认为女儿已经牢记于心，可是他女儿对爸爸的话根本就没有放在心上。她在进入考场的时候，由于嫌手里拿的东西太多，便想把爸爸为她准备的那小半瓶黑牛饮料丢在外面，但是转念一想：不对，这是爸爸特地为我准备的饮料，不能丢在外面。

还是把它喝下肚再说，这种饮料以前我喝过几次了，没有什么不良反应，再说这是饮料，又不是毒药，让我考试时有点兴奋也好，免得我考试时没精神，万宝强女儿心想。

想到这里，万宝强女儿便把那小半瓶饮料全部喝了下去。

万宝强女儿开始答题的时候，没有什么异常，可是当遇到稍微难做的题目时，就情不自禁地紧张起来，她极力地克制这种紧张情绪，用五指梳理几下头发，想让自己头脑清醒一下，可是效果并不太理想。以前，自己碰到情绪紧张的时候这招很灵，可是，今天有点例外。她又张开嘴巴，做两次深呼吸，这才使自己紧张的心情稍微平静下来。

随着后面试卷题目的难度加深，万宝强女儿刚刚好转的平静心情又开始紧张起来，她便开始重复做深呼吸动作，可是，效果还是不太明显。她望了望两位监考老师，他们根本就没有帮助自己的意思。心想，即使他们有心帮助自己，也不敢贸然行事。她意识到这样下去，可能会导致考试时间不够用。她赶紧看了看手表，发现时间不多了。她不敢再耽误时间了！由于她的紧张心情还没有调整好，所以一遇到难题便加重了她的心理紧张程度，很难让她冷静思考问题，这使她答题思路显得有点乱。

时间在一分一分地过去，眼看考试时间只剩下半个小时了，万宝强女儿看看试卷，前面有两个中等题目只做了一部分，而后面两道大题目还没做，这无疑更加重了万宝强女儿的紧张情绪。她越发心慌意乱起来，无法冷静下来，做着这道题，想着那道题，一些平时能够做对的题目，因为她过于紧张而无法做对，她失误的分数比平时明显增多。

平时她对数学这门课很有信心，应该说，数学这门课是她高考所有科目中基础最为扎实的优势科目。可是今天，她显得不知所措，不仅看不出优势所在，还暴露出许多弱势。只要做稍难题目时，她心里就有一种莫名的冲动，内心很难平静下来。一种莫名的焦急、烦躁、恐慌不时从自己火烧火燎的心里直冒出来，使她难以抗拒。

到了考试最后十五分钟的时候，她的头脑不在冷静地思考问题，而是在责怪自己为什么这么简单的题目都无法做出来?她看了看表哥，表哥满脸的无奈;她又看了看爸爸的得意门生，得到的答案仍然是无助。她在内心责怪自己的表哥、爸爸的学生为什么不来帮助自己。

当她看到数学试卷后面两道大题目只做了一点点的时候，她的烦躁更是难以控制。最后，她不再责怪自己，而是从自己内心深处痛恨起自己父母亲了，恨他们对自己女儿的前途漠然置之，责怪他们亲手拿“药”害自己女儿。

到考试就要结束的时候，她手中的笔已经不听使唤了。到考试结束的时候，她两眼紧盯着最后两道大题目，已经完全呆住了。连考试结束的哨声她都没有听见，就像一座雕塑静止在座位上，一动不动，她完全被这残酷的现实蒙住了。这无疑是给对数学寄予厚望的、初次高考的她当头泼了一盆冷水，结果，万宝强的女儿把数学考得一塌糊涂。

试想一下，如果考生处于这样的考试状态还能够把考试考好，那真是神人了，从今天考试结果来看，今天万宝强女儿的数学成绩至少比平时少考二十分。

考试结束后，万宝强的女儿好大一会儿才缓过神来，她神情凝重，呆坐在座位上，一种万念俱灰的感觉袭上心头。她想趴在桌上好好地痛苦一番，但是不敢哭，害怕周围的同学、老师笑话她。她强忍失落与痛苦的情绪，一种从来没有过的失望情绪一下子充满了她全身，连班主任老师吩咐考试后把准考证集中上交的事情都给忘了。

大约考试结束十分钟过后，她和一个负责锁门的老师一起离开了考场。她随着逐渐稀少的人群缓缓地挪向学校大门。

万宝强早就在学校大门口寻找女儿的身影，远远地看到女儿那种魂不守舍的样子，他已经意识到自己的女儿肯定考得不理想。但是他还是微笑着迎了上去。他希望自己并不灿烂的笑容能够给女儿带去一丝慰藉，带去一点痛苦后的快乐。可是他的女儿并没有接受爸爸的笑容，见面后一声招呼都没有打，只是默默地、掉魂似的朝出租车走去。

万宝强看到女儿这个样子，内心也很沉重，但是他不敢把这沉重的心情表露出来，嘴角仍然露出笑容，他更不敢与女儿搭腔，只能无声地跟在女儿的后面……

万宝强看到其他家长和孩子有说有笑地攀谈着，心里更是说不出的难受。他知道这次考试对女儿的人生将是一次较大的打击，要想使女儿还能够保住三本的话，女儿必须彻底地放下包袱，必须高度谨慎，全力以赴明天下午的英语考试，绝对不能再有半点疏忽马虎的事情发生。只有这样，女儿才有可能实现进三本院校的愿望。

我们都知道，一件事情如果你越是想做得尽善尽美，那么你头脑里的那根“弦”往往就会绷得越紧，你在做事的时候就越不会产生半点放松心理。越是没有放松心理，那你也就绝对做不好这件事情。

这种恶劣的现象如果表现在人的脸上，那这个人脸上肯定是青一块、紫一块；如果表现在人的行为上，那么他所做的事肯定是颠三倒四的，绝对不可能顺顺当当地做好，并且还会让当事者产生一种压抑、痛苦、烦恼的感觉。

半路上，女儿的班主任突然打电话给万宝强，说他女儿考试后没有按照要求把准考证交到他那里。从电话里的语气来看，班主任显得非常着急，并且在电话里埋怨起他女儿来。

“你的女儿真是太任性了，真让我找的好苦啊！”班主任诉苦道。

“对不起！让您费心了！女儿回家后，我一定好好教育。”万宝强安慰班主任道。

万宝强此刻既理解班主任心情又理解自己女儿的心情。班主任遇到这种特殊情况肯定非常着急，因为他要求本班级学生的准考证都交到他那里，既可以了解考生的考试情况，又可以知道下次考生是否准时来到考场，即使遇到一些特殊情况，班主任也可以因为事先得到具体信息做到早发现、早处理、早解决,尽可能把那些不利事件消灭在萌芽状态。班主任这种非常负责任的做法也是学校、家庭普遍认可的，比较合理的做法。

可是这种比较合理的做法，在考生考得非常糟糕、近乎失控、情绪低落的情况下，也会成为一种近似残酷的行为。万宝强的女儿考后由于神态恍惚，完全忘记了学生考后到班主任那里集合这件事，她绝不是故意为之，而是，她那时的头脑早已被失败的阴影覆盖住了，完全沉浸在痛苦之中。

我想，即便万宝强的女儿此时头脑清醒，记起到班主任那里集合这件事情，她也根本没有什么好心情去会见同学、老师，因为高考数学考得不好就意味着今年高考成绩不会好，考后去见班主任、同学只能加剧自己的痛苦。这种心情我是可以理解的 。

因为，这个时候万宝强的女儿最需要的就是安慰、就是鼓励。我们作为家长、老师在这个时候一定不能用埋怨的话去埋怨孩子。要知道，孩子这个时候最需要自己慢慢地调节心情，外界一句责备的话往往会导致她精神崩溃。

回到住处后，万宝强没有抱怨孩子，只是说考过科目已经过去了，不需要再去考虑它。现在应该集中精力准备下一场考试，尽自己最大努力把下一场试考好，这样就可以弥补上一次的不足或失误，并且鼓励她好好复习，相信她会在下一场考试中做得更好!

其实，我作为过来之人，认为这样的话也最好不说，应该完全避开考试这个敏感的话题。因为，考试已经过去，说好说坏都于事无补，只能让考生产生不必要的情感波动，影响考生正常的学习和休息，对孩子后面考试往往有害无益。尤其在孩子考得不理想的情况下，更不要在孩子面前谈有关考试的问题!最好是选一段清新自然、充满温馨的歌曲，让孩子在优美的旋律中放松心情，振作精神，为后面的考试带来心灵的慰藉。

晚饭的时候，万宝强没有说一句话，杨建云没有说一句话，女儿也没有说一句话。一顿饭是在一种非常严肃的气氛中进行的。由于女儿没有话讲，所以万宝强夫妇也就不敢随便说话，很担心自己的话带着坏情绪，惹女儿不高兴，况且女儿明天下午还要考英语。如果女儿生气了、发点牢骚了，那必定会影响到英语考试成绩。

万宝强夫妇在这种既关心又焦虑的情况下，小心翼翼地陪着女儿吃完晚饭。其实，我们都知道这种不和谐的气氛对孩子的高考是极端不利的，况且人的情绪是会传染的，好心情不仅仅给自己带来快乐，还可以给你周围的人带去快乐;当然坏的情绪也不仅仅让自己痛苦，还能够给自己身边比较亲近的人带去沉重的心理负担。

所以从这一点考虑，我们必须学会理智地控制自己的情绪，多给自己的心情放假。这也许比你沉默不语或者夸夸其谈要高明得多、美妙得多。有时，我在想，现在农村中很多家长心甘情愿抛弃自己眼前很好的工作，专心致志地为孩子伴读，这实在是太可惜了，因为，这种付出不一定会带来好结果。

在县城中学中很多伴读的学生在父母无微不至的关心、照顾之下，顺利地考取自己心目中最为理想的名牌大学。但是，我敢说，也有不少伴读家庭两手空空而归。我的话绝不是空穴来风，它“真理性”很强。县城中学中，每年能考上“211”“985”国家重点本科院校的学生绝不是完全来自于租房伴读家庭。也有不少来自于县城中学的住校生。

当我们心平气和、冷静地思考过后，就会发现，我们看问题绝不能简单地下定论，因为世界上很多事情都有它利弊两面性。我们应该用科学的评判标准来分析具体的人或事，应该根据实际情况，绝不能用一个简单的“是”或者“不是”来“一刀切”。要知道世界上很多事情都会因人、因时不同得出两个截然不同的结果。

当然，凡事出现都会有它的因果，有一个好的“因”才会有好的“果”。如果我们事先对结果产生的原因分析不到位，不能审时度势、高瞻远瞩，那么其后果只能是可想而知的。

对于今天万宝强女儿数学考试失误一事，大凡有一点智慧的人都会想到其后果的必然性。小半瓶黑牛饮料真的有那么大的“毒”吗?答案显然是否定的。因为，我们的父母对孩子的高考太在乎了，在乎得已经超出理智的范围，这只能让孩子本已紧张的“弦”更加没有“弹性”了。

当孩子走进考场的时候，孩子紧张的头脑已经到了负荷的临界点，任何“风吹草动”都会让孩子偏离正常的思维轨道。在这家庭教育的舞台上，我们家长、老师就是这个舞台的导演，家长、老师的导演能力和精神状态直接影响孩子的舞台技能。

真是一盘不慎满盘皆输啊!我们家长、老师不要以为自己所做的一切都是对的，我们的一些“小聪明”也许就是孩子健康成长的障碍；我们的一些“投机取巧”也许就是孩子健康成长的杀手。因此，我们家长必须学会在喧嚣的角逐场上寻找到一方净土，寻找到一片宁静的天空；也必须学会在繁杂的琐事上忘却太多的功利，正视孩子眼前的挫折与无奈，多让孩子不堪重压的心灵释荷。这何尝不是一种教育的升华呢?

写到这里，我想起一个小故事：迪士尼乐园在即将开放时，施工部的工作人员正为如何连接各景点间的路径设计而一筹莫展。就在这时，他们接到主设计师格罗培斯的命令，撒上草种，提前开放。工作人员一时糊涂了，可是还不得不照做。

迪士尼乐园已经提前开放半年了，草地上被踩出许多宽宽窄窄、优雅自然的小道。施工部又接到格罗培斯大师的第二道命令：按草坪上踩出的痕迹铺设人行道。于是，迪士尼乐园没有设计图的路径，就在人们脚下踩出来了。在1971年伦敦国际园林建筑艺术研讨会上，迪士尼乐园的路径设计被评为世界最佳设计。

专家们很想知道格罗培斯的创意来自何方，他在庆功会上说出了一段话：当时我很着急，怎么能让各景点的连接最方便又最与众不同呢？一时想不出好办法，正在我左右为难时，我在法国西部乡村发现了一个奇怪的现象，那里方圆百里都是葡萄园，有一位老太太的自助葡萄园很特别，你只要在路边的箱子里投上五法郎就可以摘满满一篮葡萄上路，老太太没有办法才出此策，却想不到老太太的葡萄总是最先卖完。我觉得这种任其选择、顺其自然的做法别具一格，于是，我就让大家自己去迪士尼乐园走出自己喜欢的路。

其实，在家庭教育的舞台上，有些事情我们不能刻意要求别人按照自己设计好的轨道行进，每一个人都有自己的价值追求，刻意要求多了反而会束缚孩子的自然天性，给我们的孩子正常活动带来很大的精神压力。要知道，顺其自然才是最符合孩子天性的，也才是孩子最需要的。

三十一　别让愤怒亵渎神圣的教育

高考第二天，天空很难宁静下来，不时有几块乌云从遥远的天际翻卷过来，虽然时值初夏，但是气温已经达到三十六七度。老天似乎在有意考验这里的考生，还不时从乌云堆里面响起几声闷雷，这雷声似乎从老天爷鼻子里哼出来的，让人听了之后感到浑身的不爽。

人们躲在空调底下不愿出远门，即便如此，人们也会感到身体中的火气在向外涌。如果你不多喝点水给自己多汗的身体降降温，那么你的小脾气就会像沸水中的气泡很难控制住。

第一天下午数学考后，万宝强女儿没有按照班主任的要求到指定的操场上集合，也没有把自己的准考证上交到班主任手中。就在万宝强和女儿一同坐车回家的路上，班主任先用手机打了一个简短的电话，向万宝强表达了自己焦急不安的心情和对班级考生认真负责的精神，接着他又向万宝强发去了一个短信息。

短信息的内容是这样的：万老师你好，希望你能够在高考期间协助学校做好你女儿的思想工作，配合班主任管理好孩子，绝对不能让孩子在高考中出现意外，并且希望你务必督促孩子保管好自己的准考证，以防把准考证丢失。祝你女儿高考顺利。

万宝强看完信息后，并没有立即告诉自己的女儿，他认为这点小事，还需要你班主任来重复吗？你把我们这些做父母的当成什么人了？你以为我们真是来这里白吃米饭的，要知道，我们在关心自家孩子方面要比你们班主任精心得多。

由于万宝强女儿数学考试不理想，心里一直很郁闷，所以万宝强不敢再去打扰女儿。吃过晚饭，万宝强见女儿心情渐渐平和起来了，他才对女儿“轻描淡写”地说:“刚才，班主任来电话，说这次高考数学试卷非常难，很多平时成绩特别好的学生都没有发挥好，尤其最后两道数学题更是难上加难，希望大家不要为这场数学考试不理想而丧失决战高考的斗志，一定要勇敢地振作起来，尽快忘记不快的心情，努力备战明天下午的英语考试，争取同学们在明天的英语考试中考出最理想的成绩。”

“是吗?班主任真是这样说的?”万宝强女儿听了爸爸瞎编的话，感觉心里好受了许多，便着急地问，“怪不得，我一拿到试卷心里就发毛，不少题型从来都没有见过，是不是今年的高考数学试卷超出考纲了?”

“那还能有假!既然班主任说今年数学试卷太难，肯定有不少同学向班主任诉苦。因此，我认为现在在家着急的考生绝不是你一个人，你又何必再去为此烦恼呢?你平时数学基础那么扎实，你考得不理想，别人会更不理想。数学考试结束时，学校大门口不少同学在埋怨今年数学试卷太难。至于超不超考纲，我们暂且不谈，说不定，你考的数学分数还是全班数一数二的呢!”万宝强极力鼓励女儿说，“我希望你忘掉今天所有的不愉快，调整好心态，今天晚上好好休息一下，明天上午再复习英语，现在，别的闲心你都不用操。”

此刻，万宝强认为这个时候绝对不能让自己的女儿分心。他更不想在这紧要关头去责备自己的女儿，以防止自己女儿现在顾虑太多，影响下面的三场考试。这种做法就相当于现在很多商场，极力讨顾客欢心，只想让“上帝”多光顾几次，多掏几次腰包，最终实现商战胜利。

因此，万宝强便把女儿班主任的“愤怒”进行艺术加工，弱化成简单的“友情提醒”；把班主任的“友情提醒”进行更人性化的处理，强化成温暖的“贴心关怀”。要知道，现在很多司空见惯的“怒火”往往演变成“叛逆”做法的导火索；很多司空见惯的“友情提醒”往往会转化成“前进”的动力；很多司空见惯的“贴心关怀”往往会转变成战胜困难的“无穷斗志”，所以，万宝强极力利用善意的谎言来强化对孩子教育的作用。

万宝强女儿经过爸爸的细心沟通，心情大有改观，挂在脸上的愁云也渐渐散去了，脸色也比先前好看了许多。

“总的来说，我的数学不是考得太差，估计一百二十分不成问题。”女儿自信地说，“虽然后面两个大题目很难，但是每道题目的前两个小问题我还能做，绝对不会一分不给的，不过这次数学考试我将终生难忘。以前我遇到难做的题目头脑会变得更加冷静，不过这次数学难题竟然让我紧张得无法动笔，这是我万万没有想到的。”

“这次考试没有发挥好，我有责任。”万宝强微笑着说，“但是，现在不是我们纠错改错的时候。我们现在都不要再谈这些问题好不好?我认为你现在最重要的任务是休息，是放松心情，等你高考结束后，不管你能否考取本科，我都要带你到外地景点转转，好好让你放松一下心情。”

“真的?”女儿笑着说。

“一言为定!决不食言!”万宝强高兴地说。

调教好女儿后，女儿便高兴地上二楼学习去了……

万宝强没有上楼，独自一人沿着午禁路向山上走去，路上行人稀少，路上的飞虫不时碰到他的脸颊，凉风被山顶上浓密的树林挡住，即使偶有一阵微风吹来，也是夹杂着朽木被艳阳烘烤过的怪味，让人感到胸口犯堵。他径直走到一块巨石跟前，站了上去，望着被暮色染成灰色的山峦，心里很不是滋味。

女儿读书已经十五年了，从当初的黄毛女孩到现在长成准大人，不知走过多少不平常的道路，不知流过多少不寻常的汗水，眼看就要收网见底的时候，却被河里的几根树桩划破了网，他不知网被划破了多大口子，也不知道网里究竟还有没有大鱼，理智告诉他，大鱼肯定跑了，套在网眼的小鱼肯定还会有几条的，他对着刚刚落下暮色的山林静静在想。

即便如此，他仍然不甘心就此失败下去，他不相信十五年的努力付出会定格在失败的耻辱柱上。他希望现在能有一股超强的狂风，撕破无边的夜幕，突破山顶浓密的树林屏障，改变眼前惨淡的风景，让黑夜变成艳阳高照的白昼，让乾坤扭转!他想对着山林大喊，他想对着黑夜大笑，他想对着夜色诅咒，为什么高考就这么残酷?为什么在女儿高考的时候会有那么多“巧合”的事情发生?

自从女儿数学考试失误过后，万宝强内心一直惴惴不安，根本没有把班主任的“友情提醒”当成一回事，连正常的回复都没有。

“为什么全班学生中只有万宝强的女儿特别?为什么万宝强的女儿一直不把我放在眼里?为什么万宝强的女儿考试结束后不把准考证交到我手里?这分明就是万宝强女儿有意和我唱对台戏!”一直等不到回复的班主任越想越不是滋味。

就在英语开考前二十分钟，班主任还是从考场门口找到了万宝强的女儿。此时，他明知万宝强女儿就要参加考试，但是他还是被愤怒冲昏了头脑。他不顾万宝强的女儿当时的心情，强行对其进行了一次较为“温和”的谈话。

“你为什么不能按照学校事先规定的考试方案去做呢?你这样做要让班主任承担多大责任?你昨天把我和全班同学害苦了。你知道当时有多少同学在找你吗?”尽管当时班主任把心中的“愤怒”压缩很低，但是还是让万宝强的女儿闻到了一股浓浓的药味。

万宝强的女儿站在一棵大树下，足足被班主任数落了五分钟。此时万宝强的女儿就像一只受伤的小羔羊，不敢有半点反抗情绪，更不敢当面同班主任理论，只得带着一肚子气跑向考场。当她上气不接下气地跑到考场的时候，监考老师已经开始发卷。等她静下心来答卷的时候，时间已经过去五六分钟了。

考场上，万宝强的女儿注意力很难集中在英语试卷上。说实在话，这次高考英语试卷要比平时试卷难，万宝强的女儿在做听力试题时还能够勉强适应，可是到了后面的阅读理解题目，就感到力不从心了，这又无形中加剧了万宝强的女儿对考试的恐慌，平时，阅读理解题目她只要看一遍就能够答题，可是，那一天考英语时，却怎么都做不到这一点。一篇阅读理解使她浪费了大量时间。

结果，那场英语考试比数学考试还要惨，连最后的选择题涂卡都没有涂完。当然，那场英语考得不好，绝不能说班主任一个人造成的，万宝强和女儿都有不可推卸的责任。如果万宝强能够把班主任的话当成一回事，及时让女儿明白班主任这样做的重要性，那么，他的女儿也不会把上交准考证当成耳旁风；再说，如果万宝强的女儿是一个乖巧听话的孩子，能够按照班主任的要求去做，也就不可能出现这些近乎荒诞不经的差错。

自古“一个巴掌拍不响”，万宝强女儿不按照班主任设计好的“路”走下去，这是问题产生的导火索；班主任老师是一个犟脾气的人，从不向学生低头，非要在这件事情上分出高低，这是问题产生的另一个原因。当这两种错误聚焦在一点的时候，责备、抱怨便在所难免了，以致万宝强女儿在进高考考场的那“一瞬间”，班主任都不愿放弃教训学生的机会。

学生做错事应该批评，但是我们做班主任的应该为学生的前途多考虑。要知道现在学生是进考场参加高考，绝不是我们平时的普通考试。

普通考试考不好，还有挽回的余地，而高考，在人生中往往就是那么一次，你不顾学生的感受，只顾发泄个人的情绪，这绝不是我们做教师应该有的风范。

要知道，人生中有些错误一旦发生就会给人生造成难以修复的创伤。当我们静下心来细想的时候，我们就会发现，我们都是人，都会有犯错误的时候。原谅失败者之心，多给别人留足自我改正的时间，这也许比我们向做错事者大发雷霆要高明得多。我们作为班主任在这个关键时候，应该多去考虑学生此刻的心情，多去做一些人性化的思考。绝对不能在这些近乎吹毛求疵的小问题上去发一己之“爱”！

你说孩子伤害了你，让你在收准考证的时候伤透脑筋，急得团团转。不错，这个焦急之“罪”你已经受过了，但是，我们教师总不能在这个非常重要的时刻，把自己所受的委屈，全部还给自己的学生。我们的师德、我们的为师风范都在冥冥之中观照着我们的一举一动。

我想这个时候，也是考验我们教师的关键时候，为犯错误的学生送去一句温馨的话，送去一个善意的微笑，我们的学生肯定会感恩戴德，绝对会把这些错误作为最为受用的教训牢记心间。

万宝强女儿平时在数学方面的成绩也还可以，最后两次月考成绩都在140分左右。可是，万宝强女儿在这次数学考试竟然出现这等惨状，这一切你让她情何以堪!她被那场突如其来的、近似残酷的“关怀”给击垮了，她的数学考场瞬间演变成为不堪回首的伤心地。

那一年高考，万宝强女儿一向引以为傲的数学仅仅考了118分，使本来就不太理想的成绩更是雪上加霜。高考向来是残酷的，它只给成功者送去祝福，送去快乐，送去温暖;它对失败者从来都是一张僵硬的面孔，它绝不会有半点怜悯之心，它往往用世界上最为难喝的苦酒，让落榜者慢慢地品味出人间的真味。万宝强女儿面对如此无奈的高考，她只能选择痛苦地接受。

高考成为她今生今世永远都无法抹去的伤痛。当我们深思其中真味的时候，有些教育观念我们真的要好好反思一下。不管将来的高考会以什么形态出现，但是，有一点它总是不会改变的，那就是它的选拔人才的功能。

因此，我们做教师、父母的都要发愤努力，勇立潮头，多去研究中国真正的教育问题，把自己锻炼成为有修养、有真知的教育型人才，这样才能永远不被时代淘汰，最终成为教育孩子的守护神。

写到这里，我想起一个寓言小故事：在北方的河流里生活着一种肉味鲜美的鱼，由于水鸟喜食，因此为了保证自身安全，它们很少游到水面上来。这种鱼有一个习惯就是喜欢在桥的下面打转，特别是喜欢绕着桥墩嬉戏。但是在湍急的水流中，有时难免会碰到桥墩上。

有一天，天气特别好，在阳光照耀下的小河波光粼粼，小鱼们像往常一样在桥下游玩、嬉闹，一只小心眼的鱼不小心，一头撞在了桥墩上，顿时感到头昏目眩，昏了过去。等它清醒过来时，看着撞疼自己的那个桥墩，不禁怒从心起，气得绕着桥墩打转。它的心中充满愤怒，恨自己不小心，恨桥墩太密，恨水流太急，以致自己在同伴们面前丢了面子。于是，它张开两腮，竖起高高的鱼鳍，肚皮气得圆鼓鼓地浮在水面上，带着满腹怨气徘徊在桥墩周围，久久不肯离开，又不知道如何才能出了这口气，同伴们纷纷过来劝它离开。

这时有一群水鸟从此地飞过，一眼就看见水面上漂浮着很多小鱼，它们纷纷俯冲下来，不仅那个愤怒的小鱼被捉，就连其他的小鱼也跟着遭殃。

其实，在素质教育的舞台上，怨气是我们老师经常遇到的一种情绪，它是一种正常的生理反应，但是，它归根到底仍然只是内在于我们自身的力量。我们应该成为自己情绪的主人，而不能被它主宰。对于无法挽回的事情，应当尽力忍耐。要知道，只有愚蠢的人才会对着一个已经破损的栅栏愤怒自己丢失的一只羊，真正聪明的人，他们会一言不发，把自家的栅栏补好，以防丢失全部的羊。

对于一个优秀的教育工作者来说，愤怒是对时间和情感的一种巨大浪费。孩子是接受教育的，如何让理性之光在孩子们身上绽放出绚丽的花朵，任何明智的教师都不愿把这宝贵的时间用在近乎无知的愤怒上，这种做法不仅是教师对孩子个人的伤害，同时也是对教育事业的一种亵渎，把用来发泄愤怒的时间科学合理地利用起来，尽可能把自己的本职工作做得更好，这才是对自己的最大尊重，才是教育孩子的好方法。

三十二　手抓得越紧沙子越少

高考第二天上午，孩子放假，万宝强由于女儿数学考得不理想，觉得自己陪考不仅没有起到积极作用，反而给女儿带来一定的麻烦，所以他便产生回学校给学生上课的打算。

“我想让你一个人去考试，你看行吗?”万宝强早晨五点多钟对已经起床的女儿说，“我觉得你现在来去有车子接送，我在这里也帮不上大忙，弄不好还会让你生气，我想回去上课。”

“我觉得这样也好，反正我又不是三岁小孩子。再说，班主任每天都在考场等我们。”女儿轻松地对爸爸说，“你放心回去，安心教书，我一定会照顾好自己的。”

“这样吧，我现在把你妈妈的手机拿给你，有什么事情我们随时联系。”万宝强觉得女儿考试，自己不能做甩手大掌柜，还是希望对女儿的行为有所掌控，便不太放心地对女儿说。

“好吧。”女儿高兴地说，“你没有什么好担心的，考场里不要父母陪考的学生多着呢。”

“有什么事情不要着急，一定要事先联系我，爸爸妈妈就是你最有力的靠山。”万宝强临回去的时候，笑着对女儿说。

女儿看着爸爸笑笑，挥挥手，连声说:“bye……bye……”

万宝强到了学校，校长、老师很意外:“万老师，今天你不是陪女儿参加高考的吗?怎么现在回来啦!”

“还不是很想念大家嘛!”万宝强调侃地说，“再说，我可不能太自私啊，总不能只顾小家忘记大家啊，你们说，对不对?”

“说点正经的，是不是你的女儿嫌你话太多，把你撵回来了，是不是?”学校校长笑着说，“你回来正好，毕业班学生老是惦记着你。”

“好啊，各位搭班教师，今天我来上课了，你们就在办公室备课，上午四节课我全包了。”万宝强抱着拳头向办公室全体教师笑着施礼道，“前几天，承蒙大家关照，现在向你们道谢了。”

上课的时候，万宝强把手机装进上衣靠近胸口的口袋里，他认为这样做，更有利于听到手机铃声，以便最快时间和女儿取得联系。就这样，万宝强一边上课，一边关注着口袋里的手机。学生们知道万老师女儿高考，仍然不忍心丢课，心里也很感动。所以上课时，他们注意力格外集中，课堂纪律也是特别好。

吃过午饭，老天突然阴沉下去，万宝强想回到县城的出租房，女儿用手机回绝他:“爸爸，这里一切正常，你下午继续上课，我有妈妈在这里照顾，放心吧。”

“好的，你现在该休息了，到时间我喊你!”万宝强说。

万宝强望着突然阴沉下来的天空，心里总有点不踏实的感觉。此时，他很想躺在床上休息一会儿，可是，他不敢。因为，女儿下午考英语，他又怎么能放心得下呢？

上午，由于万宝强连续上了四节课，他现在感到自己确实太疲劳了。他坐在家里的床边上，眼皮老打架。他赶忙站起来，害怕自己坐在床边上睡着了。

他打开自己家的窗户，一阵冷风吹来，让他清醒了不少。他想:到学校操场上走走，肯定不会再犯困，一来可以锻炼身体，二来可以确保女儿考试不误时。想到这里，他便锁好自己的家门，又回到了学校。

他沿着学校的塑胶跑道一步三摇地走着，不到十分钟，太阳就钻进云层里不见了踪影，连树上枝条也好像突然感冒起来，懒得动一下，周围的空气也渐渐稀薄起来，让人感到喘不过气来。

万宝强意识到下午将要下雨了，经验告诉他，这场雨非同小可，很有可能是一场罕见的大暴雨。

他在心里默默地祈祷："老天，现在不能下雨，等孩子进入考场以后……不!最好等孩子英语考试结束回到住处以后再下雨，这样孩子就能够平平安安回家了。"

不知是万宝强的诚意还是老天的耐性，雨一直悬在空中没有掉下来。下午两点二十刚过，万宝强就用手机通知女儿去考场，免得进考场遭雨。

万宝强女儿看看天空，认为爸爸说的话很有道理，就电话通知出租车提前来接。这一切做得很顺利。

到了考点，女儿告诉爸爸说自己已经到了考点，现在正在考点门外的一个僻静地方看书，请爸爸放心。

下午，万宝强没有上课，一直坐在办公室的椅子上，表面上在备课，其实心里一直惦记着女儿的考试，不时地看着手机上的时间。

现在是两点四十五了，女儿该进考场了；现在三点了，女儿该进行听力考试了；现在四点了，女儿英语试卷应该做了一半了；现在四点四十五了，还有最后十五分钟了，女儿应该做完英语试卷进行检查了……

"万老师，你家的窗户关没关。我看现在突然起风了，说不定要下大雨了。"坐在对面的同事提醒万宝强。

"你说什么?哦，我家的窗户关好了，关好了……"万宝强先是一愣，继而赶忙笑着对同事说。

"苍天保佑，现在不能下，孩子考试还没有结束呢，再等半个小时再下。"万宝强非常虔诚地在嘴里小声祷告着。

可是，老天根本就不听万宝强的祷告，瞬间狂风骤起，把办公室的窗口玻璃刮得沙沙响，接着密集的大雨点肆无忌惮地朝地面砸来，把楼上的彩钢瓦砸得咚咚响，学校警务室前面的洼地顷刻变成一个小水潭，办公室阳台上的一大盆水仙花，因为一位女教师忘记收回办公室，也被一阵狂风掀翻，一直从三楼掉到地面，把盆和水仙花摔得稀巴烂，把这位女教师懊悔得掉眼泪，紧接着，电闪雷鸣，仿佛这狂风暴雨要把这个世界都吞噬下去……

忽然一阵狂风从关闭不严的窗缝隙间吹过来，把万宝强桌子上的作业本全部吹到了地上。万宝强正准备蹲在地上捡作业本，手机响了。

万宝强敏感的神经一下子紧张起来，他一看手机，是女儿班主任的号码。

"咦，现在已经五点五分了，女儿英语考试已经结束了，为什么班主任这个时候打电话给我呢?"万宝强一边从桌上拿起手机，一边嘀咕道。

"万老师啊，你现在在哪里?我是你女儿的班主任，你女儿考英语要结束的时候突然晕过去了，请你立即赶来……"女儿班主任气喘吁吁地对万宝强说。

"什么?我现在在学校办公室，你再说一遍。"万宝强听了班主任的话，头脑真的一下子嗡嗡作响，他已经意识到女儿考试时候出现大问题了。但是，这个时候，他已经没有时间考虑女儿晕倒的具体原因了，他知道，这个时候最需要冷静，不能再给自己添乱子，现在，唯一能做的就是立马赶到县城，想到这里，便对班主任说，"班主任，你现在救人要紧，我马上就到，我女儿现在在哪里?你让我赶到考点还是医院?"

"万老师，我们现在已经联系了救护车，救护车马上就到，我认为你现在直接到县人民医院急诊科比较好，到时我们再联系。"班主任语言急促地对万宝强说，“现在，我没有时间和你细说，抓紧时间……”

万宝强挂了手机，顿觉天旋地转，但是，他不住地暗示自己，一定要冷静，一定要坚强，绝不能倒下，绝不能让同事们看笑话。

他定了定神，极力保持冷静，他稍微稳定了一下自己的情绪，然后，狂奔到楼下。他一看这雨天，顿时傻眼了。因为这时，风比以前还猛，雨比以前还大，雷声比以前还可怕，天比以前还黑……

“怎么办?这个天气，我上哪里去找出租车?即使找到了，在这种情况下，出租车司机愿意出车吗?”万宝强在学校大门口喃喃自语。

“我找一下本校的杨兄弟，他是我多年的好兄弟，应该不会拒绝我的。”万宝强在万般无助的情况下，想到了一直相处要好的兄弟。

“喂，我是万宝强，我女儿在考场晕了过去，现在正在县医院急救室，我想用你的车跑一趟。”万宝强带着沙哑的声音说道。

“哦，我……我这样的雨天，没有开过，不安全……”杨兄弟，非常无奈地说，“这样吧，我建议你去找一下街道的黄老板，他是我的好兄弟，他开了多少年出租车，他的驾驶技术比较好，就说我请他的，他会帮你的……”

“那好吧!我现在就去找他。”万宝强知道杨兄弟的难处，不好勉强，于是，不顾狂风暴雨，一头钻进暴雨之中，直奔黄老板家。

“黄老板，我的女儿在高考中晕倒，现在在医院，我的杨兄弟请你给我跑一趟县城，你看如何?”万宝强一到黄老板家，便迫不及待地说。

“不好意思，我现在走不开，刚才我的虎兄弟，让我雨稍微小一点就立即赶到他家，也说有急事。”黄老板无奈地对万宝强说，“万老师，真的很抱歉，请你转告我的杨兄弟，就说我很对不起他。”

“哦，别客气，我知道了……”万宝强感慨万分地说。

“现在，我还能上哪里去找车呢?”万宝强自言自语道，“哦，对了，我的学生朱婷爸爸也开出租车，不妨去找他试试看。”

想到这里，万宝强又一次钻进雨帘之中。朱婷爸爸了解情况后，二话没说，立即答应了。

“万老师，你的事情就是我的事情，赶快上车，就是天塌下来，我也要帮你。”朱老板非常爽快地说，“现在救人要紧。”

万宝强听说朱老板答应了他的请求，眼泪都要下来了，对朱老板说:“兄弟之情我领了，现在客气话我也不说了，以后致谢!”

车在雨帘中穿梭，虽然速度不是很快，却让万宝强的心踏实了许多，半个小时后，万宝强在县医院的急诊室里看到了正躺在病床上、挂着点滴、鼻子上还插着呼吸管的女儿，还有一直守在病床前的妻子杨建云及女儿班主任。

“现在，你女儿已经好多了，刚才我们学校的张校长、李校长、王校长、麻校长都来医院看望过你的女儿。你女儿好转后，他们都陆续离开了……”班主任见万宝强来到医院，连忙把他拉到医院的走廊上，情绪低落、略显愧意地说。

“究竟是怎么回事呀!为什么会出现这种恶劣情况呢?”万宝强近乎发疯而又无可奈何地问，“你能告诉我我女儿在考场晕倒的原因吗?”

“万老师，不要激动，现在，我们最需要安静。由于我当时不在现场，对事情发生的真正原因还不太清楚。”班主任认真地说，“不过，后来监考老师告诉我，你女儿出现晕倒主要是由于考试紧张过度造成的……”

“紧张过度造成的?”万宝强非常惊讶地说，“真是太不可思议了!我女儿考前思想压力确实有点大，但也不至于一下子到这种地步吧!”

“这个，我也不太清楚。”班主任说，“我想现在不是了解责怪谁的问题。我认为，你现在急需要做的就是如何安稳女儿的心情，毕竟明天还有两场考试在等着她。你说是不是?”

“是的，我们现在最重要的是让女儿恢复健康，最好能让她明天参加最后两场考试。”万宝强说，“这里的医生怎么说?医生说我女儿身体还有没有大碍?”

“医生说，你女儿由于考试太紧张，情绪有点失控，现在，身体基本恢复过来了，不过，现在不要再给她压力，让她好好休息一下，明天还是能参加考试的。”班主任说，“现在，你已经来了，我现在就可以回去了。明天再见!”

万宝强听了班主任的话，心里顿感好受了许多。班主任临走前，万宝强说了许多感激的话，一直把班主任送到医院门口。

“压力过大，还会造成孩子考试晕倒，这可是我第一次听到!而且是发生在我女儿身上，这真是太可怕了!世界之大，为什么没有我的容身之地呢?”万宝强送走了班主任，陷入深深的自责当中，并且努力思考导致女儿思想紧张的根本原因。

女儿以前成绩很好，我们家长一直寄予厚望，一直对她严格要求……自然来自各方面的心理压力要比普通的孩子还要大得多，尽管我在高考之前为她疏导、减压过，但是，她那颗脆弱不堪的内向之心很难放得下。尤其在临近高考前几天，女儿表现得更加焦躁不安，经常夜里睡不着觉。万宝强没有办法，只能买一些安神补脑液给女儿喝;虽然他想带女儿到公园里面散散心，到娱乐城听听美妙的音乐，但是，他又害怕影响女儿的学习，只能选择放弃。就在英语考试前半个小时，万宝强还用电话征求女儿的意见，是否让他去陪女儿高考，因为女儿极力反对，万宝强只好作罢，还有……这些，又怎么能不加重孩子心理负担呢?万宝强越想心里越愧疚。

万宝强到医院一个小时后，主治医生来到病床前，看了看情况，对万宝强说:“晚上不给她挂点滴了，明天上午七点钟再给她挂一瓶点滴;中午十二点再给她挂一瓶点滴，这样就不会出现问题了。明天挂水的地点就在考点医务室，到时候，我们医院会派人给你女儿挂水的。现在，你的女儿要好好休息……明天早晨出院……你和你爱人现在可以在旁边的病床上换着睡觉，有一个人照顾就行了。”

医生走后，万宝强和杨建云都没有睡意。一会儿女儿神志清醒，紧张情绪渐渐好转过来，大约又过了半个小时，女儿才比较平静地向爸爸妈妈说出事情的经过:

今天下午，当我考到英语阅读理解的时候，我觉得试卷比平时稍微难一点，我心里就开始紧张起来。当我写作文的时候，几次因紧张手颤抖得无法拿笔写字，期间耽误的时间不少于五分钟。就在离考试结束还有五分钟的时候，我来涂英语阅读十五个选择题答案时，竟然连铅笔都拿不稳，根本无法用笔涂卡，监考老师眼看这样，却无法帮助我，因为他们知道高考是神圣的……我眼睁睁地看着自己已经做好在试卷上的题目答案，却因为紧张而手颤抖得不听使唤，几欲昏倒……当老师向我收考试卷的时候，我下意识地来夺试卷，带着眼泪央求监考老师，让他们留点时间给我，监考老师是两位非常尽责的人，只能爱莫能助地摇了摇头。当一切无法挽回的时候，我就一下子昏了过去……

写到这里，我想起小时候在淮河边玩沙，用手抓沙子，结果越用力抓的沙子越少。其实，在家庭教育中，这个道理再适用不过了。

三十三　永不言弃才是成功之道

万宝强在女儿的病床前静坐了一夜都没有合眼，头脑也胡思乱想了一夜……

这件事太突然，也太意外了，这和拿刀割自己的肉有什么区别呢？我十五年的等待、十五年的心血、十五年的美好憧憬，难道就这样毁于一旦吗？难道老天就这样无情无义对待一个视教育孩子为生命的父亲吗？难道我女儿的命运真的这么坎坷吗？难道我就这样成为天底下所有人的笑柄吗？

为什么会出现这种情况呢？我应该承担最主要的责任，平时对孩子要求太严了。本是一块普通的球墨铸铁，非要当作合金钢来锻造，含碳量太多，而且铁分子排列不规则，是一个物理性能太特殊的同素异形体，只能做拖拉机上的曲轴连杆，断不能做高科技电脑上的芯片。看来做家长的对孩子教育还是比较现实点好！

女儿的身体还能够恢复过来吗？孩子的身心太脆弱了，受到如此挫折，会不会造成终生伤害？孩子现在就是一个比较幼小的树苗，树苗身上负荷的东西太多，已经超出它自身能够承载的能力，树干已经变形，树枝被严重挫伤，明天的风雨也许更大，明天的阳光能否医治好我女儿受伤的灵魂？看来这些都要看她的造化了！

女儿明天还能够参加考试吗？三天高考，才过了两天，要知道高考绝不是普通的体力活，而是超负荷的脑力活。以前，我在农村用手扶拖拉机连续耕了八九个小时的地后，可谓是疲劳之极，可是在床上睡了一觉，马上就会感到浑身来劲，人的体力、精神基本上能够恢复原状，可是这脑力劳动就不同了，如果人一旦脑力劳动过度，就会出现神经衰弱、睡不着觉，体力和精神都很难在短期内恢复原状。但愿苍天保佑我的女儿!

女儿愿意复读吗?假如女儿不能参加高考，那就意味着今年高考全盘失败，而这个失败绝不是普通的失败，而是一次非常残忍的失败，就像人被毒蛇咬过，虽然大难不死，躲过一劫，但是，那惨痛的经历会在孩子心里产生难以抹去的阴影，人说一朝被蛇咬，十年怕井绳，这古训可谓是路人皆知。如果我的女儿不能走出这个阴影，她是绝对不会再去复读的。女儿这个心情我是理解的。

女儿还能读什么样的学校呢?即使女儿明天能够顺利通过高考，英语又能够考几分呢?不用说，她的高考总分不会高，即使突破三百分大关，那也只能走普通的三本，省城内好的三本肯定走不了，如果让女儿花十几万读普通三本，那自然就得不偿失了，还不如在本省读一个比较好的大专。如果女儿能够到苏州职业大学读书，那也是很好的选择。但是，我知道苏州职业大学每年分数线都比较高，女儿的高考分数肯定不够，反正这是一个麻烦事情。

女儿的前途还能有多大?女儿落魄到今天这个境地，还能用前途这个词眼吗?二本不谈，好的三本也不谈，看来只能走大专了。唉！如果让女儿读一个普通的大专，那同那些辍学打工的孩子还有什么区别呢?甚至不如那些辍学打工的孩子!因为他们毕竟还有一个好大脑、一双好眼睛。女儿如果现在就走向社会，那只能是一个文不能文、武不能武、干什么也不胜任的人。对于这样的孩子，父母还能有什么好办法呢?

女儿今后的人生该如何去规划呢?女儿今年还不满十八周岁，人生对她来说仅仅是刚开始，她现在不是脸带笑容地胜出战场，而是遍体鳞伤败退战场。让她将来从事教书育人这个职业吧，不是她现在知识层次不够，而是她从来就不愿从事这个职业，认为这个职业清苦、没有地位，对将来幸福人生很难有一个高标准的规划；让她干医生这个职业吧，这个职业都是理科学生干的，自己是一个文科学生，距离太大很难跨越；让她跟她母亲一起到服装行业去干，那里的劳动强度太大、灰尘太多，每天正常都要干十三四个小时的活，而且没有正常的星期天，这种工作更没有幸福指数。看来，女儿只能从事要饭的行业！

女儿遭受如此大的打击还能够坚强起来吗？有人说，生活中的强者，在遭受人生挫折的时候，都会越挫越勇，仿佛挫折就是强者身上的润滑剂，不仅起不到反面作用，而且还会起到积极的强化作用。可是，我看不出女儿身上具有的强者特征，血脉中也不会流出强者身上具有的血液。在我眼里女儿就是山间还没有退去嫩叶的竹笋，要成为有节有硬度的山竹还需要太上老君三昧真火的锤炼，也许，这次挫折对她来说是一次小小的考验，很有可能成为她人生绝地反击的跳板。我相信女儿的意志力，还是能够承受这次打击的，因为，女儿身上那种永不言败的韧性还没有泯灭。我相信天意！但我更相信天无绝人之路！

女儿还有希望吗？鲁迅曾经说，希望本是可有可无的，正如地上的路，走的人多了，也变成了路。由此理推演下去，只要女儿能够勇敢地坚持走下去，希望总会在寒冷的夜里，在人们视线模糊的时候，悄悄地从地平线上升起，就像那轮火红的太阳。也就是说，坚持才有希望，不坚持就意味着放弃，就意味着赤裸裸地失败。因为不坚持，她就失去一切皆有可能的机会。小时候，女儿出疹很让我害怕，严重得眼睛都看不见人，后来及时用小红豆清洗，很快化险为夷。不仅如此，女儿身上还产生出此疹终身免疫的抗体。看来，对女儿还要树立足够的信心！她还会大有希望的！

女儿是在英语考试就要结束的时候晕倒的，这绝不是灾难性的事情，损失的仅仅是十来分的事情，绝对影响不了大局！她肯定比那年因为迟到而不能参加考试的学生幸运，那个学生英语成绩是零，而我的女儿英语成绩至少也要考到六十分吧!更何况，每年考上二本以上的学生，英语成绩在60分左右的学生绝对不是少数，如果女儿语文成绩能够考到一百五十分，女儿说不定还能够考到二本院校呢!这种可能未必没有!

只要女儿今夜能够安稳睡觉，身体能够恢复过来，明天还能够轻松走进考场考试，把最后两门挺过来，那就是一件很幸运的事情，那就是一件天大的喜事!根据女儿以前的身体状况，她绝不是弱不禁风的人，绝不是我们想象中那样差，她绝对可以康复过来的。等女儿早上醒来后，让她妈妈给她肩部、腰部、头部做一些轻柔性的按摩，让女儿的身心彻底放松下来，一切都会风轻云淡，一切都会春暖花开!

即使女儿明天不能够参加最后两门考试，也不能说女儿高考彻底失败，因为，根据江苏当时的高考政策，没有选修课的分数，只能代表不能被本科院校录取，而有些好的大专院校不要考生选修课分数，所以，我们不需要考虑那么多问题，只需要把现在急需要做的或者现在能够做到的事情做好，不把问题扩大化，不让事态向更坏处发展，控制现在的局面，让事态逐渐朝着健康的方向发展，就是大功一件了!

假如女儿的英语成绩考到50分以下，我也不会担心什么，也不能说女儿就一定考不到本科院校了。即使女儿不愿意读大专，那也无所谓，最坏的处境，就是让女儿复读一年，也许女儿复读一年还能够考取清华北大呢!人家都说大难不死必有后福，看来，女儿就是一个有福之人!看来就是一块清华北大的料!

是不是我该好好地反省一下呢?那是应该的，我要好好地从这件事中反省自己，应该好好总结一下家庭教育的教训，我绝不能让这样惨痛的教训像风一样悄然流逝。因为很多的错误，对于一个平庸者而言，它就是眼泪，它就是叹息，就是责备；而这对于一个智者来说，他会在

“错误”的缝隙里找到黄金的藏身之地，他会从反省的土壤中，播下春天的种子，收获成功的果实，他还会在人们的冷漠中，发掘自尊、自爱、自重的宝藏，让最严寒的冬天彻底地从人生的旅途中清除出去，让最温暖的阳光永驻在自己的内心深处。

万宝强就这样整整胡思乱想了一夜，但是，他的脸上看不到一点倦意，似乎昨夜的狂风骤雨，只是一阵淡淡的云烟。

天刚微亮，他就把杨建云喊到楼道边，吩咐她等女儿醒了后，立即给女儿减压按摩，并且告诉她动作要领，然后，他来到职工食堂，央求老师傅给她女儿准备一大碗莲子、红枣粥，煮两个清水鸡蛋，还有一笼香菇青菜包子。他知道女儿喜欢吃肉包，但是，他不敢买，因为他已经对食堂、饭店肉包产生抗体了!他认为饭店肉包里面所包的肉馅都是用猪颈脖下面的淋巴结做成的。这当然是有典故的：有一天大清早，他到本镇一所最高档饭店结账，结果看到老板一家人正在用绞肉机给满满几大筐猪颈脖肉绞肉末，他看后不甚惊讶……从此以后，他对的肉末做成的“佳肴”产生极大的反感，除了自家做的外，他全部“屏蔽”。

为了节约时间，他还建议主治医生，把上午7点准备到校医务室挂点滴的计划，改成六点在县医院挂点滴，为了让女儿在医院里面还能够对选修课政治、历史进行必要的复习，他又打的到租房把女儿需要复习的资料拿来，尽可能把女儿的心情平稳下来。

“你现在感觉怎么样?”女儿早晨醒来的时候，杨建云轻声地问女儿。

“感觉自己的头还有点晕，不过比起昨天晚上好多了。”女儿回答道。

“你认为你还能够坚持到考场考试吗?”万宝强担心地问，“如果你感觉很好，我就安排你去考试，如果你认为不能参加考试，也无所谓，不要给自己增加什么压力。现在，我们必须拿得起、放得下，很多事情，我们不能勉强。但是，话又说回来，凡是我们争取得到的，我们绝不能轻言放弃!”

“好的。”女儿答道，“我想我还能够坚持下去的，因为，我现在感觉自己浑身有力气了。”

“你现在就在床上躺着，我来给你按摩。”杨建云看到女儿精神比昨天好了许多，也满怀信心地对女儿说，“按摩时候要浑身放松，这样才能起到很好的效果。”

“妈妈的按摩真舒服，等我挂点滴的时候，你也不要停。”女儿面带笑容地说。

“妈妈总算看到你的笑容了，妈妈永远是最好的保护伞，你现在有什么需要的尽管吩咐。”杨建云微笑着说，“看到你来精神，妈妈也精神起来了……”

女儿吃过早饭，主治医生就来给万宝强女儿挂点滴了……

由于万宝强女儿挂点滴是半卧着的，手上有输液针头，不方便翻书，万宝强就根据女儿的要求，把重要的知识点读给她听，并且加入自己适当的总结，幸亏当时这间病房里面没有其他病人，要不这热闹的场景，肯定会招别人不满的。

挂完点滴，万宝强让女儿到床下活动了一会儿，女儿感觉不错……

“已经八点了，我们动身吧!提前到考点，我心里踏实。”万宝强看了看手机对女儿说，“如果我们到考点的时候离考试时间还早，我们就到校医务室坐坐，熟悉一下情况，顺便休息一会儿，你看如何啊?”

“好的，现在我感觉精神特别好。”女儿为了显示自己已经恢复得很好，有意在爸爸面前跳了跳。

“嗯，这药不错，有效果!你这样才像我的闺女。我说嘛，我的闺女从来就是好样的!看来，人就是要学会坚强!”万宝强称赞道，“中午的时候，我让你妈妈把饭送到校医务室，让医生再给你挂一瓶点滴，这样就能够确保你下午考试正常了。"

一切顺利，他们很快来到考点，离开考时间还有四十分钟，所以他们三人便来到校医务室，只见里面有四五个考生正坐在椅子上挂点滴……

"你这么壮的一个小伙子也来这里挂点滴，是哪里不舒服呀？"一刻都不愿闲着的万宝强对一个正在挂点滴的考生说。

"昨天晚上我冲了一个凉水澡，结果早晨起来的时候，感到自己浑身无力，清水鼻涕直流，还伴有咳嗽，所以我爸爸一早就让我过来挂点滴，免得考试的时候，影响别人。"小伙子嘴角带着无所谓的样子说，"如果要在平时，就是打死我，我也不会来挂点滴的，因为，我以前得感冒，只要在家烧一碗生姜茶，喝下肚，过半天，自然无事。可是现在是高考期间，爸爸妈妈都认为挂水见效快，其实，这感冒，就是挂点滴也不会药到病除的，也会过半天才能有所好转。但是，我在这个时候，还是觉得爸爸妈妈说得有道理，不敢去冒险，毕竟高考是关系到我终生命运的大事。"

"你又为什么来挂点滴呢？"万宝强又好奇地对小伙子旁边的、那个有点偏瘦的小姑娘说，"你该不是感冒吧？"

"叔叔，我不是感冒，我肚子不好，昨天夜里，我看完资料，准备睡觉时，觉得肚子有点饿，我便吃了一个大桃子，结果早晨起床的时候，发现自己拉肚了。"小姑娘不好意思地说，"我认为肯定是桃子问题，绝不是晚上睡觉时候空调温度过低的原因，因为我昨天夜里是盖毛毯睡的。"

"你高考时候可不能乱吃零食哦!这可不是平时呀，很容易造成终生遗憾的!"万宝强笑眯眯地说，"也许你们觉得无所谓，但是，你们父母和你们感觉不一样，他们会为你这些小过错吓出一身冷汗的。"

上午，万宝强的女儿进入考场后，一切正常，觉得试卷题目不难，较轻松。但是，出了考场后，她感觉身体有点飘荡荡的感觉。

中午，万宝强根据医生的要求，在医务室又给女儿挂了两瓶点滴，仍然是爸爸在给女儿读资料上的复习、总结内容，妈妈给女儿减压按摩。万宝强害怕影响别的考生，要求医务人员把他女儿安排在一个相对独立的房间。

下午，万宝强女儿考试也是非常顺利……

最值得一提的是，谁都没有想到，万宝强的女儿最后准备放弃的两门选修科目考试，竟然都考了A+，这完全超出万宝强的想象。

由此看来，在家庭教育的舞台上，很多看似没有回旋余地的地方，也会成为创造奇迹的地方。永不言弃，才是成功之道!

三十四　耐人寻味的高考背后故事

随着一阵急促的铃声，三天高考，终于在家长和考生的紧张忙碌中落下了帷幕……

万宝强站在学校的大门口，望着一个个表情不一的、万分疲倦的考生，心中感慨万端。他想起当年吴敬梓在《儒林外史》中描述的那些参加科举考试的士子们走出考场的情景，吴敬梓用病鸟出笼来形容当时士子们的窘相，真是太恰当不过了。科举制度已经化骨成灰，随青烟同去。但是，万宝强眼前的情景，却无法抹去当年士子们的“美丽”背影。

万宝强很远就看到女儿神情疲惫的样子，心中不免有点心疼，原因是女儿为今天考试做出了很大的努力，这很让他感动。女儿是挂完两瓶点滴上阵的，手臂上的针眼到现在都还没有完全退去红色的痕迹。

“闺女，辛苦了!看你虽然有点疲惫，但是我能看出你的心情很好。”万宝强笑脸相迎，“是不是今天碰到狗屎运，所有的题目都会做啦?”

“爸爸，你这个时候，还能跟我开玩笑，你要知道我快虚脱了!”女儿苦笑道，“不过，爸爸，今天我做的题目真的特奇怪，几个大题目都是我们中午看到的题目，整个试卷做起来特别的爽，我从头做到尾，没有一道让我感到吃力的题目。我认为这些高考试题比我们平时的月考题要容易得多。”

“文科知识相对比较容易掌握，尤其是政治、历史学科，大多数是机械性知识，虽然近几年回归生活的题目多了些，但是，这些回归生活的题目仍然带着机械记忆的痕迹，很多联系生活的题目答案，只能用书中的条条杠杠来进行仲裁，如果你用‘自己语言’来写，即使你的意思是对的，也不会给你分的。”万宝强认真地说，“所以，现在学生学政治、历史这两门课，仍然是以背书本知识为主。你对书本知识熟悉，因此答这些书本化的生活题目你还是有绝对优势的。”

“为什么意思对的答案不给分呢？”女儿不解地问，“这样不是严重的教条主义、本本主义、机械主义吗？”

“这你就不懂了，中国的词汇太多了，有人说，形容锅开的词语可以有上百种，如果你是高考某学科阅卷组组长，你在审批试卷答案的时候，你总不能给阅卷老师上百种答案吧，你只能从上百种答案中选出具有典型的、大众化的、比较贴题的几种答案。”万宝强说，“这样才能有一个比较‘公正’的标准答案，这样才有利于阅卷老师改试卷啊！”

“你为什么会对高考改卷这么熟悉呢？”女儿好奇地问，“你是来忽悠我的吧！”

“你不要忘了你爸爸也是一个名校大学生，在大学读书的时候，就改过成人高考试卷；你爸爸教过高中、教过初中、教过小学。既参加过高考试卷工作，又参加过中考阅卷工作，对高考阅卷、中考阅卷工作还是比较熟悉的。”万宝强认真地说，“有一年高考阅卷时，我被分到作文组，首先，阅卷组组长让我们阅卷老师试改一天，然后把阅卷过程中出现的问题，进行汇总，然后制定评分细则，把整个试卷分成A、B、C、D档，A档以上为优等、B档以上为上等档、C档以上为中等档、D档以下为差档；每档次都有严格的分数限制。”

“爸爸，你真厉害！”女儿佩服地说，“你能说一些具体细节吗？”

“这有何难！”万宝强爽快地答应了女儿的请求，“当时，作文已经开始网上阅卷了，我们作文组有很多人，为了提高批改作文的效度，又把作文组分成若干小组，每一个小组有四名阅卷老师，这四个人都改同一组别的作文，也就是说，每一个考生的作文都要经过四个阅卷老师批改，每一个考生的最后作文分数就是这四个老师批改分数的平均值。”

“这好啊!”女儿一听高考作文是这样批阅的，便高兴地说，“这样就能够避免作文阅卷的失误率，减少作文分数的随意性，增加高考作文的公正性。”

“你不要太过于天真!”万宝强微笑着说，“其实，批改过高考作文的人都知道，这里面也有很多不确定因素，这里面也存在一定的水分，只不过四个人批改出来的作文分数要比一个人批改客观公正些。”

“爸爸，你这话是什么意思?难道高考作文批改也有做假行为?”女儿不解地问，“我一直崇拜高考作文分数的公正性，你不要把我这神圣的价值观彻底轰毁。”

“闺女，你也不要大惊小怪的，总体来说，高考作文的批阅工作还是相当公平公正的，只不过绝不会像你想象的那样一点水分没有，你必须知道，世界上有人的地方，绝对没有百分之百的真理。”万宝强较真地说，“当时，有一篇作文，考生立意新颖，主题也较为突出，层次清楚，富有一定的创新性，仅仅是那位考生作文书写的较马虎一点，我便把这篇作为定为 A档，总分为 70分的作文试卷，我给那位考生作文批了65分。结果，没到两分钟，阅卷组长找到我，说我把这篇作文分数给多了，立即把我喊到走廊里面训话，问我把这篇作文定为 A档的原因，并且，说我这篇作文分数，已经超出其他三人平均分 8分，让我很不是滋味。”

“那你应该好好反思了，其他三人为什么都在‘同一起跑线上’，你为什么‘出人头地’呢?”女儿埋怨地说，“爸爸，你的那篇作文批改分数比其他三人都高，而且高得太离奇了，根据我估测，那篇作文批改的最高分和最低分应该超出十分，我认为这是很不正常的事情。”

“我也知道这是不正常的事情，但是，你要知道出现那种尴尬的事情，责任不是我，而是另外三个阅卷老师。”万宝强非常真诚地说，“因为，我为了那篇高分作文，花了整整五分钟，我认为那篇作文绝对是‘物有所值’，绝对不是我想当然给的分数。”

“最后，阅卷组长同意你的观点了吗？”女儿耐心的地问，“会不会因此批评其他三位阅卷老师呢？”

“最终，那位阅卷组长没有批评我，也没有批评其他三位老师，而是，要求我们评卷的时候一定要认真，给分一定要慎重。”万宝强认真地说，“因为，他自己也不知道这位考生作文应该得多少分。”

“这不是和稀泥吗？”女儿生气地说，“批改高考作文，可不能没有准星盘啊！”

“批改高考作文，当然要有准星盘，只不过这个准星盘都在阅卷老师的心里，正常情况下没有大出入，通常在五六分之间徘徊。”万宝强认真解释道，“不过话又说回来，对同一篇文章来说，由于每一个人生活阅历、价值取向、审美侧重点都存在一定的差距，你是很难用同一把尺子来考量同一篇文章的。因此，评判作文分数存在较大的差距，也是情理之中的事情，不必大惊小怪。”

“爸爸，批改一篇高考作文花五分钟，那也是太正常不过的事情啊，难道你批改其他考生作文花的时间比五分钟还少？”女儿惊讶地问，“要知道，考生作文一般都在 800字左右，要把考生作文主题弄清楚、条理看清楚、错别字错句找出来，至少也要五分钟啊！”

“傻孩子，如果我们批改作文的老师每篇都花五分钟，那还不把我们批改作文老师累死啊！”万宝强笑着答道，“大热的天，每天都要改五百篇作文，加上阅卷场所都是学生的微机课教室，所有阅卷老师都像一个个急着赶船似的，坐在电脑桌前，‘认真’地批阅电脑上面的考生作文，我们应该知道，人两眼紧盯那些‘枯燥无味’的文字，本身就是一种‘炼狱’行为，心情自然‘恬淡’不起来，时间一长，难免会对考生作文产生一种有失水准的评判情绪,自然会让考生作文分数存在‘忽高忽低’的倾向。如果我们阅卷老师心情好点，考生的作文分数自然就会高点，心情差了，考生的作文分数自然就会低点。”

“依你说，你们阅卷老师批改一篇高考作文，正常情况下是多少时间呢？”女儿好奇地问，“批改一篇高考作文该不会少于四分钟吧！”

“四分钟？你真是太幼稚了！”万宝强笑着说，“不瞒你说，我们阅卷老师真实批改一篇高考作文的时间那是很短的，我都不好意思说出口，一旦说出来，肯定会让你惊讶得说不出话来。正常情况下，批改一篇高考作文，我们阅卷老师用 40-45秒就能搞定分数！甚至还存在阅卷老师用十几秒钟改一篇中等生高考作文的现象……除非那些满分作文要超过五分钟。”

“我的妈呀，批改一篇作文只要十几秒钟，你该不是忽悠我的吧！”女儿大惊失色地说，“十几秒钟，你根本就不可能把一篇作文看完啊！你不把考生的作文看完，就把考生的作文分数定下来，这未免有点太草率了吧！”

“这怎能叫草率呢？”万宝强仍然笑着说，“正常情况下，我批改高考作文，往往只看开头、中间、结尾三大部分，然后结合考生字迹就把考生作文分数定下来了！如果我批改的考生作文，前面废话太多，不能很快地切入主题，我会立马把这篇作文打入 C档以下，根本无心再细看后面的‘精彩’内容了，由于阅卷老师受阅卷时间的限制，对作文三大部分内容也不是看得十分仔细，因此，考生作文的字迹，就成为阅卷老师的首要评判标准。心里总会认为，考生写字好，作文内容也应该很好，这样就会在批改考生作文的时候，带上‘心理倾向’的痕迹。”

“按你这样说，字写得好的考生，在高考中肯定会得到高度认可，有利于高考总分大幅度提升。”女儿认真地说，“看来，学生读书，把硬笔字写好也是提高高考成绩的很好选择。”

“你总算聪明起来了。”万宝强赞扬道，“不过，你写的字不错，在高考阅卷中肯定不会吃大亏。我顺便告诉你，一个字迹很差的考生，你要想在高考中考出好成绩，真的比登天还难!”

“爸爸，我们暂且不谈这个问题了，再继续谈一下高考作文分数的定位问题吧。”女儿今天仿佛变成一个小学生的样子，歪着头，继续问，“你上面所说的‘最低分’和‘最高分’差距又能有多大呢?正常情况下，‘最低分’和‘最高分’差距不会超过五分吧!”

“五分?那不叫差距!”万宝强非常淡定地说，“总分70分的作文，运气好的可以多得五分，运气差得可以少得五分，这样差距就会在十分左右，这涉及阅卷组长把关问题了。”

“有阅卷组长把关，应该可以减少高考作文批改误差率了吧。”女儿非常谨慎地说，“因为有阅卷组长把关，你们就不能随意乱批改了。”

“是吗?我看未必。”万宝强满脸带笑地说，“自古是魔高一尺，道高一丈，我们阅卷老师为了逃避阅卷组长的追查、个别谈话，都把作文的批改尺度，定在B档和C档之间，也就是说，70分的作文，一般情况下，给考生作文往往在42分左右，除了极个别的考生，特好的、和特差的，往往要阅卷老师多花一点时间。这样，就可以很好避免阅卷组长的追查和个别谈话了。你要知道这样比较圆滑的批改作文方法，其后果很严重的，往往使作文较好的考生和作文较差的考生，得不到应该有的作文分数，从而成为和稀泥的靶子。”

“原来高考阅卷这里面还存在这么多的故事，今天真让我大开眼界了。”女儿理了理头发笑着说，“看来世界上有人存在的地方，就很难存在公平公正。”

“不对，这也叫公平公正。”万宝强非常认真地说，“只要不带有个人自私自利的成分，这也叫公平公正。因为这就是世界上公平公正的常态!不过，现在不少省份对高考阅卷进行改革。”

“中考也如此吗?”女儿继续问。

“是的，”万宝强回答道，“当年，我改中考历史试卷的时候，阅卷组长给我的评分标准里面有这样的叙说：牛顿在天文学方面的主要成就只能写万有引力定律，其他答案一律都是错误的；在第二次科技革命中领先世界的欧洲国家，写德国或者写美国德国都算正确；我曾经找阅卷组长谈论此事，认为这样评判学生历史试卷，有失公平公正，哪知阅卷组长竟然对我说，我的万老师，如果我们历史试卷参考答案不统一，我又怎么能保证历史‘答案零误差’呢?他的零误差就是确保四个阅卷老师所批阅的试卷没有一分差别。”

“我的老爸啊，你不要说了，我现在已经领教高考、中考阅卷工作的厉害了。”女儿大笑着说，“我听了你的话，我再也不去崇拜全省高考状元了!”

“不去崇拜全省高考状元是对的，但是，你也不要认为那些全省高考状元不值得你学习!”万宝强非常严肃地说，“你要知道，那些全省高考状元，他们的智商都非常高，他们在学习方面肯定有过人之处，这一点你不用质疑。我们应该少去神话他们，他们和全省高考第二名、第三名、第四名，甚至前一百名都是没有差别的，因为全省高考前一百名考生的智商是没有什么差别的，他们应该同属一个档次。高考总分存在偶然性，阅卷老师在阅卷时候的一个‘偶然’心情，都有可能导致名次移位。”

由此看来，高考背后故事还真的不少!

三十五　让我们一起发现孩子并解放孩子吧

下午六点钟，万宝强和女儿才回到伴读小院。

很多高三家长急于搬家。这时，午禁路上，已经停了很多拉货三轮车。

杨建云早已把应该搬回去的东西全部运到伴读小院的门口，两条黑鱼也用小桶盛放着，准备带回去，晚上吃。

“赶快到午禁路上找三轮车，不然的话，我们回去就要摸黑了。”杨建云对还没有站稳脚跟的万宝强说，“大家都在准备回去，你好像无事人一样，还想在这里过年啊！”

“不就是回去嘛，干吗这么着急呢。”万宝强不紧不慢地说，“现在是夏天，白天长，七点回去也不迟，四十分钟车程，八点钟之前肯定到家。”

“你也不去打听打听，现在很多高三学生和家长都要回去，三轮车难找，要价比平时高两倍，平时三十元一趟，现在一百元一趟，你嫌贵，别人可不嫌贵，你若是找迟了，恐怕花再多的钱，也白搭。”

万宝强听到这话，他不敢怠慢，赶紧沿着午禁路下山去找三轮车。好不容易，找到一辆外形稍旧的三轮车，通过一阵谈价，最后以九十元成交。

“妈妈，有位女同学约我去玩。”女儿小声地对妈妈说，“我们班级有好几位女同学参加呢！”

“已经六点多钟了。”杨建云对女儿说，“什么地方？”

“在山下苏果超市旁边的卡拉 OK厅。”女儿兴奋地说，“妈妈，你们现在就不要回去了，让我和同学好好聚聚，明天再回去吧!”

“不行，那种地方你也能进？”万宝强一听女儿要上卡拉 OK厅，赶忙上前制止说，“现在刚考完试，你的身体还没有完全恢复过来。再说，卡拉 OK厅这种地方，里面什么人都有，我是反对你去的。”

女儿听了爸爸的忠告，没有说什么，只好帮助爸爸妈妈拿一些比较轻的东西往三轮车上放。

“小钱，你车子装好了，怎么还不回去啊？”杨建云一边装东西，一边对站在大门旁边发呆的小钱说。

“说不定我们今晚回不去呢!”小钱声音低哑地说，“刚才班主任打电话叫我老公去，说我儿子在学校打架，正在办公室接受训斥呢!”

“高考结束了，大家都各奔前程了，怎么还会打架呢？”杨建云不解地说，“这些孩子真是太不懂事了，这个时候还有什么过不了的坎呢!”

“没有什么过节，听儿子说，就是因为他和那个打架男孩子的女朋友说过几次话，那个男孩子认为我儿子抢他的女朋友……结果今天考试一结束，那个男孩子就找到我儿子，我儿子还没有反应过来，就被那个男孩子扇了几耳光，把我儿子打得晕头转向。现在，那个男孩子的爸爸也被班主任喊去训话去了。”

“真是太不像话了，这么大点孩子就开始争风吃醋了!”万宝强伤心地说，“明天就要离开母校了，竟然选择这样的方式来离别!不知道孩子心里怎么想的。”

“谁也说不清这里面究竟藏着什么因果关系。”小钱无奈地说，“听老公电话说，今天高考结束后，在县城中学校园里发生打架事件就有十多起，就好像传染病一样，让很多老师、家长措手不及，真是太让人不可思议了!"

"这恐怕与学生长期压抑有关，孩子一下子放松了，就好像脱缰的野马，无处发泄自己的感情，只好选择打架来宣泄自己的情感。"万宝强连声叹气说，"这种现象，以前我在初中见过，不曾想现在高中学生也会做出这种傻事来。由此看来，这种怪异现象，已经成为中学教育的一大诟病。"

"其实，这种事情，我儿子班主任早已预料到，十几天前就在班级开过专题班会，要求班级学生不要考试过后惹是生非。"小钱说这些话的时候，眼圈有点湿润，"我儿子是一个懂事的孩子，他认为自己不去惹是生非就行了……不曾想考试结束后，竟然让我儿子遇到这种倒霉的事情。"

"不错，我也听我女儿说起过这些事情，她班级也有不少学生说，高考结束后，有冤的报冤，有仇的报仇。我当时也认为这是学生在班级说的笑话。"万宝强似有所悟地说，"看来，这种现象，我们做家长的真不能假装糊涂了事，还必须把它当作一件大事来抓，不然的话，很容易造成不良后果。"

"小朱，我怎么到现在还没有看到你儿子呢?"杨建云看到小朱坐在三轮车上面，与站在车下的老公闲聊，便好奇地问小朱，"你儿子成绩那么好，该不会和同学凑热闹吧!"

"别提了，考试结束后，我儿子飞奔到租房，对我说，今晚和同学一起到街上玩玩，不回去了。"小朱有点生气地说，"临走时候，还向我要了一百元钱，还有我的手机。刚才，老公打电话给他，儿子说他和同学一起到网吧包夜去了，你说气人不气人!"

"现在让儿子到网吧去玩玩还是可以的，毕竟高考已经结束了，让他到网吧里面和网友聊聊天，放松放松心情是好事。你家儿子自控能力强，绝对不会出问题的。"杨建云说，"再说，男孩子和女孩子不一样，男孩子可以到这些地方去玩，女孩子就不同了。我是绝对不能让我女儿到这些地方去玩的，毕竟这些娱乐地方还有点乱。”

“就是因为这些地方有点乱，我才不放心的。听儿子说，今天网吧爆满，百分之九十九是高三学生，他们到这里包夜的比较多。”平时好讲好说的小朱，知道儿子不愿回去，心里也高兴不起来，嘴气得鼓鼓的，有气无力地对杨建云说，“要是头几年，我一定会把儿子从网吧里面揪出来，好好地教训他一次，让他知道违抗老娘的旨意，是绝对没有好下场的。”

“得了吧，你这种大话，从此以后就不要再提了，免得让人当笑话。”杨建云笑着说，“再过几年，儿子娶了媳妇，你还要看儿子脸色过日子呢!”

“呸!”小朱听了杨建云的话，一下子就从车子上跳下来，心中的火气窜有八丈高，像爆米花机一样对着杨建云说，“你放心，我的儿子，我心里有数，不管他长多大，我让他上东，他是绝对不敢上西的!”

蹲在大门旁边一直不说话的小姜，见小朱来了脾气，赶忙上前搭讪道:“你们都不要为孩子生气了，你看我也不是和你们一样吗，我的儿子考试一结束，就跑到我面前，和几个同学到县城卡拉OK包间狂欢去了。我抓住他的手，要他和我们一起回去，他死活不依我，没有办法，我只好在这里生闷气。当时，我老公去找三轮车了，回来后，一听说，儿子到县城卡拉OK包间狂欢去了，气得暴跳如雷，二话没说，就跑下山去找儿子了，到现在还没有回来呢!我真担心老公抓住儿子后会狠揍他，你说急人不急人?”

“那你为什么当初还让老公去找儿子呢?”杨建云认真地说，“你应该好好劝劝老公才对，现在儿子都已经成为大人了，他也应该有点自由了。”

“我老公脾气可大了，他绝不像你家万老师那样文质彬彬的，他说话就像打雷似的，我可拦不住他。”小姜说，“不过，最近几年，我老公的脾气比以前好多了，把自己主要精力都用在培养儿子上，对儿子的一举一动都很在意。今天，我没有拦他，因为我也担心儿子到那种场合学坏。”

“哎哟，你们看，前面那个伴读小院子里面怎么冒烟了?我们快去看看是不是失火啦!”万宝强正在听小姜和杨建云说话，忽然看到一股烟从前面小院里飘出来，赶忙停止搬运东西，着急地向众人说，“你们赶快去厨房放一些水，我先去看看怎么回事!”

万宝强顾不得放下手中的毛毯，直奔前面的伴读小院，到了跟前一看，傻眼了，原来一个女学生正在把一大堆书放进火里烧……她一边烧，一边说着别人都听不懂的话。

“她是你们的女儿吗?”万宝强看到这情形，连忙对站在旁边、手里拎着水桶、傻傻地、一句话都不敢说的小石说，“我的石兄弟啊，我们小院里的人还估计前面失火呢!都准备来救火呢，原来是你女儿在烧书。你女儿烧书，为什么不上去劝说她几句，你应该知道，她这样做很危险，烧书事小，失火事大。如果，一阵风吹来，把带火的纸张吹走，落到易燃物体上，很容易酿成大祸的。”

“万老师，我好话说了一大堆，女儿就是不听。女儿是以全县前一百名的成绩进入县城中学的，这次高考没有考好，心情非常烦躁，我不敢深劝，只能在旁边观看，只能在旁边告诉她注意安全。你看她烧书的时候，满眼是泪，把书撕成碎片，然后放进小火堆里面。”小石一看万老师过来救火，真是哭笑不得，赶紧把万宝强拉到墙角边小声地说，“我刚才从县城中学过来，一路上看到很多被撕坏的书籍，还有很多被撕坏的校服，我亲眼看见一个男生，当着那么多人的面，把自己身上的校服直接扒下来，踩在脚底下，撕成碎片，扔到树上……看到他那咬牙切齿的样子，我知道他的心情是非常痛苦的。我为自己不能上前阻止他而难过。现在，我的女儿在烧书，她的心情也不好过。我也理解她的心情，但愿她能够在烧书过程中，把她所有的坏心情烧完……”

众人虚惊一场，万宝强回来后继续把东西往车上装。没过多久，小钱的老公带着儿子回来了，小钱赶忙迎了上去，仔细地看看儿子的脸。两个红色的巴掌印还依稀可见，把小钱心疼得直想哭。

“没有大碍，明天就会好的。”杨建云在一旁劝说小钱，“让儿子以后学乖点，离那些调皮的孩子远点。古人说，惹不起，躲得起。好了，你也不要再难过了，毕竟他们都还是孩子，等他们走向社会的时候，自然会明白很多道理的。”

“现在孩子学习压力太大了，到处寻找发泄情绪的地方，很多无辜的孩子被打，就连那些不会说话的公物也会成为高三学生的发泄的对象。”小钱老公非常忧虑地说，“现在的学生，胆子真是太大了，脾气太火爆了。我刚才在高三住校生宿舍，不少铁皮门、铁床被学生用脚踹坏……还有几个老师在现场处理学生呢。”

“不说了，都赶快回去吧，不然的话，我们真要摸黑到家了。”万宝强摇着头，叹了一口气，无奈地对大家说，“兄弟姐妹们，小孩子考上学校了，不要忘记相互打招呼，也好去喝杯喜酒……”

众人很快坐上各自租来的三轮车，回家去了……

“爸爸，今晚我去姨姐家，不回去了。”当三轮车经过杨建云大姐家门口的时候，女儿对爸爸说，“今晚，我要和小姨姐好好聊聊，我明天下午回去。”

“这样也好，但是我要提醒你，不要太熬夜，你姨姐明天还要上班。”临走时，杨建云再三吩咐，“记清楚了，不要太熬夜!”

晚上七点半，三轮车才到家门口，驾驶员急匆匆把车上的货物卸在万宝强家门口，就赶着回去了。此时的万宝强和杨建云都感到从来没有过的疲乏，加上女儿高考不理想，心情也都不太好。他们把东西往家里搬的时候，很难说一句话。他们把东西全部放到楼下的大厅里，弄得满地都是。

万宝强知道杨建云太疲劳了，就让杨建云休息一会儿。杨建云在地上坐了两分钟，忽然想起盛放在桶里的两条黑鱼。她掀开桶盖一看，里面只剩下半桶水，黑鱼早已在运输途中，逃走了……

“这下好了，黑鱼也考虑我们太累了。不让我们费事了。”杨建云笑着说。

“太可惜了，女儿高考没考好，这黑鱼也来欺负我们。”万宝强没好气地说，“老天真是太不长眼了。”

“最后一件了。这袋书太重了，你一个人不好搬，还是我们两个人抬吧。”杨建云说。

万宝强试了试口袋，确实感到太沉了，便说：“好吧。”

就在杨建云抬着书袋往屋里走的时候，一不小心，脚面被铁床上凸出的铁片刮下一块肉，把杨建云疼得在地上乱滚。

万宝强顾不上疲惫，赶紧用自行车把杨建云送到卫生院就诊……

第二天，天刚蒙蒙亮，万宝强见杨建云脚上的伤好了些，便打电话问大姐：“昨晚，闺女什么时候睡觉的？”

“十二点才睡。”大姐说，“不过，她睡着以后，说梦话太吓人，两手攥得紧紧的，牙咬得吱吱响，仿佛要吃人……现在，书怎会把人读成这样！幸亏，我没有让闺女读大学，不然的话，我闺女也会成为三等残废。等你闺女回去后，你们真要把闺女带到一些风景区转转，好好让闺女散散心，不然的话，很容易留下读书后遗症……”

“大姐，你这是说笑话吧。”万宝强苦笑着说，“读书还能留下后遗症，这是我第一次听到……不过你的提醒，我会认真考虑的。”

写到这里，我想起了前几天在报纸上看到一个小故事：1968年发生的一起震惊全美国的事件。美国内华达州，一位三岁的小孩告诉母亲，她认识了英文字母"O"，这位母亲很吃惊，问她怎么认识的，她告诉妈妈说："是微拉小姐教的。"这位母亲在表扬了女儿之后，一纸诉状把微拉小姐所在的劳拉三世幼儿园告上了法庭，理由是幼儿园剥夺了女儿的想象力。因为她女儿在认识"O"以前，能把"O"说成苹果、太阳、足球、鸡蛋等圆形的东西，然而自从幼儿园教她认识了26个英文字母之后，女儿就失去了这种能力。她认为幼儿园剪掉了女儿想象的翅膀，她要求幼儿园对此负责。

这个故事对我触动很大，它告诉我们的道理太深刻：在现代化教育过程中，我们教育工作者不应忘记，决定一个人最终"胜负"的，不是掌握知识的多少，而是人生的境界与视野，信仰与责任，以及自由的心灵；教育的本质是成就人的丰富心灵，教育的原点是关注人的全面发展；不要再用"人数、分数、钱数"来衡量教育得失了，不要再用题海战术来作为现代化教育突破口了。要知道中华民族的复兴，取决于我们的教育，取决于我们是否能让教育回归释放人自由心灵的原点。

让我们一起发现孩子并解放孩子吧!让我们一起努力促成教育回归原点，实现教育觉醒吧!

三十六　勿用狭隘英雄观来泯灭人的理性

今天是 7月24日，也就是高考发榜那天，电信公司利用很多种广告途径，让考生以及家长知道：今天晚上八点可以在固定电话上直接查到考生的高考分数。其实大家都知道，考生不用座机查，两天后也会从考生所在的学校知道自己考多少分。但是，几乎所有的考生以及家长都不愿再等两天。

因为，他们都清楚，早一天知道心里更踏实：知道高考分数就意味着考生知道今年能不能考上名牌大学，就知道考生今年能不能考上二类本科院校。其实这个时候，最想知道高考分数的往往不是考生，而是他们的父母。因为，他们的父母知道分数后，就能够立马知道这么多年的付出有没有回报；就知道这么多年的等待是鱼还是虾；就知道自己在周围人眼里是不是真正英雄！

由于高考分数只能用座机查，而现在很多人使用手机，普通家庭都没有座机电话，这让很多考生父母很为难。他们没有其他办法，只好赶到附近学校去找座机，希望自己早一点知道孩子高考分数。

晚上七点光景，高考热线就已经开通了，比预先知道的查分时间足足提前一个小时，这给焦急万分的父母送去一份夏日的清凉……

“让我先查吧，我儿子的成绩一直非常好，听我儿子说，这次高考他非常顺利，尤其语文考得非常好，英语考得也不差，至于数学，有点小失误，语数外三门总分应该超过 320分，一类本科有点悬，二类本科绝对是十拿九稳的。”和万宝强同住一个街道的老王，为了炫耀儿子的学习成绩，极力夸奖儿子。“不过，现在儿子高考分数还没有出来，我的心还是有点紧张的，因为，我儿子的成绩很不稳定，有时在天上，有时在地上，但愿这次他能给我露露脸，为我们家光宗耀祖。”

“你儿子能考 320分以上，真了不起，有希望走一类本科。”万宝强听了老王的话，非常羡慕地说，“因此，我建议大家都别跟老王争，让老王先给儿子查，我闺女考得不好，最后查。”

由于这里的家长很少会操作查分程序，因此，只能由万宝强代劳……

万宝强按照电话设置的程序，有条不紊地进行操作，此时大家都屏住呼吸，屋里只有电话里传出的声音：语文 85分……附加分 23分……数学 62分……英语60分……政治B……历史C……总分230分……

“230分，这怎么可能呢?这肯定弄错了!这和儿子预估的分数相差太大了。”老王听了电话报出的分数后，好像自己做了贼，但是又不愿承认自己儿子成绩差，还是继续大声嚷嚷，“肯定是电话报错了，报错了，我儿子成绩可好啦，怎么会考出这点分数呢？230分，230分，真是太丢人了!这丢人的分数!那是绝对不可能的事情，我还要请万老师再查一遍。”

“这分数老王不相信，还想再查一遍，认为自己听错了，我们大家就让老王再查一遍吧，免得老王一夜睡不着觉。”万宝强看到老王那种着急的样子，心里很不是滋味，便央求大家说，“再给老王一次补查的机会，说实话，这电话报出的分数，声音确实有点小，而且吐出的声音有点模糊。老王啊，你这次可要听仔细了，如果再像上次那样心不在焉，大家是绝对不会再给你机会的。因为，大家都想早一点知道孩子考多少分。”

语文85分……附加分 23分……数学 62分……英语 60分……政治

B……历史C……总分230分……

“老王，这次总该听清楚了吧，230分和320分两个数相比，都是有三个相同的数字组成的，只不过排列顺序有点小差别，仅仅是开头两个数字出现了‘小’错位。”喜欢和别人开玩笑的老李，笑着对老王说，“说实话，我还是很佩服你的，你竟然把这三个数字都猜中了!真的挺不容易的，我可没有这个本领，要是给儿子猜分数，肯定连一个相同数字都碰不到。”

“老王，这次你肯定听清楚了，不过你不要生气，即使儿子是一根狗尾巴草，也是一根英雄狗尾巴草，对吧?”一位平时不爱说话的家长，听不惯老王如此夸儿子，也不屑一顾地对老王说。

老王见大伙嘲笑他，心里有十二分的不高兴。他怪儿子关键时候不给他争气，满肚的委屈只能在心里憋着，便灰溜溜朝人群后面走去。

“不要再闲扯了，我老早在这里等分数了，现在晚饭还没有吃呢!”人群中的仲师傅嚷道，“刚才老王对自己孩子高考成绩第一遍就听清楚了，故意让万老师查第二遍的，也是有意来忽悠我们的，就是不愿承认儿子高考分数这么低，其实。你又何必假装糊涂呢?”

“仲师傅，你说话不要说得这么难听好不好?谁忽悠大伙了?”蹲在地上、脸色微红的老王仍然不服气地说，“我可告诉你，我的儿子从小到大在学校成绩都是一流的，这次绝对不会考这点分数的，这个事实我比谁都清楚。如果真要是考这点分数，也绝对是失误造成的。我儿子数学成绩向来是全校数一数二的，每次月考都是在一百三十分以上，那可是千真万确的事实!”

“不要再吵了，我们继续查分，等我们查完分数了，你们两个人在这里吵上一夜我们大伙都没有意见。”万宝强见他们想要吵架，赶忙上前制止。

仲梦丽语文85分，数学48……分，附加分 25……分，外语 55……

分，物理 B，化学 C，总分 213分……

“我的妈呀，我女儿的数学怎能考 48分呢?这是绝对不可能的事情!这电话肯定有问题。”仲师傅听到女儿高考分数后一下蒙住了，“总分 213分，这怎么可能呢?我女儿学习成绩向来是很好的，绝对是失误造成的……看来刚才老王说电话有问题，还是有道理的。”

当老王听到仲师傅的女儿高考总分只考到 213分时，内心也开始平静了许多，心想，原来我儿子的高考分数还不是最差的，竟然还有一个垫背的，不妨在这里多待一会儿，说不定我儿子的高考总分还是这个地方的状元呢!

“仲师傅，你女儿平时月考怎么样?一百六十分的数学试卷能考多少分呢?”万宝强带着惋惜的口气问。

“万老师，我女儿的数学成绩确实非常好，平时数学月考成绩都在一百五十多分。”仲师傅眼睛睁得好大，直视着万宝强，仿佛要从万宝强身上找到说话的靠山。

“如果你女儿平时数学成绩都能考到一百五十多分，那么这高考成绩真的有问题了。”万宝强说，“不过，我们国家对高考阅卷工作还是比较重视的，如果真的错了，那你现在也不要着急，我们国家有严格的查分渠道，绝对不会冤枉任何一个考生的，这请你放心好了。

“你女儿每次月考成绩都在一百五十分以上，这次竟然只考了 48分，这差距未免太大了吧。”人群中老胡笑着对仲师傅说，“看来，这高考真是一个鬼门关，凡是经过这里的人都要缩水的，一个大胖子，出来后肯定会变成一个芦柴棒的……”

“兄弟，现在市场上到处卖减肥药，如果高考能这么神奇，那很多减肥中心还不真的要关门啊。”人群中老刘认真地说，“现在，问题的关键是，不是鬼门关的厉害，而是这个胖子是不是实实在在的真货，如果是一个靠棍子打出来的虚胖，那就不好说了。”

“我们大家现在都不要吵，头脑都冷静冷静，孩子考多考少，已经定型了，不要再去议论孩子分数了，等你们回家后，好好地和孩子沟通一下，这些分数是真是假孩子心里最清楚。”万宝强拿出做老师的架子对大伙说，“我们现在抓紧时间查分，等查完分数以后再去议论好不好？”

大伙听万宝强这么一说，暂时都安静下来了，又接着查分数了……

“万老师，你怎么不查你女儿高考成绩呢？”和万宝强同一个学校的马老师着急地问，“你女儿的学习成绩可是我们街道上最好的一个，你可不能把肉埋碗底吃啊！”

“马老师，你又不是不知道我女儿考试中途出了一个小差错。她平时学习成绩还马马虎虎，经过这次打击，恐怕要在全街道考生中垫底了。”万宝强不好意思地说，“这个分数，我不用查也能够知道它的结果，肯定是差得一塌糊涂，绝对不能上台面。”

“万老师，人说瘦死的骆驼比马大，这个道理我还是懂的。”马老师说，“我不管别人是怎么看你女儿，但是，我对你女儿还是充满信心的。”

“你就不要给我鼓气了。我对女儿这次考试成绩，早已心灰意冷，还是不知道的好，免得女儿今晚睡不着觉。”万宝强说，“我最近心脏不好，怕受刺激，打算让女儿明天早上自己查，让她去感受一下‘惊心动魄’的滋味。”

“你家孩子回来后，感觉怎么样，有没有告诉你能考多少分？”马老师继续问万宝强，“我估计你家孩子最低也要考个二本。别人家孩子失误是挂在嘴上的，你女儿失误是真实的。也许看不见的暗礁才是最危险的。”

“你不要只顾问我女儿考多少分了，你还是说说你儿子能考多少分吧！”万宝强对马老师说，“你家儿子最近考过试也不出门，是不是现在还躲在家里学习呀。”

“你不要抬举他了?他生来就是一个家里待不住的人，自从高考结束后，他就跑到苏州舅舅家去了，最近他有一个同学结婚，他才从苏州赶回来。”马老师很轻松地说，“我估计他这次肯定考得不太好，不然的话，他早已在跟前要这要那的了。”

“你儿子现在在哪里呢?”万宝强问马老师。

“我看他刚才跟我来的呢，转眼不知跑哪里去了。”马老师一边说，一边朝门外走去。

一会儿，马老师带着儿子马龙进来了。

“马龙，听说周识海跟你一个班，都是县城第二中学阳光班的学生，他平时成绩怎么样?”万宝强说，“他是我同学的儿子，听说他成绩不错的。”

“哦，周识海，他呀，他是我们阳光班的学生，但是，他的成绩甭提了……是我们班级有名的差生……他平时成绩经常倒数……尤其那英语成绩，我从来就没有听到过他考及格过。”马龙摇了摇头，不屑一顾地说。

“那看来今年喝不到他的喜酒了。”万宝强非常惋惜地说。

“马龙，还不赶快准备……去查查自己的分数?”马老师笑着向儿子嚷道，“上次，你必修课考了四个 A，人家都把你捧上了天……现在可是你光宗耀祖的大好时候了……”

不到三分钟，马龙高考成绩出来了，总分 340分，选修课物理 C、化学 C。

本来准备炫耀儿子成绩的马老师，当听到儿子选修课物理、化学都只考到 C时，他再也笑不起来了。因为，他已经意识到，自己一直引以为傲的儿子，今年肯定上不了二类本科以上的院校了。临走的时候，也没有和万宝强打招呼，只是默默地把儿子带回家了。

最后，万宝强在大伙的再三要求下，也把女儿的高考分数查出来了，让他意想不到的是，女儿的语文成绩竟然考得非常优秀，一百六十分的试卷考了一百三十分，四十分的附加分也考了二十七分。结果，万宝强女儿高考总分突破三百二十大关，刚好达到江苏省划定的二类本科分数线。这把万宝强乐得屁颠屁颠的。

第二天，天刚蒙蒙亮，万宝强就被外面的喧嚣声吵醒，推开窗户一听，才知道，本市文科高考状元、本省高考文科第六名考生竟然是本街道陈医生的女儿。

他赶忙起身下楼，走进热闹的人群。

“今天，县城中学校长带着一班人马到陈医生家门口，燃鞭炮祝贺，并且还为陈医生女儿送去两万元的奖学金，这真是天大的福气。”马老师在热闹的人群中把这个小镇有史以来最好的消息告诉大家，看他眉飞色舞的样子，仿佛本市文科高考状元、本省文科高考第六名的考生不是陈医生的女儿而是自己的儿子。

“你看人家陈医生的女儿，平时文文静静，从来就不喜欢在人面前咋咋呼呼的，一看上去就像一个文曲星的样子。”老王的老婆见万宝强走近，便对万宝强说，“这就叫会叫的猫逮不到老鼠……万老师，你说是不是?”

“陈医生女儿成为本市文科高考状元啦!看来，我们这个穷乡僻壤要出名了。”万宝强随声附和道，“你看不要几天，我们小镇就要热闹起来了，就要在全国有名了!”

“为什么啊?难道陈医生一个女儿就能把这个穷乡僻壤扬上天!”老宋老婆听了万宝强的话，不解地问，“这是什么事呀，不就是考试比人家多考几分吗?又不是陈医生女儿拾到一个金元宝，何必这么大惊小怪的呢!”

“现在，我们国家非常重视高考，全社会也都非常重视高考状元，全国各地都在炒作高考状元，从省高考状元到市高考状元，你看，现在广播电视、大街小巷人们都在极力吹捧。不仅如此，全国很多商家，似乎从中嗅出黄金的味道了。一个省级的高考状元头衔价值，多达上千万元，就连市高考状元头衔价值也能达到上百万元。”万宝强饶有兴趣地说，“因为，这不仅有商家在炒作，更重要的是还有状元学校在大势炒作，这已经成为中国教育舞台上一道独特的风景。”

几天过后，万宝强除了听到不少商家来到陈医生家外，还有全国几所品牌大学，也陆续派人来到陈医生家，不到十天，陈医生的女儿不用填报高考志愿，就已经被全国知名大学直接录取了。

其实，在现代教育舞台上，我们的教育英雄观，更应倾向于理性化、人性化的英雄观。我们教育工作者绝不能把孩子当成高考的机器，应该从人性和人本的角度来审视高考。我们知道高考的目的是为了选拔人才，而选拔人才的目的是为了人类更幸福地生活，高考中伤害任何一个人，都是与高考目的背道而驰。因此，我们必须打破以高考分数论英雄的狭隘观念。绝不能以高考成败论英雄。只有这样，我们的现代化教育才能迎来更加美好的未来。

三十七　教育的根是苦的，但其果实是甜的

今天是7月28日，第一批填报志愿工作开始了。万宝强带着女儿乘坐公交车来到县城中学。填报志愿之前，学校召开了隆重的庆祝大会。县城中学特邀本校市文科高考状元在大会上作精彩演讲。

市文科高考状元演讲的题目是《教育的根是苦的》，主要内容如下：

我来自农村穷山沟，家里没有可以维持我读书的钱财，我从小学开始，每年都要面临辍学的危险，是好心人每年赞助我，不仅给我交了学费，而且还给我大部分的生活费。虽然我得到了很多人羡慕的赞助费，但是，我被这沉重的赞助费压得无法呼吸，因为，我要报答给我帮助的人。

我拿什么报答别人呢?于是，我开始思考帮助别人的途径，我深知没有能力的人，是很难帮助别人的，而一个人的能力是需要知识支撑的，于是，我在读书中产生绝地反击的勇气。

三年前，年仅15岁的我是以全县中考第一名的成绩考入县城中学的，我不会忘记艰难困苦的初三岁月。当时我们班级的英语老师考上公务员了，新换的英语老师我还不太适应，我几乎只能自学。我就和本班级四个喜欢英语的同学聚集在一起学习，经常请教其他班英语成绩优秀的学生，并且发起了“互相出题和讲解”的活动。最后，我们四个人都顺利考入县城中学，并且有三个人在中考中进入全县前一百名。

入校后，校内两次优生选拔赛使我进入了很多学生向往的年级最好的实验班。

在县城中学校园里，这个班级还有一个响亮的称呼——“火箭班”，它是由全国优秀语文教师高建民老师任班主任。然而，在这个通过层层筛选汇集的30人的精英班级里。开始时我一并不顺利，高一上学期的几门考试成绩都不理想，语文、英语、数学等学科比较复杂，学起来有点吃力。

我又重拾起初中的学习方法，经常找班里的同学一起琢磨学习上的难题。那时我经常忙到很晚，除了学习，还要花几个小时处理社团的事，有时候要忙到夜里十二点多钟，我才睡觉。第二天早上，我往往是伴读小院里第一个起床的。那时，我几乎是“朝五点晚十二点”的节奏。和我住同一个伴读小院的同学孙超总会忍不住问我：“你究竟是如何在尽量少的睡眠下又保证不困的呢？”我笑着回答：“人一天睡5个小时就够了，多了就是浪费时间。”

其实，我也没有异于常人的学习方法，可能就是比要求的多做一点点，可选的作业和活动，就尽量都去完成；图书室里面的好书，尽量去多读。如果有可能的话，学校里的团队活动我尽量都参加。在我看来，每学科的学习重要性不仅在于具体的知识点，更在于培养思维能力以及知识在生活实践中的运用。

进入高二，我开始走上了“随笔作文”的探索之路。那年暑假，我加入了由高建民老师领头的“随笔作文”兴趣小组，就此打开了一个新的视野。

从那时候开始，我和高建民老师合作了一年多。这段宝贵的经历使我领略到“随笔作文”的魅力：是否可以把“随笔作文”和社会生活联系起来？是否可以把“随笔作文”与英语学习联系起来？如仅从作文这个角度来提高写作水平而不是将“随笔作文”应用于多门学科，那是不是我想要的结果?这些都成了我关注的重点。

此后，上课之余，我把大量时间泡在“随笔作文”上，为了方便，伴读房间的沙发随便一蜷就是一晚。过去几年，每天五个小时的睡眠对我而言，几乎是家常便饭。甚至在高考期间，我还马不停蹄地连续奋战两晚。

高建民老师是一个非常负责任的老师。我们合作的时候，我是县城中学的学生而他是两个班级的语文老师，我们只能在课外活动的时候交换意见。虽然他每天上课很累，但我每次有问题找他，几乎都能在课外活动的时候找到他。他除了负责自己的语文教学，也不忘适时提醒“随笔作文”兴趣小组同学的学习。

正是我们对“随笔作文”的专注，我们“随笔作文”的兴趣小组，有五人获得全国知名大学提前录取资格。其中有两名同学获得北京大学提前录取资格。

因此我们学校的“随笔作文”成果很快得到教育界的认可，并且成为全省语文教学重点研究课题。谈及“随笔作文”，我只能用最朴素的两个字——“坚持”来概括:无论我们想在哪一方面取得一些成绩，都需要一个漫长的积累过程。在这个过程中，我们可能遇到种种困难与挫折，我们想要放弃或退缩，但只有克服这些困难，才能迈上新的高度。

我很幸运自己能在县城中学实验班这样一个宽松的环境中成长，并且感觉在这种环境中成长是很难不热血沸腾的。在我眼中，自己所在县城中学第一集体——实验班确实有这样的魔力:从县城中学到全国知名大学怎么走路程最短?学生如何选择学习方式成功率最高?在课堂上“悬赏”必胜客出题，90%的同学都能在激励下25分钟内解出。这就是实验班班主任高建民老师亲自上课时的情景。

正如高建民老师所言，一批优秀同龄人共同营造的竞争氛围，是一个能够发现兴趣、激发潜力的模式环境。高建民老师曾多次表示，县城中学这些学生完全不比全国一流中学培养出来的学生差，毕业生在全国已经获得较好的名声，至今已经有多名学生在哈佛大学获得博士学位。

三年的县城中学读书生活，让我度过了极其美好的时光，我不仅专注于学业，还将大量的精力放在自己的第二集体——县城中学“随笔作文”兴趣小组上，让我把更多的时间投身于公益活动和社会实践中。

回首三年的高中生活，县城中学浓烈的求学氛围给了我很大的触动；老师的敬业精神让我看到县城中学既有广阔的育人舞台，又有蒸蒸日上的美好未来，我们绝没有退缩的理由。

我热爱学习，但是我又反对死读书，学习之余，我们可不要忘记给自己心情放松，操场、班级、宿舍是我们同学打成一片的地方：一起说三国杀、侃大山、互相推荐交流好书……

如今已经被北京大学录取的我，我绝不会忘记母校给我的一切，我绝不会忘记我的恩师、我的同学，现在，我被北京大学录取，但是我深知未来还有艰辛的路要走，我会把做学问当成一生的理想来奋斗。

这个理想的实现，很大程度上要归功于我的“偶像”——高建民老师。几年前，这个连续任教县城中学高三语文十多年的高建民，在县城中学开始推行“随笔作文”教学。他针对我国高校提前录取特长生的实际情况，融合国内先进教学方法，为县城中学学生专门制定了“随笔作文”教学法，并亲自辅导“随笔作文”兴趣小组。

高中三年，高老师每次用平淡的话语回首往事和学生交流时，他那“虽千万人吾往矣”的理想主义风骨都潜移默化地影响着我：读书的目的是什么?我觉得最重要的是能发现这个世界，更重要的是发现你自己，了解自己的兴趣、能力在哪里。理想的事情是你找到一件事情你又有相当的能力，然后你又很有兴趣。如果一个人能满足这两点要求，并趁年轻努力工作，这个人就相当幸福了。如果我能像高老师那样，能有机会把自己所学的知识在我出生的家乡生根，有条件为家乡培养出更多的杰出的人才，我觉得这的确是一件非常有意义的事情。

其实我很想在“随笔作文”这条道路上一直走下去。并且希望能把这“随笔作文”给我的人生改变带给普通人，让更多的读书人感知到“随笔作文”带给生活的美好和幸福。这些愿景，我相信会是一个长期积累的过程，不需要着急。我现在还不到十八周岁，未来的路还很长，要实现这些愿望，时间还是非常充足的……

有人说，现在我校的“随笔作文教学”已经取得成功，得到社会的广泛赞誉，但是，我们不要忘记，这成功的花朵，是用汗水浇灌出来，是用永不言弃的执着耕耘出来的；它的芬芳是用苦水洗礼出来的，是用广大师生用心血滋润出来的。

……

下面是县城中学校长在庆祝大会上的讲话稿，题目是《教育的果实是甜的》，其主要内容如下：

几年来，我们学校有多名学生考取清华大学、北京大学。他们往往被地方人称为“高考状元”。这些孩子大多思想活跃，反应机敏，诚实礼貌，而且有体育、艺术方面的爱好。根据我多年的观察，他们以及与他们平常交流最多、也是竞争最激烈的同学，形成了一个独特的兴趣小组，不管怎样考、考什么，成绩最好者总是出自这些兴趣小组。今天看来，这些兴趣小组中的每个人都可以说是我们学校中的佼佼者。

古今中外，对读书中佼佼者的欣赏几乎是一致的：

当代文学家钱钟书，北大的图书馆成为他家的书房，于学无所不通，具有照相机似的头脑。他写的《围城》举世闻名，字里行间的幽默智慧和人性荒谬，细节刻画之入木，让人百看不厌；还有当代著名的散文大家余秋雨，他踏遍世界名胜古迹，写下千古名著《文化苦旅》，开创中国散文新天地；还有当代著名文学大亨贾平凹，对乡土风物人情了然于胸，可谓是“世事洞明”“人情练达”，他的《商州记事》把乡土朴实之美、情趣之美、诙谐之美表现得淋漓尽致，往往让人击掌赞叹；还有中国当代文学领军人物莫言，更把生活实践当作制胜法宝，为中国文学吹进一阵阵正视现实的春风。

再说，我国古代史学巨匠司马光，他的警枕故事家喻户晓，他给帝王将相的教科书《资治通鉴》，被朱熹赞为“伟哉，书乎！自汉以来未始有也。”

还有美国作家艾萨克森在《乔布斯传》作品中，不惜引用莎士比亚的名句“啊!光芒万丈的缪斯女神，你登上了无比辉煌的幻想的天堂!”，以示对这位“富有创造力的企业家”的赞美。

如果说“世事洞明皆学问、人情练达即文章”，那么每一个行业就都有佼佼者，都有出类拔萃者脱颖而出。我们津津乐道科比、梅西、纳达尔在球场上的表演，为李安、汤姆·汉克斯、冯小刚鼓掌喝彩，阅读比尔盖茨、宗庆后的传记、报道，因为他们都是所属领域的佼佼者。所以，我们在欣赏大家之余，也要欣赏今天“读书中的佼佼者”——那些在课堂上、考试中以及面对书本和一切习题时具有“超强大脑”的人。

1971年，美国耐克公司成立。此后 7年，耐克像其他体育用品公司一样，用明星运动员的战绩神话来宣传自己的产品，但收效甚微。直到他们开始关注默默无闻的跑步者的故事，在广告中着力描写运动员单调平凡的训练生活，最终才打开了市场的大门。训练生活才是运动员的真实生活，才能最真切地反映运动员的精神世界，也最能赢得别人的尊重。

“读书中的佼佼者”又何尝不是如此?我曾亲眼见到头发花白的文字工作者在青灯古卷中孜孜以求的专注，也见过中国乒乓球运动员近一个小时“搓短球”的枯燥。去年以来，大众媒体所见的“汉字听写大会”“最强大脑”等节目，展示出众多读书中佼佼者的夺目风采，但他们不为人见的刻苦用心、超乎常人的执着努力和面对挫折时的坚持从容，又有多少人能够体会领略?读书人的可贵，也许正在于此。

有些人曾以“未见得成功”质疑“高考状元”，甚至以“高分低能”否定“高考状元”，此说大有不妥之处，不值一驳。以阶段论，“高考状元”如同运动员拿了金牌、农民收获了庄稼、商人签下一单生意一样，当然是成功了。从长远看，谁能断言自己永远拿金牌、年年获丰收呢?“高考状元”未来的路与我们普通人一样，长远且未知，这也正是我们愿意与“高考状元”同行的原因之一。有人说，一个北京大学的本科生毕业后到菜市场上卖猪肉，这样的人，即使在社会上有，我敢说他们也是高智商的“屠夫”。

有位哲人说，上帝给他关上一扇门，还要为他打开一扇窗。每个人都有自己的长处和短处，门窗之别，人人都难例外。据说篮球场上大名鼎鼎的迈克尔·乔丹却不会游泳，苛求“高考状元”个个都能“出得厅堂下得厨房”，恐怕是我们自己心理上有问题吧?

……

万宝强听了市文科“高考状元”和县城中学校长的演讲后，感慨良多，认为他们说得太好了，前者道出中国素质教育的开山之难，后者道出中国素质教育的前景之美。此时，他想起西方圣人亚里士多德的名言:教育的根是苦的，但其果实是甜的。不是吗?不行苦之春风，哪有甜之秋雨。其实，在当今素质教育的舞台上，任何人要想取得事业的成功，必须要有绝地反击的勇气和持之以恒的精神。它绝不是发几个文，看几本书，调几次研就完事的。素质教育要在内涵上下功夫，不要做表面文章;不要认为现在素质教育推行起来很难，就束之高阁。一位老师、一位家长，一位教育工作者，如果都能像当代著名教育家魏书生那样，正视素质教育根之苦，品味素质教育果实之甜，恪守心灵的宁静，淡化应试教育，卸下沉重的功利包袱，无论是老办法、新办法、土办法、洋办法，只要我们潜心改造、创新，都会成为素质教育的好办法。

三十八　重塑社会主义核心价值观让教育更高尚

万宝强的女儿点招成功以后，他开始拼命地为女儿上学借钱。

可是这次借钱不是小数目，而是七八万。再说，现在农村人家哪有那么多闲钱呢?没有办法，万宝强还是硬着头皮向本家兄弟姐妹借钱。本家兄弟姐妹没有让他失望，纷纷解囊相助，但是他高兴不起来。原因很简单，一是没有借到足够的钱；二是听到了一些责怪他的声音：点招这么贵，没有钱，你又何必逞强呢!

万宝强除了借债以外，他还来到县大学生资助中心为女儿上学办理了八千元助学贷款。

在资助中心的大厅里，万宝强万万没有想到，他竟然遇到多年没有见面的嫡系学生陈功。一阵寒暄过后，陈功告诉万宝强，他和母亲也是来这里办理助学贷款的。

万宝强对此感到有些诧异，似乎不相信自己的眼睛。

“你不是早就本科毕业了吗?”万宝强问陈功，“你为什么还要来这里办理助学贷款呢?”

“是的，我本科毕业以后又读了三年硕士研究生，今年我又考上了博士，继续留在上海攻读博士学位。”陈功说，“以前，攻读博士不收学费，现在不同了，攻读博士学位还要交三万块钱学费，而且是一次性付清。我家经济条件不好，爸爸在县汽车站工作，每年拿点工资不够他人情事务花销的，幸亏我妈在村里承包了一百多亩地，勉强维持我上学。这次上交学费太多了，我只能来这里办理助学贷款，以解燃眉之急。”

“你读研究生国家已经给你工资了啊!”万宝强对陈功的话有点不理解，“难道你读研究生还不能挣钱填饱肚皮吗!”

“不错，我读研的时候，每月国家给我三百块钱，但那不是工资，而是我们国家发给我的生活补助费。你想，每月三百元钱的生活费，哪能在上海填饱肚皮呢!因此，每月家里还要给我大几百块钱。”陈功说，“其实我也想到校外打零工赚钱来贴补自己的生活费，减轻家庭的负担。但是，我真的不愿把自己人生中的大好时光白白浪费在外面打零工上。”

“话可不能这样说啊，现在读研在外打零工的现象还是比较普遍的。你不愿到外面打零工挣钱来减轻家庭负担，这是你的不对。你要知道，在上海读研，学费、生活费可不是小数目啊!母亲虽然承包了一百多亩地，但那是针头削铁的事情，除了化肥、子种、请工、耕田、耙地、灌溉、农药，余不了几个钱……”万宝强说，“你现在还有稀饭吃，如果到了不去打零工就没饭吃的时候，那你的小腿就会跑得比兔子还快。你现在应该知道农村家庭挣钱不容易，要多为你爸爸妈妈减轻负担才对啊!更何况你家庭的经济收入主要靠你妈妈承包土地获得呢?”

“万老师，你知道研究生到校外打零工挣钱也是一件很辛苦的，往往要占用课余大量时间，坐地铁、挤公交车、同客户打交道，再说，我读研本身也是很辛苦的，很容易造成顾此失彼的结局。”陈功非常无奈地说，“导师把研究论文题目给我，让我在平时科研实践中去发现、分析、解决问题，收集第一手资料，只有我把论文写好后，他才会对我的论文进行必要的指导。你要知道，我们学校研究生要想毕业，至少要在国家正规学术刊物上发表一篇论文才能过关。而发表论文，如果没有导师的指点，那就是白搭。因此，我平时只能多和导师接触交流，围绕论文研究方面做功课，哪有时间去干别的事情呢?"

“我听人说读研很轻松的啊，怎么一到你嘴里就变成硬骨头呢?是不是你在庙里念错了经，被方丈关了禁闭?”万宝强幽默地说，“要不你就是拉不下面子的人，不愿干苦力活。”

“不是这样的，我是在农村长大的，可不是那种欺祖忘根、叛孽忤逆的人，从小到大，虽然在学校读了二十余年的书，但是，农村的脏活、累活，我还是干过不少的。”陈功辩解道，“这主要是我们读研的时候，天天要跟着导师转，导师要我们去工地，我们就要去工地;导师要我们去北京，我们就要去北京。也就是说，我们每天都要为导师干一些力所能及的事情。”

“给导师干力所能及的事情，这不就是给导师干私活吗?”万宝强惊讶地说，“你能说一下这些私活具体内容吗?”

“其实，这些事情严格地说，算不上我们给导师干私活，而是我们应该做的研究实践课。我们的导师，每年都要向国家、企业申请工程项目，他把这些工程项目申请过来以后，会把一些任务分配给我们做。”陈功认真地说，“这些工程项目，往往需要一个团队共同来完成，而他所带的研究生就是他最佳的团队人选。”

“你也懂其中的内容吗?你也跟导师去研究其中的难题吗?”万宝强对这些话题很感兴趣，就像刚懂事的孩子，继续好奇地问，“这和你研究生研读的课程有联系吗?”

“我们这些读研的学生只给导师做下手，主要做一些文字材料处理，画一些设计图纸，还有一些办公杂务。”陈功听了万宝强的话，有点难为情地说，“你要知道我们还是学生，哪能跟导师去一起研究工程项目呢?导师吩咐我们做什么我们就做什么，正常情况下，我们所做的事情和我们读研的课程都有一定的联系。我们从导师那里真的能学到不少东西……”

“既然你跟导师搞课题研究或者搞企业工程项目，那就应该得到相应的工作报酬。”万宝强说，“导师一个月能给你开多少工资呢？”

“导师给我钱，但那不是工资，而是奖学金。”陈功说，“一般情况下，学期结束后，导师会根据我们研究生平时工作的实绩，发放不同档次的奖学金，多则五六千，少则两三千，不过，我们知足了。”

“你们导师真‘大方’！一年会给你们五六千块大洋!要是我就舍不得，你跟我学知识，凭什么还给你工资，过去徒弟拜师学艺，学徒都要倒给拜师费呢!”万宝强苦笑道，“只不过，现在师徒关系和过去的师徒关系不一样了，他教你知识，国家给他工资。你可不是导师扫地的拖把，擦桌子的抹布，贴身的丫鬟，随叫随到的书童……唉!现在，这些导师可真会用人，给了你一根鸡骨头，你就把它当金条了；他赚了大钱了，却忘了下蛋的母鸡了。只可惜，天底下像你们这样的学徒，只知下蛋，不知向主人要米谷，真是太难得了。陈功啊，你想想，这样不用加油、只需加水的汽车谁不愿开!”

“万老师，你不能用这样的话来挖苦我们的导师啊，他可是我们指路的明灯、航行的舵手，导师就是不给我一分钱，我也愿意给他干!”陈功有点生气地说，“因为，我可以从导师那里学得我今后赚大钱需要的知识和技能，这种润泽之功，那是我永远都报答不完的。”

“懂得感恩是好事，但问题是导师有没有尊重你的劳动。”万宝强鸣不平地说，“你们每天拼命地干活，却得不到最起码的报酬，我认为你们导师做得有点欠缺。”

“现在，读研、读博基本都是这样度过的，报酬是有点少了，但是，有些知识技能对我们今后工作的确很有帮助的。”陈功非常认真地说，“要知道这些知识和技能往往是本科阶段书本上学不到的东西，很珍贵。”

“你在读三年研究生时导师究竟让你干了哪些工作呢？”万宝强

问，“有没有干单调、重复、没有技术含量的活？”

“那当然有。我们导师所承担的课题大致分为两种，一类是国家基金项目或科技攻关项目，这类课题对理论或技术创新要求高，经费由国家提供；另一类是导师从企业拉来的，旨在为企业解决新产品开发、技术攻关之类的难题，经费来自企业。”陈功说，“只有跟着导师做前一类的课题，我们才能真正学会研究的方法，获得思维和学术上的进步。打个比方吧，在导师帮助下安心地做科研，就像是在做雕塑，出的是艺术精品；而为项目打工，就像是天天割荒地上的草，到最后，无非是割草的速度快了不少。”

“割草的时候，你没有怨言吗？”万宝强好奇地问，“因为，你们割草的时候，肚子饿了，还要父母掏腰包给你们填饱肚皮，而开垦出来的良田，并不属于你，培育出来的果实，你们只有仰望的权利，而没有分享的权利，我认为这很不公平。”

“万老师，我会永远对你说‘我绝对没有怨言，导师就是我的再生父母，他让我干啥就干啥。’”陈功说，“只不过，我拿父母从农村土地里‘刨’出来的辛苦钱来干这些活，觉得有点对不起自己的父母。”

“你知道你的导师每年能从承担的项目研究中挣多少钱吗？”万宝强说，“那可不是简单的小数目，少则几十万，多则上百万啊！”

“这我不太清楚，但我知道我们导师最近刚把大众牌轿车换成奥迪了。”陈功有点不好意思地说，“我认为让导师这样有才杰出才能的人得到更多的报酬那是天经地义的事情，因为，我非常羡慕导师的才华，就是国家、企业每年给他五百万收入也不为过，这比有些人到台上一亮相就挣上百万应该得多。”

“陈功，你也不要去用你的价值观来评价你不熟悉的人，你也应该知道那些人不容易。台上一分钟，台下十年功。”万宝强辩解道。“他们都是社会上的佼佼者，只不过他们所干的工作性质不一样罢了。”

“万老师，我不想把人的价值标准用工作难易程度来衡量，因为决定一个人价值大小的是这个人对国家、社会奉献了多少。”陈功理直气壮地说，“为什么有些人能买得起私人飞机，而钱学森、竺可桢这样的科学家却买不起？为什么我们国家会出现如此让人费解的事情？”

万宝强一时语塞，无言以对。只好说：“我国的科学家都一心忙科学事业、学雷锋，没工夫赚钱。不但钱学森、竺可桢买不起飞机，就连‘杂交水稻之父’、解决了十三亿中国人粮食问题的袁隆平也买不起。被誉为东方理性之光的孔子，他那么伟大，还不是有时连吃饭都成问题吗！”

万宝强不着边际、苍白无力的解释，陈功似乎明白了什么，只好边点头边说：“原来在中国科学知识不值钱。”

“你说的话不对，你怎么能说科学知识在中国不值钱呢？”万宝强对学生说的话，感到吃惊，因为，他也知道当今社会确实存在这种不和谐的因素，但是自己又没有对此深研究过，也只好勉强地对陈功说，“科学家解决人类生存问题；哲学家和文学家解决人类思想问题；医学家解决人类健康问题；歌唱家、舞蹈家解决人们日常娱乐问题，他们对我们的幸福人生都起到至关重要的作用。我们可不能说他们谁重谁轻，更不能用金钱来衡量他们的价值。如果说袁隆平、钱学森没有部分演员和歌手挣钱多，那只能说，我们国家经济分配制度还需要进一步地完善，你可不能用自己的价值观来评判整个社会。”

陈功不顾自己老师的感受，更加不屑一顾地说：“如果一个民族把某些对社会没有太多奉献的人捧得比科学家还高，那么它是不堪一击的。如果一个国家连每天搞科研的人都得不到应有的尊重，让他们每天还要为衣食住行担忧，让他们每天疲于奔命在社会的底层，那即使这个国家现在很强大，航母再多，兵力再强，也形同虚设，不堪一击！因为，这个民族的核心价值观已经出现了偏差，它是不可能有美好未来的!”

万宝强被自己的学生好好上了一课，他知道我们国家还处于社会主义社会的初级阶段，生产力水平还和西方发达国家还存在较大的差距，我们国家的政治、经济、文化制度还不够完善，人们对社会主义的核心价值观还需要进一步确立和强化，这不仅仅要重塑更高尚的社会主义核心价值观来统一规范人们的行为，还需要我们广大教育工作者做不懈的努力。

“你现在准备读博了，读博的学生每个月能拿多少钱?”万宝强继续问，“这三万多块钱学费，你一年能把它还清吗?”

“肯定还不起，我读研和读博都是同一个学校、同一个导师，他给的生活补贴没什么大变化，每个月只增加二三百元钱，我仍然要跟着导师做科研，还是没有时间到外面打零工。”陈功不好意思地说，“当初，我执意不读博，是因为我家经济状况差，我不愿再向家里要钱。现在我能够读博，是得到导师鼎力支持才如愿以偿的，我非常感谢我的导师。”

“说实话!你不愿读博的原因，是因为家庭困难原因，还是读博得不到丰厚的报酬?”万宝强认真地问，“读博能够提高你的科研能力，能够为你的美好未来奠定扎实的基础，你何乐而不为呢?”

“我绝不是因为得不到丰厚报酬而不愿读博，”陈功有点激动地说，“而是我家供不起我读博。当导师得知我没钱交学费的时候，他毫不犹豫地拿出三万块钱放到我面前，说这是借给我的学费，要我以后挣到钱的时候再还给他。我被导师的真诚所打动，我还有什么话好说的呢?只能在自己内心深深地感激导师!”

“既然这样，那你为什么还要办助学贷款呢?”万宝强不解地问。

“导师借给我三万块钱，勉强够学费，而我读博还需要生活费、买书钱。再说，我爸爸、妈妈身体都不太好，我真的不想再给他们增添负担了，我办的一万元助学贷款，是国家帮助我交了利息，我将来会用所学的知识来报答国家的，而我向导师借的钱，我会争取今年多拿些奖学金，尽快把借债还清，”陈功说，“导师对我的恩情，我会永远铭记在心，我一定会在读博的过程中奋发进取，争创佳绩，唯有这样才能报答导师对我知遇之恩。”

回家路上，万宝强望着天空迎风搏击的雄鹰，他似乎已经看到了中华民族的美好未来！

三十九　实践能力往往比理论知识更重要

几天过后，万宝强按照家乡风俗，邀请了亲朋好友，在街道最有名气的“喜来贺饭庄”摆了三十多桌的宴席，专门为女儿考上大学庆贺。

那天，除了亲朋好友之外，街坊邻居也纷纷前来捧场，其气派相当壮观，能容下 300人就餐的大厅座无虚席，连楼底下小偏房也被摆上庆贺的酒席。

在这熙熙攘攘的客人中，万宝强遇到了两位十几年前的学生，他对这两个学生印象都很深刻，只不过是给自己留下深刻的类型不一样罢了。

我们教过书的老师都知道，在学生中，有两种类型的学生特别难忘，一类是学习成绩特别好的“学霸”，另一种类型是“调皮大王”，而这两位学生，就是这两种类型学生中特别难忘的典型代表。

“学霸”是北京大学毕业的高才生，名字叫杜书成；“调皮大王”初中没有毕业，名字叫吴字通。令万宝强不敢相信的是，现在的杜书成竟然在吴字通手下当差。但是，现实就是这么残酷，你不敢相信也得相信。

“多年不见，你们变化真大啊，几乎让我不敢相信自己的眼睛。”万宝强问吴字通，“你是如何一步步走向‘金领’的？”。

“初三那年冬天，因为天气很冷，晚上早睡了一会儿，班主任布置的作业没完成；早上多睡了一会儿，迟到了二十分钟，结果班主任大发雷霆，让我在教师办公室脱下棉鞋、棉袜，赤脚站在一块厚厚的冰冻上，我实在忍受不了那刺骨的寒冷，同班主任顶撞起来，班主任更是火冒三丈，让我到教室黑板前面，当着全班学生的面，继续让我赤脚踩冰块，我趁班主任到教室后面检查学生作业的时候，拿起棉鞋、棉袜，赤着脚，迅速逃出教室，直向大街跑去。”吴字通笑着说，“我从教室逃出来后，我不敢回家，直接跑到亲戚家避难去了。”

“你个性蛮强的。”万宝强说，“后来，班主任有没有去找你？你有没有回去继续上学呢？”

“下课后，班主来到老爸街道的修理部，要老爸和他一起找人。老爸听说我在家里不做作业，在学校不服从管理，擅自逃离学校，老爸怕我出事，赶忙放下手中的活，加入到寻人的队伍。”吴字通仍然轻快地说，“直到下午三点多钟，老爸才找到了我。”

“你爸找到你的时候有没有揍你？”万宝强问，“你爸有没有把你带到班主任面前认错？”

“老爸没有揍我，但是让我到班主任面前认错，保证以后再也不犯类似的错误。”吴字通睁大了眼睛，显得理直气壮的样子，“我凭什么要向班主任认错，这明明是班主任错了。你要知道，当时我站在刺骨的冰块上，仿佛小刀在割我的双脚，让我有一种痛不欲生的感觉。”

“那后来呢？”万宝强继续问，“难道你就为这件事辍学了不成！”

“是的，我就为这件事不读书了。”吴字通说，“爸爸拗不过我。我辍学后，先来到县城一家小有名气的汽车修理部学习电焊，一年后，我来到无锡一家汽车维修公司学习汽车修理，再后来，我自己在苏州市区开了一家汽车修理部，并且做起了二手车买卖，结识了很多生意场上的朋友。再后来，我关闭了修理部开起了一家中介公司，生意就这么一步一步做起来了……随着生意的做大做强，我又结识了一位日本朋友。在他的帮助下，我来到了今天所在的日资企业。由于我工作很卖力，日本朋友很快让我去管理一个生产车间，结果这个车间被我管理得井井有条，几年过后，我便当上了这家日资企业的分公司主管。”

“你真是太优秀了。你走到今天这个位置，似乎一切都是水到渠成的事情，让我感到你的成功之路真是太简单了……难道你这么多年没有出现一些让你不愉快的事情么?”万宝强认真地说，“你能告诉我你这么多年走来，你遇到最大的障碍是什么?有没有遇到让你无法逾越的坎?”

“万老师，不瞒您说，我走到今天，所吃的苦、所经历的挫折，那也是别人难以想象的。十几年时间，竟然让我尝到两次公司破产的滋味。”吴宇通提起挫折，当初的兴奋神气似乎一下子从脸上蒸发了，眼角便开始湿润起来了，“多亏我老爸的鼎力相助!他不仅在金钱上给我帮助，他还在精神上给我安慰。我开的公司第一次遇到破产的时候，是老爸在第一时间给我安慰，给我信心。他不但卖了自己的修理部，而且还把街道上的唯一住房也卖了。不仅如此，他还向亲朋好友借了很多债务。你要知道，我老爸那一年就向亲朋好友借了一百多万元债，这在当时的农村，那可是玩命的事情。那时，我真是生活在水深火热之中。为了尽快把债务还清，我很少睡上一个安稳觉，每天都在思考如何东山再起的事情。为此，我尽可能把自己每天该做的事情做得更好!”

“经历过那么多的挫折，你想过要放弃自己追求吗?”万宝强问。

“我没有想过，因为我对自己所干的事业很乐观，我相信自己所开创的事业会有美好的愿景，我相信有志者事竟成。”吴宇通坚定地说，“我知道世界上很多失败不是输给对手，而是输给自己，我坚信自己所做的每一件事情都会有回报的。我当时开办的汽车维修小公司虽然亏空了三百多万，但是，我没有灰心，不断反思自己经营过程中的失误。我通过一年多的摸索，终于扭亏为盈，并且逐步让自己的所开的修理部进入行业发展的快车道。”

“皇天不负有心人啊!”万宝强高兴地说，“依你今天所从事的工作，我认为你在社会上已经有所成就了。我想问一下，你认为人干事业最需要什么素养?”

“过奖了，成就谈不上，但是，我对干事业还是有点经验可谈的。”吴宇通笑着说，“一个人要想在事业上有所成就，就必须有高尚的品德。古人说的‘厚德载物’就是说明这个道理的!尤其是干我们企业管理工作的人，更应该具备高尚的品德，必须关心员工的日常生活，必须解决好员工的后顾之忧，必须让有能力人坐好车、住好房、喝好酒，让他们的家庭也跟着快乐幸福，让他们从内心深处感受到自己所从事工作的幸福。宁可让自已睡地铺，也不能让他们的生活待遇差;宁可在工作中委屈自己，也不要在工作中委屈企业高层技术人员。”

“你现在感觉自己所学的知识够用的吗?”万宝强问，“你懊悔当初辍学打工吗?”

“当然不够，我现在每天都要到文学院去研修《道德经》《论语》，每天都要到日语进修学院学习日语，除此之外，我每天还要在家里练习书法。”吴宇通说，“你一提起初中往事，我怎能不后悔呢!初中没毕业到社会上闯荡……知识确实太少了、太不够用了……要是高中毕业，即使考不上大学也会比现在强。”

“你为什么到现在还学习这些知识呢?”万宝强奇怪地问。

“这都同我现在的工作有关，我只能去学工作中最需要的知识。我学老子《道德经》，让我明白吃亏是福的真谛;我学习孔子的《论语》，让我在企业管理中得心应手;我学习日语，目的是更好借鉴外来先进的管理经验;我学习书法，是希望更好地修身养性……同时，我还认为学习书法是传承中华民族优秀文明成果的需要。”

“由此看来，上大学固然是大好事，但是没有了上大学的机会，也不等于就进入到人生的死胡同，只要我们勤于实践，多去磨砺自己，成功的鲜花还是会我们盛开的。”万宝强拉着吴字通的手，感慨地说。

古人言：人生事业失败的类型有千种万种，可是人生事业成功的类型往往就是这么一种。不经过反反复复的社会实践，不经过反反复复的挫折磨炼，是很难走向成功殿堂的。取一滴水、拔一根草、育一棵树、养一朵花等这些看不起眼的小事情，它有时也会成为一个人走向成功的垫脚石。因此，我们既不能为无法企及的大事而垂头丧气，我们也不能为不起眼的小事而漠然处之，我们一定要学会抓住成功的本质，瞄准成功的灯塔，奋勇前行。只有这样，我们才会把成功牢牢抓在自己的手心。

因为在人生的道路上，沿途的风景绝不是一成不变的。也可以这么说，世界上所有的成功与失败都不是一成不变的，它们也会因环境、时间的不同而发生错位，成功会变成失败，失败也会演变成为成功……这里的真经是很难用语言一一洞明的。我们都知道细节决定成败，但是我们中又有多少人去细细体会其中的奥秘呢！

如果我们一遇到挫折就萎靡不振、自暴自弃，那我们只能等来失败的苦果。要知道自己才是命运的主宰者……失败了，我们肯定会遇到很多痛苦，可是，我们可不能把失败的泪水当成自己一蹶不振的麻醉剂，更不能让失败的痛苦成为葬送自己事业的泥潭……我们一定要在失败的废墟中，寻找拯救自己的宝藏……要知道，人的一生不过百年历程，在时间的长河中不过是白驹过隙，我们等不起！

同样，如果我们不能从身边的点滴小事做起，那么我们再大的人生抱负都会成为时间的殉葬品。

有人说，我们的精力是有限的，我们的身体、我们的生活环境也会随着岁月的老去慢慢变老、变旧。但是，我们不能因此悲观失望。如果我们每天都在老去的岁月中精心耕耘着自己美好的事业，那么我们还有什么目标、什么理想、什么幸福不能实现的呢?其实，人生中所谓的幸福，往往不是在空闲的时候拥有的，而是在你忙忙碌碌的实践工作中，不知不觉中才能拥有的。

莫言获得世界诺贝尔文学奖，举世瞩目，让我们真正感受到久违的文学梦想，仅仅离我们一步之遥。当我们为莫言得奖而兴高采烈的时候，有没有查一查莫言的家庭、学校生活经历?

我从很多报纸杂志上获悉：莫言 6岁进校读书，曾因骂老师是“奴隶主”受警告处分。小学三年级时读了《林海雪原》《青春之歌》《钢铁是怎样炼成的》等作品，受到文学启蒙。12岁读小学五年级时，他辍学回家，以放牛割草为业，闲暇时读《三国演义》《水浒传》，无书可读时甚至读《新华字典》。

对莫言而言，没到大学深造到底是幸运还是不幸?假如莫言没有走这么多曲折的道路，也像我们今天万宝强的女儿一样，一直受到父母亲百般照顾、百般疼爱，一直受到学校严格的课堂教育，那么，他的作品中所呈现的丰富多彩的现实生活，还会有吗?他真的还能获得诺贝尔文学奖吗?

我们今天的教育怎么了?很多致力于中国素质教育研究的专家都在深思这个棘手的问题。我们的课堂已经演化成了工厂里的机床。由于机床产生的零件不够精密、不够优效，还要进行整改，在“数控”或者“公差配合”上做文章。希望每一节课都能够成为“朱洪武梦读九楼的那一夜”。要知道学生是一粒具有无限生命力的种子，而不是我们手中任意拿捏的、没有生命的木头和铁块。

有一位教育家说过：实践能力比知识更重要。我们今天的课堂，能够为学生留下多少提高实践能力的时间和空间?勇于实践是培养创新型人才最基本的条件。历史上很多科学发明，都是从反复实践中得来的。可是，我们常常走入误区，以为创新人才的培养，关键是增长学生的科学理论知识，因而不重视学生实践能力的培养。

就现在很多高中仍然把开设的综合实践课束之高阁，让位给同高考非常关联的“语数外”。即使现在有些学校在开设实践活动课，也还是重视在课堂上对着书本知识进行理性思考与理性探究。我们每天都在高喊素质教育，可是能够实施素质教育的学校真可谓是九牛一毛。比如：在作文课中，那种模式化倾向已经到了连我们自己都不能容忍的程度了……

我们常常哀叹学生的文章缺少生活，内容干巴巴。是学生不愿意到大自然中领悟真知吗？其实，造物主对每一个人都是公平的，给予每人一天都是24小时。我们的学生也是人，也需要阳光、雨露的沐浴，也需要山川、河流的锤炼。

因此，我以为，学生写不好文章并不是缺少聪明，而是缺少真实生活的体验，确切地说是缺少对真实生活的情感体验。即使有些比较优秀的老师写出所谓的“下水文章”，并且在写作课堂上让学生懂得了“老师对生活的情感体验”，这对学生写作水平的提高还是起不到太大作用的。要知道，这些“下水作文”，只是老师对真实生活的情感体验，而不是我们学生自己。

我们老师要求学生在没有真实情感体验中，去写感人至深的优秀作文，这无疑是学生拿石头去造地球，拿米饭去播种。因此，我们老师必须关注学生的真实生活！要知道，衡量学生写作水平高低的最重要标准就是学生对真实生活的“顿悟”。要知道一篇优秀的作文，最能够打动读者心弦的往往就是作者“最真实”的生活情节。

今天我们的作文教学，需要学生们对真实生活的“初感”和“顿悟”吗？已经不需要了。老师作文题目布置以后，学生就开始进行“空中楼阁”似的构思，然后很“理性”地列出几个提纲，再后来就根据提纲转化为自然段，这样一篇作文就大功告成了。老师根据语言通顺、条理清楚、中心突出、构思新颖等方面编制成标准答案（有些细心的老师还会根据标准答案再分几个档次)，这样就可以给学生作文进行“权威性”打分。学生在作文中，假如不遵循标准化模式，答案与其不符，则被扣分。

长此以往，如何了得?学生的那种“最初的生活体验”、那种“实践能力和创新能力”还有吗?瓦特改良蒸汽机是瓦特经过无数次实践才发明出来的。如果瓦特老是在图纸上进行苦思冥想，那还能够发明出改良蒸汽机吗?

四十　重塑职业理想莫让铜臭污染育人天空

在万宝强家里，别具一格的师生相聚还在继续……

“张悟慧，你现在干什么工作呢?”万宝强摆摆右手，示意大家安静，目的也想平静一下自己先前躁动不安的心情。

“我在江南一家私营企业做会计。”张悟慧摆弄着手指，非常淡定地说，“现在，会计行业几乎饱和了。我国企进不去，只好给私人老板打工了。”

“我女儿也是学会计的，希望你将来能够多帮助她哦。”

“小妹也是学会计专业的?这个行业天天同钱打交道，可不容易哦!要想在省城站稳脚跟，会计专业本科生已经没有绝对优势了。我建议她毕业后考研，然后到省城银行工作。要知道，现在银行里的职业，可是人人想要的香饽饽，不仅工资高，而且福利也高，连住房公积金都比普通单位高。给私人老板打工就不同了，不仅工资低、福利差，就连正常的双休日都难得正常。”

“说实在话，私营企业里工作，具有很强的挑战性，往往不受传统框架的限制!是个人成就梦想的舞台，希望你好好把握。”

“谢谢老师指点，但是我到私营企业老板干活，总有一种矮人一等的感觉。”

“为什么会有这种感觉呢?”

“待遇很难跟国企比。”

“你有五险一金吗?”

“有五险，但是没有住房公积金，现在私营老板往往注重硬件设施的投入，对员工待遇关心仅限于温饱状态，要不是国家有关部门卡得紧，连正常的五险都不愿给职工交，哪能再去奢望有‘一金’哦!”

“给私营企业当会计，那可不是一件容易的事情啊!”万宝强笑着说，“你可是老板的管家啊!据我所知，现在很多私营企业会计都是老板自家人。你是外人，老板对你放心吗?”

“怎么不放心!你只要把自己应该做的事情做好，并且还能够为老板节省一些油米钱，老板自然就会信任你。”

“会计还能够为企业省下油米钱?这里面有学问吗?”

“那当然有啦!其实，给企业当会计，这里面是很有学问的，尤其给私营企业当会计，更要多动脑筋，要尽可能为老板多赚钱!这样，才能保住自己易碎的泥饭碗。”

“你说的话我听不懂。据我所知，会计是不能给公司赚钱的。”万宝强很是不解，“就算你说的对，那会计怎样才能使老板多赚钱呢?”

“正常情况下，会计是不能给企业直接赚钱的，但是，会计可以利用所学的知识巧妙地为企业少交税收。”

“税收也可以少交?”万宝强好奇地说，“偷税，可是违法的事情啊!你干会计，可不能干违法的事情哦!”

“万老师，少交税收，不一定违法。”张悟慧非常认真地说，“违法的事情，当然不能做，但是，只要会计肯动脑筋，为企业合法避税还是能够做到的。”

“避税违法吗?”

“不!”

“那什么叫合法避税呢?”

“合法避税就是指纳税人利用税法上的漏洞或税法允许的办法，作适当的财务安排或税收策划，在不违反税法规定的前提下，达到减轻或解除税负的目的。”

“哦，那避税通常有哪些好方法呢？”

“我们常用：合理运用国家的免税政策，善于运用税率的点子差，打好时间差等方法，当然，这些方法，往往隐藏着会计专业里比较高深的学问，如果你能够在这方面做得好，私营企业的老板就会另眼相看你，就会重用你，多给你加薪。换句话说，你如果在这方面做得很差，那你只能是炒鱿鱼的对象了，总之，给私营企业当会计，你必须精明强干、会精打细算、有丰富的工作经验，这样你才能高枕无忧。”

“你认为还有什么方法能让企业老板少交税收，而又不触犯法律呢？”

张悟慧理了理头发，摇摇头，笑着说：“我刚工作不久，对会计这个工作还不太熟悉，但是，有些私营企业会计会用走账的方法来帮助老板少交税收。”

“走账违法吗？”万宝强急着问，“只要不违法，有什么不能做的呢！”

“老师，我要告诉你，走账和避税是不同的，走账是违法的，查出后要补税的。”

“什么叫走账呢？”

“走账，就比如说我跟你购买货物，我们签订一份合同，我按合同价汇款给你，你也按合同上的价款给我开票，但是实际货款并没有那么多，你会从其他渠道返还多出的款项给我。用你开的票就可以增加我的成本支出啊，成本和费用增加，企业利润自然就少了啊！这样就可以少交所得税了。”

“既然是违法的，那你就不应该去做！这样你才能避免不必要的麻烦。”

“我会注意的，不过，在这方面如果你很有智慧，做得巧妙，做得天衣无缝，那么，你就可以逃避法律的责任。你给老板省钱了，又不会让老板吃官司，老板当然会另眼相看你了，你自然就会深得老板信赖了。”

“看来会计这个工作还是挺不容易的。”万宝强感叹道，“我不谈这些了，想问你一下，你交男朋友了吗？”

“万老师，我已经结婚二年了。”

“哦，我还以为你是孩子呢!时间真的过得太快了，你在我眼里，仿佛还是一个二十来岁的大学生。从你的外表，我一点也看不出你已经结婚了，冒昧地问一下，你们有小孩子吗？”

“没有，我们俩打算过几年再要孩子，现在我们自己都还没有过足孩子瘾呢？”

“你老公干什么呢？”

“现在，在房地产公司做职员。”

“以前在哪上大学的？”

“就在省城。”

“学什么专业的？”

“学土木工程。”

“哦，学土木工程的，这个专业好啊，它可是现在大学中热门专业，工资怎样？”

“他的工资比我高，每个月能挣一万三四。”

“这么高呀!应该能算金领阶层了!这可是相当不错的好工作啊!如果，我没有估计错的话，你老公应该是房地产公司某一个部门的领导了，不然的话，他不会有这么高的工资。这个就业行情，我还是知道的。”

“老师，你估计错了，我老公的工资，不是一个公司给的，而是三个公司给的。”

“呦，你老公真是不简单啊，年纪这么轻，就知道拼命挣钱了!”万宝强点头称赞道，“不过，他给三个公司工作，肯定太辛苦了。我个人认为，眼下还是别这么着急赚钱为好，要知道，人的精力总是有限的，他不能只知挣钱，而不顾自己的身体啊!”

“老师，你误会了，我老公只在房地产公司上班，没有到其他单位上班。”

“这怎么可能呢!你老公没有到其他两个单位上班，其他单位又怎么会无缘无故给你老公开工资呢?”万宝强满脸疑惑地说，“以前，有背景的人，他们可以不上班，到月就可以领到工资，名曰吃空饷……现在，我问你，你老公是不是官二代?”

“我老公怎么会是官二代呢?现在的婚姻大多数是门当户对……”

“你老公在一家公司上班，能拿三个单位的钱，那又是怎么回事呢?”

“我老公是学土木工程的，平时对建筑行业行情较为熟悉，他大学时候，就开始在建筑专业方面开辟第二、第三战场了，他毕业的时候，他手里已经有了建造师资格证了。他是一个十分好学的人，最近几年，他都把精力放在学习上了，三年时间，他又拿了二级建造师资格证、造价师资格证了，这样，他就把这些证件挂在其他两个建筑公司，而这两个公司就根据我老公提供证件的级别，用不着我老公到这两家建筑公司正常上班，直接就把工资打到我老公的工资卡上了。”

“不用上班?就凭自己的那张证件就可以直接领到工资?天底下还有这等美事，这可是我第一次听到，你今天让我长了不少见识。”

“老师，由于你每天只知道在学校里面教书育人，社会上的事情，你还是知之甚少。像我老公这样的人，绝不是少数，行政领导可以挂职企业单位，企业领导还可以相互兼职，我的表哥正常在银行上班，他手里有律师证，他也给两家企业做法律顾问，他一人也拿几个单位的钱，这有什么稀奇的呢?”

“一个二级建造师资格证，挂在一个建筑公司里，通常这个建筑公司能给持证人开多少工资呢?”

“这个我不太清楚，但是，我知道老公证件所挂的那家建筑公司，给我老公开的工资是每月三千五百元。”

“不就是一张资格证吗?为什么会有这么大的价值呢?”万宝强无法理解其中的奥妙，“你能简单告诉我其中的玄机吗?”

“其实，这种现象，在我们中国建筑行业已经不是什么新鲜的事情了，多年前就开始盛行这种风气了……”张悟慧说，“如今，要想在建筑行业站稳脚跟，企业必须有建筑企业资格证书，而这些建筑企业资格证书获得，并不是看这个建筑企业能干什么，而是先看这个建筑企业有多少人具有建筑师资格证、造价师资格证、建造师资格证……这些基本条件够了，企业才能申请到相对应的建筑资格，要知道，在建筑行业里面，企业有什么样的资格，才能去承办相对应的造楼、造桥、造塔、修筑公路等工程，不然的话，实力再强，也没有人承认，没有人承认，你就很难找到工程可做。”

“原来职业里还隐藏这么多的玄机?”万宝强感慨万分道，“这种挂职现象违法吗?”

“不违法，仅仅是违反职业道德!”

“这和现在老师业余搞家教没有什么太大区别。”

“还是有区别的。老师业余补课，还要去给孩子上课的，还要付出艰辛劳动的，还要去流汗的，而那些挂职的人，往往是坐收‘招牌’之利，真让人感到不可思议啊!”

“你不必太诧异，其实，这才是冰山一角。我再举一例，让你进一步了解现在职业市场是多么的热闹，就在前不久，我老公所挂职的建筑公司，去竞标一个工程，当时去竞标的有三家建筑公司，他们四处活动。知道内情后，这三家建筑公司就暗地商量竞标方案，后来我老公所挂职的建筑公司，便在竞标过程中虚晃一枪，仅仅是报个名，就拿到好处费一百万元……”

“这钱来得真是太快了!像我这样的人，也可以去竞标吗?”

“不能，因为你没有竞标资格。”

“哦，我想起来了，这也许就是某些企业高价‘买’资格证的真实原因了……真是林子大，什么鸟都有!”

“这有什么稀奇的呢!”张悟慧微笑着说，“你不知道啊，我们镇的首富，就是通过竞标镇工业园区土地，一夜暴富起来的……”

“你是说我的学生张三愣吗?”

“是的，其实他做事情一点也不愣!我还是很羡慕他!”

“你羡慕他?一个宁可被打死也不愿读书的人，也能成为你这样一个呱呱叫的省城本科生的崇拜偶像?真是太让人大跌眼镜了!”万宝强有点语无伦次地说。

写到这里，我想起了伟大的共产主义者马克思在他17岁时写的一篇作文《我的职业观》，这篇文章这样写道：

在选择职业时，我们应该以人类的福利和个人的理想为主要指针。我们不应当认为这两种利益之间可能发生对立冲突，不应当认为一种利益必须消灭另一种利益，因为人生来就是这样安排的。只有为了社会进步和同时代人的福利而努力，才能够使自己完善起来……

历史认为那些专为公共谋福利从而自己也高尚起来的人物是伟大的。经验证明，能使大多数人得到幸福的人，他本身也是最幸福的……如果我们选择了最能为人类谋福利的职业，那么，我们就不会被沉重的负担所压倒，因为这是为一切人所做的牺牲；那时，我们得到的将不是可怜的、有限的和自私自利的欢乐，我们的幸福将属于亿万人。我们的事业虽然并不显赫一时，但将永远长存。当我们离开人世之后，高尚的人们将在我们的骨灰上洒下热泪。

马克思写得太好了，他的话就像一面可以直视人内心世界的镜子，它能使金钱至上的人感到渺小和可悲，促使他们接受高尚灵魂的洗礼。人生的意义，不在乎拥有多少，而在于奉献多少。

如果人人都把金钱当作唯美追求，那么我们就会陷入无边的疲惫。在金钱的驱使下，我们的人生观、世界观、价值观就很容易被扭曲，就很容易走上不归路，挫折感、失落感就会与日俱增。在这种背景下，最容易受伤往往就是我们的孩子。因为，他们法律意识还比较淡薄，明辨是非能力还不强，他们衡量人生价值的尺度往往局限在金钱上。

随着时代和社会的变迁以及市场经济的发展，人的职业理想在不断发生变化，呈现出很多扭曲的反常现象，因此，重塑高尚的职业理想已经成为广大教育工作者的不二选择和崇高的历史使命。因为，正确的职业理想有助于人在求职过程中正确处理国家、社会和个人之间的关系和合理地确立求职的期望值，自觉把国家需要与个人利益结合起来。

其实，在这个物欲横飞的世界上，我们可以没有马克思那么伟大，但是我们不能抛弃马克思的职业追求；我们可以没有雷锋那样高尚，但是我们不能抛弃雷锋那样无私奉献的价值追求；我们可以没有邵逸夫那样纯粹，但是我们不能抛弃邵逸夫那颗火热的爱心。

再退一步说，我们可以热爱金钱，但是我们不能唯利是图；我们可以追求更为舒适的生活，但是我们不能把利己主义和利他主义对立起来；我们可以千方百计地寻找自己的幸福，但是我们不能玷污法律的尊严。

因此，我们只要摒弃传统的享乐观念，把我们的生命扎根在这片美丽的土壤里，我们脚下的这块土地就会格外肥沃起来，我们农村的孩子们也会像城市里面的孩子们一样展翅翱翔，飞向祖国的蓝天。

我深知人的理想很丰满，但是现实往往很骨感。我们教育工作者可谓是任重道远。我们来到这个世界，不仅仅为了生存，更为了创造；不仅仅为了自己，更为了他人；只要我们能够快乐着别人的快乐，幸福着别人的幸福，我们还有什么职业理想不能实现呢！

四十一　用豁达、乐观的心态去迎接未来

万宝强送走客人后，家里的空气显得很沉重……

“爸，你说这读书还有什么用呢？”女儿颓丧地说，“现在，大学毕业后，除了家里蹲，就是给老板打零工，这和打工仔有什么区别？”

“你不要被极个别的现象迷糊了视线！你去到街上打听一下，有几个一本大学生愁得没工作做的？这些所谓难找工作的学生，总的来说还是技不如人，他们适应社会的能力还是有所欠缺的，你不要不相信我的观点。”

“你说的有道理，可是，现在一类本科的学生毕竟占少数，每年只占所有考生的10%左右，所谓的好找工作之人也就是那么几朵花……”女儿辩解道，“如果这个社会都要我们去做绿叶，那又何必要我们到大学熔炉里面烤一烤呢？”

“不让你们到大熔炉里面烤一烤，恐怕你们要饭都找不到门槛，光凭你们所学的基础知识，是绝对不能适应工作需要的。”

“你话可不能这么说，你看现在很多大学生，到就业市场才发现自己在大学所学的技能根本就赶不上那些没有读大学的同学在工厂所学的技能。这就是残酷的社会现实，你不承认也得承认。”

“这仅仅是暂时的，你要知道读过大学的学生，刚进入就业市场的时候会遇到一些比较尴尬的境地，这是很正常现象。几年一过，你就会发现，墨水喝多的学生，就是与众不同，他们很容易在自己岗位上干出

出色的成绩。”

“你所说的话有点片面，据我所知，不少没有到过大学深造的初中生、高中生，仅仅是没有机会到那些耀眼的岗位上，如果他们也能得到用人单位的垂青，有一个可以立足的地方，那先发光发热的人，未必就是大学生……”

“你这是哪家用人逻辑?难道正规军还不如杂牌军?”

“你说对了。你看，现在银行职员工作所需要的基本知识，一个高中生不用一个月就会把它搞定。政府部门里的很多工作岗位所需要的专业知识，一个正常的高中生也不用一个月就能搞定。这些事例多如牛毛……”女儿非常自信地说，“现在，我不想把这些不利社会竞争的话拿着当喇叭吹，其实，我所说的话，全社会都心知肚明。”

“难怪你在高中没有好好读书，原来你心里早已就存在这些歪理邪说。”万宝强气愤地说，“你让爸爸妈妈花了那么多的冤枉钱，难道你就不觉得心疼吗?”

“你真是冤枉我了，我在高中的时候，可谓是拼死拼活地过那独木桥，偏偏那独木桥就是太窄、太险、太滑……让我摔得鼻青眼肿，你怎能说我没有尽到责任呢?”

“那为什么很多智商没有你高的学生考上一本呢?……从现在的结果来看，我只能说你没有尽到读书人应该尽到的责任。”

“你不能这样说我，因为现在高考竞争太激烈了，聪明的学生太多、拼命读书的人也太多了……”

“我真拿你没有办法，反正你说的都有理，看来你爸真是越发糊涂了。你的一张嘴、一肚子的邪说，比我那六万块钱的债务还要让我恐慌……”

“爸爸，人要学会与时俱进的，你不要只顾一味强调读书。从目前这种就业状况来看，读书真的没有什么大用了。读了自己喜欢的专业，偏偏没有你喜欢本专业的工作，你还能让我相信这读书吗?莫言大师说得好，慢着点、悠着点，十分聪明用五分，留下五分给子孙!”女儿仍然一本正经地说，“如果我们现在都把聪明用光了，若干年后，你会在街上找不到一个愿意上脚手架的工人!”

“你可不能断章取义啊!莫言大师所讲的话是有特定背景的，这句话根本就不适应正在求学的孩子，古人说过：明日复明日，明日何其多?我生待明日，万事成蹉跎。这首《明日歌》才是对现在读书人的最好劝勉……”万宝强认真地说，“至于能不能找到建筑工人，那不是我们现在所要考虑的问题，你要记住，随着人类的不断进步，什么人间奇迹都会诞生出来的。我们扔掉了镰刀和锄头，自然会有更先进的生产工具产生。这是历史的必然，我们不必替未来人担忧。”

“你的话，让我越发糊涂了，我不知道究竟该听谁的话了。”

“这些经典名言你都应该听，但是，你不能曲解这些经典……这才是最重要的。”

“但是，”女儿欲言又止……

一个月过后，令万宝强做梦也没有想到，女儿竟然没有从“读书无用论”中走出来，在电话里向他提出要去打工、不想在学校读书的要求。这突如其来的变化，着实让万宝强感到吃不消。

“女儿，你能告诉我不想读书的真实原因吗?”

“现在，我很难找到学习的动力，每天除了吃饭、睡觉、打开手机看小说、网聊、上几节隔靴搔痒的课之外，再没有更新鲜的事情可做，这大学让我真的很失望，让我对未来失去足够的信心。”

“难道你所在的大学学习气氛就这么差吗?我不相信!”

“你不相信也得相信。”女儿认真地说，“这里不少学生，到了大学以后，就知道整天肆意地玩，仿佛大学就是他们浑浑噩噩的天堂……”

“人家归人家，我问你，你现在不愿读书，难道你就没有想到爸爸妈妈会为此一蹶不振吗?”

“我想过，但是我很懒。”

“为什么懒?”

“没有为什么，就是大学让我一点动力都没有。”

万宝强努力控制住自己的情绪，不想在电话里激怒自己的女儿，尽可能把自己的言语说得更委婉一些，可是女儿就是没有妥协的意思，这可把他急得就像热锅里的蚂蚁，他已经意识到问题的严重性。

这时候，他想到了在省城工作的表弟，他非常着急地拨通了表弟的电话，希望表弟能够充当好说客，做通女儿的思想工作，让女儿放弃打工的念头，表弟爽快地答应了。

除此之外，他还给女儿准备了一篇很长的信，信的内容如下:

女儿，屈指可数，你今年已经十九岁了，你的思维、你的修养、你的语言、你的一切，按理都是成人化了，我们做父母的都应该放心地看着你健康成长了，可是，现在出现这种局面是我万万没有想到的。

根据你天生特有的聪慧，你完全可以进入到清华大学、北京大学等全国重点的本科大学学习，而你所思、所虑、所语、所做，却使我们对你的美好前途产生不必要的担心，这是为什么呢?

我反复揣摩着，是不是我们做错了什么，让你整天心神不定，难以静下心来，阻碍了你正常的学习、休息、娱乐?我不得其解呀，很想知道你现在心里究竟在想些什么，很想了解你现在所思、所想、所为的真实意图，很想知道你现在需要我们做些什么，能够为你提供哪些必要的帮助。

你现在已经是大学生了，意味着什么呢?这是任何平庸之人、高尚之人都十分清楚的事情!在我看来，世界上百分之九十九的有作为的人(包括世界上顶级的伟人)，能有多少人不看重良好教育对自己今后人生巨大作用的呢?一所好的大学，就是人生好的导师，它可以让你从中汲取智慧的琼浆，丰盈你的头脑，为你深造自己、改造世界、实现人生最大价值提供有利的武器。有了智慧，我们在这个世界上还有什么可畏惧?还有什么不能得到呢?我们还有什么不称心、不快乐、不自由、不幸福的呢?

一所好的大学也就是一座大熔炉，你将在那里接受世界上较好的教育，让你拥有一双神通广大的火眼金睛，把这个世界看得真真切切;你将在人生的道路上轻松地趋利避害，永远走在理想的捷径上，一路高歌，让你少惹麻烦，少尝痛苦，少碰灾星。

你从中失去的将是什么呢?是无知、是邪恶、是胆怯、是懦弱、是瞻前顾后的幼稚;你从中得到的又是什么呢?是金刚不坏之身，是矢志不渝的坚定信念，是征服一切困难而又无与伦比的自信、自尊;是崭新的、轻松的、愉快的美满生活。你到那时，我们做父母的，还有什么不满足?心中所有的，只能是自豪、是快乐、是幸福!

古人言:不经一番寒彻骨，怎得梅花扑鼻香?我也是从读书堆里爬出来的人，读书的艰辛、读书的枯燥，我也刻骨铭心;读书的命运、读书的前途确实让人难以驾驭，我也有所明了。有人把读书比喻成苦行僧，当作圣经中的炼狱……就是说明这个道理。

我不相信佛家的事事轮回、因果报应，但是苦尽甘来、这倒是千真万确的真理，这是被莘莘学子屡次验证过的命题。我相信马克思辩证唯物主义思想，读书是苦，但是读书也是乐。如果只知读书之苦，不去玩味其中之乐，不能积极寻找潜藏在读书之苦中的快乐，这样的读书人，实在是太累、太不会去读书了。这种读书人，肯定是没有动力、没有目标，更谈不上有什么激情可言;这种读书人，能在读书方面有什么造诣，恐怕是百中难找其一。

高尔基曾经说过，读书就好像饥饿人扑在面包上。你觉得快乐不快乐?我还记得歌德曾经说过，读一本好书，就等于和很多高尚的人谈话，这你以为快乐不快乐?当然，能把读书当作快乐的人，当作一种休息的人是数不胜数的。但是，一些凡夫俗子、是不能登上这种大雅之堂的，是不能与书为乐的。

读书之乐是一种修养，更是一种普通凡人难以企及的境界，只有深得其中玄机的人，才能有福得之。

我认为，在这个世界上，哪些人能够深得其中玄机呢?他们应该是具有远大的、并且切乎实际目标的人;具有百折不挠、顽强拼搏之人;没有私心杂念、心若止水之人;具有孝敬父母，尊敬师长，团结同学、同事以及与他们成长分不开的亲朋好友之人;具有处事不惊、能够以不变应万变之人。有了这种素质，读书才能成为人生的第一之乐。

哪些人达不到这种读书境界呢?他们应该是，对前途索然寡味、不思进取之人;对自己不愿承担责任、怕苦为难、畏首畏尾、把读书当作有损健康借口、害怕风吹雨打、害怕烈火锻造的人;头脑复杂、心存杂念、趣味不高的人;过于盲目自负,过于看重虚假表象、虚假荣耀的人;不去寻找一些简单实用体育锻炼来增强体质的人(我认为读好书，必须有良好的体质做支撑，而良好身体往往是体育锻炼出来的)。这些人，在读书中是很难找到快乐的，陪伴他们的只能是疲惫、忧伤、压抑。

就你目前的处境而言，你还没有真正的成熟起来，还没有达到读书是一种快乐的境界。不过，你离快乐的境界只差那么一小步，只要你一个冲刺，一个回合，就能够愉快地达到读书人普遍认为的快乐之境。如果你在这个紧要关头，放松自己，那你将一落千丈，留给自己的只能是永久的叹息、惭愧。

因此，在读书方面，我们没有退路可言、没有观望可言，更没有投机取巧可言。只有奋起直追、凭借满腔热血，做一个披荆斩棘的强者，才是我们唯一的选择。

根据你目前的学习状况，还有我以前的读书体验，我现在给你提一些我认为很适合你的建议，希望你从中择而从之。

第一，我认为读书的人应该有健康的身体。因此，在强身健体方面，我建议你早晚都应该进行二十分钟左右的健身：早上五点半在床上两腿伸直、两脚相对、两手平放在床上，手掌稍微用力压床(这种静功，没有声音，不会影响别人休息)，坚持十分钟，这样不仅可以固腰，而且还可以保持一天精力充沛；晚上也做和早晨起身时一样的保健操。另外，手心常擦、两耳常搓、两脚掌心常按摩，春夏秋冬坚持凉水洗脸。这样，就可以确保你读书时没有疲劳感。

第二，在学习方面，应该狠下功夫，针对大学教学特点，一定要把理论知识和实践有机融合起来，不断增加读书的趣味性和实效性。你现在才大二，总的来说，课程还是比较繁重的，你一定要抛弃懒散的思想，要向那些积极进取的学生看齐，遇到不会做的作业，也要发扬高三时勤奋苦读的精神，对每次考试中存在的问题，找一些题型相似的题目多练习。现在正是你考英语四级的时候，你不要只顾做英语练习，一定要清楚英语是一个特殊的学科，它需要大量的朗读做支撑。因此，我请你牢记：读之得天下，不读失天下的道理。

第三，每天一定要有一个好心情。古人言，庸人自扰。你是一个非常优秀的学生，不要把一些芝麻大的小事放在心上。在这方面，我要提醒你不要太任性，与长辈说话一定要注意分寸。其实，你妈身上有很多优点，你妈是一个非常聪明的人。如果当初有条件继续读书的话，她一定能够考上很好的大学。你妈说话语言准确、针对性强；你妈为人处事不卑不亢、真诚、坦率、随和、谦让、干事干净利落；与她相处的人，都能尊敬她。这一点，她应该是你我学习的榜样。

第四，在自己的桌上，写上一句真诚的、发自肺腑的、自己非常喜欢的座右铭。或者写上一个你所崇拜的、同时代人的名字，作为你奋斗的目标，当然，这个人可以是你现在班级的同学。这样做肯定能够增强你的学习动力、激发你的潜能。

今天，我就不多说了，希望你从此振作起来，抛弃那些不切实际的幻想，瞄准既定的目标，争取更大的进步！

你的爸爸

除此之外，万宝强和杨建云还利用双休日，特地赶到省城做女儿思想工作。女儿经过如此“折腾”之后，终于认识到自己的错误……事后，万宝强还常常为此事伤神不已……

其实，在素质教育的舞台上，遇到这样那样的困难是非常正常的事情，你诅咒，你伤心，你欢乐、你快活，日子都在一天一天过去，你究竟选择哪一种呢？要知道这些心境都是生命的常态，当你用豁达、乐观的心态去迎接未来的时候，眼前就会呈现一片光明，反之，当你把思维囿于忧伤的樊笼里，未来只能是黯淡无光。长此下去，你不仅会泯灭最起码的信念和拼搏的勇气，还会失去身边那些最纯真的快乐，甚至还会连累身边最亲近的人。

四十二　父母能和孩子快乐交流就是很了不起的成功

为了尽快让女儿从阴影中走出，万宝强除了电话联系外，还加强了书信沟通。他针对女儿近期思想表现，连续写了三封信。

女儿：你好！

提笔祝你身体健康、学习进步！根据目前情况，你的精神状态一直让我牵肠挂肚，这是为什么呢？你的内心仿佛有一种无名之火，稍不注意，就会像岩浆一样喷发而出，让你周围的人，始终有一种灼痛的感觉。

你为什么有这种心境，我近来反复思考这个问题，究竟是驴不走，还是磨不转？我不得其解。首先，我向你道歉，你爸爸不是一位称职的好爸爸，头脑简单，教育孩子的方式方法往往简单粗暴，语言缺乏引导性，有时会发粗鲁的脾气，这一点始终让我惭愧难当。第二，你妈妈近阶段身体不好，心情一直不佳，我私下认为她的心情与你的心情处于同一频率，很容易擦出"火花"。第三，你要好好地反省自己，身体哪儿有什么小毛病，不要简单地向妈妈发脾气，听说你的嗓子有小鱼刺，你一定要到省城医院找医生看看，不能任性。

我根据你所描述的症状，认为你前几天吃鱼的时候，被小鱼刺卡了，后来被你用醋和饭团带下去了，但是，你嗓子中曾经被小鱼刺划伤的地方肯定会出现短期的不适感，这是很正常现象，你不必为此大呼小叫……

昨天，你的鱼刺疼痛发作偏偏不是时候，昨天上午，班级没有课，你在宿舍里玩得很开心，一点也不感到疼痛，偏偏下午有课的时候，你感到嗓子有鱼刺了……你打电话向你妈诉苦，并且对你妈发脾气。而你妈现在身体欠佳、整天还背着沉重债务，也是一个需要安慰、需要体贴的人……这无疑是在你妈伤口上撒盐，你心里明白吗？

如果你以后发脾气，请你不要招惹你妈妈，你可以选择我作为发脾气的对象。如果你认为我也是不堪承受喋喋不休唠叨的人，那么你可以把你的烦恼写在自己的日记里。你要知道，日记是人健康成长中必不可少的护身符，它不仅能够融化你的不快，还能够积累你成长的经验。所以，我一直认为写日记是人发脾气、使性子的很不错阵地。

大学是一座大山，我们绝不能逃避，也绝不能退缩。我们要从整体上正视它，在战略上藐视它，在战术上重视它。你心里应该清楚，不管什么人，都会认为大学是人生的跳板，事业的根基，成功的摇篮。如果我们不重视大学对人的积极作用，逃避大学对人生的磨砺，我们就很可能成为人们心目中不屑一顾的畸形儿，就会眼睁睁看着我们历经磨难所取得的胜利果实被人抢走，就会在我们一生中留下最惨痛的遗憾。

高中阶段，你身体亏空很大，到了大学，按理应该多休息一下，可是现在读大学，也是考验人身体的关键时候。你有肠胃消化不良、便秘毛病，平时要多注意这方面的身体保养。最近，我在《家庭健康》杂志上，了解一点这方面的知识，现在转告你：当你趴在桌上做功课的时候，你可以搅动舌头，让嘴里生津，并且把这些津液全部咽下。据说这津液对人肠胃不适有奇效，并且对人整个身体都有相当大的保健作用。

有人曾经对津液的奇异功效作精深研究，认为它在心化血、在肺化痰、在肾化为精气。如果你坐在那里看书，我认为你还可以练习一些瑜伽功夫，双腿盘坐，把左脚放在右腿上，过一段时间再把右脚放在左腿上，交替循环练习，一边看书、一边练习瑜伽。我认为这样做可以达到事半功倍的作用。再说，你的嗓子被鱼刺划伤过，咽津液也能起到消除炎症，具有一定的止疼作用。

你现在必须牢记，心情好才能身体好；学习方法好，才能进步快；勤锻炼身体，才能精力充沛。只有做到这些，你才能取得优异成绩，不辜负爸爸、妈妈的殷切希望。

你的爸爸

女儿收到爸爸信后，没有回信，只是在电话里和爸爸粗略地聊了近期学习、生活以及和同学难以真心交往的问题。不过，万宝强从女儿谈话的态度上，发现女儿爱发脾气的毛病有所收敛。这使万宝强感到很高兴!为了尽快解决女儿和同学难以真心交往的难题，万宝强又认真地给女儿写了一封信。

女儿：

今天我写这封信目的是想与你交流学习和做人的问题。

首先与你谈一下它们之间的关系，我认为两者之间是相互促进、相互补充、相辅相成的，做人是学习的基础，同时也是学习的目标；而学习是做人必经的途径。究其两者的重要性而言，做人当是重中之重。我们今天埋头学习，是在为今后做人打好坚实的基础的，是为了更好地实现做人价值的。

如何做一个处处受欢迎、处处受尊重的人呢?这个问题很大，涉及的内容太广。按道理说，我是没有资格谈这些高深问题的，因为你爸这方面做得很不理想。因此，与你谈这方面问题，最多的只能是一些失败的教训，没有什么可以值得一谈的成功经验。

第一要学会尊重别人。尊重父母、尊重老师、尊重同学，因为尊重别人才能得到别人的尊重。如果你能在相互尊重的气氛中生活，你肯定会得到轻松、快乐、自信的生活。尊重别人是做人的基本要求，也是做人的基本品质。而尊重别人往往表现在一些细小的琐事上：平时言谈举止的态度、方式、方法。一个近似粗鲁的动作、一个轻视别人的眼神、甚至忽视别人的付出……都很可能成为我们与别人交流的障碍，甚至还可能在同学交往中酿成难以修复的创伤。

第二要自强不息。你应该清楚，百年人生，要想一路走好，必须学会自己走路。靠别人搀扶勉强走路的人，肯定要栽跟头的。唯有自强不息，遇风挺胸，遇雨昂头，遇河驾舟，才能一路惊喜、一路吉祥。要知道，你面前的美酒、鲜花、掌声，都是汗水的代名词，都是靠自己努力争取。也就是说，只有自强不息，你才不会被美酒、鲜花、掌声遗忘，才能经得起时间的考验。

而自强不息绝不是停留在口头上，也不是停留在表面的虚荣和纸老虎一样逞能逞强上；也不是依靠别人的拐杖傲立那里，你必须有足够的实力，抗击外在的不利风暴。自强往往表现在强健的体魄、强大的自制力、百折不挠的耐挫力、对外来乌烟瘴气无与伦比的免疫力以及对迎风走来看似幸福、貌似快乐、披着霞光外衣诱惑所具有的强大抵御力。其中，强健的体魄是革命的本钱，是自强不息的前提和基础，有了它很多问题都可以迎刃而解。

而强健的体魄是怎么来的呢?首先，要有强身健体的意识。当代教育家魏书生告诉我们，最简单的方法每天做一百个俯卧撑，或者一百个仰卧起坐，或者一百个弯腰运动。他儿子就是凭借这样的好习惯，拥有好身体，在好身体的基础上，顽强拼搏，终于轻松考取清华大学。

第三，要有强烈的责任感。铁肩担道义，妙手著文章，就是强烈责任感的具体表现之一。小而言之，要对自己负责，对父母负责，对老师负责；大而言之，要对社会、国家负责。只有具备强烈的责任意识，我们就会觉得付出的任何艰辛，都是值得的，都是有意义的，都会得到美好回报的，再说，强烈的责任感还会弱化我们的痛苦、强化我们的快乐。因此，我认为强烈的责任感是快乐、幸福的催化剂，是超越自我、超越他人、超越这个时代的原动力。

你想一想，一个人境界高了，还有什么不能放下呢!当初，苏东坡和佛印大师在一起修炼禅道的时候，他把佛印大师比作一堆牛粪，佛印不仅没有生气，反而把苏东坡比作一尊佛。苏东坡甚为得意，自以为自己就是一尊佛，当苏小妹揭示其中禅道的时候，苏东坡才明白自己才是一堆牛粪。为什么佛印大师不用其人之道反制其人呢?原因是佛印大师的境界高。这就是禅道中明心见性的道理!

人境界高了，我们还会庸人自扰吗?还会杞人忧天吗?环境还能够困扰人心吗?身边还能有什么不自在的呢?不!绝对不会!我从不相信造化弄人，只相信自己才是命运的主宰。你自强了，幸运之神才能光顾于你。我相信求人不如求己的道理，自己才是命运的主人。

可以这么说，你现在身处物欲横飞的年代，身处绝处逢生的竞争之中，不能一味地要求环境来适应你!你为什么不去积极地适应环境呢?

给自己找一个自信的理由吧!因为你会在这个理由中认识自我、了解自我、实现自我。路在脚下，一旦踏上，我们就应该一路高歌，没有理由软弱地倒下。因为倒下的都是弱者、都是可怜虫，都是无名者的尸体。我相信你血脉中流着强者的血液，永远都不会成为战场上的逃兵。我希望你能够在大学的征途上一路给我带来好消息，为自己争光，为家长争光，为老师争光，为国家争光。

你的爸爸

女儿接到爸爸信件后，用手机给爸爸发了一个比较简短的回信：知道了!我现在正积极准备考英语四级，做了几张摸底试卷，心灰意冷，我真的不想考了。

万宝强看了短信以后，觉得有很多话要说，于是，他又给女儿写了一封信。

女儿:

提笔祝你心情愉快、轻松。你发到我手机里的短信，虽然只有一句话，但是我足足看了五分钟。沉思良久，觉得有必要再和你沟通一下。

现在立在你面前就是一座山，你必须勇敢地爬过去。也就是说，你必须好好学习，顺利完成学业。面对这艰巨而又光荣的任务，走捷径、掌握好的学习方法尤其重要。下面就你英语四级考试方面谈一谈我个人的想法，供你参考。

根据你高中历次英语考试成绩，我认为你的英语基础知识很薄弱。在这方面能有所突破，是你提高英语成绩关键所在。其实，只要我们冷静思考一下，英语四级中的难点、疑点，都是些容易掌握的知识。

一是听力部分，只要你能够认真对照录音机多背几篇范文，每天保持一个半小时的背诵时间，半年时间，你就可以在全国英语四级考试中把听力搞定了。如果你能够坚持一年，那么全国英语六级考试中的听力部分也会轻松拿下。这不是随便下的结论!但是，我提醒你，切不要三天打鱼两天晒网，高兴就背，不高兴就束之高阁。因为，世界上绝没有从天上掉下来的馅饼。

其实，英语听力问题就是英语学习的最基础问题，看似无从下手、凌乱不堪、很难有所突破，但是，只要我们在背诵英语的基础上认真梳理一下英语听力问题，我们就会发现，准确背诵英语课文能力和提高英语听力答题能力存在很大的因果关系，这不是绝对真理，但是很多英语四六级考试过关的学生都认为这句话的含金量很高。这就是学英语的人常说的“读者得天下，不读失天下” 的道理。

二是英语完形填空部分。其中最关键的就是英语语法知识，要想解决好英语语法难学问题，应该多找一些历年英语四六级考试卷做一做，多了解完形填空的考试类型，找出潜藏在这些题目当中的考试规律，如果你能精做十套英语试卷，完形填空问题自然就会顺利解决。

三是英语阅读理解部分。其中最关键的就是要多掌握英语词汇，这些问题，你必须多看一些英语方面的小说，尽可能对照英语词典，把小说读懂。如果你嫌翻词典麻烦，你就到当地书店里买一本有现成译文的英文小说，这样就能减少这方面的麻烦。

四是英语写作部分。只要你能够认真研读近几年英语考试作文中的高分作文，注意写作的条理性，紧紧围绕英语作文主题来组织材料，就不会出现大问题。

你的爸爸

女儿看完爸爸来信后，她没有立即打电话，而是给爸爸写了一封回信。

爸爸：您好！提笔祝您身体健康，一切都如您所愿。看完你的来信，想与你说的话真的很多很多，但是又不想与你深谈。不知道你是否看过郭敬明写的《幻城》，在书里，作者虚构了一个世界，一个学识只可被继承而不可被教学的世界，你懂吗？我想，郭敬明他肯定希望自己也能进入这样的世界。其实，我也想！

我崇拜自我，推崇自我，希望自己的个性得到最大程度的张扬。这也许就是我们这个时代的标签。就拿明星来说，他们的衣服都是限量版的“唯一”。他们不愿意在这个世界上再出现和他们身上一模一样的衣服，希望自己成为这个世界上独一无二的人。这样才能充分彰显他们的个性。

爸爸，你要知道，这些明星所追求的梦想，也是我孜孜追求的梦想！可是现实生活中，盗版太多，遍及大街小巷、遍及大江南北，我很难做好自己的“唯一”，也就是说很难做好真实的自己。做父母的，总希望自己孩子在事先设计好的生活小圈圈里面打转，不偏离所谓的健康成长轨道。难道你们不觉得这是给自己孩子套枷锁吗?

尽管这个世界对我们要求太苛刻，对我们的行为始终保持一定的敌视，不希望我们成为限量版的“唯一”，但是，我要在这封信里明确地告诉你，我很欣赏“唯一”，我很赞赏个性自由，我就是希望像那些明星一样，做一个独一无二的自己，做一个中国创造的、限量版的“唯一”。

其实，我很爱学英语，也知道珍惜大学生活，但是，我希望有自己的自由，有自己独立的生活空间。因此，你们不要把我拴得太紧了，也不要在我的头上加上太多的紧箍咒，你要知道，在这个世界上，孩子不是家长的私有财产，孩子是自由的个体。我不希望家长天天给孩子念紧箍咒，让孩子失去应有的自由。

你的女儿

万宝强读罢，心里很不是滋味。但是从女儿简短书信中，他看到了女儿的成熟。其实在素质教育中，孩子能够把自己心里所要表达的诉求，毫无忌惮地向父母表白出来，那就是很了不起的成功。

四十三　素质教育的起点在幼儿园

万宝强来到女儿所在的大学。听女儿说，学校今年扩大招生规模，在原有基础上派生一个民办大学。说是民办大学，其实，它完全是公办大学的附属物。这个民办大学的学生，除了收费、文凭和公办大学生不一样外，其余资源都是共享的。

由于学校扩建，万宝强女儿读书的地方，已经不在老校区，而是在刚建好的新校区了。万宝强走在校园的水泥路上，似乎水泥还没有过凝固期，到处还散发着水泥中硅化物的味道。路旁的花草树木大多数是“新移民”，不少大树身上还缠着钢丝和木板，好像弱不禁风的姑娘，一旦失去能够为她遮风挡雨的依靠，就无法立足脚下土地似的，因此，这些大树只能孱弱而害羞地立在校园里，极不情愿地呼吸着异乡的空气。

走过几个花圃，穿过几条走廊，万宝强径直来到女生宿舍区，远远看到女儿瘦弱的身影。女儿站在19幢楼下的入口处，很像一朵被秋风扫过的小黄花。万宝强忍不住有点心酸。因为，他看到了很少出远门的女儿比以前更苗条了。

女儿看到爸爸老远过来，虽然有点意外，但是还是显出很高兴的样子。

“爸，你怎么不早点告诉我呢？”女儿嗔怪地说。

“我昨天上午过来的，不曾想中途堵车了，下午五点多钟才到省城，只好在你表叔家住了一晚上。”万宝强有点歉意地说，“本来，想让你到他家认认门，后来，考虑到你所在的新校区离你的表叔家还有60多里路，便只能作罢……”

今天是星期天，女儿两眼朦朦胧胧，仿佛才睡醒似的，在征得宿管阿姨的同意下，她把万宝强带到她所在的女生宿舍里。这个女生宿舍很有现代化的味道，客厅、卫生间、洗衣间、洗澡间应有尽有。更让人意想不到的是，宿舍的客厅里还放着一台硕大的电视。

再看，这个女生宿舍睡觉的地方，则更为宽敞，一个房间放四张单人综合床，住四个人，床上面是学生睡觉的地方，床下面是一个设计比较考究的多功能办公桌，学生不仅可以上网聊天、看书学习，还可以储藏平时必需的日常用品，甚至还可以当作女生梳妆台、吃饭桌，除此之外，每一间宿舍还配备一台格力牌空调。这些比较时尚的宿舍布置，那是老校区宿舍无法企及的，难怪新校区大学生的住宿费比老校区高。

这是一个阳光灿烂的星期天，几个女生都蜗居在宿舍里面，没有出远门。万宝强进来后，她们没有客气的语言，只是简单地点点头，便各自忙自己的事情了，因为，她们的父母来这里的时候，待遇也是这般规格。

这些女大学生在这么晴朗的星期天不愿到户外活动活动，他们热衷于什么事情呢?万宝强感到很奇怪。他定了定神，发现这间宿舍的女大学生们，除了一个学生上网购衣服外，其他两个女生都半躺在床上，聚精会神地在手机上浏览小说呢!

再看这宿舍的地上，有几个被撕破的方便面袋子，还有一些扔下不久的鲜橘子皮。万宝强见状，不敢惊扰她们，赶忙把女儿喊出来。

“我问你现在早饭吃了没有?”万宝强满脸不快地说。

“吃过了。”女儿随口答道，“刚嚼了一袋干的方便面。”

“你们在这样的环境中又怎么能有好心情呢?”

“今天是星期天，平时不是这样的。”

“你们这些大学生，现在日子过得太滋润了，没有课，就在宿舍上网；早晨为了睡懒觉，不愿到食堂就餐，心甘情愿嚼方便面；学习乏味了，就嚷着要辍学，这难道就是我们家长所希望的大学生活吗？”万宝强非常严肃地对女儿说，“像你们这样读大学，真是玷污了大学的好名声，辜负了家长对你们的殷切期望。”

“爸爸，你可不能这样说现在的大学生，他们在高三阶段玩命地学，到了大学就应该好好调养一下身体，把以前没睡好的觉给补回来。”

“你这是哪家经典学说呢？”万宝强苦笑着说，“你们想要到大学放松一下心情可以，但是，不能过分，你要知道，懒散的思想往往是滋生平庸的温床……”

“爸，学生到了大学以后，两极分化比较严重，现在大学里爱学习的大学生也不少，只不过，她们不在我们宿舍里。”

“你这话什么意思？”

“我们学校在给学生划分宿舍的时候，早已考虑到两极分化现象。因此，把那些准备考研的学生，分在一个宿舍，名字叫‘考研宿舍’；把那些一毕业就准备就业的学生，分在一个宿舍，名字叫‘就业宿舍’这就是我们大学的‘互不干扰’理论催生出来的怪胎……”

“那你所在的宿舍就是‘就业宿舍’啰。”

“是的。因为，我早已看透考研了。女孩子青春易逝，不能和那些男孩子相比，男孩子往往逆生长，越大越年轻，而女孩子过了青春期很快就会变成黄脸婆的。到那时，再去找男朋友，只能去找一些‘三等残废’了……”女儿歪着脖子笑着说，“现在电视里相亲队伍中，学历最高的女生最难嫁。女博士沦落为婚姻场上的‘鸡肋’，也是屡见不鲜。因此，我才不愿做效颦的东施呢！”

“女儿，我发现你进入大学以后，真的变了，你的变化太大，让我很后怕。因为，当一个人失去理想和追求的时候，人的精神世界往往就会变成空虚、苍白。如果，一个大学生精神世界沦落到那份天地，读书真的就失去任何意义。这样的大学生，除了在学校里面多捂几天小白脸外，再没有什么可以滋养的了。”

“绝大多数学生都不愿下功夫，我就是不随大流……又能怎么样呢!”

“难怪你前些时候闹着要不读书啊，原来你早已看破‘学’尘了。”万宝强没好气地说，“今天，我到了你们学校才明白，这里的环境太优越了，已经把你们那种吃苦耐劳的品性给磨平了……其实，吃苦耐劳品性磨平了并不可怕，最让我后怕的是在这种懒散的环境中，把你不思进取的颓废气象给滋生出来了。”

“爸爸，你说得有点道理。”女儿不好意思地说，“我刚到大学的时候，也是学校爱学习的好学生，可是宿舍的同学非常看不惯我的敬学精神，隔三岔五邀请我陪她们逃课，一开始，我拒绝了几次。可是后来，她们竟然联合起来不理我，孤立我，让我每天独来独往走在校园里。你要知道，我是一个非常害怕孤单的人，怎能忍受这样的打击呢，我只好选择投降……”

“哦，原来如此。”万宝强恍然大悟地说，“我问你，如果我今天不来这里，那你是不是和宿舍那些学生一样，在手机、电脑上浏览无聊的信息呢?”

“我不在手机、电脑上打发时间，又能到哪里去玩呢?”女儿满脸无奈地说，“上街花钱，我可没有那福气……”

“只要你正当花钱，你爸有的是钱；你正常消费，爸爸永远支持你；”万宝强见女儿无助的样子，心里很不是滋味。但是，他心里明白，自己再穷也不能在女儿面前诉苦，于是底气十足地对女儿说，“我现在问你，你爸每个月给你六百块钱，够不够你用的?不够用，你尽管开口，三分钟不要，我就能把钱打在你的银行卡里。”

“够用。但是……”女儿欲言又止。

“你这是什么意思?”

“爸，有一件事，我说了你不要生气……”女儿有点不安地说，“如果你要生气，我就不说了。”

“尽管说，我答应你不生气。”万宝强对女儿说的话，越发蹊跷起来，感觉到女儿心里有秘密，为了尽早知道女儿心理的秘密，为了打消女儿的心理负担，便微笑着对女儿说，“你爸、你妈永远是你最坚强的后盾，永远都是你最稳固的靠山，家永远是你温馨的港湾，就是天塌下来，你爸、你妈也会为你挡着……”

“那好吧，你上个月电汇给我的六百元钱，我提了一百元，我再去银行取钱的时候，发现我的银行卡里竟然只剩下零点五六元。我不敢向你说明情况，我只能向其他同学借钱来打发日子……为了节约几块钱，我只能在宿舍里用同学电饭煲煮一些米饭，结果这个电饭煲又被学校管理宿舍的阿姨没收去了。我真是走投无路，想到了辍学……”女儿眼圈湿润，并且有点吞吞吐吐地向爸爸说出一直压抑在她心头的伤心事。

“那你为什么不选择报警呢?”

“我怕。”

“你怕什么?”

“因为，我知道这被取走的钱，肯定与我的同桌、同宿舍的好朋友有关。”

“你可不能冤枉好人啊!”

“我绝不是那种没有头脑的人，我的判断是有一定根据的……”女儿小声地说，“就在我取钱的前几天，我的同桌准备向我借三百块钱，我说我身上没有钱，并且对她说，如果你需要的话，我可以到银行里取给你……”

“这没有什么不对啊，同学之间相互帮助也是很正常的事情。”

“我的同桌说要急用这钱，而我，当时正在认真复习功课，我觉得我和同桌亲如姊妹，没有什么可以戒备的……于是，就把自己的银行卡拿出来，让我的同桌自己到银行里取钱……”

“取钱光有银行卡不行的，还要有密码才行啊。”

“是的，我不仅把银行卡给了她，同时还小声地把密码告诉了她。”

“后来呢？”

“第二天，我的同桌便把银行卡递给了我，她说，你银行卡里没有钱了。当时，我感觉很诧异，立刻赶到取款的地方，银行卡里确实没有钱了。”

“事后，你有没有和你的同桌交流这件事。”

“交流了。可是，我的同桌仍然坚持没有取到钱。”女儿很无奈地说，“那几天我反复想这件事，认为这件事里肯定有问题，便又仔细地和我的同桌谈这件事，问她取钱这件事，还有谁知道，她说还有她的男朋友，并且卡一直由他的男朋友保管……”

“你应该建议她问一下男朋友，有没有取这五百块钱。”

“建议了，可是，她说她的男朋友也没有提取这五百块钱，并且，她还告诉我，她的男朋友是一个非常忠实可靠的人，是一个心灵纯洁的人，绝对不会在没有征得她同意之前，取走这笔小钱的，我听了同桌的话后，无话可说。但是，我的心里很不是滋味……”

“你想知道这件事的真相吗？”

“当然想知道了。”女儿神情严肃地说，“为了不把事态扩大，我在图书室的电脑里，上网查我的银行卡的明细，结果发现，我的那五百块钱是被人两次取走的，时间刚好在我借卡给同桌的时候……了解了情况后，我很想到取款银行，要求银行工作人员，调出银行取款监控录像，把这件事弄个水落石出……可是，我又一想，这样做是不是有点太绝情了，说不定，学校还能为这件事兴师动众，甚至还会为此开除学生。于是，我陷入进退两难境地。”

“你忍气吞声了？”

“我没有，但是，我也没有选择适当的维权途径。”女儿心疼地说，“后来，我把银行卡的取款记录打印了一份，递给了我的同桌，希望同桌再和她的男朋友交流一下，把情况弄清楚。我在平静中，等了几天，可等来的结果，仍然是他们没有提取这五百块钱。”

“这个时候，你可以到银行调一下监控，还你同桌以及他男朋友的清白。”

“但是，我仍然不敢，因为一旦真相大白，很多意想不到的事情，就会随之发生，我真的不想因此事而伤害了最要好的朋友。我那时非常痛苦，一是为我的朋友不敢承认错误难过，二是为自己没有勇气难过。”

“你真好傻啊!”万宝强非常认真地说，“这么多天和我闹别扭，原来这里面隐藏着这件多鲜为人知的事情，难道你不知道这有很大危害吗？”

“这有什么危害呢？”

“你现在纵容他们，他们会得寸进尺的。”万宝强严肃地说。

“不会的，因为，我没有告诉学校领导，也没有报警，主要是不愿捅破那层窗户纸，我把所掌握的证据都给了我的同桌，同桌绝不是傻瓜，几天后，她和男朋友吵了一架，再后来，她的男朋友便休学回家了……”

“他休学是不是因为这件事呢？”

“这我就不知道了。”女儿轻声地说，“但愿他休学回家后，能够好好地反省自己的错误，能够迷途知返。”

“据你观察，你同桌的男朋友人品怎么样？”

“这个男同学平时对人很不错，家里经济条件不太好，但是，他经常出手大方，把家里给他的每月生活费早早用光。他带女朋友出去玩的时候，有时也会邀请我陪同，我还因此吃了他几次饭呢！”

“原来如此。”万宝强似乎明白了什么，“这些孩子，本质不是坏孩子，就是平时喜欢耍酷、要脸面，钱花光了，就会出一些馊主意……”

“我和同桌也认为这个男孩子本质不坏，认为他一时犯点小错误，也是很正常的事情，但是，他不该执迷不悟……”

“难道你同桌的男朋友，一声道歉都没有吗？”

“是的，因为我们都没有挑明最后一层窗户纸，其实大家都明白这件事的真相……”

“那你不是白白损失了五百块钱吗？”

“不，我认为这五百块钱让我懂得了很多道理，让我成熟了许多。”女儿笑着说，“同时，这件事也给我一个很大的教训：平时要学会正确地保护自己，害人之心不可有，防人之心不可无。”

写到这里，我想起一个小故事：1987年，75位诺贝尔奖获得者在巴黎聚会。有人问其中一位，你在哪所大学学到您认为最重要的东西？那位老人平静地说：“是在幼儿园。”“在幼儿园学到什么呢？”“学到把自己的东西分一半给小伙伴；不是自己的东西不要拿；东西要放整齐；吃饭要洗手；做错事要表示歉意；午饭后要休息；学会自尊自重；不干损人利己的事情；常怀安全意识；常怀感恩之心；常怀敬畏之心……从根本上说，我学到的最重要的东西就是这些了。”

这位科学家说得太好了！一个人的人生观、世界观、价值观的形成，都不会一蹴而就的，它们都需要一个量的积累，而这个量的积累原点就是幼儿园。

而现在孩子在幼儿园时候，孩子要是迟到了，父母往往告诉孩子：不要说睡觉睡过了头，就说是闹钟坏了，或者说路上堵车了……这样幼儿园老师就不会批评你了。不错，说话“聪明点”，眼前是会得到别人的同情、赞美……但是最终会连累你一生的，因为，你所遇到的人绝不会都是傻子。

四十四 培植向上文化,促进素质教育跨越发展

现在，我国素质教育大多数停留在制度管理层面上，往往用简单、冰冷的数字来束缚师生。二十一世纪初，我国掀起新课程改革，强调学校不再是应试教育的加工厂，师生也不再是创造“高分”的模具，乃是一粒有生命力的种子；强调一所高境界的学校，不是靠制度打拼出来的，而是靠培植校园向上文化滋润出来的。我认为培植校园向上文化，可以通过德育文化、智育文化、美育文化、团队文化、创新文化等外现出来，其主要宗旨是培养师生良好文明素养和高尚行为习惯，从而促进教育事业跨越发展。

培植校园向上文化核心是以人为本，着眼点在于尊重人、激发人的热情，满足人的合理需求，养成良好的行为习惯，让人快乐、让人幸福，从而进一步调动人的积极性，促使学校教育教学再上新台阶。因此，培植校园向上文化对促进我国教育事业跨越发展具有无可替代的积极作用。

传统的教育是用严格的制度把管理者缔造成“工厂”的监工，把师生当作实施教育教学行为的工具，师生的一举一动都在严格的监督之下，强调量化考评，用冷冰冰的数字去束缚师生。这种管理，并没有从文化的角度重视师生本身生存的意义和价值，不能从文化角度去滋润师生的心灵，去熏陶师生的情操，其本质是一种“大棒式”的管理。而培植校园向上文化，就是力避仅靠严格制度来管理师生，着力点亮人性光辉、回归生命价

值，给在高压力、高节奏生活中的师生释放精神压力、培植快乐因子、提供精神食粮；就是注重从人性化角度确立教师在教学中的主导地位、学生在学习中的主体地位，让师生的幸福指数一路飙升。要知道学生在走向社会的过程中，大部分时间是在学校中度过的，教师在一所学校生活可能就是一辈子，学校是他们生活的重要场所，如果师生在学校生活快乐，他们在学校所创造的价值就会更大，这对提升他们的精神动力都是至关重要的。再说，教育事业跨越发展需要强大的精神动力才能彰显出来，而精神动力是一个变量，有的学校建校时间不长，却能够散发出百年底蕴的馨香，充满青春的张力；有的百年老校却凸显历史的苍白，处处流露出乳臭未干的稚嫩。而培植校园向上文化遵循了“为人的一生成长奠基”的办学规律，因此培植校园向上文化不仅重视师生生存方式，同样关注了师生在学校里的生命质量，提高了师生的幸福指数，让学校焕发勃勃生机，从而为教育事业跨越发展提供强大的精神动力。

教育事业跨越发展主要是靠提升师生的实践能力和自主创新能力才能实现的，而提高师生的实践能力和自主创新能力是靠向上文化提供智力支持的。师生愿不愿创新、敢不敢创新、能不能创新，都取决于教育管理者为师生提供了怎样的舞台。在传统的学校管理模式下，师生是学校命令的服从者，因此师生总是在竭尽全力使自己成为“服从型”人才。他们必须严格按照学校的规章制度办事。学校规章制度上要求做到的不能不做；学校规章制度上没有规定的坚决不做，这样方能保证自己的行为“太平无事”。在这种严厉的学校规章制度和管理者权威的双重管束下，有的师生就像刘姥姥进大观园——“每说一句话，每走一步路都唯唯诺诺、战战兢兢”。这样的学校管理环境，是压抑人性的，是压抑自主创新的。师生根本无法拥有独立思考的空间，无法学到真知灼见。试想，在这样的管理环境下，他们怎么会有先进的管理经验和跨越发展的智力储备?而学校培植校园向上文化是以促进人身自由、全面发展为根本目的；是为人营造良好学习氛围的；是为人提供先进管理理念的；是为人搭建张扬个性、展示自我优点舞台的。因此，创建校园向上文化不仅可以让教育管理者创新出科学的管理模式、先进的办学思路，同时还能够为师生学习到更多知识、更强能力提供最佳的服务机会，最大限度地满足师生对优质教育资源的需求，从而为教育事业跨越发展提供智力支持。

在奋力开启教育现代化的新征程中，培植校园向上文化已经成为一所好学校的代名词。笔者一直认为，创建并实施向上文化是提高学校办学风格新的生长点，是学校促进跨越发展的加速器，也是新形势下我国教育事业跨越发展的必由之路。可以这么说，学校有什么样的向上文化，自然就会孕育出什么样的学校气质。良好的学校气质是向上文化的春华秋实。没有“兼容并包”的办学文化，北大就不可能成为新文化的发源地；没有“自强不息，厚德载物”的校训，清华大学就不可能产生邓稼先似的世界一流科学家。因此，每一所学校都应该创建属于自己的向上文化，更好地彰显自己的办学理念，让学校的师生，都能够在向上文化的熏染下，陶冶高尚的情操，启迪美好的心智，健全完美的人格。最终使师生的工作学习完全成为心灵向往的载体、精神生长的家园、终生眷恋的乐土；最终使学校管理在独特文化的引领下，形成个性鲜明的特色品牌，从而在教育现代化的征程中促进跨越发展。

在当今的物质世界和精神世界中，人们已经从温饱的生活中解放出来，而人们的精神生活却更多地停留在饥荒的边缘。因此，人们更应该重视精神世界的富有。如果能够把学校建成师生的精神家园，让校园里充满文化气息，他们的工作、学习热情一定会被大大地激发起来。现在校园里有文化吗?有，但还很不够。因为许多学校不重视培植向上文化，甚至有的学校只剩下书本知识了。为此，我们一定要在培植校园向上文化方面多做工作。

学校可以紧紧围绕中华德育文化这一主题内容，利用校园宣传栏开设墙报专刊，在班级墙壁上张贴德育名人名句(例如:《道德经》《三字经》《四书五经》中的名句)，大力营造良好的德育环境，使师生的心灵在潜移默化中受到感染和熏陶；学校还可以开展“每日好人好事点评”活动，让师生从身边先进人物道德情操中接受灵魂的洗礼；学校还可以经常组织师生到社区服务中心去做义工，让师生在做义工的过程中直接提升帮助别人的责任感和愉悦感，着力提升师生无私奉献的人文素养；学校还可以利用食堂这个德育阵地，让广大师生从中领略勤俭节约的可贵性，同时让这种优良传统美德在微不足道的小事中、在司空见惯的细节中塑造师生高尚的人格。

一所好学校必须有浓郁的书香韵味，它不仅可以引领师生开展专业性和研究性阅读，帮助他们丰富自身知识储备，使其更好地适应自身需求，还能够让师生从浩渺的知识海洋中寻找到最可口的精神食粮，打开更为广阔的人生视野，建构最完美的人生价值观。对学校管理来说，这是良好校风、学风、教风形成的最为经济、低碳高效的途径，它不仅可以让更多的师生丢掉浮躁、懒散的习性，还可以用更广阔的胸襟去接纳美好的事物，用最美的语言去讴歌人生、去赞美世界；用最美的心灵去建构为人之道。这样做，它不需要教育管理者花太多的精力，只要为广大师生提供足够的阅读场所，让他们很轻松地踏上读书的门槛。也许开始形成阶段需要教育管理者花费一定的时间去组织、去督促，但是，良好读书习惯一旦形成以后，我们教育管理者就会节约大量的时间，整个校容校貌都会在读书的氛围中彰显出独特的书香文化，给师生送去宝贵的知识财富，从而大大增强广大师生的智育素养。

妆点校园文化景观，是培植校园美育文化的重要组成部分。古人云：近朱者赤，近墨者黑。就是强调环境“造化人”。面对喧嚣的闹市，污浊的空气，杂草丛生的走廊，乱涂乱画的墙壁，到处爬满蜘蛛网的教室，你是否有一个好心情在那里潜心尽力地读书？你是否有一种逃之天天的冲动?这答案肯定是不言而喻。由此可见，良好的环境对一个人的生活、学习、工作是多么的重要。学校是教书育人的地方，对每一个建筑、每一个水池、每一棵小树、每一朵小花，我们作为教育工作者都不能忽视它们的存在。它们都会对受教育者产生潜移默化的作用。例如：开辟橱窗版块多维展示学校师生的优秀成果——书法作品、绘画作品、文学作品等，让其他教师和学生从优秀成果中汲取知识的营养。当然，作为教育管理者，对校园的文化景观的布置绝不能敷衍了事，应该对校园环境精心规划、精心设计、精心构造。使校园的每一根草、每一滴水都打上智慧的标签，让每一个墙壁会说话，每一棵小树会育人。从而为学校广大师生提供清新自然、寓教于境、寓学于境的现代化美育环境。

学校可以专门辟出几间教室，成立师生社团活动中心，做好展览柜，购买多种中国民族乐器、中国名画的复制品以及文房四宝等。让师生一走进社团中心、博览室、创作室就受到校园文化、民族文化的熏陶，并且还可以在这些活动室里面开设师生人文沙龙，利用学校老师优势，让在这方面有研究的老师开办文化讲座。如美术老师的《中国国画》讲座、音乐老师的《中国民乐乐器》讲座、书法老师开设《中国书法艺术》讲座、语文老师开设《如何提高学生的写作水平》讲座等，充实师生的文化生活，丰富了校园文化内容。在师生活动系列中，还可以开设体育类的比赛、娱乐性歌舞剧、文学社团、校园广播站等活动，甚至还可以组织学生到素质教育基地等。让他们在学校活动中不断提升自己的大局意识、协作精神和服务精神。

学校要改变传统的课堂模式，要充分发挥老师的主导作用，要充分展示学生的主体地位，让师生在教学的过程中，体会到生活与学习的幸福，就必须能够让师生用最少的付出获得最大的收获。因此，打造低碳高效课堂，提高师生的创新文化，这已经成为广大师生共同的价值追求。那如何打造低碳高效课堂呢?我认为，创造低碳高效课堂就必须提高师生的创新能力，让课堂贴近学生的真实生活，充分调动学生的学习情趣；让学生展示活动成为老师常态化授课方式，充分调动学生参与学习的积极性；把课堂变成纠正错误的舞台，改变单一的分数评价机制，让每一个同学在每一节都能够充分感受到成功的快乐；把课堂的优先权还给学生，严格控制老师授课时间，把自主、合作、探究、创新变成学生常态化学习方式，充分体现素质教育办学理念，为学生一生的幸福奠基。同时，学校还要注重校本课程的研发工作，把师生优秀作品、“星级”先进事迹进行汇编，形成精神引领的校本课程；学校也可以积极开展公民实践活动，把彰显地方向上文化的科普知识、人文历史、生产技术等知识进行汇编，形成素质教育的校本课程，让所有的师生都能够在低碳高效课堂的引领下，不断丰富自己的科学文化知识，为培养成创新型人才奠定扎实的基础。

综上所述，培植校园向上文化是强调学校办学宗旨和办学气质聚焦在“人的成长因素”上，它不是强调完美的制度，更不是强调完美的课堂，而是着眼于师生完美人格的建树上，着眼于师生完美生活习惯的养成上，着眼于生命对生命的尊重、人格与人格的平等、情感与情感的共鸣、此爱与彼爱的交融、智慧对智慧的点燃、文化对文化的润泽上。我记得物理学家杨振宁曾经说过：在每一个教育领域里，文化品位决定了教育风格的高低，也决定了教育贡献的大小。因此，我们教育工作者必须仰望星空，着力培植校园向上文化，关注学校的长远发展，全心打造有文化品位的特色学校，只有这样，我们的师生才能在人生的道路上找到自己的坐标，我们学校才能真正成为师生们共同的精神家园，从而更好地促进教育事业跨越发展。

尾 声

素质教育是永恒的话题，也是广大教育工作者必须认真对待的事情。我国素质教育倡导很多年了，但是，换新鞋走老路、换汤不换药、赶鸭子上架的事情还是屡见不鲜。

我知道，素质教育这条路，并不是个人说改变就改变的事情，它必须让更多的人参与其中，让更多的孩子享受到素质教育的乐趣和素质教育给他们带来的幸福。只有这样，才能得到孩子和家长的认可，才能让更多的家长、更多的老师毫无顾忌地抛开传统的应试教育，自觉地投入到素质教育的洪流中。

谁来为素质教育做旗手?谁来为素质教育披荆斩棘?谁来为素质教育出谋划策?这不是纸上谈兵的事情，也不是凭心血来潮说干就干的事情，它需要更多人为之奋斗、为之流汗、为之献出宝贵的青春。因为，我国传统的应试教育已经扎根于中国大地一千四百多年了，人们对应试教育的依赖、对应试教育的迷信，绝不是喊两句口号、写两篇文章、少数人关注就能立竿见影的。

每当我看到农村伴读大军像潮水一样涌向城市的时候，我的心情就像倒翻了五味瓶。是什么力量助推了这股伴读潮流?又是什么力量让更多的家长丢下自己心爱的工作，无悔地踏上回乡伴读的道路?又是什么力量让这些家长倾其所有只为孩子能考出一个满意的分数?

在伴读大军中，最让我感到揪心的是，竟然有七十多岁的老太太，她们不能在家里安享晚年，还要疲于奔命地走在伴读道路上，忍受着孙子辈的抱怨。还有不到三十岁的、正是在单位上班的年轻母亲，她们以牺牲自己为代价，来换取孩子的明天。这些伴读的父母，拥挤在狭小的伴读房间里，过着相当拮据的生活，他们不知道自己的伴读是对是错，很多家长仅仅是随大流而已。

我曾听说过这样的一句话：如果，我有时间来写作的话，我不写自己成功的地方，而要专门写我失败的地方，这样才能让后来者再经过这个地方的时候，能有所借鉴，有所警醒，不要再重蹈覆辙，不要再受到同样的伤害。

这句话说的太好了，也是我毕生的奋斗目标。我开始思考自己走过的路，开始反思经历过的失败，尤其，在伴读孩子的路上，我遇到了许多刻骨铭心的伤痛。我把这些伤痛写下来，并且经过适当的排列、组合，陆续地发表在天涯网站上，就这样，坚持了六年，写成了今天与大家见面的文字——《好父母胜过好学校》。

我衷心希望后来者，能够从这本书中找到真经，不走弯路，不仅让自己少累、少花费教育成本，还要让自己的孩子，能够在轻松愉快的环境中茁壮成长。

今天，素质教育已经在全国各地陆续开展了，但是，在应试教育向素质教育转变的过程中，基础教育新课标也伴随着教育改革的步伐发生显著的变化，这就势必要求我们教育工作者在家庭教育和素质教育过程中的方式方法要有一个重大的调整。不然的话，我们还会穿新鞋走老路，还会把今日的素质教育演变成为换汤不换药的应试教育，我们的家长、我们的老师、我们的孩子还会重复昨天的故事。

当然，教育并不是万能的、教育是双向的。光有一个良好的教育环境、光有一个得天独厚的聪明头脑，如果我们学生并不能充分合理地利用优越的教育资源，也会走上不堪回首的失败道路。因此，我们的孩子，必须抢抓机遇，密切配合学校、家庭、社会的教育，发奋努力，才能真正成为人们心目中最出色的“天之骄子”。

最近，我还从报纸上看到一则新闻。某高校两名在校研究生获得美国留学资格后，被同校一名“知情”研究生揭发，说他们学术论文存在作弊现象，结果被美国一所知名高校撤销他们的录取资格。这则新闻出来后，立即引起教育界广泛关注，一时舆论哗然。

我们办公室的老师私下议论：“现在的研究生也这样弄虚作假？”言下之意，现在的在校大学生，不专心致志读书，欺骗中国的教育不算还要欺骗到“老外”的教育上，真想把中国教育中的“一些细菌”“传染”到国外去吗？在中国丢人就算了，还想把自己的“美名”传到外国去！

我立即回辩道：“现在的在校研究生还是很积极的。”意思是说，尽管这些研究生冒天下之大不韪，但是他们的进取之心还是有目共睹的。看似调侃，其实是在反思严肃的问题。我又在想：他们都被美国大学录取了，被人发现弄虚作假了，而那些没有被揭发出来的，只能被封闭在历史的保密箱中！当我们把“触角”延伸到更远更深处的时候，我们就会发现，学术论文弄虚作假早已不是什么新鲜事情了！学术论文弄虚作假，暴露出中国应试教育背景下中的“闪光点”——为了功利可以拿自己的尊严当赌注，这完全背弃了素质教育的要义。

这些林林总总的弄虚作假现象，它反映了中国学术界一些“鲜为人知”的现状。著名教育家陶行知曾经说过，教育要“千学万学学做真人，千教万教教人求真”，可是现在的教育为什么会出现这些不和谐的杂音，这怎么能不让有良心的中国人感到担忧。我真心希望这些不和谐的杂音能够在今后大行素质教育的过程中成为中国教育界一个耻辱的“绝响”。

几年前，我曾看过中国当代教育家季羡林的一部著作。他在素质教育研究方面有许多建树。那本书讲的是如何做教育研究，至于他书里的内容我大都记不得了，但是我只记住了他书中这么一番话，他说：“我之所以有今天这样的一点成就，要感谢我的母亲。我母亲是山东清平县的一位普通的农妇，她不识字，却鼓励我到学校求取真知，是她保存了我少年时代最初的那一点吃苦耐劳品性。”

季羡林老先生的一番话虽未对今天的素质教育有任何微词，但对当下素质教育的忧虑我还是能够感受得到的。我们今天这样甘愿丢下自己的工作，到学校周围租房为孩子伴读，其实这是在扼杀孩子们自立的品性和吃苦耐劳的精神。就是在这样优越的、模式化、程序化的教育环境中，我们孩子的那种好奇心、那种求索的渴望、那种吃苦耐劳的品质被一点点蚕食。当他们满身疲惫地读完大学的课程，走向社会的时候，这才发现自己以前所学的知识离我们所要从事的职业还有一段很长的路要走。

面对全国各地伴读潮的兴起，我们作为教育工作者又该如何去面对。是学会逃避，还是积极去理性指导，这是对现在教育工作者的一种考验。如果，我们对这些伴读大军中所产生的“负面”效应视而不见听而不闻，那就是对人民教师称谓的侮辱，就是对人民教育事业的亵渎!我们必须学会担当，我们必须用一种高度的责任感和使命感来为人民的教育事业保驾护航。

那什么是责任呢?责任即与事业是相通的，对今天素质教育而言，责任要求我们将素质教育事业不断完善。远古记载：“舜耕地，牛不走道，舜鞭己不责牛。”舜的“鞭己不责牛”也许不能为现代教育所认同。不过，我们倒是可以从中受到启发，在家庭教育和素质教育的征途中，我们的家长、我们的老师必须要一种敢于“责己”的精神，并且把这种敢于“责己”的精神内化成为一种具有文化使命的历史担当。

我们不仅要知道什么是我们需要做的，什么是我们已经做错了的，更要知道什么是我们千万不能做的。让家庭教育、素质教育实现理性回归，不要再去做一些与“大道”有悖的“拔苗助长”的傻事来，让我们的家庭教育和素质教育洋溢着责任与唯美的光彩，真正达到“无为而治”的境界。这就是我们教育工作者对教育事业的唯美追求!

我记得西方《圣经》里有这么一段话，上帝要给亚伯拉罕及其后代一块土地，这块土地有一个什么特征呢?它到处流淌着奶油和蜜饯。我想，在今天家庭教育和学校的素质教育的舞台上就成为到处流淌着“奶油”和“蜜饯”。

我以为，这里的“奶油”主要是指知识教育，“蜜饯”主要是指能力教育。我相信通过我们广大教育工作者的不懈努力，我们就会把家庭教育和学校的素质教育的阵地打造成为一个到处流淌着“奶油”和“蜜饯”的地方。

诚如斯言，我们就会把大行其道功利化教育踩在脚下，就会让家庭教育和素质教育重新唤醒学生心中久违的欢乐和幸福；就会以自然和谐、唯美的形式来探讨中国家庭教育和学校素质教育的本质，追问中国教育的价值。让学生在中国化的教育舞台上，人人都能够成为一个有真实生活情怀的人；人人都能够拥有轻松、自然、快乐、幸福的人生；人人都能够成为懂得感恩、懂得生活的人。

到目前为止，我所写的《好父母胜过好学校》已经全部发表完毕。我在这本书里所写的万宝强的女儿，她绝不仅仅是万宝强家的孩子。我从她的身上发现了现在很多甜水中泡大的孩子的影子，同时，我也从万宝强夫妇所走的伴读之路，发现了现在很多家长教育孩子的盲目性、浮躁性。

我是一名教师，对现在农村家庭教育、学校素质教育中出现的一些不和谐因素，总有一些想努力改变的冲动。我知道我个人的能力有限，但是我还是不愿意放弃，这也许就是我创作这本书的最初的诱因。

万宝强的女儿出生在20世纪九十年代初，她是在甜水中成长起来的孩子，她从来没有受过我们那一代人读书的苦。她有一个健康的身体，一个不愁吃穿的家庭，一个接受过“良好教育”的父母亲(要知道，我们那一代农村人中，识字的父母真是凤毛麟角)，她生长的周围充满了鲜花和明媚的阳光。任性、撒娇、自以为是、怕苦为难、聪明、对现代文明非常敏感、对自己的未来充满无忧无虑的色彩、喜欢用虚拟的中奖彩票来勾画自己的美好未来、对人生的挫折感极其敏感，这些毛病已经成为她们这一代人的通病，同时也成为她们这一代人日常生活中一道难以跨越的槛。

她们这一代人生命中到处充满阳光，偏偏在感受上给人一种被狂风吹打无法招架的模样。应该说在万宝强女儿身上所折射出的“为学”之道，也是她们这一代人的“为学”之道。也就是说，万宝强女儿就是她们那一代人的缩影。

我在这本书里所写的万宝强，也不仅仅是万宝强，他应该是现在农村家庭教育中最为典型的“爸爸”，是农村伴读家长的众生相。他望子成龙望女成凤心切、心地善良、勤劳朴实，胸怀坦荡，不染尘杂。但是，他对孩子的教育仅仅停留在满足孩子的物质要求上，对孩子的精神世界了解太少，更缺乏用现代的教育观念来科学地引导孩子、教育孩子，他有教育孩子的敏感性，但是他的敏感却不能走出“体罚教育”“物质刺激”的怪圈。

他和妻子杨建云都渴望自己的孩子与众不同，渴望自己的孩子出类拔萃，对孩子的热爱胜过热爱自己。由于教育孩子缺乏科学性，他们对孩子的教育常常局限于对孩子的吃、穿、住的思考上，很难用“文化”“科学”的层次去教育孩子。

在伴读的过程中，他们绞尽脑汁为自己的孩子创造更加安静舒适健康的环境，看不惯那些私利心太强的人，看不惯那些心胸狭窄的人，也看不惯利用小聪明算计别人的人。他们就像一张洁白的宣纸，不管是在自己工作岗位，还是“职业”伴读上，他们满纸书写的都是孩子。

他们在生活中知道读书可以带来财富，读书可以陶冶情操，读书可以过上幸福的生活，但是，他们很少去思考读书对国家的作用。他们太质朴了，质朴得就像我们脚下的土地；他们都是好家长，但是，他们绝不是善于教育孩子的人。

再来看一看今天学校的素质教育，面对绩效，不少教师听从了金钱的召唤，成为应试教育的牺牲品。他们被迫让很多学生枯燥地重复着那些毫无兴趣的机械知识，稍有不从就以苛刻的责罚来对待学生，对学生需要的素质教育无端漠视，把现代的素质教育，演绎成为枯燥的、缺乏生机的、没有乐趣的、摧残身心健康的机械教育和呆板的应试教育。

如果你也是一个在农村长大的人，就会知道现在农村的父母们身上所闪耀的独特的朴实之美，勤劳之美，真诚之美。他们望子成龙、望女成凤的心情太强烈了，以至于把正常的教育孩子的自然心态扭曲了，对孩子的教育往往显得急躁，易怒，偏激，很容易把教育引向孩子健康成长的反面。

在万宝强伴读生活的周围，他所遇到很多的人，遇到很多的事，都不是我刻意要“赏阅”的人。因为，他们都是我们生活中最为真实的人、最为真实的父母亲。我绝对没有半点损人的意思，如果有些人愿意对号入座，歪曲我的本意，我只能说声“对不起”。因为，我写这本书宗旨是以万宝强女儿成长中的经历和万宝强一些残缺的教育理念为背景，来让更多的人，从他“并不科学的”家庭教育中跨过去，以便让更多的家长更好地教育好自己的孩子。让他们打开更加美好的教育通途，使他们的孩子畅通无阻地走到金碧辉煌的成功殿堂。

再说我们每个人的头脑并不是一样的，他们不可能都像爱因斯坦那么博学、都像牛顿那样富有卓越的想象力、都像钱钟书那样有照相机似的记忆力、都像列宁那样“两个头脑”；另外每个人的人生经历也不可能一样的，对外界的感知的深度肯定也不一样。

这样就给我们在如何看待今天家庭教育和素质教育的问题上存在这样那样的偏差。我说这些并不是为我的一些教育观念庇护什么，而是说我们每个人对待教育的看法往往存在很多差异，这些都是很正常不过的事情。

生活本身就是一本精深的书，我的注释永远不能代替别人的理解。再说，由于本人学识浅薄，对家庭教育和素质教育还是没有达到科学的、唯美的“顿悟”之功，书中出现错误在所难免。因此，恳请广大读者、家长、教师、朋友们提出宝贵的建议。

后 记

2008年 6月，女儿以优异的成绩考入县城最好的高级中学。当时，我们这个地方已经盛行伴读之风，但是我们夫妻俩商量，暂时让女儿住校。一是考虑家里经济条件不好，二是培养女儿的自立能力。开始，由于女儿对这所学校好奇、新鲜，没有听说女儿不适应的地方，可是过了大半学期的时候，女儿时常在妈妈面前诉苦，说自己衣服没人洗、宿舍要搞卫生、食堂饭菜吃不下去等等，当时，我的妻子没有在意女儿说的话，也没有把租房伴读放在心上。

不久，女儿睡觉不老实竟然从床上掉下来，幸亏睡在下铺，没有大碍。又过了一段时间，女儿在上楼(学校师生多，学校食堂也分楼上和楼下两个食堂）吃饭时，竟然把脚扭伤了。

正是由于这件事，我们夫妻俩才痛下决心，决定借债租房，为女儿伴读。由于疼爱孩子的父母不只我们一家，到县城中学附近找租房竟然成为我们头疼的事情，几经周折，才算找到较为满意的租房。

当我走进伴读生活的时候，才发现这个伴读小圈子里面很多鲜为人知的伤心事，并且很快引起了我的思考。由于本人向来有写日记的习惯，我便把听到的、遇到的事情写成日记，一年过后，竟然写了十几万字的日记。由于我是一名教师，便开始思考这些事情背后所隐藏的教育道理，于是，我就产生把日记写成书的打算了。

在这部书里，我想写现代中国伴读父母的大爱、愚昧，想写伴读环境的真相，还想写某一部分社会的真相、某一类人物的经历。在写作的过程中，我没有忘记自己的身份，应该为中国的现代化教育奉献出自己的微薄之力。于是，我在写这部书的时候，总想用我个人的反思来表明我写作的目的。

由于我写作的目的是反映一段教育历史，让这段教育历史作为一面观己观人的镜子，所以我总是从历史的视角来写这部书，如果有考据癖的人不肯错过索引的机会，那我也只能说这是张三的腿，那是李四的脚。但是，我在这里重申，我没有任何恶意去写任何人、任何事，我笔下的人和事都是尽可能接近历史的真相，譬如：一个标准教室竟然容纳八十二名学生上课，我不能说这是学校的错，我只能说我国教育制度还不够完善，学校的基础设施还跟不上时代要求。如果我的措辞存在不恭的地方还请诸位谅解。

这部书共有一百余万字，把日记整理成为书用了整整两年的时间。两年里，由于家里经济状况不太好，屡想中止。由于妻子找到了工作，经济条件略有好转，不再为生计担忧，使我心无牵挂地写完此书。因此我只能用这部书来奉献给我的妻子李敏。

我常把自己的写作冲动误认为是自己的写作才能，自以为要写就意味着会写。我写完《好父母胜过好学校》，总觉得不满意，认为还有很多话要说，因此我抽空又写了一部长篇小说，命名《静静的斗湖》，中心人物是一个女角，表现的是百年爱情史，有五十余万字，陆续发表在网络上。最近总觉得《静静的斗湖》的部分章节内容还有很多不尽人意的地方，于是，便对《静静的斗湖》进行认真地修改。由于《好父母胜过好学校》这部书还没有全部出版出来，修改《静静的斗湖》的冲动只能有所收敛。假如《静静的斗湖》能够如期完成修改工作，它也许会比《好父母胜过好学校》更出彩些。对不起，我是一个一心想摘葡萄的人，至于能不能摘到想要的葡萄还有待时间的检验。现在，我只能对想象中的葡萄有一个美好的好幻想，当然，我不会去想象它的酸，只能去想象它分外的甜。

这部书由于本人才疏学浅，书中出现错误和疏漏在所难免，还望亲爱的读者朋友们海涵。在写书的过程中，张鹤鸣先生、乔继宁先生、梁荣峰先生都给了我很大的帮助，特此致谢！

二〇一五年七月一日